LA PROPHÉTIE

LA PROPHÉTIE

LES LAIRDS DES HIGHLANDS
TOME UN

KIM SAKWA

Traduction par
EMMA VELLOIT, VALENTIN TRANSLATION

Taggart
Press

Note de l'auteure

Chers lecteurs,

La Prophétie est une création qui reprend tout ce que j'aime dans les romances historiques sur le thème du voyage dans le temps. D'ailleurs, elle reprend tout ce que j'aime dans les romances au sens large.

En tant qu'ancienne étudiante en histoire, et passionnée par le sujet, j'ai essayé de dépeindre un passé aussi crédible que possible, tout en prenant un certain nombre de libertés. Le café, par exemple, dont la culture a commencé au XVe siècle, même si des légendes en font remonter la découverte aux environs de l'an 850. Qui peut affirmer (sauf les historiens les plus chevronnés) que ces baies de café n'auraient pas pu se trouver dans la réserve du château de Seagrave ? Après tout, avec le voyage dans le temps, cela reste une fiction...

L'histoire de Gwen et Greylen est une romance épique, qui se concentre sur les personnages et leur relation. Il y est question d'amour, de loyauté et d'honneur, ainsi que d'un monde qui m'émerveille. Mon Camelot à moi, en quelque sorte. Ces quelques imprécisions sont entièrement le fruit de ma liberté créative.

J'espère que vous apprécierez cette aventure !

Kim

LA PROPHÉTIE

PROLOGUE

Dans le plus grand clan des Highlands, il est né

D'une autre époque, d'abord elle doit pleurer

Deux âmes pour toujours jointes, pourtant si loin

La raison est claire : elle réparera son cœur brisé.

Une grande tempête fera rage, le soir de ses trente-trois ans

Et de ses vingt-huit, pour que le chemin s'ouvre.

Un contact et à jamais, leur lien sera la clé,

Une fois ensemble, ils resteront unis... pour l'éternité.

—La Prophétie, date inconnue

CHAPITRE 1

25 avril, présent

— *Tu quoi ?*

Gwendolyn Reynolds ne put que fixer du regard son supérieur. Elle le lui avait déjà dit trois fois. *Trois.* Et la patience avec ceux qui refusaient de voir ce qui se trouvait sous leurs yeux ne figurait pas parmi les nombreuses qualités qu'elle possédait. Qu'est-ce qu'il ne comprenait pas exactement ?

— Je pars, Frank. Vous comprenez quand même ce que ça veut dire... se retirer, se...

— Ne joue pas à la plus intelligente avec moi, Gwendolyn, rétorqua Frank Sutter à travers ses dents serrées.

— Je suis désolée, Frank. Je sais que c'est une surprise et je comprends que vous soyez mécontent de mon choix, mais j'ai pris ma décision.

Gwen avait gardé une voix calme et posée, contrite, essayant une nouvelle ligne d'approche. Elle passa ses mains sur la table devant elle, puis tripota le bracelet en argent à son poignet. Pour se donner du courage.

Sa blouse blanche était parfaitement glissée dans son

pantalon gris foncé et ses jambes étaient croisées sous la table. L'un de ses pieds chaussés de talons noirs et hauts terriblement coûteux tapotait le sol de manière incontrôlable. C'était le seul geste qui contredisait son expression inébranlable.

— Tu as une responsabilité, Gwen, sans parler de ton contrat.

Le visage de Frank était rouge et plus en colère qu'avant. L'homme semblait sur le point de faire un infarctus. Gwen plissa légèrement les yeux. Était-ce possible qu'il en fasse un maintenant ? Serait-ce sa faute à elle, dans ce cas-là ?

Gwen avait appelé Frank la nuit dernière. Tard. Il lui avait fallu deux semaines pour rassembler son courage et douze heures de plus pour composer son numéro. Elle savait désormais qu'elle n'aurait pas dû lui confier sa décision au téléphone, mais elle ne pouvait pas s'en empêcher.

Une autre qualité qu'elle possédait : l'honnêteté. Malheureusement, cela la mettait en difficulté. Elle s'était attendue à une dispute avec Frank. Et elle savait que c'était pour ça qu'elle avait retardé les choses. Maintenant qu'elle s'était décidée, elle ne pouvait pas être influencée.

À moins que Frank tombe au sol, raide mort, bien sûr. Peut-être qu'alors, elle y repenserait.

Gwen le regarda directement dans les yeux et compta jusqu'à cinq avant de répondre :

— Je pars, Frank, contrat ou pas contrat.

Déterminée à ne prononcer que de courtes affirmations décisives, elle se mordit l'intérieur de la joue.

Frank se tourna vers les deux hommes assis à sa gauche, Mark Ingersol et Gary Ackerman. Gwen faillit grogner à voix haute. *Merde !* Quand elle était entrée dans la pièce un peu plus tôt, ils lui faisaient face. Frank était assis en bout de table, à pianoter impatiemment sur la pile de papier devant lui.

Gwen savait que Frank essayerait de l'intimider. Et faire entrer Mark était une intimidation. Tout le monde savait qu'elle avait eu une histoire avec. Et ils savaient comment ça s'était terminé : mal.

Gwen tenta de prendre du recul, ce qui n'était pas très dur. Bien que ces hommes lui donnent l'impression d'avoir douze ans seulement et d'être sur le point de vomir, ce qu'ils n'arrivaient pas à comprendre c'était... qu'elle n'était pas intimidable.

Elle devait juste supporter cette réunion sans voir sa détermination faiblir, avec un peu de chance.

Mark prit la parole à point nommé :

— Laisse-moi t'expliquer quelque chose, *ma chérie*.

Mark. Quel abruti. Quelle erreur. Gwen le fixa du regard avec un sourire glacial.

— Tu crois que t'en es capable ?

— Je peux expliquer beaucoup de choses, Gwen. Tu as une obligation...tu t'es liée socialement, légalement et moralement.

— J'savais pas que tu connaissais le sens de la moralité.

— Tu *ne* savais pas ? la corrigea-t-il.

Merde ! Un point pour Mark.

Il avait marqué un point. Elle lui avait montré la porte et il était parti. Il avait aussi prétendu à qui écoutait qu'elle l'avait mené en bateau. La reine des neiges, avait-il dit. Le terme la blessait plus qu'elle ne voulait l'admettre. Elle ne voulait pas le mener en bateau, mais elle ne pouvait feindre d'avoir assez de sentiments pour coucher avec lui. Et elle ne donnerait pas sa virginité à n'importe qui. Pas alors qu'elle avait déjà attendu si longtemps.

Gwen se tourna vers Frank. Elle ne pouvait plus regarder Mark. Pas pour les raisons évidentes, mais parce qu'elle était sur le point de vomir, ce qui ne serait pas si horrible. Mais ce serait un moment spontané et incontrôlable. Un moment dans lequel elle abîmerait ses chaussures. Elle avait attendu deux semaines pour les avoir. *Deux.* Elle n'arriverait jamais à trouver une autre paire à sa taille aussi tard dans la saison. Et elle aurait perdu quatre cents dollars. Hors de question de vomir.

— Je n'ai demandé que des congés, Frank. Ce n'est pas extraordinaire, se justifia-t-elle.

Et effectivement, elle n'avait demandé que des congés, mais elle sentait qu'elle ne reviendrait pas.

— Pourquoi ? Tu es enfin autonome. Tu as accompli plus que n'importe quel interne que je connaisse, Gwen. Plus que n'importe qui, même.

Gwen n'avait pas de réponse. Pas une qu'ils puissent comprendre. Comment expliquer quelque chose qu'elle ne comprenait pas elle-même ?

Comment pouvait-elle se détourner de tout ce pour quoi elle avait travaillé dur toute sa vie ?

Elle avait passé chaque moment de la journée depuis l'école primaire à être la meilleure en tout. Et elle l'était. Très cultivée, particulièrement instruite, et déterminée plus que de raison. À un mois de ses vingt-huit ans, elle était destinée à un jour monter à la tête du service de chirurgie en cardiologie. Un héritage dont ses parents s'étaient assurés.

Sa vie parfaite.

Ah ! Sa vie parfaite était une foutue épave.

Elle avait atteint un tournant dans sa vie. Elle ne pouvait pas se cacher plus longtemps derrière cette apparence confiante qu'elle avait créée au prix d'un dur labeur. Pour la première fois, les règles qu'elle suivait avaient changé. Et elle était terrifiée.

Gary, qui avait gardé le silence, prit enfin la parole :

— Gwen, prends quelques jours, décroche du boulot et détends-toi. Je pense que tu verras les choses plus clairement. Peu importe de quoi il s'agit, fuir n'est pas la solution.

Gwen savait qu'il essayait de l'aider, mais il avait tort. Partir semblait être la seule solution. Elle sentait qu'elle avait atteint le sommet. Ses objectifs étaient remplis et pour une raison qu'elle ne saisissait pas, elle semblait être arrivée au bout de sa carrière. C'était sa vie personnelle, qu'elle avait toujours mise de côté, qui l'appelait.

Les images qu'elle ne voyait jadis que la nuit remplissaient ses journées et un besoin qu'elle ne pouvait réprimer l'attirait comme jamais auparavant. Et il paraissait impératif qu'elle s'en occupe. Maintenant.

— Pour moi, Gary, c'est la seule solution.

— Quel est ce bruit ? demanda Frank.

Gwen arrêta son pied juste avant qu'il ne touche encore le sol. Elle n'ajouta rien d'autre. Elle avait tout dit. Elle partait.

— Je ne l'autoriserai pas, Gwen, s'indigna Frank. Tu te fourvoies en pensant pouvoir partir.

— Je me *fourvoie* ? Vous êtes sérieux, Frank ?

Gwen bondit de sa chaise, les mains sur la table, et se pencha en avant.

— Vous ne pouvez pas me garder ici. Je me fiche de votre précieuse institution, maintenant. Je me fiche d'avoir un contrat. Et surtout, je me fiche de me détourner de mes accomplissements. *Ils sont à moi.*

Gwen se dirigea vers la porte. Elle posa la main sur la poignée et la voix de son supérieur lui parvint depuis sa chaise :

— Si tu pars, Gwen, nous te poursuivrons en justice.

Elle ouvrit la porte.

— Alors je vous verrai au tribunal.

Elle ne regarda pas derrière elle.

Elle ne regarderait jamais derrière elle.

---

25 avril, 1426

Greylen MacGreggor était conscient de l'aube imminente. Si conscient que c'en était presque douloureux. Les ombres jouaient toujours dans les derniers renfoncements de sommeil agité, des ombres qui l'avaient hanté la majeure partie de sa vie. C'était toujours lors des dernières secondes de semi-conscience qu'il se voyait tendre la main dans le noir. Un espoir futile de quelque chose de tangible à sa portée. Pourtant, chaque jour, à son réveil, le vide l'accueillait.

Cette journée n'était point différente.

Comprenant la vérité, il rejeta les couvertures et s'assit sur le bord de la couche. Les pieds sur le sol, les coudes sur les genoux, il posa sa tête dans ses mains un court instant. Puis, comme chaque matin, il passa rudement ses doigts dans ses cheveux avant de se lever.

Une punition pour ses idées saugrenues.

De la douleur pour apaiser celle qui ne s'absentait jamais.

Pieds nus et en pantalon, il quitta sa cabine et monta sur le pont. Dans le ciel, étoiles et pleine lune illuminaient la mer noire. Son capitaine était posté au gouvernail du bateau et quelques membres de l'équipage dans les environs le laissaient à sa solitude. Il avança jusqu'à la proue, pas étonné d'entendre quelques minutes plus tard les bruits de pas du seul homme qui oserait l'approcher à un moment pareil.

— Greylen ? demanda Gavin, son bras droit.

— Oïl ?

— Nous accosterons au port à l'aube.

Greylen tourna la tête et haussa un sourcil.

— Oïl, Gavin, c'est un fait que j'ai déjà en ma connaissance.

Gavin lança à son commandant un sourire en coin.

— Je te suis inestimable, n'est-ce pas ?

Greylen lui rendit son sourire, mais refusa de répondre. Il regarda la mer, de nouveau silencieux, comme toujours l'heure précédant l'aube.

C'était son deuxième endroit préféré pour commencer une nouvelle journée. Son premier était sur la plage sous les falaises de Seagrave. C'était le seul moment où il se permettait de plonger dans les images de ses rêves.

Le seul moment où il y réfléchissait.

— Il reste un mois, annonça calmement Gavin.

Il était dans la même posture que Greylen : les jambes écartées et les bras croisés.

— Tu es un puits d'information ce matin, ironisa Greylen.

Il savait exactement à quoi son second se référait, mais chaque jour l'approchant de sa trente-troisième année, Greylen se faisait plus réservé.

— Je te laisse en paix, proposa Gavin.

Il prit congé aussi vite qu'il était apparu.

En paix ? Avait-il connu cela ne serait-ce qu'une journée ?

Greylen songea à ce sentiment un instant. Il l'avait brièvement ressenti le jour où sa mère l'avait convoqué. Le jour où elle lui avait conté la prophétie.

Mais comment pourrait-il affronter la journée qu'il attendait depuis dix ans si... si elle n'était que néant ?

Les images disparaîtraient-elles ? Ces images qui ne naissaient que la dernière heure de sommeil agité qu'il s'octroyait.

Des images d'*elle*... qui le hantaient depuis toujours.

Non, il ne pourrait jamais les laisser partir.

Il y reviendrait toujours.

CHAPITRE 2

Un mois plus tard

— Joyeux anniversaire, Gwen.

Gwen sourit au téléphone. Elle aurait dû savoir que Sara appellerait.

— Merci, Sara.

— Comment c'est, l'Écosse ? Il fait froid ? Il pleut ? C'est beau ? Horrible ?

Elle rit.

— C'est parfait. Il y a un petit air frais, mais je n'ai pas vu une goutte de pluie. Comment va M. MacGreggor ?

— Il ronronne. C'est un super compagnon. Je suis contente que tu l'aies laissé avec moi.

— Je ne ferais confiance à personne d'autre avec lui.

— Où vas-tu ce soir ? Il y a un bel homme qui a attiré ton attention, qui t'a invitée à dîner, peut-être ?

— Loin de là, dit-elle en reniflant.

Ce n'était pas tout à fait le cas. Ces trois dernières semaines, depuis son arrivée en Écosse, elle avait vu de nombreux beaux hommes. En fait, certains l'avaient invitée à dîner.

— Tu n'as pas trouvé ce que tu cherchais ? demanda Sara comme si elle lisait dans son esprit.

Bingo.

— Non.

Gwen souligna sa réplique courte d'un soupir. Peut-être était-elle folle de penser qu'elle trouverait les réponses ici. Et qu'est-ce qu'elle cherchait, d'ailleurs ? L'homme de ses rêves. Littéralement, celui qu'elle voyait en rêve.

Était-ce lui qui l'avait envoûtée pour qu'elle laisse tout derrière elle ? Avait-il influencé sa décision d'une quelconque façon ? Était-ce lui qui la remplissait d'espoir, alors qu'elle avait fait l'impensable ?

Était-ce pour cela que la fin de son internat de médecin ne représentait rien de plus qu'un achèvement ? Que son agitation avait pris fin dès qu'elle avait acheté son billet d'avion ? Pas le premier, avec pour destination Londres. Ni le second, pour Paris. Ce n'était qu'en réservant celui pour l'Écosse qu'elle avait su qu'elle avait fait le bon choix. Était-elle folle ?

Oh oui.

— Gwen... *Gwen ?*

— Pardon, qu'est-ce que tu disais ?

— Dis-moi où tu vas ce soir et, plus important, ce que tu portes.

— Une simple robe noire avec des talons.

— Menteuse !

Gwen sourit encore.

— C'est vraiment important ?

— Il y a un miroir en pied dans ta chambre ?

— Ils n'ont pas de miroirs en Écosse, fit-elle sèchement.

Sara rit.

— La ferme. Va devant.

— Allez, Sara, grogna Gwen.

Elle n'était pas d'humeur pour ça.

— Allez... maintenant.

Sara marqua une pause, lui laissant le temps d'aller devant le miroir.

— Dis-moi ce que tu vois, reprit-elle.

— Quelqu'un qui est pathétique.

— Tu es loin d'être pathétique. Tu es belle, intelligente et la meilleure personne que je connaisse.

— Je ne suis pas assez grande, ma poitrine est trop petite et je n'ai pas de hanches.

— Ta taille est parfaite comme elle est, avec des grandes jambes et exactement les seins qu'il faut, juste pour loger dans la main. Et juste pour que tu saches, les gens se damneraient pour que leurs jeans leur aillent aussi bien que les tiens.

Gwen prit ses seins dans sa main et fronça les sourcils devant son reflet, tout en écoutant Sara.

— Pile pour la main, Sara, mais juste *ma main*.

Sara rit.

— Eh bien peut-être que si tu laisses quelqu'un s'approcher assez, ils seront parfaits pour ses mains aussi.

— J'ai essayé.

— Marc était un con. Je suis contente que tu aies retrouvé la raison avant qu'il ne soit trop tard.

— *Trop tard ?* J'ai vingt-huit ans et pour la première fois de ma vie, je suis morte de peur.

— Écoute-moi, Gwendolyn Reynolds. Tu es la meilleure amie de ma vie. Je ne vois personne d'autre qui mérite plus que toi de trouver le bonheur. Arrête ta petite soirée déprime et dis-moi ce que tu portes.

— Un débardeur, un pantacourt, une veste de sport et des chaussures de course, marmonna Gwen.

Elle savait pourtant qu'elle aurait dû mentir encore une fois.

— *Gwen...* enfin, c'est ton anniversaire.

— Je vais juste à un pub à quelques kilomètres d'ici et seule. Et puis, je compte rentrer assez tôt pour profiter d'une super bouteille de vin.

— Pas de cocktails ?

Gwen rit.

— J'ai ma réserve de vodka dans mon sac. Mais le vin, ça sonne mieux. Je peux écouter de la musique en comptant les étoiles.

— Toujours une rêveuse.

— Mon seul défaut.

Gwen sourit en entendant Sara s'étouffer avec exagération.

— Le seul ? Ah, Gwen... et ton caractère alors ?

— Mon caractère ? N'importe quoi. Il n'est pas *si* mauvais.

— Tu plaisantes, hein ? demanda sérieusement Sara.

— J'en appelle au Cinquième Amendement[1], répliqua Gwen en imitant le sérieux des tribunaux.

— En parlant de ça, tu as des nouvelles de ton avocat ?

— *Oh oui.*

— Et ?

— Je vais négocier un prix à l'amiable. En vérité, il y a plein d'argent en jeu et honnêtement je ne sais pas si je pourrai revenir en arrière.

Gwen fixa du regard la baie vitrée. Elle toucha la vitre, dans une tentative stupide d'apaiser quelque chose ou quelqu'un, elle ne pourrait le dire précisément.

— Ne fais rien d'imprudent.

— La terre appelle la *luuune*... j'ai tourné le dos à une carrière que j'ai eu en ligne de mire toute ma vie. J'ai pris des vacances pour la première fois depuis des années et tout ça sur un coup de tête.

— Ce n'est pas vrai. Tu étais à l'agonie depuis des semaines. Ça a même duré toute ta vie.

— Ce n'est pas vrai non plus, corrigea en toute honnêteté Gwen. J'ai toujours eu l'impression de faire ce qu'il fallait. Je n'ai jamais mis en doute le fait de suivre les pas de mes parents.

---

1. Le cinquième amendement de la constitution des États-Unis empêche une personne d'être jugée deux fois pour le même crime, de témoigner contre soi-même et garantit le respect d'une procédure constitutionnelle lors d'accusation.

Et c'était vrai.

— Tu ne les as pas juste suivis, la contredit Sara. Tu as battu tous les records sur la réussite académique, athlétique et professionnelle.

— Ils seraient si déçus s'ils étaient là.

— Ne leur donne pas ce pouvoir, Gwen. Tu as toujours dit que tu étais leur expérience et leur prodige leur a rendu au centuple ce qu'ils avaient donné.

— Eh bien, ce prodige se sent comme un chiot perdu.

— Tu mens, Gwen. Tu ne t'es jamais sentie aussi bien.

Le sourire de Gwen grandit.

— En vérité, Sara, venir ici est la meilleure décision de ma vie.

Bien avant l'aube, Greylen se leva après sa troisième nuit sans sommeil. Renonçant à son rituel habituel, il revêtit son pantalon et traversa les couloirs sombres du château de Seagrave. Une fois dehors, il salua de la tête les sentinelles aux portes principales du donjon et continua jusqu'aux écuries. Puis, il prit le chemin étroit vers la côte.

Il regarderait le lever du soleil.

Il resterait pieds nus sur le sable, à accueillir un jour qui ne pourrait être que glorieux. C'était celui qui marquait son trente-troisième anniversaire. Sa colère grandissait de seconde en seconde. Son grognement d'indignation se perdit dans la mer et la crique.

Ce jour-là, personne n'échapperait à sa rage.

Le laird[2] Greylen MacGreggor était doté de nombreux attributs que d'autres admiraient, mais son mépris à peine voilé pour cette journée ne lui valait guère de louanges. Peu comprenaient la raison derrière ce sentiment et personne ne semblait y accorder d'importance.

---

2. Nom donné aux seigneurs propriétaires d'une terre en Écosse.

Sa sœur. Lady Isabelle MacGreggor.

Greylen venait de retourner au donjon, déterminé à ordonner à sa mère de ne jamais plus souffler mot de cette maudite et infernale prophétie, quand Isabelle le dépassa. Dans sa hâte, elle n'avait pas remarqué sa présence. L'enthousiasme irradiait de son être. Elle se pressait à descendre les marches et franchit les portes du donjon presque en volant.

Il se tourna et s'apprêta à lui ordonner de retourner à sa chambre quand Gavin se rendit enfin utile. Son second la rattrapa à la taille alors qu'elle avait atteint les premières marches qui la mèneraient dans la cour.

Ce fut au début un tableau comique. Isabelle renversa la tête en arrière, ses lèvres s'écartèrent en O et elle rougit contre lui. Gavin aussi montra de la surprise une seconde avant de plisser les yeux et prendre une expression agacée.

— Si tu sais ce qui est bon pour toi, Isabelle, laisse ton frère tranquille, conseilla sèchement Gavin.

Greylen n'était pas surpris du ton tranchant de Gavin avec sa sœur. En vérité, il ne semblait s'adresser à elle que de cette façon dernièrement. Ce qui le surprenait, c'était que son second ne l'ait pas encore relâchée. Gavin dut se rendre compte de la même chose, car il se hâta de retirer son bras du haut de son corps et recula d'un grand pas. Greylen observa Isabelle ajuster sa robe, refoulant intelligemment ses larmes.

— C'est l'anniversaire de Greylen. Je n'aspire qu'à lui souhaiter une bonne journée, expliqua-t-elle de nouveau calme.

— Il ne réclame pas une bonne journée. Il y est depuis l'aube. Regarde les champs d'entraînement, dit Gavin en les montrant de la main. Un soldat tombé après l'autre. Ton frère les a laissés il y a de longues minutes, et ils ne se sont pas encore relevés.

— Peut-être devrais-tu le tirer de sa misère, alors, suggéra Isabelle.

— C'est cette misère qu'il souhaite, répondit Gavin d'un ton plus doux. S'il te plaît, Isabelle, écoute mon conseil. Cela ne ferait qu'assombrir son humeur s'il devait te causer de la peine.

— Très bien, Gavin, concéda-t-elle avec un soupir. Vous verrez bien, tous les deux. Cette nuit apportera ce qu'il désire tant.

Isabelle le quitta sur cette déclaration ; pourtant, quand Greylen rejoignit Gavin en haut des marches menant au donjon et regarda le ciel, il était douloureusement clair – les seules tempêtes en préparation étaient celles que Greylen déchaînerait.

Greylen passa le restant de la journée à s'entraîner. Occasionnellement, il vit Gavin au portique, à évaluer les dégâts qu'il causait. Son bras droit devait savoir que trois jours sans dormir et un entraînement de huit heures n'entameraient pas les forces de son laird. Greylen était sûr que Gavin notait le nombre de fois où il avait changé la main qui tenait l'épée – quatre.

Ce fut au crépuscule qu'enfin un rugissement survint du terrain d'entraînement. Un crépuscule aussi calme et dégagé que la journée.

— *MAINTENANT !* mugit Greylen.

Cet ordre était d'une telle force qu'il traversa le terrain et résonna un temps étonnamment long. Il regarda les portes d'entrée du donjon s'ouvrir enfin sur la silhouette de Gavin. Ce mufle portait encore une chemise en lin et semblait avoir eu une journée des plus paisibles.

Greylen espérait que c'était le cas.

Il savait que son second l'avait évité depuis qu'il l'avait vu ce matin-là et il savait pourquoi.

Seul Gavin pouvait lui donner le combat dont il avait désespérément besoin. Seul Gavin pouvait relâcher les démons auxquels il voulait absolument succomber.

Dix années d'attente... *pour rien.*

Il croyait avec chaque fibre de son être qu'il connaîtrait la paix cette nuit-là. Pourtant, le ciel était douloureusement clair et demain, il affronterait une nouvelle aurore – seul.

Greylen observa Gavin approcher comme jamais auparavant. Pas d'arrogance, pas de réjouissance maligne à ses lèvres pour ce qu'il allait faire. Ce n'était que son meilleur ami qui se présentait devant lui.

Si Dieu le voulait, Gavin le clouerait au sol. Il priait uniquement pour que son corps ressentît la douleur qui semblait émaner de son âme.

Gavin ne dit rien de l'apparence probablement épouvantable de Greylen. Il avait retiré sa chemise des heures auparavant et l'avait déchirée en bandes à nouer autour de son front. Ses cheveux collaient à son crâne et le haut de son cou, rasé il y a quelques jours, comme avant chaque pleine lune.

Il ne sentait plus le poids de son épée. Ni ses jambes dans son pantalon et ce qui, fut un temps, étaient des bottes cirées. Il aurait aimé ne rien sentir du tout. Mais pour dire la vérité, il se sentait trahi.

Trahi par la prophétie. Trahi... par *elle*.

Enfin, Gavin commença à l'encercler, à le fixer d'un regard qui aurait mis même le plus talentueux combattant à genoux. Greylen engagea le combat. L'acier rencontra l'acier tandis qu'ils échangeaient coup sur coup. Leurs murmures à peine contenus devinrent des grognements lâchés avec tant de force que la fin semblait lointaine.

Après ce qui sembla une éternité, Gavin hocha la tête miséricordieusement et ses hommes se levèrent. Les seuls hommes encore sur le terrain d'entraînement. Cinq des meilleurs des Highlands, qu'il avait pris sous son aile ces quinze dernières années. Mais ils suivaient les ordres de Gavin désormais.

Ses hommes l'arracheraient à sa souffrance interne. Ils le feraient tomber enfin, battu et épuisé, jusqu'à ce qu'il ne ressente plus rien. Puis, il ne sentirait plus jamais rien. Il ne croirait plus jamais. Il le savait, plus que tout au monde.

Ce fut à ce moment précis – quand la défaite devint imminente – que les dieux montrèrent leur grâce. Un éclair déchira le ciel nocturne entièrement dégagé et une tempête d'une force surnaturelle se déchaîna.

C'est là que le laird Greylen MacGreggor tomba à genoux pour la première fois de sa vie... témoin du commencement de sa destinée.

CHAPITRE 3

Gwen appréciait sa soirée d'anniversaire plus qu'elle ne l'aurait cru possible. D'habitude, cette nuit-là était remplie d'évaluations froides des objectifs atteints l'année précédente, mais cette fois, ce ne fut que pure satisfaction. C'était un premier répit bienvenu après la bataille émotionnelle qui avait consumé sa journée.

L'Écosse était parfaite, comme elle l'avait dit à Sara. Mais pour une étrange raison, elle s'était réveillée en ce jour glorieux remplie de tristesse. Comme si la journée devait être tout sauf glorieuse. Elle n'arrivait pas à mettre le doigt sur la raison exacte, pourtant elle sentait que le soleil, la chaleur et le vent frais créaient une perturbation, en quelque sorte. Invisible à l'extérieur, mais profondément enfouie en... *elle*, étrangement.

Une perturbation remplie de colère. De trahison.

Ce n'est qu'au crépuscule, quand une tempête inattendue aux proportions surnaturelles balaya la côte de la crique, qu'elle se sentit mieux. C'était comme si cela lavait tous les mauvais présages. Comme si le monde, légèrement en dehors de son axe, avait retrouvé sa place.

Elle s'assit à une table confortable, savoura un dîner fabuleux avec du poisson grillé, des légumes sautés et un verre de vin blanc incroyable, que les propriétaires avaient insisté pour lui offrir. Un groupe jouait une musique émouvante en acoustique, une autre raison qui lui avait fait choisir ce pub pour marquer l'occasion. Elle passait un si bon moment.

Alors qu'elle se dirigeait vers la porte, la même attraction qu'elle ressentait depuis des semaines se renforça. Elle se fit exigeante.

Les propriétaires, au nombre de trois, et le chanteur de la bande essayèrent de l'arrêter, mais Gwen ne serait pas restée même si sa vie en avait dépendu. Et ils la mirent effectivement en garde pour sa vie.

Au bout du compte, son sourire et son assurance gagnèrent. C'était peut-être aussi parce qu'elle se sentait en sécurité dans le gros SUV qu'elle avait loué. Quoi qu'il arrive, elle sécurisa son sac sur son épaule et courut vers la voiture. Elle serra le volant avec un soupir et sourit, sachant qu'elle avait pris la bonne décision. Plus que tout, elle devait retourner à l'auberge. Et elle devait y aller maintenant.

Quelques minutes plus tard, elle se sentit comme une idiote.

Quelques minutes plus tard, le pire débuta.

La tempête s'aggrava. Son épicentre était au-dessus d'elle. Elle sentit son estomac se retourner quand le sol céda. Ses cris déchirèrent l'air et sa voiture plongea dans l'eau glacée.

Elle savait qu'elle ne devrait pas se préparer à l'impact, mais c'était plus fort qu'elle. Le capot de la voiture s'écrasa dans l'eau et les airbags explosèrent autour d'elle, tandis que le véhicule coulait dans les eaux turbulentes.

Elle avait conscience qu'elle devait sortir, frappa la vitre embuée et tendit instinctivement la main vers son sac. Elle ne pourrait jamais partir sans, son contenu représentait tout ce pour quoi elle avait travaillé et tout ce qu'elle avait accompli. C'était sa vie et malheureusement, la seule chose de valeur qu'il lui restait.

Elle tapa sur la vitre côté conducteur, une lutte frénétique et futile puisque la ceinture de sécurité la retenait. Elle chercha le bouton pour la détacher, puis s'attaqua de nouveau à la vitre, la peur et l'adrénaline surmontant la douleur quand des bouts aiguisés de verre lui ouvrirent les paumes et les épaules. L'eau salée toucha ses yeux, provoquant une brûlure mordante pire que ce qu'elle avait déjà enduré. Un éclair traversa le ciel et elle s'orienta vers le rivage.

Gwen nagea avec tout ce qu'elle avait, une prouesse presque impossible vu que la mer déchaînée la maintenait en profondeur.

Peu importe combien elle essayait, ce n'était pas assez. L'eau était trop froide. Et quand elle sentit enfin le sable et les rochers du bout de ses chaussures, elle fut emmenée de nouveau plus loin dans l'océan.

Se roulant en boule, elle s'ordonna de se détendre. Mais quand elle ouvrit les yeux, le peu d'espoir qui lui restait disparut. Elle ne comprenait déjà pas comment elle avait pu rester si longtemps dans l'eau glaciale.

Se maudissant pour les choix qui l'avaient conduite jusqu'ici – l'imbécillité qui l'avait menée à la mort et non à la découverte –, Gwen sut que ses rêves ne se réaliseraient jamais. Personne ne pouvait entendre ses appels. Personne ne pouvait la sauver. Elle ne trouverait jamais ce qu'elle cherchait.

Un chez-soi. L'amour. Des enfants.

Elle ne sentirait jamais ses bras forts s'envelopper autour de son corps, ceux de l'homme dont l'image hantait ses rêves. Et elle n'entendrait jamais ses mots tendres murmurés, ceux qu'elle mourait d'envie d'entendre.

Elle sentit plus qu'elle entendit un dernier cri lui déchirer le cœur, le corps et l'âme.

Il fit écho dans la tempête et la nuit.

Greylen tira sur les rênes de son cheval.

— Gavin, cria-t-il à travers la violence de la tempête. Emmène Duncan et Hugh et cherche dans ce périmètre.

Il se tourna pour mener Kevin, Connell et Ian vers les falaises.

Gavin surgit à côté de lui un instant plus tard ; son cheval trépigna en arrière quand il lui ordonna l'arrêt.

— Greylen...

— Elle viendra, Gavin, s'écria-t-il en colère.

— Je ne dis pas le contraire, assura Gavin. Mais nous venons de faire le tour de la zone.

Cela faisait même quatre heures qu'ils la passaient en revue. Des heures de pluie incessante et d'éclairs bruyants et pourtant, l'épicentre de la tempête était toujours au-dessus d'eux.

— Prends le chemin vers le nord, alors, céda Greylen. Je vais...

Un nouvel éclair déchira le ciel, attirant son attention. C'était la seule fois que le tonnerre le distrayait ce soir, mais avec lui vint une prise de conscience. Tout son corps se tendit – *bon Dieu, elle est dans l'eau, en dessous.*

Il se précipita vers les falaises.

La descente lui prit un temps record, chaque seconde étant une pure torture tandis que son regard était rivé sur un point loin du rivage, chaque éclair confirmant sa pire peur.

Il lâcha son épée et sa dague sur le sable et se précipita dans l'eau. Ses bottes et sa chemise se perdirent dans les vagues quand il les retira tout en avançant vers les profondeurs. Quand l'eau atteignit ses cuisses, il plongea dans l'écume et nagea avec aisance et rapidité, porté par une rage dévorante. Une rage face au péril dans lequel se trouvait cette femme.

Sa femme.

Il ne la perdit jamais de vue. Enfin, ils ne furent qu'à une vague l'un de l'autre, quelques mouvements de bras... et elle disparut sous l'eau.

Elle ne rejaillit pas à la surface.

Elle ne rejaillit pas à la surface.

Il plongea dans la vague et de longues minutes s'écoulèrent avant qu'il sentît le corps désarticulé de la femme descendre au fond de l'océan. Il l'attrapa avec ses deux mains, les doigts emmêlés dans ses cheveux, les bras ceignant brutalement sa taille.

Une fois fermement dans ses bras, une sensation extrême traversa son corps.

C'était aussi puissant que le tonnerre, comme une lumière intense et de la chaleur. Pourtant, il battit des pieds vers la surface, étonné que la force des vagues ne les emportât pas.

Certain qu'elle ne respirait pas et sans pouvoir percer l'horrible potentielle vérité des pensées qui suivaient, il cessa d'y réfléchir. Il ne vivait pas à travers le prisme des émotions. Il vivait avec elles, mais elles ne régnaient pas. Personne ne régnait sur lui.

C'était un mensonge d'une telle ampleur qu'il aurait ri s'il n'avait pas été dans une situation aussi délicate. Et si cette femme savait ce qui était bon pour elle – celle qu'il tenait dans ses bras, celle qu'il connaissait au fond de son âme, qu'il avait attendue – elle ferait mieux de reprendre son souffle. Et que ça soit sacrément visible.

Il continua à nager sur le dos, priant pour que la main sur sa poitrine sentît la moindre respiration. Il remarqua que la tempête était partie. Plus de brume dominante. Pas un nuage dans les cieux clairs de la nuit. Seules la pleine lune et les étoiles étincelantes accompagnaient l'air frais.

Ses hommes attendaient juste devant le rivage et formèrent un cercle serré tandis qu'il enjambait le corps de la femme. Il entendit ses hommes tirer leur épée à l'unisson, s'engager pour cette femme, prononcer leurs vœux. Lui arracha son haut en deux et jeta sur le côté la besace qui était accrochée à elle.

Stupéfait par la vision en dessous de lui, enragé par le retournement sadique de la prophétie, il colla son oreille à son torse, priant pour qu'elle soit en vie. Greylen, qui ne priait personne, pria comme jamais auparavant. Il appela Dieu le cœur ouvert ; il promit même d'assister à la prochaine messe de Père Michael.

Il suspecta cette femme de n'attendre que ça, car le doux son d'un léger battement de cœur chuchota dans son oreille. Puis, à la manière d'un véritable suzerain, il exigea qu'elle accepte le souffle qu'il lui envoyait.

Il souffla, puis la tourna sur le côté et donna de grandes tapes en haut de son dos pour retirer l'eau de ses poumons.

Respire, respire... pour l'amour de Dieu, respire ! Ne comprenait-elle pas un ordre ?

Un beau spectacle, en effet.

Il aurait pu en tirer une fortune, s'il avait été du genre à s'intéresser au théâtre. Elle accepta enfin son maudit souffle et le fit sursauter en hoquetant et toussant si violemment que c'était douloureux à regarder.

Elle serait punie pour ça.

C'était suffisant de devoir voir la perfection sous ses yeux et combattre pour la garder sur son royaume. C'était suffisant d'avoir eu à déplacer ses mains sur sa silhouette mince, coupée et contusionnée, mais autrement saine et sauve. C'était suffisant qu'il ait eu à observer ses tremblements violents jusqu'à pouvoir la porter et l'envelopper dans sa chaleur. Cette femme le rendait mort de peur.

C'étaient ces pensées qui le consumaient tandis que lui et ses hommes chevauchaient jusqu'au donjon. Il ne pouvait vivre avec une telle peur. Pourtant, c'était cette peur-là, ce besoin de protéger, qui lui permettait de suivre Gavin, à qui il avait ordonné de passer devant.

Les portes du donjon s'ouvrirent, ils prirent l'escalier et, pour la première fois depuis des heures, Greylen lâcha un soupir de soulagement. Sa maison. Lady Madelyn. Isabelle. Anna. La sécurité. Le détachement.

Sur ce dernier sentiment, il s'autorisa à reculer. Mettre de la distance. Ce n'était qu'une farce, ce détachement.

Chaque muscle dans son corps se crispa en regardant sa mère et Anna essayer de retirer les vêtements de cette femme. Il s'occupa finalement de cette tâche lui-même, arrachant les étranges vêtements de son corps. Il sentit chaque grimace involontaire comme si c'étaient les siens, de même pour les lacérations que sa mère et Anna nettoyèrent, voire qu'elles recousirent avec du fil et une aiguille avant de les recouvrir.

Mais la plus douloureuse des blessures, qu'il ne comprenait pas tant elle était impensable, était celle à ses yeux.

De la peau tendre, à vif et exposée. Les paupières étaient abîmées et précautionneusement enduites de crème. Des yeux bandés de lin.

Des yeux qu'il avait rêvé de voir.

Il ne dit pas un mot de tout ce procédé. Pas quand ses cheveux furent brossés puis attachés, pas quand on lui enfila une chemise de nuit d'Isabelle, puis une dose de Dieu sait quelle potion. Il se contenta de rester planté là, le corps si tendu que c'était un miracle qu'il n'ait pas craqué à l'intérieur.

Deux paires d'yeux se tournèrent vers lui : ceux de sa mère et d'Anna. Mais ce fut à la main d'Isabelle qu'il répondit. Il ne savait pas qu'elle était dans la pièce.

— Greylen, va prendre ton bain, dit-elle doucement.

Il fixa du regard son visage tourné vers le haut, conscient de ses mots, sans pouvoir bouger.

— Greylen, Anna apportera des rafraîchissements. Mère et moi resterons, je te le jure. S'il te plaît, Greylen. Va t'occuper de toi.

Il hocha la tête vers elle, puis se rendit dans la salle d'eau. Il y avait de vastes choses à faire pour s'occuper de lui. Isabelle avait eu la décence de ne pas le dire à voix haute. Il était couvert de sueur et de terre quand la tempête avait enfin éclaté et il en avait été débarrassé par l'eau froide. Désormais, il était couvert du sable du rivage, puis encore une fois de sueur quand il avait eu très peur.

L'eau du bain jadis chaude avait refroidi considérablement. Il frotta deux fois son corps et ses cheveux plus encore, passant brutalement ses mains sur son cuir chevelu. Il se rasa même. Il fit tout ce qu'il put pour rester dans la baignoire, alors que tout ce qu'il voulait était grimper dans son lit. Avec elle.

Elle régnait déjà sur lui.

Il enfila des trews[1] à cordon, quitta son sanctuaire et retourna dans ses quartiers. La scène n'avait pas changé. La main douce de sa mère caressait un visage pâle, l'air rayonnant d'Isabelle était à peine contenu et Anna cousait un vêtement de ses doigts agiles, son panier à couture à ses pieds.

Isabelle le mena à un fauteuil près du feu, où il s'assit sans discuter et but le vin qu'elle avait placé dans ses mains. Puis, il vida l'assiette qu'elle avait mise sur ses genoux. De la nourriture. Il avait passé beaucoup de temps sans. Tellement que cela semblait perturber son cerveau. Trop tard, il se rendit compte qu'on lui avait donné une potion également. Ils avaient intérêt à en avoir mis une forte dose, car sinon, il les tuerait.

Il haussa un sourcil en observant le profil de sa mère, espérant qu'elle se tournerait. Elle le fit et elle semblait plus que satisfaite.

— De quel droit crois-tu pouvoir me droguer ? l'accusa-t-il.

— Je ne sais point de quoi tu parles, répondit Lady Madelyn avec une fausse conviction.

— Tu mens, Mère, lui reprocha-t-il sèchement. Et tu mens mal.

— Greylen, *droguer* est un mot fort, se moqua-t-elle.

Elle se hâta de poursuivre en le voyant la fusiller du regard :

— Tu n'as pas dormi depuis des jours. Tu ne crois pas que tu pourrais le faire maintenant ?

— Tu veux dire maintenant que tu t'en es assurée, ou maintenant qu'elle dort dans mon lit ?

— Maintenant qu'elle dort dans ton lit. Je sais très bien la dose que j'ai administrée et tu dormiras, aucun doute là-dessus.

— Gavin, appela Greylen de son fauteuil.

Il savait que son bras droit était juste devant la chambre et il apparut très vite sur le palier.

— Il semblerait que Lady Madelyn se soit assurée que je me repose cette nuit. Tu es au courant de quelque chose ?

La légère réaction et le sourire à peine réprimé de Gavin

---

1. Les trews sont des pantalons en tartan traditionnels des Highlands.

agacèrent Greylen au plus haut point, mais il le crut quand il affirma :

— Non, je n'ai pas été mis dans la confidence.

— Continue à monter la garde. Ordonne à Duncan de parler à la patrouille des frontières et de revenir vers toi avant de se retirer.

Une fois ses ordres reçus, Gavin repartit, ses épaules tremblant de ce que Greylen devina être de la joie. Le trio traître le suivit juste après.

Greylen ne bougea pas une fois la porte close ; en vérité, il n'était pas sûr de pouvoir.

Il était plus qu'épuisé. Les trois nuits sans sommeil, la journée d'épuisement physique et de tourment émotionnel y avaient veillé. L'adrénaline à peine apaisée lui aurait fourni une autre nuit sans sommeil. Pourtant, sa mère lui avait épargné un tel destin.

Sa colère était déjà éteinte et Greylen ressentait quelque chose qui devait être du calme. Il approcha le fauteuil du lit. Les bandages ne diminuaient en rien l'apparence de la femme. Bon Dieu, elle était magnifique.

Il se rappelait chaque centimètre de sa peau comme s'ils étaient gravés dans son âme, de son inspection méticuleuse sur le rivage, et du voyage jusqu'au donjon, où il l'avait serrée contre lui. Il l'avait également observée tandis qu'on pansait ses blessures. Il n'avait pas fait de commentaire quand Anna avait hoqueté au sujet de sa silhouette mince. Il n'avait pas répliqué quand elle avait parlé de malnutrition. Le corps de cette femme sous-entendait un entraînement : des muscles élégants sur une bonne structure osseuse. Elle était la perfection et il savait instinctivement que c'était de son fait, tout comme il savait que la discipline l'habitait.

Combien de temps avait-elle lutté dans l'eau ?

Avait-elle su qu'elle perdrait ?

Est-ce que ça la troublait autant que lui ?

Il n'avait pas connu un jour de défaite avant que l'infernal soleil ne l'accueillît ce matin, avant qu'il ne vît sa lutte à elle se terminer, avant qu'elle ne coulât sous la surface.

Sur-le-champ, il se promit de ne plus jamais la connaître.

Cette même conviction le força à admettre que son faux détachement s'estompait rapidement. À chaque frisson qui traversait le corps de cette femme, chaque murmure qui s'échappait de ses lèvres, sa colère de la journée – sa furie à l'idée qu'elle ne vînt pas – partait.

Cela continua jusqu'à ce qu'il se levât, écartât les couvertures et s'allongeât à côté d'elle. Puis, il la prit dans ses bras et expérimenta un sentiment qu'il n'avait jamais ressenti auparavant.

Du contentement.

Ses cheveux doux sous son menton, son souffle chaud sur son torse et sa silhouette mince dans ses mains.

Par tous les cieux, cela valait le coup d'attendre.

CHAPITRE 4

Le rêve était toujours le même.

Gwen se blottit un peu plus dans l'étreinte chaude, soupirant quand des bras forts la serrèrent. Elle frotta son visage dans le creux de son cou, passa sa main sur son dos ferme et ses épaules, mêla ses doigts à ses cheveux doux et épais. De grandes et puissantes mains suivirent ses mouvements, elle sentit l'homme prendre l'arrière de son crâne et pencher doucement son visage.

Elle ne l'avait jamais senti hésiter avant. Ce soir, si. Elle tira sur ses cheveux, une demande silencieuse pour un baiser. Puis, il recouvrit ses lèvres, les scellant complètement aux siennes. Un son grave grogna dans son torse.

Ce rêve était différent.

Elle sentit la chaleur de ses lèvres et la pression de ses mains, la texture de ses cheveux et la chaleur de sa peau. Elle entendait ses bruitages et les lui retournait.

Ça semblait si réel.

Il caressa du pouce son menton, elle entrouvrit les lèvres et il s'y glissa. Il passa une éternité à simplement joindre leurs bouches... de toutes les façons possibles. Sa langue, d'abord émerveillée, l'explora lentement avant de devenir exigeante.

Elle se donna complètement à lui. En vérité, elle l'embrassait avec tout ce qu'elle avait. Ils partageaient une urgence et se rassasiaient comme ils n'avaient jamais pu le faire avant.

Des doigts, elle suivit les contours de son visage – son large front, son nez droit, ses pommettes hautes, son menton marqué et lisse – et l'attira plus près encore d'elle.

Mon Dieu, ça n'avait jamais été aussi agréable.

Elle lâcha un petit bruit quand il s'écarta, un gémissement qu'il fit taire de lents et passionnés baisers sur son front et ses joues. Puis, il recouvrit de nouveau ses lèvres avant de l'amener dans le creux de son cou.

— Dors, mon aimée, lui conseilla-t-il d'un murmure. L'aube est dans une heure.

Gwen enfouit son visage contre lui, des larmes silencieuses humidifiant ses joues – un désir oppressant l'écrasait de l'intérieur.

Elle n'avait jamais entendu le son de sa voix.

Cela la hanterait pour toujours.

Il fallut trente secondes à Gwen pour savoir que quelque chose n'allait pas. Pas du tout. En plus du brouillard dans sa tête, tout était noir. Elle ne pouvait pas ouvrir les yeux.

Voilà les pensées qui lui vinrent à l'esprit les dix premières secondes.

Les dix suivantes, elle se rendit compte qu'elle avait d'énormes bleus, certains plus sévères que d'autres. Ça, c'était mauvais.

Le *pire* fut les dix dernières secondes.

Ce fut là qu'elle sentit une chaleur sous sa joue, un souffle au-dessus de sa tête et de grandes mains sur son dos. La serrant avec tendresse et possessivité. Sûre et certaine qu'elle était pleinement consciente, mais qu'elle faisait une mauvaise réaction à l'intraveineuse, elle tenta d'appuyer sur le bouton pour appeler l'infirmière. Les bras autour d'elle se resserrèrent, accompagnés d'un murmure apaisant.

C'était si rassurant, ce contact physique et ce bruit, qu'elle se blottit plus profondément dans cette embrassade. Se laissant aller à des sensations complètement étrangères, elle se sentit en sécurité et protégée.

Puis, elle ressentit de la panique. Mon Dieu, de la peur, même.

Elle repoussa la personne de toutes ses forces, se précipitant au bord du lit, chaque mouvement lui faisant plus mal que le précédent. Elle tenta de respirer, mais aucun souffle n'était suffisant. Les mêmes grandes mains se posèrent sur ses épaules, doucement par-dessus ses épais bandages.

Enfin, tout lui revint d'un coup.

La perte de contrôle du véhicule. La coulée de boue et le plongeon dans l'océan. L'explosion des airbags. Les fenêtres de la voiture. Le verre brisé lui coupant la peau. La lutte pour nager jusqu'au rivage. Les vagues incessantes. La défaite.

— Qui... ?

Gwen essaya de reprendre son souffle. Elle avança ses mains et arrêta l'homme en les posant sur son torse. Une peau douce et chaude. Des muscles fermes sous ses paumes et ses doigts. C'était un mur de brique – un énorme mur de brique. Terrifiée par la taille du géant assis devant elle dans son lit, *son lit à elle*, elle s'écarta.

— Cessez ça.

Deux mots, dits avec une autorité douce, qui la choquèrent. *Cessez ça ?* Qui utilisait le verbe *cesser* à l'oral ? Et qui disait ça ainsi ? Avec une voix aussi profonde, un timbre aussi riche. Il semblait familier, mais...

— Qui...

Elle prit une inspiration.

— Êtes...

Elle était pantelante.

— Respirez, ordonna-t-il sur le même ton. Inspirez... Expirez...

Il continua ainsi sa rengaine, mais Gwen n'arrivait pas à suivre.

— Bon Dieu, pas encore.

Ça sonnait comme un juron et un soupir. Puis, des lèvres fortes se posèrent sur sa bouche ouverte. Chaudes et déterminées, lui coupant le souffle.

Avant de le lui rendre.

Calmement. Posément. À un rythme régulier.

Les mains sur ses épaules bougèrent. L'homme prit sa tête dans une main, la maintenant en place de ses longs doigts jusqu'à ce que son souffle soit identique au sien. Il aplatit son autre main sur sa poitrine, directement sur son cœur, comme pour exiger que le battement erratique de son cœur ralentisse.

Ça ne fonctionnait pas du tout.

Il s'écarta. Mais il reposa sa bouche sur ses lèvres et acheva son aide de premiers secours complètement inconventionnelle avec ce qui ne pouvait être qu'un baiser.

Il ne la lâcha pas. Sa tête resta dans la paume de sa main, son dos supporté par son bras tandis que sa main couvrait sa poitrine.

Greylen n'aurait pas pu lâcher même si sa vie en dépendait. Trop d'émotions et pas une seule qu'il contrôlait. Il avait dormi comme jamais auparavant. Le tiraillement auquel il était si habitué n'était plus.

Il s'était réveillé comme toujours, une heure avant l'aube, mais pour la première fois, il n'avait pas eu à tendre la main. Aucune douleur ne l'avait accueilli, aucun vide. À la place, il l'avait serrée plus fort et embrassée. Il avait senti sa tristesse après et lui en avait demandé la cause, mais elle avait déjà succombé au sommeil. Sa respiration stable et régulière, chaude sur son torse, l'avait bercée jusqu'à un sommeil léger. Il l'avait sentie s'agiter quand elle s'était réveillée, puis avait senti sa panique.

Avec quelqu'un d'autre, il aurait utilisé des mots pour

l'apaiser. Pour une raison étrange, il savait qu'elle n'écouterait pas. Cette même perspicacité lui souffla qu'elle se préparait à se battre.

Il voulut l'embrasser encore. À la place, il effleura des doigts son visage. Des mèches égarées, libérées de sa tresse faite la nuit précédente, retombèrent encore une fois.

— Si vous avez fini de faire mon respirateur humain, j'aimerais voir mon dossier.

Greylen sourit – l'agacement lui allait très bien.

— Et comment exactement comptez-vous voir ce dossier ?

À l'évidence, elle entendit l'amusement dans sa voix, mais son expression faciale désormais détendue contredisait ses tentatives ridicules pour le repousser.

— Écoutez, monsieur...

— Vous pouvez m'appeler Greylen.

— Je vais appeler les autorités.

— Je *suis* l'autorité, la prévint-il.

Il réprima un rire. Elle lui lança un sourire narquois.

— Je ne veux pas vous faire de mal, mais si vous ne me lâchez pas...

Elle hoqueta.

— J'ai senti ça, reprit-elle. Un *gloussement*, vous avez réprimé un gloussement.

Cette fois, il rit.

— Bon Dieu, femme, je l'admets, oïl. Vous croyez pouvoir me faire mal ?

— Je vous botterai le cul tellement vite que vous ne saurez pas ce qui vous a frappé, aboya-t-elle. Maintenant, lâchez-moi et faites venir le putain de médecin. *Maintenant.*

Son ordre le fit resserrer sa poigne.

— Je ne sais pas du tout qui est ce *putain de médecin* que vous voulez, mais je vous assure que vous n'êtes pas en état de frapper quoi que ce soit, et encore moins *mes fesses*.

Il parlait avec autorité, son visage à quelques centimètres d'elle. Il l'observa commencer à tâter le lit autour d'elle.

— Dites-moi ce que vous cherchez, exigea-t-il en suivant des yeux ses mains.

— Le bouton pour appeler, murmura-t-elle.

Le peu d'énergie guerrière qu'elle avait semblait s'estomper.

— À quoi ça sert ?

— Greylen.

Un presque cri réprobateur les interrompit. Isabelle était entrée dans la pièce.

— Tu es en train de lui faire peur.

Greylen se tourna vers sa sœur, sans la lâcher. En réalité, il était désolé qu'Isabelle soit entrée. Il ne pouvait s'empêcher d'agacer cette femme. Elle l'enflammait. Et il aimait ça.

— Je lui fais *peur* ? Elle a menacé de me botter le...

Il secoua la tête.

— Tu ne me croirais pas.

— Je suis sûre que tu as mal compris, le contredit Isabelle avec un geste de la main majestueux. Mère est en chemin, Greylen. Si elle pense que tu...

— Ah... *pardonnez-moi*. J'aurais bien besoin d'aide.

La requête était dirigée vers Isabelle. Greylen rétablit la vérité, vu qu'elle semblait croire qu'elle avait besoin d'être protégée de lui.

— Vous n'aurez jamais à craindre de moi, jeune femme. Vous comprenez ?

Il n'avait pas voulu crier. Il avait juste l'habitude de donner des ordres.

— Oh, bien sûr, je comprends, pourquoi aurais-je peur de vous ? ironisa-t-elle.

Quelques secondes après, Isabelle les interrompit :

— Ça suffit, Greylen.

C'était la deuxième réprimande qu'elle lui faisait et elle essaya de retirer ses mains de la femme qu'il tenait toujours. Il la laissa faire, puis regarda Isabelle l'installer contre les oreillers une fois de plus.

— Elle n'est pas en état pour... pour ce que tu fais.

— *Ce que je fais ?* répéta-t-il incrédule.

Puisqu'il ne semblait pas pouvoir s'en empêcher, il prit la petite tigresse sur le lit dans ses bras de nouveau, la tenant par les épaules.

— *Toi,* qu'est-ce que tu fais ?

— Je vais vous dire ce que *moi* je fais, répliqua la jeune femme avec colère. Rien ! Je reste étendue dans mon lit avec mes un mètre soixante, mes longues jambes et mes petits seins.

Elle souligna ce fait en les prenant dans ses mains et ajouta :

— *Qu'est-ce que vous foutez, vous ?*

Greylen pencha la tête sur le côté et pinça l'arête de son nez comme pour ne pas rire. Il la regarda de nouveau et se rendit compte de qui se trouvait derrière elle. Si elle pensait être en colère avant ça, il ne pouvait qu'imaginer les émotions que les mots qu'il allait prononcer éveilleraient.

— Je vous présente ma mère, ma sœur et mon second, l'informa-t-il en surveillant leurs expressions.

Isabelle semblait grandement amusée et un éclat rouge teintait ses joues. Gavin avait un sourire aux lèvres comme lui. En revanche, sa mère semblait choquée. Elle avait à l'évidence entendu les commentaires précédents, à moins qu'elle ne soit ébranlée d'avoir vu cette femme prendre dans ses mains ses seins.

Cette femme le ravissait plus qu'elle ne le saurait jamais.

— Oh mon Dieu, lâcha-t-elle en soupirant. Assommez-moi encore, s'il vous plaît. Je ne peux pas, là. Des médicaments, donnez-moi des médicaments et réveillez-moi quand le cauchemar est terminé.

Greylen prit cette demande comme une défaite. Son sourire disparut et il la posa doucement sur les oreillers.

— Êtes-vous en souffrance ? demanda-t-il en écartant ses cheveux de son visage.

— Allez-vous-en, rétorqua-t-elle en agitant ses mains devant elle. S'il vous plaît, allez-vous-en.

— Dites-moi votre nom, jeune femme, répondit Greylen en ignorant son commentaire.

— Vous me laisserez tranquille si je le fais ?

— Non, mais je me retirerai du lit, concéda Greylen.

Elle ricana.

— Comme c'est galant, vous vous retirerez de *mon* lit si je vous dis mon nom ?

— Non, je me retirerai de *mon* lit, murmura-t-il.

— Quoi ?

Elle se redressa brusquement. Mauvaise idée, à en croire la façon dont elle agrippa sa tête.

Greylen tendit la main, l'attirant à lui.

— Ça suffit ! Cessez ça tout de suite. Mère, pour l'amour de Dieu, donne-lui quelque chose.

Il ne pouvait supporter de la voir souffrir. Lady Madelyn s'approcha instantanément.

— Greylen, tu dois la lâcher. Je dois regarder ses blessures.

Le ton de sa mère était plus doux que d'habitude ; elle sentait sa détresse de voir la douleur de cette femme. Par réflexe, ses bras se resserrèrent et il baissa le menton un peu plus vers la tête qu'il avait blottie contre lui.

— Tu lui donneras quelque chose pour la douleur, Mère. *Maintenant.*

Il se comportait comme un animal blessé protégeant son enfant. Il ne la lâcherait pas avant d'être sûr qu'elle ne souffrirait plus. Et il sentit qu'elle ressentait la même chose, car elle se blottit contre lui.

Ce geste scella son destin, si ce n'était pas déjà fait.

Greylen maintint sa tête contre son torse et plaça la tasse que sa mère lui tendit devant ses lèvres. Elle but entièrement. Il savait d'expérience qu'un goût amer s'attarderait dans sa bouche, mais elle resta immobile. Sachant que la potion agirait vite, il continua à la tenir dans ses bras. Quelques minutes plus tard, il la sentit commencer à se détendre. Puis, elle tapota gentiment son torse d'un doigt. En réponse, il se pencha vers elle.

Elle lui murmura, de sorte qu'il soit le seul à entendre :

— Greylen ?

Il ferma les yeux, apaisé d'entendre son nom sur ses lèvres et la douceur de son ton. Puis, il baissa la tête.

— Oïl, chuchota-t-il.

Il voulait garder leur conversation aussi privée que possible avec trois paires d'yeux qui les fixaient depuis le bord du lit.

— Mon prénom est... Gwendolyn.

C'était une reddition. Et il sentait que l'abandon ne lui venait pas facilement.

Gwendolyn.

Elle avait un nom. Et un joli nom. Pour la première fois depuis aussi loin que ses souvenirs remontaient, il n'eut pas les mots. Il savait que s'il parlait, sa voix serait remplie de la même émotion qui troublait sa vision.

Il fallut une longue minute avant qu'il ne prononçât son prénom :

— Gwendolyn, ma mère, Lady Madelyn, doit vérifier l'état de vos blessures. C'est une guérisseuse et elle vous a prodigué des soins hier soir. Ma sœur, Isabelle, est ici aussi et Gavin, mon second. Anna est dans la pièce aussi, maintenant. Elle sert notre famille depuis des années et elle veillera à ce que vous ayez tout ce dont vous pourriez avoir besoin.

Il la posa gentiment sur le lit et observa sa mère écarter ses cheveux de son front. Les effets de la potion de sa mère faisaient effet et Gwendolyn resta immobile pendant que des mains douces retiraient ses bandages, nettoyaient ses égratignures, et les bandaient encore une fois.

— Gwendolyn, je dois regarder les blessures à vos yeux, expliqua Lady Madelyn, assise à côté d'elle sur le lit. Vous ne devez pas les ouvrir, la peau est à vif. Je vous assure, cela vous causerait beaucoup de douleur de les ouvrir.

Greylen observa Gwendolyn grimacer quand l'air frais entra en contact avec la peau exposée, mais elle resta immobile tandis que sa mère appliquait de la pommade et les recouvrait.

— Je demanderai à Anna d'apporter un plateau et peut-être que plus tard, vous pourrez prendre un bain chaud pour apaiser les douleurs que vous devez avoir. Isabelle reviendra vite et je vérifierai votre état plus tard.

— Merci, Lady Madelyn.

— Je vous en prie, ma chère.

Alors que tout le monde commençait à quitter la pièce, il demanda à sa mère ses instructions pour Gwendolyn et en donna quelques-unes à Gavin. De nouveau seuls, il s'assit dans le fauteuil qu'il avait pris dans le petit salon de sa chambre la veille et observa Gwendolyn dormir. Il fut troublé dans ses pensées quelques secondes plus tard, quand elle roula sur le côté pour lui faire face.

— Greylen ?

— Oïl ?

— J'ai de nouveau besoin de votre mère, ou Isabelle. S'il vous plaît.

Il savait exactement de quoi elle avait besoin, mais il n'allait pas laisser quelqu'un rentrer déjà dans sa chambre.

— Pouvez-vous vous débrouiller seule, si je vous porte ?

— Oui.

Il la tira vers lui et la porta dans la salle d'eau, ne la laissant que lorsqu'il fut sûr qu'elle pouvait tenir debout seule. Il attendit juste derrière la porte et quand elle la franchit, il prit ses mains et les nettoya avec un linge avant de le jeter dans la bassine. Il ne savait pas si son rougissement provenait du fait de devoir être portée aux latrines ou de devoir partager son intimité ainsi.

— Cela devient une habitude, Greylen, grommela-t-elle ensommeillée.

Ses lèvres dessinaient un petit sourire.

— Ce n'est que le commencement, Gwendolyn.

— Vous semblez bien sûr de vous.

— Je le suis.

— C'est ça donc ? *Je le suis*, l'imita-t-elle en tapant son torse.

— Oïl, confirma-t-il sans expliquer.

Il sentait sa fatigue et voulait simplement la voir se reposer. Il la porta dans sa chambre et se pencha pour la placer sous les couvertures.

— Non, demanda Gwendolyn en enroulant ses bras autour de son cou. Je ne veux pas retourner dans le lit.

Elle dut noter son hésitation, car elle se hâta de reprendre :

— S'il vous plaît, je ne peux pas me reposer ailleurs ?

— Si.

Il la sentit resserrer ses bras autour de son cou et il s'écarta du lit. Il la transporta jusqu'au fauteuil devant la cheminée et s'assit avec elle.

— Je ne voulais pas dire sur vos genoux, répliqua-t-elle en posant son doigt sur son torse.

Greylen enveloppa sa main de la sienne, arrêtant son geste.

— Êtes-vous toujours aussi obstinée ?

— Non, affirma-t-elle en soupirant.

Elle posa sa tête sur son épaule.

— Dieu merci, marmonna-t-il.

— D'habitude, je suis bien pire.

Greylen secoua la tête, jurant dans sa barbe. Elle n'était en rien ce à quoi il s'attendait. Pourtant, malgré sa différence, Gwendolyn était parfaite pour lui. Elle ne serait pas intimidée ou effrayée par son pouvoir. Elle était dotée de sa propre force et il l'en admirait. Il n'arrivait pas à croire qu'elle soit ici. Il avait dormi avec elle cette nuit et si elle n'avait pas été blessée, il lui aurait fait l'amour.

Il pouvait encore sentir son corps pressé contre le sien la veille. Ses mains dans ses cheveux, la façon dont elle avait tiré dessus pour exiger qu'il l'embrasse. Elle avait répondu avec tant d'ardeur qu'il lui avait fallu toute sa retenue pour mettre fin au baiser. Ses larmes l'avaient dérangé, mais il la questionnerait plus tard. Pour l'instant, il avait d'autres points sur lesquels il souhaitait des réponses.

— Comment avez-vous fini dans l'eau, Gwendolyn ?

Il la sentit frémir et la serra plus fort.

— J'ai perdu le contrôle de mon véhicule. La tempête a fait s'écrouler la route, murmura-t-elle.

Le terme lui était étranger. Il ne savait pas du tout ce que cela voulait dire.

— Et vos blessures, comment les avez-vous faites ?

— Les airbags ont provoqué les brûlures sur mon visage et le verre brisé de la vitre a coupé la peau, expliqua-t-elle. M'avez-vous sauvée, hier soir, Greylen ?

— Oïl, répondit-il d'un ton grave.

C'était quelque chose qu'il aimerait oublier.

— Pourquoi ne m'avez-vous pas amenée à l'hôpital ?

— Vous êtes au château de Seagrave, Gwendolyn.

— Je ne peux pas rester ici, Greylen. J'apprécie tout ce que vous avez fait pour moi, vraiment, mais je devrais y aller.

— Vous resterez ici, Gwendolyn. Je ne vous autoriserai pas à aller ailleurs.

— Ce n'est pas à vous de décider.

— Si, Gwendolyn. Votre place est ici.

Elle marmonna un « ah » en réponse, comme si ses mots étaient incroyables.

— Où iriez-vous ? demanda-t-il.

A-t-elle quelqu'un ? songea-t-il.

— Je retournerai à l'auberge, ou à l'hôpital ou la clinique, peut-être, murmura-t-elle.

— Qui prendrait soin de vous ?

Il n'était toujours pas satisfait, il avait besoin de savoir et était troublé par cette incertitude.

— Je peux prendre soin de moi. Je le fais depuis des années.

— Il y a quelqu'un... ?

Il ne put finir sa phrase. La possibilité le rendait furieux, désormais.

— Non, lâcha-t-elle avec ce qui ressemblait à un rire. Mais je dois appeler Sara.

Ses bras se détendirent ; son explication l'apaisait.

— Qui est Sara ?

— Une amie. Elle va s'inquiéter et je suis sûre que le couple qui gère l'auberge se demandera où je suis. Vous les appellerez pour moi ? Il faudra chercher le numéro de l'auberge. Enfin, vous devrez le faire, mais je peux vous dicter celui de Sara.

Greylen réfléchit à ses mots, mais il ne les comprenait pas.

— Donnez-moi les informations. Je m'en occuperai moi-même.

Enfin, il la glissa sous les couvertures du lit et s'assit à côté d'elle pendant qu'elle sombrait dans le sommeil. Un long moment après, il partit à contrecœur, un parchemin à la main.

CHAPITRE 5

Gwen se réveilla au doux bruit d'un fredonnement. Des doigts délicats la touchaient avec gentillesse. Elle se tourna sur le côté, souriant à la main qui écartait les cheveux de son front.

Elle ne se rappelait pas que Greylen était parti, mais à l'évidence, c'était le cas. Il l'avait portée jusqu'au lit et avait écrit le numéro de Sara et le nom de l'auberge. Puis, il s'était assis à côté d'elle, appuyé contre la tête de lit.

Il avait pris sa main, visiblement fasciné. Des pouces, il avait caressé sa paume ainsi que le dos de sa main, comparé la taille de leurs deux mains avant d'entremêler leurs doigts ensemble.

Et il avait recommencé. Caresser. Comparer. Entremêler.

Chaque contact traversait tout son corps, des pieds à la tête.

Elle sentait toujours son odeur autour d'elle et si elle avait été seule, elle aurait enfoui son visage dans l'oreiller pour en inhaler chaque molécule. Elle avait la sensation de ne pas avoir rêvé la nuit dernière.

Elle avait dormi dans ses bras et s'y était également réveillée.

Cela devrait la terrifier. Mais ce qui la terrifiait n'était pas qu'elle se soit réveillée dans le lit d'un homme étrange, mais que l'embrasser lui ait semblé si naturel. *Attention à ce que tu souhaites, Gwendolyn.*

— Gwendolyn, c'est Isabelle, dit doucement la sœur de Greylen.

Gwen sourit.

— Salut, Isabelle.

— Salut.

Isabelle rit en imitant sa manière de saluer.

— Comment vous sentez-vous ?

— Sommes-nous seules ?

— Oïl. Anna vient de partir pour aller chercher un nouveau plateau. Vous dormiez pour le premier et Greylen a insisté pour qu'on ne vous réveille pas.

— Votre frère est toujours aussi autoritaire ?

— C'est son deuxième prénom.

Gwen rit.

— Étonnamment, je ne suis pas surprise.

— Oh, elle est réveillée, fit Anna en rentrant dans la pièce.

Gwen la sentit poser quelque chose sur le lit et écarter Isabelle pour s'asseoir.

— Voyons maintenant si vous avez de la fièvre, dit-elle en plaçant une main sur son front. Froid au toucher, c'est très bien. On va vous mettre à l'aise et je vous aiderai à manger.

Anna commença à redresser les coussins en tirant Gwen contre sa poitrine moelleuse. Ce geste faillit lui donner les larmes aux yeux. Elle ne s'était jamais sentie aussi chouchoutée.

— Anna, croyez-vous que je pourrais m'asseoir dans une chaise plutôt ? Je pense que je devrais bouger pour ne pas devenir courbaturée.

— Vous êtes sûre ? Vous nous avez fait une belle frayeur.

— Je suis sûre. Isabelle, voulez-vous bien m'aider ? demanda Gwen en tendant les bras.

Isabelle prit les mains de Gwen et l'aida à se lever.

— S'il vous plaît, faites attention, Gwendolyn. Si Greylen apprend que vous êtes sortie du lit, il se mettra en colère.

— On n'aura qu'à ne pas lui dire, alors, fit-elle malicieusement.

— Oh, Gwendolyn, je suis tellement contente que vous soyez enfin là.

Gwen s'arrêta à ces mots.

— Que voulez-vous dire, *enfin là* ?

Elle ne rencontra qu'un silence de plomb et réessaya :

— Isabelle, que vouliez-vous dire ?

— Nous vous attendions, annonça-t-elle doucement.

Gwen remarqua la façon dont elle parlait. Sa déclaration était assurée, mais elle chuchotait comme si elle ne voulait pas le dire.

— Je ne comprends pas. Comment pouviez-vous m'attendre ?

— J'en ai trop dit. Venez, installez-vous.

Isabelle commença à la guider, mais Gwen l'arrêta.

— Vous n'avez rien dit. J'insiste, dites-moi ce que vous vouliez dire par là.

Isabelle garda le silence un moment, comme ne sachant pas par où commencer, puis tout jaillit de sa bouche :

— Nous savions que vous viendriez hier, Gwendolyn. Enfin, ce n'est pas tout à fait vrai. *Je* savais que vous viendriez, dit-elle avec beaucoup d'aplomb. Mais Greylen a beaucoup souffert pendant cette journée. Il était sûr d'avoir été trompé. Enfin, peut-être que *trompé* n'est pas le bon mot.

Gwen imaginait Isabelle tapoter un doigt contre sa joue.

— *Dupé*, peut-être, non, pas *dupé... trahi*. Oïl.

Gwen sentit son geste quand elle leva le doigt.

— Trahi. Il a failli tuer la plupart des hommes et son visage... *bon Dieu*, personne ne voulait l'approcher. Et peu importe combien de fois j'ai dit à Gavin que la tempête viendrait...

Isabelle s'arrêta au beau milieu de sa phrase et Gwen se demanda si Anna était bouche ouverte comme elle.

— Greylen a failli tuer la plupart des hommes ? répéta-t-elle. Quels hommes ? *Pourquoi ?*

— *Les soldats, Gwendolyn*, répondit Isabelle d'un ton de réprimande. Vous n'avez pas écouté ? Ils étaient en rang et il les a tous battus, ce qui était un peu humiliant... pour les soldats, je parle.

— Il les a battus ? Comment ?

Son instinct se trompait ? Greylen *battait* des hommes ?

— Avec son épée, bien sûr, répondit Isabelle du même ton, comme pour la gronder de ne pas suivre le fil.

— *Quoi ?*

— Oh là là, je vous ai troublée. S'il vous plaît, Gwendolyn, il nous faut nous asseoir. Vous semblez sur le point de vous évanouir.

Isabelle parlait vite, comme si elle voulait passer à autre chose.

— Isabelle ! la réprimanda Lady Madelyn.

Elle entra dans la pièce en ayant visiblement entendu une grosse partie de la conversation et Gwen prit aussitôt la main d'Isabelle. Pour une étrange raison, elle ressentait le besoin de la protéger. Gwen savait qu'Isabelle ne voulait pas la troubler. Son honnêteté et son besoin de lui faire plaisir étaient évidents, attachants, même.

— Lady Madelyn, s'il vous plaît, ne soyez pas en colère contre Isabelle. Elle n'a rien fait de mal.

Gwen ne vit pas l'expression de Lady Madelyn s'adoucir, mais elle le sentit dans ses mots quand elle reprit la parole :

— Gwendolyn, je ne souhaite que votre bonne santé et votre bien-être. Que vous voliez au secours d'Isabelle aussi vite me fait grandement plaisir. Surtout vu la tension si conséquente des derniers jours, cela fait du bien de voir que tout est comme il faut, enfin.

Lady Madelyn prit les mains de Gwen et la mena devant le feu qui rugissait, et vers un fauteuil. Elle se demanda si c'était le même que celui dans lequel elle s'était assise avec Greylen, la veille.

Lady Madelyn examina ses blessures tout en continuant à parler.

— Nous avons attendu si longtemps les évènements d'hier,

Gwendolyn. Je connais la prophétie depuis des années et je croyais en ses mots de tout mon cœur. Je n'étais pas sûre que Greylen l'accepterait quand j'ai décidé de lui confier son existence.

Elle s'arrêta, comme pour se remémorer.

— Mais j'ai pris la bonne décision. Si seulement j'avais su depuis combien de temps il souffrait en silence. Il se croyait fou.

Gwen était un peu, voire beaucoup, perdue par ce que disait Lady Madelyn. Réchauffée par le feu, se sentant aux petits soins grâce à Lady Madelyn qui s'affairait autour d'elle et bien sûr, affaiblie par les antidouleurs, elle continua à écouter en silence.

— À mon réveil, hier, je me suis reproché mon scepticisme. La journée était aussi belle que possible et la colère de Greylen qu'il ait été trompé était des plus douloureuses à voir. Isabelle était la seule qui semblait sûre que la tempête viendrait. Pardonne la dureté de mon ton, Isabelle. Gwendolyn, je vous examinerai plus tard. Je n'avais pas vu que vous n'aviez pas encore mangé. Peut-être qu'après vous être reposée, nous pourrons demander un bain.

Gwen sourit, contente que le ton de Lady Madelyn ait changé.

— Merci, Lady Madelyn, un bain me ferait très plaisir, mais je pense m'être suffisamment reposée.

— Anna veillera à ce que vous buviez une infusion. Elle vous fatiguera et j'insiste pour que vous vous reposiez après votre repas.

— Puis-je vous poser une question, Lady Madelyn ?

— Bien sûr.

— Greylen a dit que vous étiez une guérisseuse. Les docteurs sont appelés guérisseurs dans les Highlands ?

— Non, nous avons des docteurs. Mais tant que vous êtes sous mes soins, je ne les laisserai pas vous approcher.

— C'est pour ça que Greylen ne m'emmène pas à l'hôpital ? Parce que vous n'avez pas confiance en les médecins là-bas ?

— Je peux vous assurer que vous recevez les meilleurs soins possibles.

Gwen se hâta d'en convenir et la remercia. Elle voyait bien que ses brûlures étaient parfaitement soignées et bandées et elle se sentait quelque peu engourdie des médicaments qu'on lui avait donnés plus tôt. Instinctivement, elle savait qu'elle avait des points réguliers et bien serrés, sans signes de gonflement et drainage.

Comme l'avait dit Lady Madelyn, Gwen s'endormit peu de temps après.

Pour la deuxième fois en moins d'une journée, Greylen nageait en eaux incertaines. Cette femme le désarmait, tout simplement. D'abord, elle menaçait de lui botter les fesses, puis elle s'insultait elle-même – *devant témoins*. Elle l'avait mis sens dessus dessous en quelques heures. Surtout avec ses commentaires sur le besoin d'appeler *Sara* et *l'auberge*.

Sa réticence à la quitter l'avait surpris. En fait, il était resté plus longtemps que nécessaire, content de lui tenir la main. Une main qu'il avait passé au moins une heure à étreindre. Ce n'était que lorsqu'Anna était entrée qu'il s'était enfin écarté du lit.

Espérant une distraction bien nécessaire, il était allé voir Duncan. Il s'entraînait avec un nouveau groupe de soldats qui s'avéraient représenter un défi. Le premier objectif avec les garçons qui venaient à eux était de leur faire oublier les compétences qu'ils possédaient déjà. La tâche ne prenait souvent guère plus de deux semaines et leur ouvrait de nouvelles perspectives dans leur maîtrise technique. Greylen et ses hommes expliquaient sans cesse que s'ils croyaient en leurs capacités, ils progresseraient naturellement vite. Cet équilibre permettait à ses soldats de devenir les meilleurs combattants des Highlands.

Greylen s'approcha du terrain d'entraînement, remarqua la frustration de Duncan et entra aussitôt dans la mêlée. Les garçons éparpillés s'inclinèrent. C'était un honneur de s'entraîner avec lui personnellement et tous les lairds n'agissaient pas ainsi. Greylen, lui, n'acceptait pas d'autre façon. Il était fier de voir ses garçons perfectionner leurs compétences et devenir des hommes.

Aujourd'hui, en revanche, son attention était ailleurs. Il prit un coup d'une épée qui trancha la peau de son bras. Le garçon qui avait provoqué cette blessure tomba aussitôt à genoux, le visage rempli de peur. Greylen releva le garçon et posa une main ferme sur son épaule, exigeant qu'il croise son regard.

— Une leçon, Michael. Ne perds jamais ton calme au combat, que ce soit à l'entraînement ou sur une bataille. Ta vie en dépend.

Greylen se tourna vers Duncan et prit congé. Il était temps de se pencher sur la question de sa mère. Elle ne serait pas contente.

Après un regard sévère de Lady Madelyn et un geste de la main, Greylen s'assit dans la chaise qu'elle lui montrait. Elle finit rapidement son travail et ne mentionna pas une fois la raison de cette blessure.

— Bonne chance avec le reste de ta journée, mon fils. Je garderai mes instruments sous la main au cas où tu aurais besoin de mes services encore une fois.

Greylen lui lança un sourire ironique et la remercia, puis alla dans son bureau.

Ces derniers jours, il avait été dans tous ses états, et maintenant, il devait répondre aux correspondances en haut de son bureau. La plupart des lettres contenaient des nouvelles des clans voisins. Elles deviendraient le programme des discussions du prochain conseil.

Le conseil, constitué de douze lairds, se réunissait quatre fois par an. Après des années à se quereller sous le règne de son père, Greylen et ses pairs s'efforçaient de vivre en paix. Leurs uniques conflits n'étaient désormais rien de plus que des escarmouches ou combats sur ordre de leur souverain.

Greylen servait son roi et aidait à mettre fin à la querelle infernale qui rongeait leur terre. Seuls quelques-uns causaient désormais des troubles – ceux qui étaient pleins de haine ou avides de pouvoir.

Un clan en particulier posait problème : celui des MacFale. Cela ne venait pas du père, mais de son fils, Malcolm. Leurs terres se trouvaient dans le Sud et Greylen savait que Malcolm était responsable des derniers troubles. Même s'il ne l'avait pas vu depuis des années, la jalousie de Malcom envers le succès continuel de Greylen alimentait sa haine.

Greylen commença à lister les doléances à adresser, mais regarda la porte en sentant Gavin approcher. Il l'autorisa à entrer et lui désigna une des chaises devant son bureau. Il lui jeta le parchemin qu'il avait dans sa poche et observa sa réaction.

Gavin l'étudia, puis le regarda, interloqué.

— Qu'est-ce que c'est ?

— Des numéros que Gwendolyn veut que... *j'appelle*. Le premier correspond à son amie, Sara. Le dernier, le nom de l'auberge où elle séjournait.

Gavin secoua la tête.

— Je n'ai aucune idée de ce qu'elle veut dire, Greylen, et ce nom ne m'est pas familier.

— Moi non plus.

Il reprit le parchemin, fixa du regard l'étrange séquence de chiffres.

— Elle... sacrebleu, Gavin.

Greylen se leva et marcha vers la fenêtre derrière son bureau, puis observa au-delà du jardin sans rien voir.

— Les choses qu'elle dit... la façon dont elle parle.

— Explique-moi et on trouvera une solution.

Greylen lâcha un rire amer avant de se tourner.

— Oïl, merci, *Mère.*

— Tu as une meilleure idée ?

— Non.

Greylen se rassit et répéta le récit de Gwendolyn sur ce qu'il s'était passé. L'accident du *véhicule*, les airbags, la vitre et le verre brisé. Il évoqua son dialecte. Même si c'était assez simple à comprendre, c'était loin de celui qu'il entendait ailleurs. Elle parlait bizarrement, droit au but. Avec autorité. Et beaucoup de franchise.

— Et sa franchise te dérange ?

— Bien sûr que non. J'ai enduré ton impertinence pendant des années.

Et c'était vrai. Quinze ans, pour être exact. Ils avaient combattu côte à côte au service de leur roi. Et peu de temps après, Gavin lui avait prêté allégeance. Ils avaient forgé un lien inébranlable au fil des ans. Proches comme de véritables frères, peut-être même plus, voilà comment ils avaient voulu leur alliance. Ils se contrariaient mutuellement en continu par des remarques acides et des insultes à peine dissimulées. En vérité, l'un ne serait pas le même sans l'autre.

— Non, ce n'est point un problème, reprit Greylen. Mais les autres points, alors ?

— Qu'y a-t-il avec cela ? La prophétie parlait...

— D'un autre temps, compléta-t-il en passant ses mains dans ses cheveux. Je sais, Gavin. Ça expliquerait ses habits étranges, l'accident dont elle parle, son dialecte et ses manières. Je...

Il jura au lieu de poursuivre et retourna près de la fenêtre.

— J'ai d'autres nouvelles, Greylen.

Il haussa un sourcil et Gavin reprit :

— Notre frontière sud a été franchie avant l'aube. Cinq bovins ont été massacrés.

Greylen secoua la tête. Exactement ce dont il avait besoin. *Sacrebleu.*

Résigné à l'idée qu'il ferait nuit quand il rentrerait, il donna ses ordres :

— Kevin et Hugh resteront. Si Gwendolyn est capable de se déplacer, ils la suivront comme son ombre.

— Ils prendront place devant ta chambre, promit Gavin.

— Alors on part. Je veux voir le carnage moi-même.

— Et tes plans... pour Lady Gwendolyn ?

— Rien n'a changé, Gavin. Je n'attendrai pas.

Greylen réfléchit au sens de cette question tout en observant son second partir. Il passa ses mains dans ses cheveux, imaginant la scène dans sa tête.

Celle qui aurait lieu quand il informerait Gwendolyn de son rôle à jouer.

CHAPITRE 6

Au lieu d'aller dans la cour, Greylen se retrouva dans sa chambre. C'était le dernier endroit où il devrait être à ce moment précis, pourtant c'était là qu'il se trouvait. Il détestait l'admettre, mais il avait hâte de voir Gwendolyn. Et étrangement, dès qu'il posa les yeux sur elle, la tension dans son torse diminua. Elle semblait se reposer par intermittence sous les couvertures pendant qu'Isabelle était assise à côté d'elle.

— Laisse-nous, ordonna Greylen, debout à côté du lit.

Gwendolyn roula, mais attendit que la porte se ferme avant de parler.

— Vous avez l'air en colère, Greylen.

— Je pensais que vous dormiriez.

Elle se redressa en position assise.

— Je me repose, c'est tout. Quelque chose ne va pas ? Quand vous disiez *laisse-nous,* dit-elle en imitant sa voix rauque, j'étais censée partir aussi ?

— Comment vous sentez-vous ? demanda-t-il en ignorant son commentaire.

— Votre mère dit que les bandages pourront être enlevés demain.

— Je suis conscient de vos progrès, Gwendolyn. Je vous ai demandé comment vous vous sentiez.

Il le dit plus sévèrement qu'il ne le voulait, fâché contre lui-même de ce qui ne pouvait être qu'un manque de discipline de sa part.

— Votre mère n'arrête pas de me donner des antidouleurs liquides. Visiblement, vous avez une pharmacie géniale et exhaustive. Et s'il vous plaît, appelez-moi Gwen.

Elle lui lança son premier vrai sourire.

— Gwen, je...

Désarmé par son sourire, il eut vraiment des difficultés à poursuivre.

— Allez-vous me ramener, Greylen ?

Il attendit un moment pour répondre :

— Gwendolyn, tu ne repartiras pas là-bas.

Il observa son visage tourné vers lui et se demanda comment elle pouvait penser pareille chose. Il y avait encore bien sûr beaucoup d'inconnues ; pourtant renoncer à elle n'en faisait pas partie. Vu sa réaction physique et son attirance pour elle ainsi que sa conviction étrange et interne que Gwendolyn était la femme de la prophétie, l'idée de *la ramener*, comme elle venait de le formuler, était grotesque.

— Il y a un problème à l'auberge ? demanda-t-elle déconcertée. Ils ont loué ma chambre ? J'étais sûre d'avoir payé pour deux nuits de plus.

Elle avait prononcé la dernière phrase presque pour elle-même, puis tourné la tête de gauche à droite, comme pour réfléchir.

— Ils ont ma carte de crédit dans leur dossier en plus, Greylen.

— Je ne leur ai pas parlé, Gwendolyn.

— Vous n'avez pas appelé ?

Impossible de ne pas voir la réprimande dans sa voix. Elle attrapa sa main.

— Mais vous aviez dit que vous vous en occuperiez. Et Sara ? Elle va s'inquiéter si je ne lui donne pas de nouvelles.

Ses doigts s'agitaient sur sa main. Il s'agenouilla devant elle, couvrit sa main de la sienne et lui avoua en toute honnêteté :

— Je n'ai aucun moyen d'appeler, Gwendolyn.

— Vous n'avez pas de téléphone ? s'étonna-t-elle.

Elle fronça les sourcils au-dessus des bandages et il voulut tendre la main et la caresser, mais il continua d'effleurer sa main.

— Non, Gwendolyn. Je n'ai pas de téléphone.

— Pas même un téléphone portable ?

Vraiment reconnaissant qu'elle lui pose des questions auxquelles il pouvait répondre, il répéta :

— Pas même un téléphone portable.

— Greylen, on est au **XXI**e siècle. *Tout le monde a un téléphone portable.*

Ce fut une déclaration dont il se souviendrait le restant de sa vie et seule une vie d'entraînement lui permit de rester parfaitement immobile. Le choc et des jurons traversèrent son esprit suite à ses révélations, mais un instant plus tard, il souriait. De toutes les réactions qu'il aurait pu avoir, il ressentait surtout du soulagement. Gwendolyn était à lui. Sa belle créature qu'il avait tirée des eaux était à lui.

— Gwen...

Gwen quoi ? Sainte mère de Dieu, quoi ?

— Vous n'avez plus de courant ? La tempête a coupé les lignes, c'est ça ? demanda-t-elle avant qu'il ne puisse poursuivre.

Qu'elle soit bénie pour rendre ceci aussi facile.

— Ou quelque chose comme ça.

— Eh bien, j'imagine que je suis coincée ici.

Il souriait tandis qu'elle haussait les épaules.

— Oïl, Gwendolyn. Je crois bien.

Ce ne fut qu'au crépuscule que Greylen et ses hommes approchèrent de la zone attaquée. Greylen écouta le rapport des hommes qui attendaient leur arrivée et inspecta l'odieux spectacle.

Il savait que MacFale était responsable et il le maudit pour avoir ouvert les hostilités avec des animaux innocents. Sans un mot, il attrapa une pelle. Ses hommes l'imitèrent en silence. Comme ils devaient s'assurer que les carcasses ne contaminent pas la surface, ils prirent deux heures à creuser des tranchées assez profondes. Une fois leur tâche menée à bien, ils étaient couverts de terre et de sang.

Les nouvelles patrouilles soulagèrent les hommes qui avaient fait le tour du secteur tout l'après-midi. Ils resteraient jusqu'à l'aube, puis les gardes seraient de nouveau remplacés. Sûr que ses hommes contiendraient une nouvelle attaque et rassuré par Gavin qui indiquait avoir doublé les patrouilles, Greylen rentra au donjon.

Consumé par des pensées de Gwen, le temps passa vite.

Ses mots résonnaient dans sa tête, *vingt et unième siècle*. Bon Dieu, c'était étourdissant. Gavin aussi avait été ébranlé quand Greylen lui avait rapporté ses propos et n'avait rien répondu. En vérité, que pouvaient-ils dire ?

Heureusement, Gwen avait résolu la situation toute seule, justifiant ce qu'il ne pouvait expliquer avec des théories. Il était heureux de les suivre. Il n'avait pas eu à mentir, même s'il l'aurait facilement fait.

Il était soulagé aussi. Aucun homme ne l'attendait et elle n'avait rien dit de sa famille.

Il serait sa famille, maintenant. Ce serait fait dès le lendemain.

Gwen se réveilla dans l'après-midi, de nouveau consciente que Greylen était parti. Il devenait une sérieuse distraction, surtout vu comme elle réagissait à lui. Elle voulait l'interroger sur les étranges choses dont Isabelle et sa mère avaient parlé plus tôt. Ce qu'elles avaient dit sur le fait qu'ils l'attendaient et savaient qu'elle viendrait. Ça n'avait pas de sens et même si elle se sentait ailleurs, il y avait quelque chose d'étrange dans tout ça. Elle n'arrivait pas à mettre le doigt dessus. Et pile quand elle allait dire quelque chose, Greylen s'était assis à côté d'elle sur le lit et lui avait demandé si elle avait besoin de quelque chose.

Ce dont elle avait besoin, c'était de la distance avec cet homme. Enfin, pas vraiment. Elle était ravie quand il lui avait dit que la tempête avait coupé l'électricité et les lignes téléphoniques. Elle ne voulait pas partir. Elle ne pouvait pas l'expliquer, mais être près de lui semblait être la seule chose qu'elle veuille vraiment.

Elle savait que c'était ridicule, mais peu importe. Si elle devait être coincée quelque part, pourquoi pas ici ? Elle n'était à l'évidence pas en danger. Greylen l'avait sauvée la nuit dernière. Il l'avait emmenée chez lui pour qu'elle récupère et sa famille prenait soin d'elle. Cela ne pouvait pas être plus clair : ils ne faisaient que ce qui était approprié compte tenu des circonstances.

Bien sûr, cela n'expliquait pas pourquoi elle était dans sa chambre. Ne devrait-elle pas dormir ailleurs ? S'ils n'avaient pas de chambre en plus, ne devrait-elle pas être dans la chambre d'Isabelle, plutôt ?

Et la veille au soir ? Elle était presque sûre d'avoir dormi avec lui. Pire, elle avait le sentiment que son rêve n'était pas un rêve. Elle se rappellerait ce baiser toute sa vie. Mon Dieu, l'homme avait une bouche puissante et il savait bel et bien comment embrasser. Elle n'avait jamais été embrassée comme ça. Bon, elle avait déjà été embrassée sur la bouche, mais... elle n'avait jamais été consumée par un baiser. Elle n'avait jamais été ainsi serrée dans les bras de quelqu'un non plus. Il devait croire qu'elle était une fille facile, mais elle ne pouvait s'en empêcher.

Ça semblait si naturel et son corps... son corps était si... eh bien, il était bien foutu. Il était si large qu'il l'engloutissait et ses muscles étaient définis et incroyables. Quand elle avait passé ses mains dans son dos, sa peau était si chaude qu'elle avait l'impression de brûler. Et elle voulait sentir ses cheveux encore une fois. Ils étaient épais et doux, plus longs qu'ils ne le devraient. Mais elle aimait bien ça, chez lui.

Oh mon Dieu, mais à quoi pensait-elle ? Elle ne l'avait même pas encore vu.

Pourtant, si elle en avait la possibilité, elle savait qu'elle le referait. Au fond, elle savait que Greylen était ce qu'elle cherchait.

Elle passa le reste de sa journée au lit. À camoufler ses rougissements quand elle pensait à ce baiser et à profiter de son repos plus qu'elle ne l'aurait cru. Anna était assise près du feu et Isabelle à côté du lit, à lire. Quand Gwen ne dormait pas, Isabelle bavardait sans fin.

La sœur de Greylen était charmante. Elle avait un sens de l'humour aiguisé et semblait très mature pour quelqu'un qui venait d'avoir dix-huit ans.

Avant le souper, Gwen prit un bain devant la cheminée. Pourquoi à cet endroit, elle n'en savait rien, mais cela lui avait fait un bien fou. Anna frotta les zones courbaturées de son corps en utilisant un savon qui sentait les fleurs des champs. Appuyée au rebord de la baignoire, Isabelle brossa ses cheveux et les attacha à l'aide d'un ruban. Lady Madelyn revint et retira ses bandages tout en s'extasiant sur l'évolution de ses blessures.

Puisqu'elle n'avait pas l'habitude qu'on prenne soin d'elle, elle resta assise en silence enveloppée d'une serviette, devant le feu. Lady Madelyn et Isabelle passèrent de la pommade sur ses plaies et les bandèrent pendant qu'Anna demandait aux domestiques de retirer le bain et rapporter un plateau pour le dîner. Mais quand elle entendit Anna demander à Isabelle d'aller chercher une autre chemise de nuit, Gwen prit enfin la parole :

— Anna, y a-t-il autre chose que je puisse porter ? Je ne suis pas vraiment à l'aise dans les longues chemises de nuit.

Il y eut un silence extrêmement long et Gwen pensa qu'elle allait refuser. Heureusement, Lady Madelyn vint à sa rescousse :

— Je ne vois pas quel est le mal. Personne d'autre que nous n'est là et vous pourrez mieux vous reposer.

Soulagée, Gwen la remercia et demanda un simple haut dans lequel dormir, plutôt.

Elles rirent.

— Gwendolyn, nous n'avons rien à nous à vous proposer, mais si vous le souhaitez, nous pouvons prendre une chemise de Greylen, proposa Lady Madelyn.

Gwen ne put résister.

— Ça sera parfait, merci.

Anna remplaça sa serviette par une très large chemise. Isabelle rit à la seconde où elle l'enfila et continua tandis qu'elle retroussait les manches. Gwen se fichait de la grandeur. Elle était faite du lin le plus doux qu'elle ait jamais touché. Et elle était à Greylen.

— Il n'y a pas un autre endroit où je devrais dormir ? demanda Gwen.

Aussitôt, elle regretta de ne pas avoir gardé sa bouche fermée. Elle ne voulait pas quitter la chambre de Greylen. Mais rester impliquait qu'elle dorme avec lui encore, comme la nuit précédente. Et tout le monde dans cette pièce le savait.

Lady Madelyn redit ces mêmes mots. Ceux qu'elle avait toujours rêvé d'entendre. Ceux que Greylen avait dits un peu plus tôt.

— Votre place est ici, Gwendolyn. Mon fils n'acceptera pas qu'il en soit autrement.

Gwen ne demanda pas à Lady Madelyn de s'expliquer et en toute honnêteté, elle n'en avait pas envie. Elle mangea avec Isabelle près du feu pendant qu'Anna s'affairait dans la pièce. Plus tard, quand Anna lui pria de se reposer au lit, Gwen campa sur ses positions. Elle resterait assise près du feu jusqu'au retour de Greylen.

Puis, elle l'interrogerait sur toutes les choses qui l'avaient dérangée toute la journée.

CHAPITRE 7

Il irait en enfer.

Pour une maudite promesse.

Il y brûlerait pour l'éternité.

Et chaque seconde en vaudra la peine.

Qu'est-ce que cette femme le troublait ! Elle l'attirait à un point incompréhensible et il se fichait des conséquences. Il s'était traité d'imbécile – un millier de fois. Et il le fit une nouvelle fois.

Avait-elle la moindre idée ? S'y intéressait-elle ?

Non !

Si elle y avait accordé de l'importance, il ne serait pas dans la présente situation – qui était catastrophique, et tout ça à cause de Gwendolyn. Il jura de nouveau, à voix haute, une litanie en sept langues. Ses muscles étaient si crispés qu'il craignait que sa peau ne se fende.

Il plissa les yeux quand elle commença à s'agiter. Il se renfrogna.

Elle avait le toupet de s'étirer.

Son érection, désormais douloureuse, palpita tandis qu'il l'observait.

Elle aurait tout aussi bien pu le livrer directement aux portes des enfers.

— Greylen ? chuchota-t-elle.

— Oïl.

Cela sortit comme un grognement et il serra les poings à ses flancs.

— Mauvaise journée ?

— Mauvaise journée ? *Mauvaise journée, Gwendolyn ?* As-tu la moindre idée de ce que tu me fais ? s'écria-t-il.

— Moi ? répliqua-t-elle en s'asseyant plus droite. Mais de quoi est-ce que tu parles ?

— J'ai fait une promesse, hurla-t-il encore.

— J'en déduis que les promesses te rendent grognon ?

— Non, répondit-il en s'agenouillant devant elle. Les femmes avec une peau sans défaut et des cheveux couleur miel habillées de *rien d'autre* que ma chemise, me rendent grognon.

— Toutes ? Ou juste moi ?

— Juste toi, Gwen, chuchota-t-il en baissant la tête sur ses genoux. Je te jure, ce n'est que toi.

Il la sentit sourire et se détendre et elle posa ses mains sur sa tête pour mêler ses doigts à ses cheveux. C'était un réflexe, mais très intime. Cela lui semblait incroyable.

— Et tes jurons ? Je n'ai pas compris le cinquième. Qu'est-ce que c'était ?

Greylen leva la tête et le regretta quand ses mains retombèrent.

— Perse. Connais-tu les autres ? demanda-t-il avec curiosité.

— Pour tout dire, oui, fanfaronna-t-elle presque. Tu ne connais que les injures ou tu les parles un peu plus ?

— Je parle chaque langue de manière courante, lâcha-t-il sans pouvoir imiter son ton taquin.

L'absence de ses caresses l'agaçait.

— Vas-tu continuer à me grogner dessus ? Ou comptes-tu me dire ce qui te gêne ? demanda-t-elle en tendant la main vers lui.

Ses mains atterrirent sur ses épaules et ses doigts commencèrent aussitôt à pétrir ses muscles.

— Mon Dieu, tu es tout crispé... que s'est-il passé ?

Il était reconnaissant qu'elle le touchât à nouveau.

— Je ne peux faire autre chose que grogner, à présent. Quant à ce qu'il s'est passé... *tu* es arrivée. Et il se trouve que tu es arrivée blessée. Voilà la raison de mon humeur.

Ses mains se figèrent.

— Tu es en colère parce que je suis blessée ?

Greylen bougea les épaules jusqu'à ce qu'elle recommence à les masser.

— Je suis en colère que tes yeux soient couverts, grommela-t-il. Autrement, je n'aurais pas donné ma parole à Lady Madelyn que je laisserais tes bandages jusqu'à demain matin.

— Et l'importance de mes bandages, si ça ne te dérange pas ?

Elle creusa plus profondément dans ses épaules.

— L'importance est simple, Gwendolyn. J'ai toutes les intentions du monde de te faire mienne.

Il encercla ses poignets et les plaça sur ses épaules à elle.

— J'ai toutes les intentions du monde de te faire l'amour jusqu'à ce que tu ne sois réduite à rien de plus que des gémissements.

Il se pencha en avant, posa ses lèvres sur son oreille et lui promit lentement à voix basse :

— Jusqu'à ce que je t'aie eue tant de fois que tu ne puisses plus faire davantage que lever un doigt... si tant est que tu puisses.

Il s'arrêta et s'écarta.

— Mais je ne te prendrai pas les yeux couverts. Alors garde tes mains loin de ma personne avant que je perde le peu de contrôle qu'il me reste, ordonna-t-il sèchement.

Tout son visage avait rougi, du moins jusqu'au bandage qui couvrait ses yeux.

— Mmh, je vois ton problème.

Elle éclata de rire, cachant sa gêne avec ses mains.

— Oh non, tu souffriras toi aussi, la prévint Greylen même s'il souriait aussi. Et si tu vois mon problème, tu devrais avoir pitié de moi, et non pas m'enflammer.

— Excuse-moi d'être directe, mais bon, vu ces dernières

confidences, je pense que nous avons dépassé ces formalités. Je ne voulais qu'attendre auprès du feu. Pour qu'on puisse avoir une chance de parler à ton retour. Je ne voulais pas te contrarier en portant ta chemise.

— Je ne suis point contrarié que tu portes cette chemise. Je suis contrarié de ne pouvoir l'arracher.

— Et je t'en remercie. Beaucoup même, je dirais.

— Parce que tu n'aimerais pas que je te touche… ou parce que tu ne portes rien en dessous ?

— Je ne vais pas répondre à ça, dit-elle en levant la main.

Greylen prit sa main et embrassa sa paume. Puis, avec ses dents, il effleura son poignet.

— J'ai différents moyens de te faire parler, mon aimée, murmura-t-il de manière suggestive.

Il la prit précautionneusement dans ses bras et lâcha un grognement. Elle était aussi légère qu'une plume et son corps semblait encore plus mince contre le sien.

— Je crois que j'ai tout compris, Greylen, annonça-t-elle le visage contre son torse. Je suis vraiment à l'hôpital, sous perfusion et tu n'es qu'une hallucination, une très belle, bien sûr.

— Merci, mon aimée, plaisanta Greylen.

— Et dans cette fantastique hallucination… eh bien, je ne pensais vraiment pas que j'inventerais ça moi-même, mais j'imagine que tu as décidé de faire de moi ton esclave sexuelle. C'est cela ?

Greylen sourit.

— Je n'y avais pas songé, mais l'idée est bonne. Pour que tu saches, je voudrais t'épouser. Père Michael doit venir à l'aube.

— Tu vois, maintenant je sais que c'est vrai. Je suis vraiment à l'hôpital. Je n'aurais jamais imaginé que l'inconscience puisse être comme ça, commenta-t-elle en agitant la main dans la pièce. Tu dois être le médecin qui s'occupe de moi, et je suppose que tu vas me débrancher demain matin.

Greylen se figea. Il ne savait guère ce que Gwen avait en tête, mais il ne la laisserait pas croire qu'elle était ailleurs et sous les soins de quelqu'un d'autre. Et il ne la laisserait pas penser ce qu'il lui semblait qu'elle sous-entendait.

— Explique-toi, Gwendolyn.

— Il vient me donner l'extrême-onction. Je vais mourir demain. C'est pour ça que le prêtre vient. J'espère me souvenir de toi, Greylen. J'espère pouvoir te trouver la prochaine fois... avant que ce soit trop tard.

— Ah, Gwendolyn, je te jure que tu ne vas pas mourir demain matin. Père Michael vient pour nous unir, mon aimée. Pas pour t'administrer l'extrême-onction.

Il la replaça sur le lit et la glissa sous les couvertures.

— Oh mon Dieu. Je suis vraiment mourante.

Gwen commença à rire de manière hystérique.

— Je viens de te dire que tu n'étais *pas* en train de mourir.

À ces mots, elle devint très silencieuse. Ses doigts tripotèrent furieusement les couvertures.

Bon Dieu, que se passait-il dans sa tête maintenant ?

— Greylen, puis-je te demander quelque chose ?

— Oïl.

Il se demandait quelle sottise lui était venue.

— La nuit dernière, quand je rêvais... c'était toi, n'est-ce pas ? Je veux dire, je sais que je rêvais, mais dans mon rêve, celui de maintenant, tu m'as embrassée. Tu m'as vraiment embrassée, non ?

— Oïl, Gwendolyn, je t'ai embrassée.

— Tu le referas... s'il te plaît ?

Et voilà qu'elle le refaisait. L'attirer aux portes de l'enfer. Dieu merci, elle était sous les couvertures. Il jura quand elle les écarta... et encore une fois quand elle rampa vers lui. Il lâcha la même litanie qu'avant. Ne savait-elle pas qu'il voyait ce qui se trouvait en bas de la chemise ? Elle se fraya un chemin jusqu'à ses genoux... et le chevaucha !

Ouvrez les portes, il était un homme mort.

Elle entremêla ses mains dans ses cheveux et chuchota :

— J'irai probablement en enfer pour ça, Greylen, mais là maintenant, l'enfer semble vachement bien.

Il referma ses bras sur elle, serrant jusqu'à ce qu'elle soit pleinement plaquée contre lui. Il posa une main sur sa tête.

— Ça semble même être le paradis tant c'est vachement bien, Gwen, approuva-t-il en réutilisant son mot.

Ensuite, il l'embrassa.

Plus de subtilité cette nuit. Plus de lentes explorations. Il se nourrit d'elle comme si elle était son dernier repas. S'accrocha à elle comme si elle était la corde qui le rattachait au monde. Et il n'en avait jamais assez. Peu importe combien il essayait, ce n'était tout simplement pas suffisant.

Il leva le menton de Gwen, approfondit leur baiser quand elle s'ouvrit pour lui. Sa langue glissa à l'intérieur, il engloutit le bruit qu'elle émit et grogna à son tour quand elle le rejoignit. Bon Dieu, elle lui rendit son baiser avec un tel abandon, collée fermement à son corps, qu'il sentait tout d'elle. Il continua de se nourrir, son désir pour elle plus grand que tout ce qu'il avait vécu. Elle serra ses jambes autour de sa taille et déplaça ses mains dans ses cheveux, le pressant d'aller plus profondément. Juste après, il était debout, Gwen dans ses bras, ses longues jambes nues serrées autour de sa taille. Sans qu'elle semblât le remarquer, il la posa sur le matelas, sans jamais briser leur baiser. Il s'allongea complètement sur elle, supporta son poids avec ses bras, sentant tout son corps sous le sien.

Il n'avait jamais été aussi proche du paradis. Et il irait en enfer quand il aurait fini.

Greylen sentit les mains de Gwen dans son dos, l'attirant plus près d'elle. Elle bougea ses hanches contre lui et il grogna en réponse. Il essaya de ne pas bouger en même temps qu'elle, mais c'était plus fort que lui. Il était perdu. Perdu dans un brouillard intense, tandis qu'il s'installait entre ses cuisses et qu'ils commençaient à onduler ensemble. Un frottement lent et atroce qu'il ne pouvait arrêter. Sa main descendit le long de son corps et quand il passa devant sa taille, il ne sentit que de la peau nue... de la peau nue de ses hanches à ses pieds.

Il allait la prendre.

Ses mains s'enroulèrent autour de sa cuisse. Il grogna quand ses doigts touchèrent une chaleur moite. Il attrapa ses lèvres avec ses dents... passa le long de son menton... de son long cou délicat.

Son visage effleura le gonflement de ses seins à travers le tissu. Puis, il la recouvrit de sa bouche. Elle hoqueta, son corps se tendit pendant qu'elle mêlait ses mains à ses cheveux. Ses dents se refermèrent sur son téton, tirant doucement... puis il reposa sa bouche sur elle. Ferma la bouche avec une lenteur infinie tout en faisant racler ses dents sur...

— Oh mon Dieu... Greylen... enlève-les. S'il te plaît, aide-moi à les enlever.

Greylen leva la tête. Gwen tendait les mains vers les bandages qui couvraient ses yeux. Quelque chose n'allait pas.

— Aide-moi, putain.

La raison lui revint de plein fouet alors que tout ce qu'il voulait, c'était perdre la tête. Mais il émit une prière silencieuse, reconnaissant que Gwen l'ait ramené à lui. Il attrapa ses mains et les plaça derrière son dos. Puis, il ne put faire grand-chose d'autre que poser la tête sur sa poitrine.

— Que fais-tu ?

— Ne te fais pas de mouron, Gwen. J'ai juste besoin d'un instant.

— Un instant ? Retire ces putains de bandages. *Maintenant.*

Elle essaya de se libérer.

— Non.

Il soupira et se redressa, emportant Gwen avec lui. Elle était agenouillée et il enroula ses jambes autour d'elle, ajustant la chemise pour qu'elle la cache de sa vue.

— *Non*, imita-t-elle avant de poser un doigt sur son torse. Je vais mourir demain matin et tu me prives de mon *dernier souhait* ?

Elle n'attendit pas sa réponse et toucha le bandage. Greylen jura encore et attrapa ses mains. Bon Dieu, cette femme était têtue.

— Tu ne vas pas mourir. Et je t'ai déjà dit que tu ne les retirerais pas. J'ai promis.

Gwen arracha ses mains des siennes, puis le poussa en positionnant ses deux mains sur son torse.

— Reviens dessus.

— Je ne reviens jamais sur ma parole, Gwen.

— Oh mon Dieu... tu ne veux pas de moi.

En murmurant ces mots, Gwen se rendit compte qu'elle n'avait jamais été aussi humiliée de sa vie. Cela faisait trop de premières fois et ce rejet était le pire. Des larmes remplirent ses yeux et elle ne voulut rien plus que partir. Rêve ou pas, elle partait. Elle commença à reculer, tâtant du pied pour trouver le bord du lit.

— Où vas-tu ? la réprimanda Greylen.

— Ne me touche pas. Je m'en vais.

— Tu n'iras nulle part.

— C'est mon rêve. Je peux aller où je veux, s'écria-t-elle.

Elle se laissa glisser du lit et le longea. En vérité, elle ne savait pas du tout où elle allait, mais elle ne pouvait pas rester plus longtemps. Et elle ne pleurerait pas devant lui. Impossible. Sauf que ses mains se posèrent sur elle.

— Ne me repousse pas, Gwendolyn... jamais.

Son avertissement fut accompagné d'une pression aux épaules.

— Au cas où tu aurais oublié, c'est toi qui t'es arrêté, Greylen. Désolée de me sentir rejetée, mais je l'ai été.

Il l'attira à lui.

— Je ne t'ai pas rejetée. Comment peux-tu ne serait-ce que penser une telle chose ?

— Co... comment ?

Elle le repoussa à nouveau.

— Au cas où tu n'aurais pas remarqué, on passait des amuse-gueules au plat principal, espèce d'idiot, s'emporta-t-elle. Mais tu ne veux manifestement pas de moi.

Il l'attrapa de nouveau.

— J'ai tellement envie de toi que ça me tue, s'agaça-t-il en la rapprochant de lui. Pendant plus d'années que je ne veux m'en souvenir, je n'ai rien voulu d'autre, Gwendolyn. Mais quand je te prendrai, j'aurai le plaisir de te regarder dans les yeux. Ce qui nous ramène à ma promesse. J'ai donné ma parole, Gwen. Une fois donnée, c'est un serment solennel – je ne le briserai pas. Comprends-moi.

Oh, voilà qui était incroyable. L'homme qui l'avait rejetée, humiliée et ridiculisée voulait qu'elle accepte sa promesse. Elle aurait aimé pouvoir le fixer du regard. Au lieu de cela, elle balaya ses mains devant elle et se libéra de sa poigne.

— Écoute, *Greylen, quel que soit ton nom.* Je n'ai rien à foutre de ta promesse. Et je n'ai certainement pas à rester là à écouter tes conneries moralisatrices. Le message était clair et net, mon pote, *maintenant écoute le mien.*

Elle marqua une pause, chercha son torse. Trouvant ses repères, elle appuya son doigt au centre de son corps tous les quelques mots.

— Rêve ou pas, je t'aurais fait l'amour ce soir. Tu sais pourquoi ? Ne me réponds pas, siffla-t-elle. C'était une question rhétorique. Tu m'as fait ressentir des choses ce soir, des choses dont je n'ai fait que rêver – *avec toi*, d'ailleurs. Et peut-être qu'avant de mourir, j'ai voulu croire que j'avais ma place quelque part.

Des larmes de frustration coulaient sur ses joues, mais elle devait finir. Contrairement à d'autres, elle ne fuyait pas.

— J'aurais accepté, Greylen. Je me serais délectée sans retenue de ces sentiments, avoua-t-elle, mortifiée que ses mots soient pris dans un sanglot. Même pour une nuit.

Greylen ne dit pas un mot, en fait, il semblerait que l'homme était complètement immobile. Eh bien, bravo à elle ! Mais ensuite, il l'attrapa et elle ne devait être plus qu'à quelques centimètres de son visage.

— Premièrement, le geste que tu as utilisé pour me désarmer était brillant. C'est la fierté qui me remplit de t'avoir vue faire ça.

Il devait avoir fini de la complimenter, car il la serra et la rapprocha encore plus de lui.

— Maintenant, laisse-moi être clair... *Gwendolyn, quel que soit ton nom*. Je n'en ai *rien à foutre*, comme tu as dit, de ce que tu croyais et je ne t'ai certainement pas abreuvée de conneries moralisatrices. Et d'ailleurs, qui diable t'a appris à dire de telles obscénités ? Non, ne réponds pas à ça, l'avertit-il lorsqu'elle ouvrit la bouche. *C'était une question rhétorique.*

Elle ne pouvait qu'imaginer sa grande satisfaction de la voir rester silencieuse.

— Langage *et* caractère mis à part, je te prendrai, Gwendolyn, je le jure, siffla-t-il. Et quand je jure quelque chose, tu ferais mieux de croire que je le fais. Tu comprends ?

Il sembla attendre qu'elle réponde, et comme elle ne le faisait pas, il la serra dans ses bras.

— Réponds, Gwendolyn. *Maintenant.*

Même si ses yeux étaient recouverts de bandages, elle savait qu'ils étaient au beau milieu d'un combat de regards. Et il était vicieux.

— Laisse-moi te dire autre chose, puisque tu es si réceptive, *Gwen-do-lyn*. Ce n'est pas un rêve, s'écria-t-il. À l'aube, tes bandages seront enlevés et je verrai tes yeux pour la première fois. Et quand je m'en serai repu, et *seulement* à ce moment-là, nous prononcerons nos vœux. Tu te marieras avec moi. Tu porteras mon nom, tu porteras mes enfants, et je te jure, à toi et à Dieu, que tu vivras ici avec moi – *POUR TOUJOURS*.

Ses cheveux se détachèrent sous l'effet de sa tirade. *Arrête un peu, M. Je suis le chef.* Comme si elle avait peur, *ah*. Elle n'avait pas peur du tout. En fait, elle connaissait maintenant la vérité. Elle croisa les bras sur sa poitrine et garda le silence. Avec un culot délibéré, elle leva son menton, le provoquant à dessein. C'était son rêve, n'est-ce pas ?

— Il te reste une chance de me répondre, jeune fille. Et crois-moi, tu ne veux pas me pousser aussi loin.

Gwen entendit le changement dans sa voix. Elle n'avait jamais entendu un ton aussi glacial. Elle voulut le calmer, mais elle se laissa emporter.

— Écoute, *Greylen*, tu n'as prouvé qu'une seule chose, alors ta petite tirade ne m'effraie pas une seconde. Ceci *est* un rêve, alors pince-moi, grand nigaud. Mieux encore – *mords-moi.*

Gwen ne voyait pas son visage, mais elle sentait que quelque chose avait changé. Comme si l'air dans la pièce avait été retiré et qu'il ne restait que cette énergie malveillante qu'elle avait malheureusement aidé à créer. Elle s'apprêtait à fuir quand Greylen l'attira à lui avec une telle force qu'il lui coupa le souffle. Il l'embrassa – et releva son défi. Il la mordit.

— Je sens le goût du sang. *Oh mon Dieu, je sens le sang*, s'écria Gwen en frappant son torse. Greylen, ce n'est pas un rêve.

Pendant un moment, elle fut si excitée qu'elle commença à sautiller autour du lit. La danse qu'on fait sans plus pouvoir s'en empêcher, quand on est trop heureux.

— Je t'ai dit que ce n'en était pas un. *Sapristi, Gwendolyn,* cesse ces facéties, je n'ai fait que te mordre. J'ai perdu le contrôle. Je n'ai jamais fait une chose pareille et tu te comportes comme si ceci méritait d'être célébré.

Il lui leva le menton comme pour examiner les dégâts. Ses lèvres, déjà enflées des baisers précédents, l'étaient encore plus maintenant et quand il tira doucement sur sa lèvre inférieure, il vit le sang.

— Doux Jésus, pardonne-moi.

Qu'est-ce qu'une petite morsure d'amour ? Et puis, elle savait qu'elle l'avait délibérément provoqué. En vérité, il ne lui avait pas fait mal. Il l'avait juste touchée et toute réflexion avait débarrassé le plancher. Ce qui mena à une autre pensée mortifiante. Elle ne rêvait *pas.* Ce qui voulait dire... qu'elle s'était consciemment comportée comme une... comme une... une *quoi* ? Une chatte en chaleur, une dévergondée, une salope ? Oh mon Dieu, elle était une salope. Gwendolyn Reynolds était une authentique salope. Pouvait-on être une salope sans coucher ? Mmh... oh oui, c'était possible.

Greylen l'attrapa.

— Quoi que tu penses, *cesse*. Ton esprit fonctionne d'une bien étrange façon.

— Je... j'ai honte de mon comportement, Greylen. Je ne suis pas comme ça, vraiment pas.

Dans son désespoir à l'idée qu'il ne la croie pas, elle passa ses doigts dans les cheveux sur le côté de son crâne.

— C'est les médicaments et je... je pensais que je rêvais.

Elle s'arrêta, comme si une autre pensée serait encore plus dérangeante.

— Pourquoi m'as-tu dit toutes ces choses, Greylen ? demanda-t-elle dans un étrange murmure.

— Tu ne m'as pas pardonné, Gwen. Je ne peux guère fournir une explication...

— Oui, oui, tu m'as mordu, d'accord.

Elle haussa les épaules.

— Tu ne m'as pas fait mal, Greylen. Ne le dis à personne, murmura-t-elle avec un sourire, mais j'aime bien comment tu me bouscules.

— Gwendolyn, chuchota-t-il contre son front. Même en vivant un millier d'années, je ne pourrais jamais te repayer la liberté que tu viens de m'accorder. Ni comprendre comment ton esprit fonctionne.

— Hé, bougonna-t-elle en le pinçant. Ce n'est pas gentil.

Elle sentit son sourire. Il s'assit sur le bord du lit et la souleva sur ses genoux.

— Mes excuses encore une fois, jolie lady.

Gwen resta assise en silence un moment. La façon dont il lui parlait... c'était comme si elle était sa *lady* et lui, son chevalier. Elle soupira et répéta, puisqu'il n'avait pas répondu à cette question :

— Pourquoi m'as-tu dit toutes ces choses, Greylen ?

— J'ai dit beaucoup de choses. À quoi te réfères-tu ?

— Tu sais, ces *choses*… sur nous.

Elle ne pouvait pas les répéter et elle n'avait peut-être pas bien compris. Peut-être qu'elle avait tout imaginé, car il ne dit rien et commença plutôt à l'embrasser, effleurant doucement ses lèvres avec les siennes. Elle s'écarta.

— Je rêve ou c'est les médicaments ? Tout était dans ma tête ?

— Non, mon aimée, dit-il en touchant de nouveau ses lèvres. J'ai dit que tes bandages seraient retirés dans la matinée.

Il se blottit contre elle, comme s'il appréciait la sensation de sa peau contre la sienne.

— J'ai dit qu'on se marierait.

Un autre baiser.

— J'ai dit que tu porterais mon nom et mes enfants.

Un baiser.

— Et j'ai dit que tu resterais ici…

Baiser.

— Avec moi…

Baiser.

— Pour toujours.

Gwen s'écarta alors qu'il essayait de l'embrasser encore une fois. Elle n'arrivait pas à réfléchir quand il la touchait comme ça. Les caresses du nez étaient aussi bien que les baisers, surtout quand il passait son nez et ses lèvres sur elle.

— Pourquoi Greylen ? Tu ne me connais même pas.

— Ce n'est pas une réponse facile, Gwen.

— S'il te plaît, dis-moi.

Greylen lâcha un long soupir, puis changea de position et l'emporta avec lui. Il s'installa plus loin sur le lit.

— Il y a une prophétie, un enchantement, que je connais depuis des années. Elle parle de deux âmes, nées séparées.

Il marqua une pause comme pour jauger sa réaction, mais elle était occupée à dessiner des cercles sur son torse tout en écoutant. Avant qu'il ne puisse continuer, elle demanda :

— Tu étais né en Écosse et moi aux États-Unis, par exemple ?

— Peut-être. La prophétie prédisait que ces âmes se retrouveraient un jour. Et qu'une fois qu'elles seraient en contact, elles seraient liées pour toujours, apaisant le cœur brisé de l'homme...

— Tu as le cœur brisé ?

— Non, mon aimée. Plus maintenant.

Il posa la main sur la sienne. Elle sourit.

— Pardon. Je te laisse finir ?

Greylen poursuivit pendant que Gwen dessinait sur son torse.

— Il était dit que la prophétie s'accomplirait durant une terrible tempête, une tempête le soir de leurs anniversaires.

— Greylen.

— Oïl, Gwendolyn ?

— Ton anniversaire était hier ?

— Oïl, tout comme le tien.

Gwen ne put répondre, sa gorge était bloquée et ses yeux remplis de larmes. Ce qu'il avait dit pouvait-il être vrai ? *Une prophétie ? Sur eux ?*

— Gwendolyn ?

Elle avait cessé de caresser son torse et il voyait qu'elle était troublée.

— C'est une blague que tu me fais ? Je suis toujours sous médicaments, tu sais.

— Je ne te piégerais pas... jamais.

— Tu crois vraiment que cette prophétie était sur nous ?

— Je le sais.

— Et tu vas m'épouser, juste parce que tu m'as trouvée dans la tempête et que nous sommes nés le même jour ?

— Je vais t'épouser pour que nos enfants soient légitimes.

— Et si nous n'avons pas d'enfant ?

— Puisque je prévois de te faire l'amour dès demain – à répétition – et tous les jours après cela, le risque est faible.

— Et si je ne te plaisais pas ? Et si tu me trouvais hideuse quand tu verras mon visage en entier ?

Greylen rit.

— Tu es très belle et tu me plais.

— Et si...

Elle se mordit la lèvre inférieure avant de continuer.

— Et si... eh bien, Sara semble penser que j'ai un petit problème à museler mon caractère.

— Petit ? *Petit ?* Mon aimée, ce n'est pas un *petit* problème. L'affection est très sévère.

— Je n'ai pas si mauvais caractère, marmonna-t-elle sur la défense.

— Pas si mauvais ? répéta-t-il en riant. Tu as le caractère d'un sanglier sauvage... coincé dans un piège dans la boue... qui meurt de faim... et s'apprête à rendre l'âme pour de bon.

Quand il eut fini, elle rit aux éclats, le visage enfoui dans ses mains.

— Dis-moi ton nom de famille, Gwen, reprit-il quand ils redevinrent silencieux.

— Reynolds.

Gwen attendit que Greylen dise quelque chose. Il ne dit rien. Elle finit par faire le premier pas :

— On est encore en froid, Greylen ? Greylen ?

— C'est un bon nom, Gwen. Pourtant demain, il n'existera plus. Père Michael nous liera. Et tu seras mienne pour de vrai.

— Greylen ?

— Oïl, Gwen.

— Tu promets ?

Elle ne voulait pas que cela sonne comme une requête et regretta les mots aussitôt dits.

— Ah, Gwen.

Il soupira et l'attira à elle.

— Je promets solennellement de t'épouser demain matin. Et je fais le vœu de te faire mienne complètement, tant et si bien que tu ne te départiras pas de ton sourire pendant des jours. Et je ne reviens jamais sur une parole.

Gwen sentit un lent sourire se dessiner sur ses lèvres, car elle savait exactement ce qu'il voulait dire. Elle posa sa tête sur son torse et descendit les mains le long de ses bras, jusqu'à sentir quelque chose d'humide autour de ses biceps.

— Greylen, qu'est-ce que c'est que ça ?

— J'ai souffert d'une blessure.

— Tu as souffert d'une blessure ? répéta-t-elle. Putain, mais qu'est-ce que ça veut dire ?

Elle le sentit sourire à ses mots.

— Je ne bégaye pas, mon aimée et je ne parle pas non plus en énigmes. Et bon Dieu, ton langage est atroce.

— *Peu importe*, Greylen. Je suis sûre que les médicaments que ta mère me donne affectent mon jugement.

— Oïl, Lady Madelyn peut avoir la main lourde avec ses potions. Tu crois que c'est la raison du problème ?

Il semblait soulagé par la possibilité.

— Quel problème ?

— *Ton langage ?*

— Si ça peut t'aider à dormir la nuit, alors oui, je suis sûre que c'est pour ça. Maintenant, peux-tu aller chercher les affaires qu'Anna utilise pour moi ? Le bandage doit être refait.

— Tu parles sérieusement ?

— Je ne bégaye pas, Greylen et je ne parle pas non plus en énigmes, l'imita-t-elle.

Greylen soupira et s'écarta du lit. Gwen était debout quand il revint.

— Retourne dans le lit, Gwen, je changerai le bandage moi-même.

Elle croisa les bras sur sa poitrine et commença à taper du pied.

— *Je* m'occuperait de *ta* blessure, Greylen. Je dois m'assurer qu'elle n'a pas enflé. Dis-moi ce qu'il s'est passé.

— Un simple accident, se contenta-t-il de dire.

— Assieds-toi, Greylen. Maintenant, ordonna-t-elle comme il ne bougeait pas.

Une fois Greylen installé, Gwen travailla d'une main experte, malgré ses yeux bandés. Elle trouva le bout de la gaze et la retira, puis passa prudemment ses doigts sur la surface de la peau. Mentalement, elle compta chacun des douze points, puis chercha un signe de gonflement avant de prendre de la gaze fraîche et le pot de crème. En quelques secondes, elle rebanda la plaie.

— As-tu mal ? demanda-t-elle. Je sais comment mettre la main sur de très bonnes *potions* comme tu les appelles, et je suis prête à partager, le taquina-t-elle avec un sourire.

— Ma seule douleur sera réglée une fois le matin venu, promit-il.

Il l'attrapa par la taille et la tira dans le lit. Elle cria de surprise et rit en se blottissant contre lui.

— Greylen ?

— Oïl, Gwen ?

— Si c'est un rêve, ne me réveille pas. C'est le meilleur de ma vie.

Il s'installa en cuillère contre elle et enveloppa sa jambe avec la sienne.

— Ce n'est point un rêve, Gwen, promit-il, ce n'est qu'une question de temps, mon aimée. Juste une question de temps.

* * *

Greylen venait de s'endormir quand il entendit des pas devant la porte de sa chambre. Il savait qu'il n'aimerait pas l'information que son second pensait nécessaire qu'il entende.

— Quel problème as-tu ? demanda Greylen.

— Les hommes du roi attendent dans le grand hall.

La voix de Gavin était grave et il sut qu'il ne serait pas ravi des nouvelles.

— Pourquoi ?

Gavin hésita et il insista :

— Crache le morceau.

— Il y a eu une tentative d'assassinat sur la vie de notre souverain. Le coupable doit être jugé dans deux jours.

Leur roi avait pris l'habitude de ne pas émettre de jugement pour les hautes trahisons sans que ses barons soient présents. Greylen en étant un, il devait y être.

— Ils sont venus en bateau ?

Il savait déjà que c'était le seul moyen pour eux d'y arriver à temps.

— Oïl. Tu dois partir dans l'heure, lui annonça Gavin d'un air grave.

Il devait anticiper la réaction de Greylen.

— Va chercher le prêtre, Gavin. Je serai marié avant de partir.

Greylen sentit son estomac se retourner en voyant que Gavin ne bougeait pas.

— Je t'ai dit d'aller chercher le prêtre. J'ai promis à Gwendolyn de l'épouser demain matin et je ne partirai pas avant de l'avoir fait.

— Ce n'est pas possible, fit Gavin d'un air malade.

— Explique-toi, grogna Greylen à travers ses dents. Ta vie dépend de la réponse.

Et sur le coup, Greylen en pensait chaque mot.

— Père Michael est parti administrer les derniers sacrements. Il savait qu'il serait de retour pour l'aube et Duncan et Kevin sont partis avec lui pour s'assurer qu'il ne soit pas retardé. Il reste trois heures avant l'aube et les hommes du roi partent dans l'heure.

Greylen eut l'impression d'avoir reçu un coup fatal. Il frotta ses mains sur sa tête, une mauvaise pression menaçant de l'écraser.

— Où sont nos navires ?

C'était son seul espoir maintenant.

— Ils sont toujours au port.

Il agrippa Gavin par les épaules et le secoua comme si ce geste pouvait changer les faits.

— Non ! Ils devaient être en chemin.

— Il y a eu un problème avec la marchandise, expliqua Gavin. Nous l'avons appris hier.

Greylen jura dans sa barbe et retourna dans son lit. N'ayant jamais rien craint autant que cette tâche, il essaya de réveiller Gwen.

— Gwen... Gwen, réveille-toi, mon aimée, murmura-t-il en la secouant délicatement.

Elle ne répondit pas et il réessaya.

— Gwendolyn, appela-t-il avec plus de force.

C'était inutile, elle dormait à poings fermés.

Il le lui annonça quand même :

— Gwen, je dois partir. Les hommes du roi m'attendent, mon aimée. Je suis appelé à la cour. Je t'épouserai dès que je reviens. À l'instant où je rentre, je...

Il tomba à court de mots et n'osa pas réitérer une nouvelle promesse de mariage. Mais il l'embrassa. Il mit toute son âme dans cet unique baiser.

À contrecœur, il se dirigea vers son armoire et réunit ce dont il aurait besoin pour le voyage. Une fois habillé, Greylen plaça son épée dans son fourreau et sa dague dans sa botte. Debout à côté du lit, il donna ses ordres à Gavin.

— Tu resteras là. Je ne fais confiance à personne d'autre que toi pour veiller à ce que Gwendolyn soit en sécurité.

— Tu as ma parole, Greylen.

— Ian et Connell ?

— En bas, prêts à t'accompagner.

— Je vais chercher Lady Madelyn et l'intimité de mon bureau. Tu y trouveras une lettre pour Gwendolyn. Veille à lui donner dès son réveil.

Juste après, Greylen partit. Chaque pas était plus dur que le précédent. Il ne pensait qu'au fait qu'il avait brisé sa promesse. Il avait déçu Gwen.

Le matin venu, elle le détesterait.

CHAPITRE 8

À son réveil ce matin-là, elle sentit que quelque chose n'allait pas et sut instinctivement que Greylen n'était pas là. Ça n'aurait pas dû être une surprise. Visiblement, elle ne se réveillait que comme ça à Seagrave. Elle avait cependant décidé que si elle se réveillait encore une fois avec ce sentiment, elle tuerait quelqu'un. Et après les révélations qu'on s'apprêtait à lui faire dans la journée, Greylen serait tout en haut de sa liste. S'il ne se faisait pas tuer avant, bien sûr.

Mais sur le coup, elle ne pensait qu'à quel point elle avait été bête. Elle l'avait cru la nuit dernière, alors qu'elle n'avait jamais fait confiance à personne. La conviction dans sa voix, la façon dont il l'avait touchée... elle l'avait vraiment cru. Peu importe combien ce qu'il lui avait dit lui semblait fou, il avait réussi à le lui faire croire. Puis, il l'avait serrée contre lui et ils s'étaient endormis. Et elle avait su qu'elle ne voulait être nulle part ailleurs.

Greylen et sa famille avaient réveillé des émotions chez elle, des émotions qu'elle n'avait jamais ressenties avant.

Elle sentit quelqu'un s'asseoir à côté d'elle sur le lit.

— Bien le bonjour, Gwendolyn. Je vais retirer les bandages, maintenant.

C'était Lady Madelyn. Gwen garda le silence. Il n'y avait

qu'une question qu'elle voulait poser. Et elle savait déjà la réponse. Greylen n'était pas ici. Sa main continuait de passer sur les draps où il était allongé hier. Ils étaient froids. Il n'était plus à côté d'elle depuis des heures.

Lady Madelyn posa un linge chaud sur ses yeux après le retrait des bandages et lui demanda de s'allonger. Gwen obéit avec joie. Elle n'était pas prête à ouvrir les yeux. En vérité, elle avait peur. Elle finit par retirer le linge et vit pour la première fois Lady Madelyn, Isabelle, Anna et Gavin.

Il était difficile de les louper. Ils la fixaient tous de différentes positions autour du lit. Chacun arborait un sourire prudent, mais Gavin s'adressa à elle en premier. Il s'approcha et s'agenouilla devant elle.

— Bien le bonjour, Lady Gwendolyn, dit-il d'une voix douce.

Cela produisait un étrange effet, vu que l'homme devait faire à peu près la taille de Greylen.

Gwen voyait qu'il était mal à l'aise. Et pour une raison qu'elle ne s'expliquait pas, elle n'arrivait pas à l'autoriser à ressentir cela. Alors elle fit ce qu'elle faisait de mieux. Elle arbora une expression courageuse et épargna le pauvre homme aux dépens de ses sentiments à elle.

— Je suis une grande fille, Gavin. Crachez le morceau.

Gavin sourit à ses mots, sans qu'elle sache pourquoi.

— Notre laird a été appelé au loin, la nuit dernière.

— Bien sûr qu'il a été appelé, Gavin.

Gwen se prépara pour ce qu'il pourrait bien lui dire, feignant un sourire. Il était évident qu'il essayait de la réconforter avec son explication.

— Les hommes du roi sont arrivés en début de matinée. Greylen n'a pas eu d'autre choix que d'aller avec eux. Il a essayé de vous réveiller, mais vous ne répondiez pas.

— J'ai ajouté des poudres à votre thé, Gwendolyn, intervint Lady Madelyn. Elles causent un sommeil profond.

Gwen hocha la tête, consciente des effets de ce qu'elle avait pris. Elle regarda Gavin.

— Greylen m'a parlé de sa promesse. Il a demandé que j'aille chercher Père Michael. Mais il avait été appelé ailleurs et ne devait pas revenir avant l'aube pour présider la cérémonie qui vous aurait liée à Greylen.

— Il allait vraiment m'épouser ?

C'était facile de le croire hier soir. Mais maintenant, tout semblait différent. Le sourire de Gavin se fit arrogant.

— Oïl, ma lady, ça a toujours été le plan. Notre laird ne ferait jamais une promesse qu'il ne compte pas tenir, surtout à vous.

— Eh bien, il semble que votre *laird*, comme vous l'appelez n'a fait que ce que j'ai appris à attendre des gens au fil des années. J'aimerais rentrer à l'auberge maintenant. M'emmènerez-vous quand je serai habillée ?

Il sembla insulté par sa suggestion.

— Lady Gwendolyn, vous ne pouvez pas partir. Cela me coûterait ma tête.

— Je suis sûre que vous exagérez, Gavin. Lady Madelyn, pouvez-vous s'il vous plaît expliquer à...

Elle n'arrivait plus à se rappeler le titre utilisé par Gavin.

— Votre fils, quoi qu'il soit, qu'il n'est pas approprié que je reste plus longtemps ?

Lady Madelyn s'approcha du lit. Elle était si belle, majestueuse, même. Ses cheveux auburn étaient ramenés en arrière par des peignes décorés de bijoux. Étrangement, elle portait une robe des plus longues, d'un bleu très profond avec des manches évasives ouvertes sur les côtés. Elle regarda Gwen droit dans les yeux.

— Je suis vraiment désolée, Gwendolyn, s'excusa-t-elle d'un ton doux, mais sérieux. Mais Gavin vous a dit la vérité, vous ne pouvez pas partir.

Gwen ne voulait pas la contredire. Mais en bonne Gwen, elle le fit quand même.

— Pourquoi pas ?

— Non seulement vous n'avez nulle part où aller, mais votre

place est avec mon fils, maintenant. Votre mariage n'est qu'une simple formalité, ma chère.

Et voilà, son mariage fictionnel n'était qu'une formalité. Peut-être qu'elle était enceinte, aussi. *Ah non, c'est vrai, ils n'ont jamais fait l'amour – et elle n'était pas mariée !*

— Lady Madelyn, même si j'adorerais rester, je ne peux pas. Épargnez-moi la dignité qu'il me reste.

C'est-à-dire pas beaucoup, songea Gwen à cet instant.

— Gwendolyn, si les hommes de Greylen vous laissaient aller où que ce soit, il les tuerait sans hésitation. Vous devez me croire.

— N'est-ce pas un peu dramatique ? Je sais qu'il m'a sauvé la vie et vous ne m'avez montré rien d'autre que de la bonté, mais vous ne pouvez pas penser à me garder ici.

Étaient-ils fous ?

— Pourquoi ne vous habillez-vous pas pour descendre ? Anna vous aidera, proposa Lady Madelyn.

Puis elle se leva ; visiblement, la conversation était close.

Elle l'avait congédiée !

— Ce n'est pas nécessaire.

La voix de Gwen se brisa. Elle était proche des larmes et avait désespérément besoin d'être seule.

— Gwendolyn.

Isabelle avait l'air bouleversée aussi.

Gwen mit de côté ses sentiments ; ceux d'Isabelle prévalaient pour l'instant. La journée passée avec elle était l'une des meilleures qu'elle ait eu dans ses souvenirs.

Elle sortit du lit... et tomba dans les bras de Gavin. Le lit devait être à un mètre du sol. Se sentant très bête, ce qui n'était pas une exagération, elle le remercia d'un murmure. Elle tendit les mains et sourit à Isabelle. Elle était absolument ravissante. Une véritable beauté pleine de grâce. Elle avait une silhouette élancée et un visage accordé. Long et délicat, avec des yeux d'un bleu incroyable et des longs cheveux blonds.

— S'il te plaît, ne t'inquiète pas, la rassura Gwen, mortifiée d'entendre sa voix se briser.

— Gwendolyn, tu ne dois pas partir, chuchota Isabelle. S'il te plaît. Greylen reviendra vite.

— Je ne peux pas rester, Isabelle.

Son cœur se serra en comprenant que le rêve dans lequel elle s'était complu pendant un très court laps de temps était désormais brisé. Celui dans lequel elle avait eu une famille pour s'occuper d'elle. Une famille qui tenait à elle.

Isabelle et Lady Madelyn quittèrent la chambre et Gavin reprit la parole :

— Lady Gwendolyn ?

Gwen lui accorda toute son attention. Elle ne put s'en empêcher. L'homme était très beau. Bien plus d'un mètre quatre-vingts, avec des cheveux épais et noirs coupés juste sous les oreilles. Il portait une chemise en lin beige rentrée dans un pantalon noir et de grandes bottes en cuir noir cirées. Et ses yeux bleus étaient pénétrants. Une seconde plus tard, Gwen secoua la tête.

— C'est une épée que vous avez là, Gavin ?

Pourquoi a-t-il une épée attachée dans son dos ?

— Oïl, ma lady. Je ne suis jamais sans.

— Pourquoi, au nom de Dieu, porteriez-vous une épée ? demanda-t-elle stupéfaite.

Elle dut admettre qu'elle appréciait la légère irritation que sa question causa.

— En guise de protection, Lady Gwendolyn. Mon devoir est de veiller à ce que vous ne soyez pas blessée. Comment suis-je censé accomplir ce devoir ?

Gwen lui lança un regard qui disait *vous-êtes-né-sur-une-autre-planète-ou-quoi*.

— Vous ne croyez pas au pouvoir des mots, Gavin ?

Elle rit en voyant sa tête. Oh oui, il était drôle à agacer. Elle l'aimait bien.

Gavin ignora sa question.

— J'ai une lettre de Greylen, Lady Gwendolyn. Il m'a

ordonné de vous la confier à l'instant où vous vous réveilleriez, expliqua-t-il en la lui tendant.

Gwen hoqueta et attrapa la lettre dans sa main tendue.

— Merci, Gavin. Et s'il vous plaît, restez dans les parages. Je risquerais de me couper avec le papier et vous pourrez poignarder ce papier malfaisant pour moi.

Elle plissa un œil, feignant d'être troublée avant de se tourner vers Anna.

— Anna, pouvez-vous me conduire à la salle de bains s'il vous plaît ? Je ne me rappelle pas vers où nous sommes allés hier.

— C'est la porte à côté de votre chambre, ma lady, indiqua-t-elle avec un geste de la main. Puis-je vous aider ?

Gwen déclina poliment, puis avança jusqu'au bout de la chambre de Greylen. Elle était choquée de l'énormité de cette chambre, mais elle en était également éprise.

Elle n'avait jamais vu pareille décoration. Tous les meubles étaient faits de bois sombre poli et les grands fauteuils étaient couverts d'un tissu sombre et riche en détails. Il y avait une zone détente devant la fenêtre et deux imposantes armoires situées contre le mur opposé, de chaque côté de la porte de la salle de bains. Celle-ci était du même bois que le reste des meubles, ornée de ferrures en cuivre.

Elle dut la pousser à deux mains pour qu'elle s'ouvre enfin et entra à l'intérieur, contente d'être seule. Elle s'appuya à la porte, se laissa choir au sol et pleura. Son désarroi était si grand qu'il l'étourdissait.

Il lui fallut cinq bonnes minutes avant de reprendre le contrôle. Elle resta sur le sol, à regarder la lettre dans sa main. Elle était écrite sur un parchemin coloré. Les initiales « GAM » étaient pressées sur un sceau en cire bordeaux. C'était une belle calligraphie et Gwen sentit ses larmes couler encore en passant ses doigts sur les lettres. Idiote ou pas, elle ne pouvait s'empêcher de se demander quel était le deuxième prénom de Greylen.

Elle avait peur de l'ouvrir, alors elle ne le fit pas. À la place, elle la tint contre son cœur et regarda la pièce. Elle était assez grande et meublée aussi joliment que la chambre. À sa droite, une grande chaise et une table avaient été placées dans une alcôve, en face d'une petite fenêtre. À sa gauche se trouvait une commode avec des tiroirs, d'épaisses serviettes, un lavabo en porcelaine et un valet de salle de bains. Une autre commode lui faisait face, mais celle-ci avait deux lavabos avec un porte-serviette au milieu et un grand miroir encadré au-dessus. La porte d'à côté, supposait-elle, menait à des toilettes privées.

Un tapis oriental décorait la majorité du sol. Elle remarqua la richesse du motif et sentit les fils de soie onéreux sous ses pieds. Les murs étaient construits avec de grandes pierres pâles et des joints sombres. Des tapisseries étaient accrochées à des tringles en laiton et réchauffaient le mur. La pièce était magnifique.

Lasse d'être lâche, Gwen s'approcha de la chaise dans l'alcôve. Elle colla son visage à un tartan accroché au dossier de la chaise. C'était l'odeur de Greylen. Elle le serra contre elle et ouvrit précautionneusement le sceau. Encore des larmes. Son écriture était superbe, avec des lettres parfaites. Elle sourit en voyant l'encre ayant coulé de la gauche vers la droite. Il était gaucher.

Elle commença à lire... se demandant ce qu'il lui dirait.

Comment il lui briserait le cœur.

Encore une fois.

Ma chère Gwendolyn,

> *C'est avec le plus grand regret que je me dois de te quitter. Jamais je ne suis revenu sur une parole et que tu sois celle que je déçois me peine comme rien d'autre au monde. Bien que j'aie essayé de te réveiller, ce fut en vain.*
>
> *Entends ma requête, Gwendolyn. Je te reviendrai, je te ferai mienne pour le restant de ma vie, si seulement tu acceptes encore de me prendre pour époux. Mon cœur est entre tes mains, Gwendolyn, où il restera pour toujours.*

Bien à toi,
Greylen Allister MacGreggor.

Il voulait d'elle. Greylen voulait vraiment d'elle.

Mais pourquoi ?

Si seulement elle pouvait se souvenir de ce qu'ils s'étaient dit la veille au soir. Elle se rappelait une partie, mais cela n'avait pas de sens. Plus important : il était parti. Elle devait retourner à l'auberge.

Avec un semblant de plan, Gwen décida de s'habiller. Elle avait désespérément besoin d'aller aux toilettes et lutta avec la lourde porte jusqu'à ce qu'elle s'ouvre. Elle resta plantée là, choquée. C'étaient des toilettes sèches à l'ancienne. Comment une famille avec tant de richesse pouvait-elle ne pas avoir de plomberie à l'intérieur ? Elle fixa le banc en pierre construit dans la pierre. Il y avait un siège en bois et elle sut que si elle baissait les yeux, elle verrait de l'eau en mouvement.

Finalement, ce n'était pas aussi mauvais qu'elle l'avait cru. Mais le papier toilette grossier n'avait rien à voir avec la marque dont elle avait l'habitude. Elle avait dû ingurgiter de puissants médicaments la veille pour ne pas l'avoir remarqué.

Elle se dirigea vers le miroir, soulagée que son visage n'ait presque aucune marque. Celles qui restaient n'étaient qu'une teinte ou deux plus foncées que sa peau naturelle. Elle se lava les mains dans le robinet rempli d'eau fraîche, faisant attention au bandage sur sa main droite. Elle déboutonna sa chemise et la retira. Elle avait toujours des bleus à cause de la ceinture de sécurité, mais ils semblaient s'estomper.

Elle ne voyait pas de matériel pour changer ses bandages et ses habits n'étaient nulle part en vue. Elle inspira profondément et ouvrit les portes, espérant que Gavin était parti. Elle avait entendu assez d'extravagances pour la journée.

Anna attendait juste devant, les bras chargés de vêtements.

— J'ai pensé que vous voudriez vous habiller.

Gwen examina la pièce, soulagée que Gavin soit bien parti.

— Avez-vous mes vêtements ? Ceux-là ne ressemblent en rien à ce que je portais, fit-elle remarquer en regardant ce qu'elle tenait dans ses mains.

— Cela ne serait pas approprié, Lady Gwendolyn. Cette robe sera très bien jusqu'à ce qu'on vous fasse une garde-robe adaptée.

— Anna, j'ai mes propres vêtements, rappela Gwen. Et s'il vous plaît, arrêtez de m'appeler Lady Gwendolyn.

— C'est ce qui est approprié.

Mon Dieu.

— Approprié ? Rien n'est approprié dans mon séjour ici.

— Essayez de comprendre, dit doucement Anna en lui prenant la main. Nous avons attendu si longtemps et les plans sont faits. Vous devez écouter la raison. Les hommes de Greylen ne vous laisseront pas partir. Ils ne peuvent pas.

— Mon Dieu, Anna ! s'exclama Gwen. Bon, donnez-moi ce que vous avez. Je retrouverai mes vêtements plus tard.

Ils étaient *fous.*

Anna sourit.

— Vous ne le ferez pas. Je vais vous aider. C'est mon devoir.

— *Comme vous voulez*, grinça Gwen.

Elle était fatiguée. Ils l'avaient déjà épuisée.

Anna la mena à la cheminée et retira la chemise de Greylen. Gwen resta nue devant elle, sans aucune honte, complètement distraite. De là où elle se trouvait, elle voyait toute la chambre de Greylen. Et elle était vraiment immense.

Chaque espace devait faire une dizaine de mètres de large et autant de profondeur. La zone près de la cheminée en elle-même était plus grande que tout ce qu'elle avait vu. Le foyer était fait des mêmes pierres que le reste du château et le manteau était du même bois que la décoration.

L'espace de nuit était juste après celui où elle se trouvait et dire que le lit était gigantesque serait un doux euphémisme. Le matelas était bel et bien à un mètre du sol et entouré d'un sommier masculin. Un édredon bordeaux foncé reposait sur des draps ivoire et des coussins décoratifs recouvraient une majorité de la tête de lit. Il y avait des tables de chevet de chaque côté, avec des bougies et des lampes à huile en verre. La lumière des appliques au mur vacillait comme s'il y avait des bougies à l'intérieur aussi.

Ils n'avaient pas l'électricité ?

— Anna, puis-je vous poser une question ?

— Bien sûr, tout ce que vous voulez.

Elle nettoyait les égratignures de Gwen.

— J'ai remarqué qu'il n'y avait pas de plomberie dans la salle de bains et il n'y a pas de lumières.

— Je ne comprends pas, Lady Gwendolyn. Notre plomberie surpasse les normes et les bougies sont des lumières, répondit Anna l'air perplexe.

— Vous plaisantez, n'est-ce pas ?

Anna posa sa main sur le front de Gwen et fit la moue.

— Vous êtes froide, Lady Gwendolyn, mais peut-être devriez-vous encore vous reposer.

— Hors de question. Je me suis assez reposée pour des années. Je dois juste rentrer à la maison.

Elle ne pouvait pas rester ici plus longtemps, mais la maison... Gwen cacha son visage quand des larmes remplirent ses yeux.

— Lady Gwendolyn, vous êtes ici chez vous. Laissez-nous prendre soin de vous maintenant.

Elle l'attira dans ses bras. Quand Gwen essuya ses yeux, Anna avait fini de panser ses plaies. Elle utilisa une pâte épaisse d'un petit pot en argile et l'étala avec un morceau de bois plat. Gwen ramassa le pot et sentit la substance. Elle avait utilisé la même chose la veille pour Greylen.

— Anna, quel genre de crème est-ce ?

— C'est un mélange d'herbes que nous cultivons dans le jardin.

— *Vraiment ?* s'étonna Gwen. Vous ne croyez pas en les médecins ou les pharmaciens ?

Anna sembla perturbée encore une fois. Gwen se sentit mal à l'aise.

Elle l'aida à enfiler une robe en velours proche du corps dont les ourlets étaient en lin tout doux.

— À qui est tout ça ?

Anna plaça des pantoufles à ses pieds qui lui allaient parfaitement.

— À Isabelle. Vous aurez les vôtres en un rien de temps. Maintenant, descendons pour que vous puissiez vous restaurer.

— Vous n'oubliez rien ?

— De quoi voulez-vous parler ?

Anna regarda la table désormais vide où se trouvaient les vêtements qu'elle avait rapportés.

— Les *sous-vêtements*, Anna ?

Comment avait-elle pu ne pas y penser ? Elle avait pensé à tout le reste.

— Je me suis méfiée des culottes bouffantes. Elles risquent de tomber sur les bleus sur vos hanches.

— Des *culottes bouffantes* ? Et mon string ?

Anna plaça ses mains sur ses hanches.

— Si vous parlez du morceau de tissu que nous avons trouvé dans vos *trews*, il a été détruit. Greylen n'a pas été très doux en vous déshabillant.

— *Hmmf,* couina Gwen.

Elle regretta aussitôt d'avoir manqué ça.

Gavin s'inclina devant elle quand ils sortirent de la chambre.

— Oh, s'il vous plaît, Gavin, ça suffit.

Il ne répondit pas, ce qui n'était pas plus mal. Gwen était occupée à regarder autour d'elle. Elle aperçut la grandeur du vestibule en dessous et avança vers la rampe avant de s'y pencher. Un beau tapis se trouvait face à l'escalier et les grandes marches menaient à un palier spacieux doté d'une grande fenêtre. Au palier, la rampe était incurvée de chaque côté et d'autres marches menaient à un grand couloir parfaitement symétrique. De grandes doubles portes se découpaient sur les murs latéraux, trois de chaque côté.

En bas de l'escalier, elle franchit deux portes massives. L'arche à sa droite dévoilait une pièce comme elle n'en avait jamais vu de sa vie.

Le plafond était au moins à une dizaine de mètres et d'immenses tapisseries étaient accrochées partout. Une grande cheminée avec des sièges imposants se dressait devant elle. À sa droite, elle vit un espace pour dîner, avec une grande table en acajou et un buffet. Des candélabres étaient placés à différents points et de petits vases remplis de fleurs fraîches les séparaient. À sa gauche, elle découvrit un autre espace détente. De longs sofas décorés de coussins et des tables de plusieurs tailles avaient été installés. Et il y avait un piano étrange qui semblait neuf, mais ancien à la fois.

Ce qui la frappa le plus était que malgré la richesse apparente de la pièce, elle restait chaleureuse. Elle enviait cette famille de connaître un tel luxe. De la chaleur, pas de la richesse.

— Gwendolyn, s'il vous plaît, rejoignez-nous, l'appela Lady Madelyn à la table.

Elle était assise côté mur et Isabelle était face à elle.

Gavin tira une chaise à côté d'Isabelle.

— Ma lady, l'encouragea-t-il en montrant la chaise.

C'était trop.

— Gavin, si vous ne me laissez pas tranquille, je vous jure que je vais vous frapper.

Les mains de Gwen se serrèrent en poings et elle vit Gavin dissimuler un sourire. Ils souriaient tous, leurs mains devant leurs visages. La prenaient-ils pour une idiote ? Elle voyait bien ce qu'ils faisaient. Jetant à Gavin un autre regard mauvais, elle s'assit. Sa situation s'aggrava, puisque Gavin s'installa dans le siège à côté de Lady Madelyn. Directement face à elle.

— Ne devriez-vous pas vous tenir derrière moi, Gavin ? Pour me protéger avec votre épée ?

— Les hommes de Greylen mangent toujours avec nous, Gwendolyn, expliqua Isabelle. Mais uniquement deux à la fois, pendant le roulement.

Gwen renifla, mais ne manqua pas de remarquer l'adoucissement dans les yeux de Gavin quand Isabelle justifia sa présence. Alors comme ça, Isabelle lui plaisait, mmh ? Intéressant, très intéressant.

— Isabelle, je te laisserai mon numéro de téléphone et mon adresse pour que nous puissions rester en contact. En revanche, après le petit déjeuner, j'insiste pour retourner à l'auberge, déclara-t-elle en regardant Gavin.

Gavin se leva si vite que sa chaise tomba.

— Lady Gwendolyn, je vous ai dit plus d'une fois que vous n'iriez nulle part. S'il le faut, je m'assiérai sur vous pour veiller à ce que ma tâche soit remplie. Suis-je clair ?

Mon Dieu, on aurait dit Greylen quand il était agacé.

— Ne piquez pas une crise, Gavin. Contentez-vous de me ramener à l'auberge, s'écria Gwen en se levant.

— *Piquer une crise* ? demanda-t-il en plissant les yeux, l'air menaçant. Expliquez ce que vous voulez dire par là.

— Vous énerver, précisa avec plaisir Gwen. Avoir un accès de colère – ce que vous faites en ce moment.

— Vous êtes folle, grinça-t-il entre ses dents serrées.

— Pas du tout, nia-t-elle en se rasseyant.

— Ah si, vous l'êtes.

— Non, je ne suis pas folle.

— Si.

— Non.

Gavin cogna du poing sur la table.

— Vous êtes aussi têtue que lui. Je vous jure, vous méritez bien d'être ensemble.

Il plissa des yeux encore et la fixa du regard, les poings toujours sur la table.

— J'ai mes ordres, Lady Gwendolyn, et je les respecterai. Vous pouvez avoir *tout ce que vous désirez*, mais quitter le château n'est pas une possibilité.

— C'est ridicule, Lady Madelyn, Isabelle, j'ai perdu l'appétit. Veuillez m'excuser.

Gwen quitta la table en marmonnant quelques mots de choix quand Gavin la suivit. Elle se dirigea droit vers la grande porte et essaya plusieurs fois de l'ouvrir, sans qu'elle bouge. Elle y donna un coup de pied et se tourna en entendant Gavin glousser.

— Votre porte est coincée, affirma-t-elle en tapant dedans une nouvelle fois.

— Laissez-moi faire, dit-il en agitant le poignet.

La porte s'ouvrit sans le moindre effort de sa part. Gwen se détourna, dégoûtée, juste à temps pour apercevoir Isabelle qui l'observait depuis l'arche. Elle lorgnait son actuel ennemi juré. Eh bien, au moins quelqu'un l'appréciait, parce que Gwen, plus du tout.

Elle franchit les portes. Des hommes montaient la garde de chaque côté et lui firent la révérence.

— Qu'est-ce qu'il se passe ici ? Trouvez-vous une vie, les gars.

Elle attrapa le tissu de sa robe et descendit l'escalier vers la cour.

Elle s'arrêta après quelques marches, voire chancela et inspira profondément. Elle se tourna de droite à gauche, secoua la tête et ferma les yeux. *Dites-moi que le paysage est différent, s'il vous plaît, différent.*

Elle les rouvrit.

Tout était pareil.

Gavin se trouvait derrière elle. Ses mains étaient sur ses épaules et la maintenaient en équilibre, parce qu'elle tremblait.

— Doit-on retourner à l'intérieur ?

Sa voix avait retrouvé sa chaleur et elle était désolée de l'avoir poussée un peu plus tôt.

— Gavin, dites-moi ce qu'il se passe, murmura-t-elle.

Gavin la guida à l'intérieur et ne s'arrêta pas avant qu'ils soient dans le grand hall à nouveau. Elle fut soulagée de voir qu'il était vide.

— Lady Gwendolyn, dites-moi ce que vous trouvez aussi troublant ? demanda-t-il après l'avoir assise devant la cheminée.

Elle le regarda comme s'il était devenu fou.

— Ce que je trouve aussi troublant, comme vous dites, c'est *tout.*

Gavin avança jusqu'à la table près de la cheminée. Il prit une carafe, puis en versa le contenu dans un verre.

— Réessayons, proposa-t-il avec un sourire.

— Ce n'est pas le moment de me faire boire. Je viens d'être témoin d'une scène tout droit sortie d'un livre d'histoire.

Gwen se leva en parlant et Gavin soupira avant de poser le verre sur la table. Il attrapa ses bras et la fit se rasseoir. Merde, elle aurait dû prendre davantage de cette potion.

— Buvez d'abord. Ensuite, je vous expliquerai.

Il porta le verre à ses lèvres. Gwen le lui prit des mains et le but.

— J'attends.

Gavin se saisit de l'une des chaises et la plaça devant elle. Il s'assit, se pencha en avant, assez près pour que leurs jambes se touchent presque.

— Savez-vous pourquoi vous êtes là, Lady Gwendolyn ?

— Greylen m'a sauvé la vie et m'a amenée ici. Y a-t-il autre chose ?

Il jura, un peu comme Greylen la nuit précédente.

— Vous a-t-il dit quelque chose sur la prophétie ?

— Il m'a parlé d'une prophétie hier soir, mais je ne me rappelle pas ce qu'il a dit. J'avais pris cette potion et maintenant...

Le brandy commençait à faire effet. *Ahhh*, ça aidait.

— La prophétie, Lady Gwendolyn, a annoncé votre arrivée. Nous avons attendu des années qu'elle se produise.

— Oui, oui... pour notre anniversaire, je sais. Je me rappelle ça.

— Il était écrit que vous viendriez d'un autre temps, Lady Gwendolyn.

— Greylen a dit que nous étions nés séparés, Gavin. Je suis née aux États-Unis et lui ici.

— Peut-être...

— *Peut-être*, coupa Gwen, c'est ça qu'il a dit. Qu'est-ce que ça veut dire ?

Gavin jura de nouveau, mais elle savait que ce n'était pas

dirigé envers sa personne. Non, elle sentait que sa colère était pour Greylen.

— Oïl, vous êtes nés séparés, mais c'est plus que ça.

— Alors quoi ? Qu'est-ce que vous ne me dites pas ?

Pourquoi ne lui donnait-il pas une réponse claire ?

— Lady Gwendolyn...

— Arrêtez de m'appeler Lady Gwendolyn, siffla Gwen en le coupant encore. Crachez le morceau.

Elle le prit par les épaules et essaya de le secouer. Mais au bout du compte, c'est elle-même qu'elle secoua.

— Vous venez d'une époque différente, dit-il lentement en la regardant droit dans les yeux.

— *Je quoi ?*

Gavin secoua la tête.

— C'est à en devenir fou. Dites-moi clairement ce que vous ne comprenez pas !

— Je ne comprends rien !

— Vous êtes folle.

— Folle ? *Folle ?*

Oh elle allait le frapper. Fort.

— Je ne suis pas folle, Gavin. En revanche, j'ai un problème à essayer de comprendre ce que vous essayez de me dire. Vous êtes nul pour expliquer.

— Alors écoutez bien, Lady Gwendolyn, répondit-il malgré ses dents serrées en se rapprochant d'elle. Vous n'êtes pas de cette époque. Il n'y a pas de téléphones et nous ne savons pas ce que c'est. Pas d'auberge. Et nous ne sommes pas au XXIe siècle.

— Vous êtes cinglé, siffla Gwen en s'écartant.

Elle avança vers la porte et au troisième essai, celle-ci s'ouvrit. Mais à ce moment-là, ce qu'elle vit la frappa de plein fouet encore une fois. Elle referma la porte. Les mots de Gavin tournaient en boucle dans sa tête.

Elle savait qu'il était derrière elle, mais elle ne se retourna pas. À la place, elle appuya sa tête contre la porte.

— Vous n'avez pas de téléphones ? murmura-t-elle.

— Non.

— La tempête n'a pas coupé l'électricité ou les lignes téléphoniques ?

— Non.

— Vous avez dit que je ne suis pas de cette époque. Qu'est-ce que ça veut dire ?

— C'est simple, Lady Gwendolyn. Nous ne sommes pas au XXIe siècle.

— Si ce n'est pas le XXIe siècle...

À côté de sa tête, Gwen serra les poings avant de poser sa prochaine question et elle rit en prononçant les mots :

— En quel siècle sommes-nous ?

— Ceci est le XVe siècle, ma lady.

Gwen lâcha un bruit étranglé.

— Quelle année ?

— L'année de notre Lord...quatorze cent vingt-six, dit-il clairement avant de la rattraper quand elle s'écroula.

— Une *potion*..., s'écria Gwen en cognant son torse. Je veux une potion !

— Vous venez de prendre de l'alcool, la réprimanda Gavin en attrapant ses mains.

— Vous vous foutez de moi, n'est-ce pas ?

— Si vous voulez dire que je vous mens... je crains que non.

Gwen commença à rire.

— Vous trouvez cela amusant ? demanda-t-il en la posant devant lui.

Elle le regarda avec un sourire.

— En fait, oui. J'ai dit à Greylen que je rêvais hier soir. Et c'est bien le cas.

Dieu merci, elle arrivait toujours à raisonner dans son état inconscient.

— Vous ne rêvez pas, Lady Gwendolyn. Vous ne pouvez pas y croire ?

Sa question la surprit. Elle y réfléchit.

— *Croire* est ce qui m'a amenée dans cette situation.

— Expliquez-moi.

— Quoi ? Vous êtes mon psy maintenant ? plaisanta-t-elle.

Gavin se contenta de la fixer du regard.

— Oh, putain. Je *croyais* que je trouverais ce que je cherchais en venant en Écosse. Non, corrigea-t-elle en secouant la tête. Je ne peux pas l'expliquer. Il fallait que je parte, c'est tout. J'avais ce sentiment que si je ne le faisais pas, je ne trouverais jamais ce que je cherchais.

— Et que cherchiez-vous ?

Elle l'observa. Que cherchait-elle ? Elle sut de suite ce qu'elle cherchait.

— Je crois que je cherchais Greylen, chuchota-t-elle.

— Alors on dirait que tout a très bien fonctionné.

— *Vous avez perdu la tête ?*

— Vous l'avez trouvé, non ?

— Au XVe siècle ? *Allez, quoi.*

— Vous ne voyez pas ce qui est devant vous ?

Elle écarquilla les yeux.

— Oh mon Dieu... je suis une de ces personnes, s'écria-t-elle en le prenant par les épaules. Je déteste ces gens-là.

— Je vous en prie, de quelles personnes parlez-vous ?

Maudit soit-il.

— Les gens qui n'arrivent pas à voir ce qui se trouve juste devant eux. Gavin, ce que vous me dites est impossible.

— Et comme je vous l'ai dit, je crains que ce soit la vérité.

— Alors ce que j'ai vu dehors et l'antiquité de ce château...

— Le château de Seagrave est le meilleur des Highlands, Lady Gwendolyn, la coupa Gavin. Et quant à ce que vous avez vu dehors, je peux simplement vous dire que cela vous semble étrange parce que vous n'êtes pas de notre époque. C'était écrit dans la prophétie.

— Alors c'est normal que ce château n'ait pas d'électricité ou de plomberie ?

— Je ne sais pas ce qu'est l'électricité, mais je peux vous assurer que notre plomberie surpasse la norme.

— Oui, c'est ce que j'ai entendu. Croyez-moi, on en est loin.

— De plus, il n'y a rien d'antique dans ce château, vous n'en trouverez pas de mieux.

— Dans la cour...

Gwen posa les mains sur sa tête et repassa la scène dans sa tête.

— Il y a un village, là dehors. Les gens ne vivent plus comme ça.

— Expliquez-moi ce qui est si différent, demanda-t-il gentiment.

— Les vêtements pour commencer. Les femmes ne s'habillent plus comme ça, même en Écosse. Oh mon Dieu. Ce genre de robes.

Elle tira sur la sienne.

— Et les jardins des gens sont tranquilles et paisibles. Ils sont privés. Cette cour bourdonne d'activité – des mères, des enfants, des hommes avec des armes. Il y a des écuries et ce qui ressemble à une chapelle. Et j'ai vu au-delà de l'enceinte des cottages des hommes qui se battent *à l'épée*. Ça n'existe pas. J'ai passé trois semaines à découvrir tout ce que je pouvais sur l'Écosse et je vous jure que tout ce que je viens de voir n'existe *pas*.

— Tout ce que vous avez vu est réel. Et les hommes, femmes et enfants de ce clan vivent une vie que peu connaissent dans les Highlands. Leur laird leur fournit ce qu'il leur faut et les protège avec honneur. En retour, son peuple travaille dur et vit dans le bonheur.

Il s'arrêta, comme attendant une réaction. Comme elle ne répondit pas, il continua :

— Quelque chose d'autre vous embête ?

— Vous m'embêtez, Gavin.

Bon, il fallait bien qu'elle se lâche sur quelqu'un.

— Lady Gwendolyn, j'ai été franc et respectueux avec vous, rien d'autre, répliqua-t-il.

— Franc peut-être, mais respectueux... *mouais*...

Elle leva les yeux au ciel. Il mordit aussitôt à l'hameçon.

— Très bien, ma lady, grogna-t-il avec mépris. Peut-être devriez-vous faire d'autres outrageuses demandes pour partir. Et s'il vous plaît, utilisez donc votre langage acide.

— Vous venez de dire que j'avais un langage *acide* ? feignit de s'indigner Gwen.

— Oïl, vous n'avez de cesse de prononcer des mots odieux. C'est la vérité et vous le savez, siffla-t-il. Ne *piquez pas une crise*, comme vous le dites si bien, ma lady.

— Je piquerai toutes les putains de crise que je veux, Gavin... une fois à l'auberge.

— C'est la seule *auberge* que vous connaîtrez, Lady Gwendolyn. Je vous suggère de vous y habituer... car vous ne partirez jamais.

***

Lady Gwendolyn garda le silence tandis que Gavin l'aidait à retourner dans sa chambre. C'était une première et il trouva que son flot de commentaires lui manquait – même ceux de nature caustique.

Il comprenait maintenant la perplexité de Greylen par rapport à son dialecte. Son commandant avait cependant manqué de mentionner les détails de son langage grossier. Elle était en réalité plutôt divertissante lorsqu'elle était en colère et il se demanda si Greylen était d'accord.

Il guida sa maîtresse vers le lit, ordonna qu'elle s'y reposât jusqu'à venir à bout des effets de l'alcool. Puis, il lui dit qu'il resterait devant les portes. Elle s'agrippa à sa main avant qu'il ne partît.

— Je ne rêve pas, Gavin, dit-elle doucement comme si prononcer ces mots l'aiderait.

— Non, ma lady. Peut-être que si je vous disais...

— Dites-moi quelque chose, n'importe quoi. S'il vous plaît, ajouta-t-elle avec un sourire en lui serrant la main.

Surpris, Gavin lui rendit son sourire. Il n'avait pas vu ce côté-là d'elle. Une fois sa garde baissée, elle était très différente. Il voulait l'apaiser, peut-être l'aider à voir combien il était naturel que sa présence fût ici.

— J'ai prêté allégeance à Greylen il y a quinze ans, commença-t-il. Depuis le début, il n'y a qu'une poignée de jours que je n'ai pas passés à ses côtés. Les jours les plus perturbants étaient ceux où on lui proposait des fiançailles. Je n'ai jamais compris sa réticence à se marier, mais voir ce qu'il se produisait chaque fois...

Gavin secoua la tête, peiné par ces souvenirs.

— Greylen ne se hâtait pas de refuser, mais il demandait que sa promise soit amenée devant lui.

Il soutint le regard de sa maîtresse, implorant.

— Je n'oublierai jamais le regard qu'il avait chaque fois qu'il tenait une femme par les épaules et la regardait droit dans les yeux. Chaque fois, ses yeux devenaient vides les jours qui suivaient.

— Mais si la prophétie avait prédit mon arrivée, pourquoi cherchait-il quelqu'un d'autre ?

Gavin lui lança un sourire en biais.

— Nous avons tous l'esprit ouvert, Lady Gwendolyn, mais nous parlons d'une prophétie. Nous ne savons pas qui l'a écrite ni même quand.

— A-t-il un jour cru en elle ?

— Vous n'avez pas bien compris. Il y a *toujours* cru. Parfois, il se disait que peut-être il pourrait contourner la prophétie et vous trouver plus tôt.

Elle ricana.

— Quand on parle d'arrogance.

— Oïl. Ça le caractérise bien.

— Y a-t-il autre chose ?

— Greylen m'a parlé de la prophétie il y a cinq ans, expliqua-t-il. J'y ai aussi cru, ma lady. Et il m'a dit...

Il hésita avant de révéler une nouvelle confidence :

— Il m'a dit qu'il vous reconnaîtrait tout de suite. Qu'il vous voyait en rêve depuis des années. Le même rêve toutes les nuits.

— J'ai fait le même rêve.

Gavin fut surpris, pas seulement par ses mots, mais aussi par les larmes qu'elle essuya rapidement.

— Le soir de son trente-deuxième anniversaire, nous l'avons contée au reste de nos hommes : Duncan, Ian, Connell, Kevin et Hugh. Nous préparons votre arrivée tous les jours depuis.

— Quelqu'un d'autre sait ?

— Oïl, Lady Madelyn, Isabelle et Anna. Reposez-vous maintenant. Vous avez eu une matinée éprouvante.

— Resterez-vous ? Je ne veux pas être seule. *S'il vous plaît.*

— Devrais-je appeler Lady Madelyn ? Ou Isabelle, peut-être ? lui demanda-t-il, inquiet par son ton.

Elle se redressa aussitôt.

— Si je vous laissais le choix, qui voudriez-vous que j'aie avec moi ?

La façon dont la question lui était posée le stupéfia. Essayait-elle de le piéger ?

— Je ne sais pas de quoi vous parlez, maîtresse, fit-il en masquant son expression.

— Hmmf.

Son expression faciale à elle correspondait à son onomatopée incrédule.

— Reposez-vous, maintenant, répéta-t-il.

Il était troublé par sa perspicacité et ce sourcil qu'elle haussait de plus en plus. Puis, il entendit sa réponse pendant qu'il avançait vers la cheminée.

— Oh, quelle toile enchevêtrée on tisse... quand on ment pour la première fois.

Gavin glissa sa main dans ses cheveux, une habitude qui empirerait les jours suivants.

Gwen n'arrivait pas à dormir. Elle n'arrêtait pas de penser à ce qu'il s'était passé ce matin. Non seulement à ce qu'elle avait vu, mais également à sa conversation avec Gavin. Comment était-ce possible ? *C'est fou.*

N'est-ce pas ?

Elle savait qu'elle ne rêvait pas ou n'était pas coincée dans un état d'inconscience dans un lit d'hôpital. Non, elle devait abandonner cette idée. Il n'y avait pas plus rationnel qu'elle. D'accord, c'était une idée vaniteuse, mais la rationalisation objective l'avait gagnée au fil de sa vie. Du moins, c'était ce qu'elle se disait.

Si c'était *bien* réel, si elle s'était retrouvée dans une époque différente... elle commença à rire. Elle ne pouvait pas croire qu'elle rationnalisait *ça*. Mais elle le devait. Non ?

Elle ne voyait pas de téléphones. Pas de prises ni quoi que ce soit qui puisse être considéré comme moderne. Et la scène dans la cour ajoutait de la crédibilité à tout le reste. Et puis, il y avait la façon dont Greylen et sa famille se comportaient, leur façon de parler, leurs habits, leurs formalités.

Où était Greylen, merde ? Il lui manquait. Non, elle avait *besoin* de lui. Deux jours en présence de cet homme et elle ressentait avec lui une connexion si profonde que c'en était étourdissant.

Et il l'avait quittée.

Elle dut s'endormir un temps et quand elle se réveilla, elle appela Gavin. Il répondit, depuis l'espace près de la cheminée.

— S'il vous plaît, appelez-moi Gwen. Je ne supporte pas tous ces *lady*.

— Vous vous y ferez, commenta Gavin en s'approchant du lit. Venez, je vais vous faire visiter la propriété.

Elle sourit. Que lui arrivait-il ?

— Puis-je avoir quelques minutes ?

— Prenez tout le temps dont vous avez besoin, *lady* Gwendolyn.

Il faisait exprès et sourit en l'entendant soupirer avec exagération.

Une fois dans la salle de bains, Gwen prit son temps. Elle se rendit devant le miroir et posa ses mains sur la commode. Chaque chose en son temps.

— Bon, qu'est-ce qu'on fait, mademoiselle l'intelligente, demanda-t-elle à son reflet. Pas de réponses, hein ? Ouais, je m'en doutais, t'as pas de cerveau et tes cheveux sont en bordel comme jamais.

Elle ouvrit un des tiroirs à la recherche d'une brosse. Elle en eut le souffle coupé. Les outils de rasage de Greylen se trouvaient à l'intérieur. Elle prit un morceau de savon rond et inhala son odeur de santal. Une brosse pour la barbe avec un petit manche et des poils épais et doux ainsi qu'une longue lame avec un manche en bois reposaient à côté du savon. Il y avait même une pierre pour l'affûter.

Curieuse, elle fouilla dans les autres tiroirs. Pas de rasoirs Gillette, de bombes aérosol, de brosse à dents, non... *super*, pas un seul équipement un tant soit peu familier. Elle retourna au tiroir où elle avait vu une brosse et un peigne. Puis, elle chercha dans un autre, espérant trouver de quoi attacher ses cheveux, comme une pince ou un élastique. À la place, elle opta pour une lanière en cuir qu'elle prit sur une pile dans un des tiroirs. Enfin, elle attrapa le tissu en tartan accroché à la chaise dans l'alcôve.

Quand elle retourna dans la chambre, le regard de Gavin l'arrêta.

— J'ai fait quelque chose de mal ?

— Non, s'empressa-t-il de répondre. Je regrette juste...

Il marqua une pause et sourit.

— Je regrette juste que Greylen ne soit pas là pour vous voir. Il serait content que vous portiez son tartan et vous êtes ravissante dans la robe d'Isabelle.

— Un romantique en plus d'un tortionnaire, fit-elle en levant les yeux au ciel. C'est rafraîchissant.

Gavin sourit, l'air de l'apprécier de nouveau. Il la pressa hors de la chambre et en bas des escaliers. Ils entrèrent dans le grand hall où Lady Madelyn et Isabelle étaient assises devant le feu.

— Gwendolyn, vous vous sentez mieux ? demanda Isabelle.

Lady Madelyn resta silencieuse, même si elle la regardait avec inquiétude.

— Oui, merci. Gavin va me faire visiter la propriété aujourd'hui. On dirait que je vais rester un moment.

— Puis-je venir, Gavin ?

— Pas aujourd'hui, Isabelle.

Le ton de Gavin était si tendre que Gwen lui adressa un regard de dégoût.

— Excusez-moi, comment se fait-il que vous ne me parliez jamais ainsi ? On ne fait que me donner des ordres et me mener à la baguette.

Ils rirent tous à sa remarque, mais l'observation de Gwen était pertinente. Gavin était doux avec Isabelle.

— Venez, ma lady, nous allons monter, dit-il en lui tendant la main.

— Monter où ?

— À cheval, ma lady. Nous venons de descendre !

— Je ne monte pas sur les chevaux, moi.

— Peu importe. Vous monterez avec moi.

— Je n'ai jamais été sur un cheval de ma vie. Et je n'irai sur aucun de ceux que j'ai vus plus tôt. Ils sont énormes.

— Vous êtes déjà montée sur un cheval, vous ne vous en souvenez juste plus.

— Comment le sauriez-vous ?

— J'étais là, ma lady. Greylen vous a transportée depuis la plage et sa bête est plus grosse que celles dans la cour.

— Pourquoi est-ce que ça ne me surprend pas ? marmonna Gwen pour elle-même.

Anna entra dans la pièce avec un sac en cuir.

— Il est rempli, annonça-t-elle en le tendant à Gavin. Assurez-vous qu'elle mange bien.

Elle interrompit ses instructions et fronça les sourcils, comme mécontente du poids actuel de Gwen.

Gavin récupéra le sac et prit son bras. Tandis qu'il ouvrait la porte, Gwen ferma les yeux et prit une grande inspiration.

— Tout ira bien, lui assura Gavin.

Il continua à tenir son bras et ils avancèrent dans la cour. Elle trembla tout le long.

— Tout le monde me fixe, murmura-t-elle.

— Ils savent que vous êtes ici, ma lady, et vous vous êtes enveloppée dans le tartan MacGreggor.

Il attendit un moment.

— Et puis, maintenant, c'est de fait connu que leur laird a sauvé de l'eau une jeune femme impuissante.

— Je suis une très bonne nageuse, pas une impuissante jeune femme, s'indigna Gwen.

— Oïl, j'ai bien vu, répondit-il pince-sans-rire.

Elle lui lança un regard mauvais avant de s'écarter. Elle avança jusqu'aux écuries à droite du donjon. Elle s'arrêta une fois devant, puis se tourna pour regarder le château désormais à sa gauche. Elle hoqueta.

Il était magnifique.

Il s'étendait sur une large et belle terre et était probablement haut de trois étages. Des marches en pierre avec une rampe en marbre ou en calcaire menaient aux portes d'entrée. Des volets décoratifs vert émeraude se trouvaient à chaque fenêtre, chacune avec une jardinière de fleurs en dessous. À gauche du château, il y avait le jardin dont Anna avait parlé plus tôt. Et à droite, juste après les écuries, elle découvrit une structure à un étage toute simple. Une porte en bois très belle en marquait l'entrée et de grandes fenêtres teintées créaient une ouverture pour la lumière.

Elle supposa que c'était la chapelle et décida d'en parler à Gavin plus tard. Pour l'instant, elle ne lui parlerait pas. Son inspection fut interrompue quand le fléau actuel de son existence s'arrêta devant elle. Il tenait les rênes de son cheval et le sac qu'Anna lui avait donné était attaché à la selle.

— Comment Anna savait-elle qu'on partait ? demanda-t-elle sans réfléchir.

Merde ! Elle avait oublié qu'elle était censée ne pas lui parler.

— Nous ne partons pas, corrigea-t-il. Je ne fais que vous montrer où vous êtes.

— *Peu importe*, répondit-elle en ignorant son ton fier. Vous n'avez pas répondu à ma question.

— Anna est venue voir comment vous alliez pendant que vous vous reposiez. Je lui ai dit que je vous ferais visiter les lieux.

Il l'attrapa par la taille et une seconde plus tard, elle était assise sur la selle, Gavin derrière elle.

Ils franchirent les portes de la cour et descendirent sur un grand chemin. Il y avait des cottages sur la gauche et des champs où les hommes s'entraînaient à l'épée à droite. Ils dépassèrent un lac et montèrent en silence plus d'une heure.

Gavin l'aida à descendre, puis la soutint le temps qu'elle retrouve son équilibre. Elle lui lança un sourire franc et chaleureux.

— C'est plus beau que tout ce que j'ai vu dans ma vie.

Il hocha la tête en signe d'assentiment et lui tendit un petit sac. Il désigna les arbres et lui dit qu'elle pouvait aller faire ses besoins.

— Je suis impressionnée, vous avez pensé à tout.

— Pas tout. Je ne m'attendais pas à ce que Greylen soit appelé hier soir.

Sa candeur l'adoucit.

— Il était surpris également ?

— *Surpris ?* J'aurais plutôt dit furieux.

— Vous croyez qu'il rentrera bientôt ?

— Peut-être dans moins d'une semaine. Ça dépend de s'il rentre à cheval ou en bateau.

— Est-il en danger ?

— Il a été appelé à la cour pour être présent lors d'un procès, ma lady. Il n'est pas en danger.

— J'imagine qu'il me faudra vous prendre au mot. Excusez-moi, je vais me rendre derrière les arbres, dit-elle avec autant de dignité que possible.

Quand elle revint, Gavin avait posé une couverture au sol. Les préparations d'Anna étaient étalées par-dessus.

— Je meurs de faim, avoua-t-elle. Vous m'avez tellement agacée au petit déjeuner que j'ai oublié de manger.

Elle s'assit face à lui et ils mangèrent un assortiment de fromages, fruits et pains sombres. La coupe dans laquelle elle but était faite d'argile cuite, vernie et gravée d'un motif complexe. Elle but une grosse gorgée et s'étouffa. Gavin rit et lui tapota le dos.

— Qu'est-ce que c'est que ça ? De la *bière* ?

— C'est de la bière, oïl. Je n'ai pas pensé à vous prévenir.

Gavin lui proposa d'aller chercher de l'eau et elle s'apprêtait à dire oui quand elle eut une meilleure idée. Elle but d'un trait le reste de sa bière, puis celle de Gavin.

Sur le retour, Gavin lui montra différents espaces en lui expliquant l'intérêt de chacun. Ils avaient des pâturages pour les moutons, les bovins et les chevaux. Tous étaient séparés et chacun était surveillé par des hommes.

Quand ils atteignirent les écuries, Gwen le suivit à l'intérieur. Elles étaient incroyables. Ils accordaient vraiment beaucoup de valeur à leurs bêtes. Il y avait des stalles de chaque côté et du foin propre était empilé au fond. Les sols étaient propres et les portes en bois n'étaient pas abîmées, mais poncées de sorte qu'elles soient lisses. Quand Gavin eut fini de s'occuper de son cheval, il la guida vers le château.

— C'est une chapelle ? demanda Gwen en montrant le bâtiment après les écuries.

— Oïl, voulez-vous y entrer ?

— Vous croyez qu'il y a quelqu'un ?

— Non, Père Michael est rentré très tôt ce matin. Je suis sûr qu'il dort.

Elle acquiesça et il la mena jusqu'à la porte et entra en premier. Un moment après, il revint.

— C'est vide. Je vous attendrai dehors, proposa-t-il avant de fermer la porte derrière elle.

Gwen resta debout sur le palier et observa la chapelle la plus charmante qu'elle ait vue. À gauche se trouvait une table avec des bougies et devant elle, un tapis floral jusqu'au pupitre. L'autel était une marche au-dessus du reste et était couvert de grands pots remplis de plantes et de fleurs. Des bancs d'église joliment polis s'alignaient de chaque côté de la pièce, formant dix rangées. L'exiguïté de la chapelle ne faisait qu'ajouter à son charme.

Gwen avait toujours détesté les églises, mais pas parce qu'elle ne croyait pas. C'étaient les familles qui la rendaient mal à l'aise. Elles semblaient si unies, que ce soit dans la peine ou la joie, et elle les enviait. Secrètement, elle avait espéré un jour trouver son bonheur. Entrer dans une église avec une famille à elle et partager cette proximité qu'elle avait toujours désirée.

Elle ne savait toujours pas trop ce qu'il s'était passé. Si ce que Greylen et sa famille lui avaient dit était vrai. Mais s'il y avait la moindre chance que ce soit le cas, elle ne le prendrait pas pour acquis. Elle se sentait déjà trop à sa place.

Elle prit une bougie et alluma la mèche grâce à une qui brûlait déjà. Puis elle passa ses mains sur le haut des bancs en avançant jusqu'à l'autel. Elle s'assit sur ses talons et joignit ses doigts ensemble. Et elle resta assise là, ne sachant pas trop par où commencer. Elle leva la tête et vit les grandes poutres en bois qui traversaient la pièce de part en part. Chaque détail était parfait ici.

Les mots lui vinrent soudain facilement.

— Bon, voilà comment je vois les choses. Je ne sais pas comment, mais je suis ici. Si Greylen et Gavin disent la vérité, je crois savoir pourquoi.

Elle marqua une pause et fronça les sourcils en comprenant ce qui lui avait échappé jusqu'alors.

— S'il Vous plaît, prenez soin de Sara et de M. MacGreggor. Je sais qu'elle pensera que je me suis noyée dans l'accident, mais elle était tout ce qu'il me restait.

Oh, Sara.

Une larme coula sur sa joue. La reverrait-elle un jour ? Elle fut soudain frappée par une autre révélation : M. MacGreggor. Elle l'avait trouvé devant son appartement cinq ans plus tôt et l'avait adopté sans hésitation. Étrangement, moins d'un jour après, elle commençait déjà par l'appeler ainsi.

Il fallut une minute avant que Gwen reprenne. Et quand elle le fit, les mots venaient de si profondément en elle que même elle était surprise de les entendre :

— S'il Vous plaît, laissez-moi rester ici. Je n'ai jamais vu un endroit aussi enchanteur et j'adore déjà les gens. J'ai été si sage pendant si longtemps... et j'ai travaillé dur toute ma vie. Je ne veux pas rentrer à la maison. *Je veux rester.* S'il Vous plaît, protégez Greylen. Ramenez-le-moi.

Elle murmura doucement *Amen* et essuya ses larmes en se levant. Gavin se trouvait sur le pas de la porte. Il la regardait très solennellement.

— Je ne voulais pas troubler votre intimité. C'est l'inquiétude qui m'a fait entrer, comme vous ne ressortiez pas.

Il s'avança et s'agenouilla devant elle.

— Pardonnez-moi, Lady Gwendolyn. J'ai dépassé les limites. Je me retirerai de votre garde tout de suite.

— Non, vous n'en ferez rien. Vous êtes le meilleur ami de Greylen. Vous devriez savoir la vérité.

Il sembla stupéfait par sa grâce et prit ses mains dans les siennes.

— Il reviendra. Vous devez me croire. La prophétie se révélera. Votre place est *ici*. Votre maison est *ici*, maintenant, Lady Gwendolyn.

Gavin resta aux côtés de Gwen. En fait, il refusa d'être remplacé avant le matin, à la grande surprise des hommes de

Greylen, qu'elle avait rencontrés l'après-midi même. Sa loyauté envers elle avait plus d'importance pour elle qu'il ne le pensait.

Ce soir-là, ils dînèrent avec Lady Madelyn, Isabelle et Duncan. Ils parlèrent de choses insignifiantes, évitant à l'évidence des sujets qui pourraient la mettre mal à l'aise.

Après, ils s'assirent auprès du feu pendant qu'Isabelle jouait du piano – du clavecin, plus précisément – dans un coin. La musique était obsédante et Gwen observa Gavin jeter des regards de manière répétée à la sœur de Greylen. Il semblait très épris d'elle et Gwen sentait que ses sentiments étaient très sérieux.

Anna entra plus tard et demanda à Gwen de l'accompagner à l'étage. Elle avait préparé un bain près du feu et lui lava les cheveux avant de l'aider à s'habiller. Gwen sourit tristement en la voyant lui tenir une chemise de Greylen ouverte. Puis, elle la mena devant le feu et lui coiffa les cheveux. Anna demanda si elle souhaitait qu'elle reste, mais Gwen déclina. Dès qu'elle fut partie, Gwen s'approcha de la table de nuit pour chercher la lettre qu'elle avait laissée là plus tôt. Elle ne la trouva pas et ouvrit instinctivement le tiroir du haut. Quelqu'un y avait placé sa lettre.

Quand elle la prit, elle vit un médaillon en bois attaché à une épaisse cordelette en cuir. Elle s'en saisit et s'assit sur le lit. Le bois sombre poli était gravé sur une face. Un dragon – féroce et beau à la fois. Elle le tourna et vit les initiales de Greylen. Gwen se rendit à la porte pour interroger Gavin à son propos. Il montait la garde devant et sourit quand il la vit.

— Jolie chemise de nuit, ma lady.

— La ferme, Gavin.

Elle rit en voyant ses yeux scintiller.

— Peux-tu me parler de ça, s'il te plaît ? demanda-t-elle en brandissant le médaillon.

Il le prit dans sa main et toucha le dessin gravé.

— Le père de Greylen le lui a fait il y a des années de cela. Le dragon est le symbole des armoiries familiales, ma lady, car il abat tout ce qui se trouve devant lui.

Gwen leva les yeux au ciel.

— C'est très réconfortant, Gavin, répliqua-t-elle avec sarcasme.

Il la fit se tourner et l'attacha à son cou. Elle inspira profondément, étrangement calme à l'idée de le porter, puis regarda Gavin encore une fois.

— Rentre à l'intérieur, Gavin. Je refuse que tu restes debout toute la nuit, ordonna-t-elle en désignant la porte.

Il entra et s'installa dans un fauteuil auprès du feu, lui offrant un minimum d'espace privé. Elle marcha jusqu'à la fenêtre, où le soleil se couchait et inspira en voyant le ciel illuminé de plus d'étoiles qu'elle n'en avait jamais vu.

Ce n'était pas un rêve.

Peu importe combien de fois elle essayait de penser autrement, la réalité était identique. Elle ne rêvait pas.

Elle n'était pas inconsciente et sous perfusion. Elle n'hallucinait pas. Ni n'était folle. Pour le moment, elle était juste fatiguée et incapable de réfléchir.

Des larmes silencieuses coulèrent sur son visage et le doux bruissement du parchemin chuchota dans l'air. D'une main, elle tenait la lettre que Greylen lui avait écrite la nuit précédente. De l'autre main, elle tripotait le médaillon en bois que Gavin avait placé autour de son cou.

Il était plus important pour elle que tout ce qu'elle avait eu dans sa vie.

C'était étrange comme en à peine plus de douze heures, c'était ce lien avec son futur qui lui donnait du courage, et non plus son bracelet, qui représentait son unique lien vers son passé.

Tant de choses prenaient sens, maintenant qu'elle pouvait voir.

Même si le paysage de l'Écosse du Nord et la mer autour étaient identiques, elle savait qu'elle n'était plus au même endroit.

Elle caressa le médaillon, la lettre dans les mains, fixant du regard la mer au-delà des falaises. Elle oublia d'essuyer les larmes de ses yeux avant de se tourner pour souhaiter bonne nuit à

Gavin et monter dans le lit. Heureusement, Gavin ne fit aucun commentaire. Il lui dit doucement bonne nuit et elle se blottit sous les couvertures.

CHAPITRE 9

Quand Gwen se réveilla, il faisait toujours sombre. Elle savait qu'il devait être entre quatre et cinq heures du matin et grogna en étirant son corps endolori. Elle roula et serra l'oreiller dans ses bras. Le feu dans la cheminée projetait des ombres dans la pièce et elle vit le profil de Gavin, assis devant le foyer. Elle se sentait en sécurité avec lui et était contente qu'il soit resté cette nuit. Non qu'elle lui ait laissé le choix.

Elle s'apprêtait à l'appeler quand elle entendit la porte s'ouvrir. Elle sourit en voyant Isabelle avancer lentement vers le lit. Une bougie à la main, elle lui rendit son sourire et s'éclaira quand Gwen écarta les couvertures et tapota le matelas.

— Bien le bon jour, Gwendolyn, chuchota Isabelle doucement après s'être allongée à côté d'elle.

— Bien le bon jour, Isabelle, l'imita-t-elle.

Isabelle rit.

— Je suis si contente que tu sois réveillée.

— Moi aussi. Tu m'as manqué hier.

— Je t'ai vue de nombreuses fois hier, Gwendolyn.

— Je sais, mais nous n'avons pas eu de moment seules.

— J'imagine que tu as raison. Comment as-tu perdu ton

garde, Gwendolyn ? La seule fois où il n'y a eu personne posté devant la porte était la nuit d'avant-hier.

Gwen s'apprêta à lui dire qu'elle avait tort, mais la curiosité l'emporta.

— Pourquoi je n'avais pas de garde la deuxième nuit si j'en avais un la première ?

— Greylen était avec toi, Gwendolyn. Tu n'as pas besoin de garde quand il est là.

— Mais n'était-il pas aussi avec moi la première nuit ?

Gwen avait l'impression qu'ils avaient dormi ensemble cette nuit-là. C'était ce qu'il lui avait dit.

— Oïl, en effet, mais Mère avait ajouté un somnifère à son vin cette nuit-là. Même mon frère avait cherché la protection de ses hommes en sachant que ses capacités avaient été compromises.

— Alors normalement, il ne cherche pas la protection de ses hommes ?

— Non. Mon frère entendrait une épingle tomber de l'autre côté du château, peut-être même à Édimbourg.

— Ses sens ne peuvent pas être aussi bons, Isabelle, rétorqua Gwen.

— Ils le sont vraiment, insista-t-elle. Les capacités de Greylen sont connues sur toutes nos terres, Gwendolyn. Il est le champion le plus talentueux du roi. On murmure qu'il est le guerrier le plus féroce du royaume.

Gwen espérait qu'elle exagérait.

— Es-tu sûre que tu ne le confonds pas avec quelqu'un d'autre ?

Isabelle secoua la tête, les yeux écarquillés, la regardant comme si elle était folle.

— As-tu parfois peur pour lui, Isabelle ?

— Non, s'étouffa-t-elle. Ce serait une grave insulte, Gwendolyn. Il est invincible.

Elle n'arrivait pas à croire la façon dont Isabelle parlait. Ce n'était pas la conviction dans sa voix qui l'inquiétait. C'était la suffisance qu'elle entendait, comme si Isabelle s'ennuyait de ce sujet qui avait été trop abordé. Mais si tout ce qu'il s'était passé était vrai, Gwen savait que la vie de Greylen était en jeu chaque jour. Cette idée était terrifiante.

— Comment as-tu perdu ton beau garde du corps ? Tu ne me l'as pas dit.

— Je n'ai...

— Il est incroyable, n'est-ce pas ? la coupa Isabelle avec mélancolie.

Elle changea aussitôt d'avis et corrigea :

— *Non*... c'est l'homme le plus insupportable et déconcertant au monde.

Elle lâcha un rire frustré.

— Peu importe combien j'essaye, il me traite toujours comme la petite sœur de son...

L'expression d'Isabelle changea, comme si elle ne l'avait jamais dit à voix haute. Cette révélation devait lui porter un gros coup, car ses mots à peine murmurés étaient remplis de douleur quand elle reprit :

— Gwendolyn... il ne me traite plus comme ça. En public, il est respectueux, mais quand nous sommes seuls, c'est plus... comme si je le dérangeais. J'ai toujours cru... oh, Gwendolyn, j'aurais dû le remarquer plus...

— Bien le bonjour, Isabelle, fit Gavin depuis la chaise devant le feu.

Son ton était sec.

Isabelle devint raide en entendant ces mots. Son anxiété ne fut visible que de Gwen, car elle resta face à elle et répondit doucement :

— Bien le bonjour, Gavin.

Gwen ne put s'empêcher d'être impressionnée. La façon dont Isabelle se contrôlait était incroyable.

— Je suis désolée, Isabelle, murmura Gwen. J'ai essayé de te le dire, mais tu ne me laissais pas terminer.

Gwen se sentait terriblement mal de ne pas l'avoir arrêtée, mais elle était tellement surprise par les mots d'Isabelle. Elle pensait que les sentiments d'Isabelle étaient réciproques. Était-elle la seule à le voir ? S'était-elle trompée ?

Isabelle se redressa enfin et regarda Gavin.

— Gavin, as-tu montré le bureau ou la bibliothèque à Gwendolyn ?

— Non, tu penses qu'elle aimerait les voir ?

— Bien entendu, répondit-elle doucement en sortant du lit.

Gwen lança à Gavin un regard mauvais et articula *sois gentil* avec un doigt accusateur, pendant qu'Isabelle remettait les draps en place. Puis, comme si son échange avec Gavin n'avait pas eu lieu, Gwen demanda :

— De quoi vous parlez tous les deux ?

Gavin se leva et avança vers elle.

— Allons vous montrer.

— Je vais chercher quelque chose pour te couvrir, Gwendolyn, il est trop tôt pour s'habiller.

Isabelle se rendit dans la salle de bains et Gwendolyn observa Gavin la fixer du regard. Elle portait une belle chemise de nuit en satin blanc et une robe de chambre assortie serrée à son cou.

— Qu'est-ce qui ne va pas chez toi ? siffla Gwen.

Gavin tourna d'un coup la tête vers elle.

— Pardon ?

— Ne fais pas l'imbécile, Gavin. Si tu lui fais du mal, je te jure...

— Je mourrai avant de lui faire du mal.

— C'est un peu trop tard, Gavin, tu lui en as déjà fait.

Leur conversation s'arrêta brusquement, car Isabelle revint avec la robe de chambre de Greylen. Gwen l'avait remarquée la veille dans la salle de bains et était contente qu'Isabelle l'ait choisie pour elle. Elle l'enfila et s'arrêta juste à temps avant de porter le tissu à son visage. Elle s'apprêtait à inhaler l'odeur de Greylen. Heureuse de s'être arrêtée à temps, elle cacha son visage rouge en fermant la ceinture autour de sa taille. Elle agita la main en voyant les pantoufles qu'Isabelle tenait.

— J'irai pieds nus, insista-t-elle.

Isabelle regarda Gavin.

— Gwendolyn ne doit pas se promener pieds nus dans le donjon, c'est très inapproprié.

Gavin leva les mains en l'air.

— Elle porte une chemise de Greylen et se couvre avec sa robe de chambre. *Peu importe.*

Il semblait ravi de renvoyer sa formulation à Gwen.

Isabelle prit les mains de Gwen et la mena en bas. Elles tournèrent et dépassèrent l'arche qui menait au grand hall. Des petites tables étaient installées le long des murs du couloir et la douce lumière des chandeliers vacillait. Isabelle s'arrêta aux premières portes qu'ils atteignirent. Gavin s'appuya contre le cadre de la porte, face à Gwen.

— Ceci est le bureau privé de mon frère, lui dit Isabelle en se tournant vers elle. *La pièce de guerre*, comme je l'appelle.

Les yeux d'Isabelle s'allumèrent quand elle le dit et Gwen prit ses joues pour l'embrasser.

— Tu es charmante, Isabelle.

Gwen remarqua que Gavin sourit à ses mots. À l'évidence, M. *J'envoie-des-signaux-contradictoires* était d'accord.

— Viens, entrons à l'intérieur.

Elle poussa les portes, qui ne bougèrent pas.

— Gavin ?

Isabelle posa les mains sur ses hanches et tapa du pied avec impatience. Il sourit et prit dans ses poches une clé.

— Permettez-moi, ladies.

Il déverrouilla les portes et les ouvrit.

— Attendez un instant que j'allume les bougies.

Gwen resta debout sur le palier tandis que Gavin réveillait la pièce. Elle sentit sa cage thoracique se serrer ; quand chaque lampe fut allumée, son cœur s'emballa et elle fixa la pièce qui devait être le reflet parfait de Greylen. Elle l'imaginait travailler ici. Pire, elle pouvait s'imaginer assise pendant qu'il travaillait.

Gavin termina et s'écarta, mais Gwen restait figée. Isabelle finit par attraper sa main et la tirer à l'intérieur.

De là où elle se trouvait sur le palier, un grand bureau en acajou lui faisait face. Une chaise en cuir avec un haut dossier se trouvait derrière et deux chaises devant. Derrière le bureau, des étagères en bois vernies étaient remplies de livres reliés en cuir et une assise avait été installée à la fenêtre. De chaque côté des portes trônait une petite table avec des lampes à huile et autres bibelots. À sa droite, il y avait une grande table ronde avec sept chaises et à sa gauche, un salon avec un canapé, ainsi que d'autres chaises et tables. Le sol en pierre était couvert de tapis en soie onéreux dont les motifs étaient tissés avec des fils sombres, soulignés d'or. Les murs étaient lambrissés du même bois à la couleur riche que le bureau et tapissés de cartes encadrées du sol au plafond. Les cartes à droite étaient remplies de marques et punaises. Le plafond était également lambrissé.

Gwen passa ses mains sur tout en avançant lentement dans la pièce. Elle ne manqua pas un seul objet. Quand elle s'arrêta derrière le bureau, elle regarda Gavin. Il hocha la tête et elle s'assit dans le siège de Greylen. Elle caressa le bureau et les objets dessus. Il y avait un grand sous-main bordeaux et des compartiments assortis remplis de parchemins et rouleaux de papier. Une plume et de l'encre étaient posées au centre et des outils en laiton éparpillés partout. Elle vit une boussole et quelque chose pour mesurer une distance sur une carte, ainsi qu'une loupe. Le bureau avait trois tiroirs, chacun doté d'une poignée en laiton et d'une serrure.

— Voudriez-vous la clé, ma lady ? proposa Gavin.

— Non, ça ira.

— Voulez-vous voir la bibliothèque ?

— Oïl.

Elle secoua la tête. Le mot était venu facilement et elle vit Isabelle et Gavin se sourire.

— Je veux dire : oui, Gavin, je veux bien.

— Viens Gwendolyn, s'exclama Isabelle en tapant dans ses mains. Elle est encore mieux.

Gwen n'avait aucune idée de ce qui pourrait surpasser cette

pièce, mais l'excitation d'Isabelle était contagieuse. Elles attendirent devant les portes le temps que Gavin éteigne les lumières. Gwen eut l'impression de perdre quelque chose en partant.

— Vous pouvez revenir quand vous voulez, Lady Gwendolyn, lui dit Gavin en sentant sa réticence. Vous n'avez qu'à demander. Isabelle a raison. Vous serez encore plus ravie de la bibliothèque.

Ils avancèrent un peu dans le couloir et s'arrêtèrent à la porte d'à côté. Isabelle tapota le bras de Gavin avec impatience.

— Va allumer les bougies dès maintenant. Vite.

Il se tourna vers elles.

— Restez ici jusqu'à ce que j'aie fini.

C'était un ordre et Gwen se demanda pourquoi il ressentait le besoin d'être aussi sérieux. Elle fut encore plus surprise qu'il ferme les portes derrière lui. Quelques minutes plus tard, Gavin ressortit, laissant les portes légèrement entrebâillées.

— Vous pouvez y aller, ma lady.

Gwen se tourna vers lui et entra. Les portes se refermèrent derrière elle. *Ils l'avaient laissée seule.* Quand elle se retourna de nouveau, elle manquait cruellement de préparation. Elle leva les mains vers son visage et l'air s'échappa de ses poumons. Ses yeux se remplirent soudain de larmes et elle resta plantée là, à fixer du regard l'incroyable image devant elle. C'était un portrait. Il irradiait dans la pièce.

En transe, elle traversa la pièce et s'arrêta devant le tableau massif de Greylen, Isabelle et leurs parents.

Il devait avoir été peint il y a des années. Isabelle paraissait être une enfant de huit ans maximum et ils posaient devant la cheminée, dans cette pièce très exactement. Le portrait était entouré d'un épais cadre doré et reposait sur le manteau de la cheminée. Il était si grand qu'il devait être en taille réelle.

Lady Madelyn était assise dans une chaise avec un haut dossier. Elle portait une robe d'un violet profond et ses cheveux étaient relevés sur sa tête. Ses mains tenaient devant elle la petite

Isabelle, habillée d'une jupe en tartan et d'un haut blanc avec des petites ruches au cou et aux poignets. Ses cheveux lui arrivaient aux épaules et bouclaient vivement aux pointes. Le père de Greylen était debout à gauche de Lady Madelyn, une épée à la taille. Il portait une chemise en lin blanche, un pantalon noir et de grandes bottes cirées. Il semblait si fier, et Gwen ne put s'empêcher de se demander ce qui lui était arrivé.

Greylen était debout à droite de sa mère. Il était tellement beau. Exactement ce qu'elle avait imaginé en le touchant. Mais il n'y avait aucune trace des rides sur son visage dont elle connaissait pourtant l'existence. C'était l'image d'un jeune homme qui découvre à peine le monde. Elle le voyait sur ses traits, l'éclat dans ses yeux et son grand sourire franc. Sa peau était bronzée par le soleil et ses yeux si foncés qu'elle se demanda s'ils étaient vraiment noirs, comme la peinture le suggérait.

Il était habillé comme son père, mais semblait bien plus insouciant. Sa chemise était ouverte au cou et les manches avaient été retroussées, révélant ses avant-bras. Il tenait le pommeau de son épée dans sa main gauche et la pointe de l'arme arrivait près de sa botte. Si l'échelle de ce portrait était réelle, il devait faire plus d'un mètre quatre-vingt-dix. Il était bâti comme elle l'imaginait. Ses épaules étaient larges et son corps grand et puissant. Et même si elle ne voyait pas les muscles à travers son haut, elle en connaissait la forme.

Elle s'assit devant la cheminée, souriant avec désinvolture à l'idée que Gavin l'ait allumé pour elle. Elle n'avait aucune idée de combien de temps elle resta par terre, à fixer du regard la peinture, mais pour la première fois de toute sa vie, elle sut où se trouvait réellement sa place. Elle ne voulait pas être ailleurs. Jamais.

Au bout d'un moment, elle avança vers le bout de la pièce. Le parquet était teinté d'une douce couleur, mais le point le plus beau était le motif complexe que l'artisan avait mis en place autour du tapis au centre. Les couleurs étaient plus douces dans cette pièce aussi, du blanc, du beige avec de subtiles touches de doré, bordeaux et bleus aux oreillers et rideaux. Il y avait des bibliothèques et peintures partout et elle les regarda toutes. Plus elle voyait cette famille et leur maison, plus elle voulait être l'une des leurs.

Étrangement, elle avait l'impression que c'était déjà le cas.

Gwen commença à éteindre les lumières au bout de la pièce en revenant vers la porte. Elle vérifia l'état du feu et plaça l'écran de cheminée devant. Elle sortit de la pièce et regarda Isabelle et Gavin un sourire triste aux lèvres. Ils avaient également l'air tristes et elle se demanda pourquoi.

— Merci à tous les deux. Je n'aurais jamais imaginé...

Elle ne put finir sa phrase et Isabelle la prit dans ses bras.

— Ne pleure pas, Gwendolyn. Greylen rentrera vite.

— Je sais, pardon. C'est juste... Je me comporte comme une idiote.

Elle voulait vraiment dire à Isabelle que Greylen lui manquait, mais elle ne pouvait pas devant Gavin.

— Venez, ladies, retournons à la chambre. Il reste encore une heure environ avant que nous puissions déjeuner.

L'ordre de Gavin était dit d'un ton doux, même s'il ne regardait aucune des deux. Gwen savait que quelque chose s'était passé pendant qu'elle était dans la bibliothèque. Il n'avait jamais eu de mal à leur parler directement avant.

— Pourquoi je ne nous préparerais pas le petit déjeuner ? proposa-t-elle. J'adore cuisiner et je meurs de faim.

— Si vous avez faim, ma lady, je peux réveiller Anna.

— Tu ne feras certainement pas une telle chose, Gavin. Je suis parfaitement capable de cuisiner. Et puis cette femme mérite de se reposer. En plus, cuisiner me fait me sentir mieux et croyez-moi, j'ai besoin de cuisiner, là.

Inquiète pour Isabelle, Gwen se tourna vers elle.

— Isabelle, tu sembles terriblement silencieuse, tout va bien ?

— Oïl, Gwendolyn, je vais bien, lui assura-t-elle avant de regarder Gavin. Gwen a raison, Gavin. Il n'y a pas de raison de réveiller Anna et j'ai faim également.

Le regard que Gavin lança à Isabelle était effrayant. Il était presque vide d'émotion, sans compter l'intensité de ses yeux et le léger tic à sa joue, certainement dû au fait qu'il serrait les dents très fort. Gwen sentait presque sa colère. Elle sut qu'elle pouvait réparer la situation si elle arrivait à les faire entrer dans la cuisine.

— Gavin ? insista doucement Gwen.

— Oïl, ma lady ?

Il avait l'air de savoir qu'il n'aimerait pas ce qu'elle allait demander.

— Tu ne m'avais pas dit que ton laird avait exigé que j'aie *tout* ce que je puisse vouloir ?

Elle le tenait et il le savait. Gavin lui lança le même regard que celui adressé à Isabelle juste avant et il lui fallut tout son courage pour le défier.

— Allez, Isabelle, montre-moi les cuisines.

Elle tendit la main et ne laissa pas d'autre choix à Gavin que de les suivre.

Ils avancèrent dans le couloir, puis franchirent les portes battantes au bout.

— Oh mon Dieu, s'exclama Gwen, cette cuisine est fabuleuse.

Elle se tourna vers eux.

— Que voudriez-vous pour le petit déjeuner ? Je peux faire des omelettes, du pain perdu, des pancakes. Et du porridge, ajouta-t-elle avec moins d'enthousiasme, si vous préférez.

— Qu'est-ce qu'une omelette, Gwendolyn ?

— Vous aimez les œufs ?

— Oïl, on en mange tout le temps.

Isabelle semblait ennuyée par cette réponse, mais Gwen la corrigea tout de suite :

— Une omelette est faite avec des œufs, mais remplie de fromage, oignons et jambon.

— Ça semble délicieux, s'exclama Isabelle, les yeux brillants.

— Eh bien, qu'est-ce que tu en dis, Gavin ? demanda Gwen en se tournant vers lui. Tu es partant ?

Ce qu'il était pénible ; son visage était complètement dénué d'expression.

— Je laisse ça entre vos mains à toutes les deux.

Il s'écarta et s'assit à la grande table sur la droite de la pièce.

— Très bien, alors assieds-toi, Gavin. Isabelle et moi, on va te préparer un repas que tu n'oublieras jamais.

Espérant demeurer seules quelques minutes, elle demanda à Isabelle :

— Bon, Isabelle, tu m'aides à réunir les ingrédients ?

— Le garde-manger est à gauche et le cellier en bas, expliqua Isabelle en avançant vers la porte avant de l'ouvrir.

Des étagères du sol au plafond étaient remplies de toutes sortes de nourriture : des épices, des noix, des fruits séchés et un assortiment de pots que Gwen commença à ouvrir. Il y avait de la farine, du sucre, de l'avoine et des choses qu'elle ne reconnaissait pas. Sur le sol reposaient de gros sacs en toile de jute, qu'elle ouvrit à leur tour. Elle espérait que sa curiosité n'était pas déplaisante, mais c'était plus fort qu'elle. Le premier qu'elle examina contenait des racines. Elle en sortit deux qu'elle tendit à Isabelle. Elle regarda dans le sac suivant et trouva des oignons. Gwen sautilla sur place.

— C'est super, vous avez tout ce qu'il faut.

Elle savait déjà qu'ils avaient des œufs et du fromage et il ne manquait plus que du bacon ou du jambon. Elle sortit du garde-manger, déterminée à arracher Gavin à sa torpeur.

— Gavin, y a-t-il de la viande qu'on puisse utiliser ?

Il haussa un sourcil, mais garda le silence.

— Quelque chose comme du bacon ou du jambon, réessaya Gwen. Tu sais, de la viande fumée, qui vient du cochon.

Elle imita le *grouin grouin* du cochon et il sourit enfin et secoua la tête en se levant.

— Oïl, ma lady, nous avons de la viande fumée – qui vient du cochon.

Il la dépassa et elle le suivit. Il attrapa la porte en bois construite à même le sol du garde-manger, puis descendit dans le cellier.

Gwen retourna à ses sacs en toile pendant qu'Isabelle attendait patiemment près de la porte. L'un des sacs était éloigné dans un coin et Gwen le tira vers elle. Elle cria joyeusement en voyant ce qu'il y avait à l'intérieur.

Gavin remonta, une viande en main.

— Bon Dieu, ma lady. Vos cris ont sûrement réveillé tout le domaine.

— Gwendolyn, qu'y a-t-il ?

— Qu'y a-t-il ? Il y a que ceci est du café et je ne peux pas vivre sans.

Elle dansa en cercle en sentant les grains qu'elle tenait dans sa main. *Elle avait du café !*

— C'est arrivé dans le dernier bateau, expliqua Gavin, mais nous ne connaissons pas son utilité. Même si ça sent très bon, toutes les tentatives de la cuisinière nous ont... disons *très* peu satisfait.

L'humeur de Gavin semblait s'améliorer, au grand soulagement de Gwen

— Gavin, tu es parti pour un vrai régal.

Elle sourit, puis fronça les sourcils en regardant ses mains.

— Où sont les œufs ?

Ne se rappelait-il pas qu'ils préparaient une omelette ?

— J'ai oublié.

Il soupira et lui donna la petite tranche de viande.

— Merci, dit-elle dans son dos. Il nous faut aussi du fromage, l'orange et moelleux qu'on avait hier serait parfait.

Elle se tourna vers Isabelle et lui sourit.

— Allez, commençons.

Elles placèrent les ingrédients sur l'énorme table qui servait d'îlot au centre de la cuisine. Une impressionnante cuisinière à bois – ou ce qui pourrait être une cuisinière à bois – se trouvait contre le mur du fond. Il y avait plusieurs surfaces au-dessus : une qui ressemblait à un gril en fonte et d'autres de différentes tailles où l'on pouvait poser les casseroles, etc. Le foyer pour le feu était immense aussi, avec des poignets en fer et des anneaux sur le côté qui étaient sûrement utilisés pour rôtir.

Gwen supposa qu'elle avait quelques minutes devant elle et prit Isabelle par les épaules.

— Que s'est-il passé, Isabelle ? Tout allait bien quand je suis entrée dans la bibliothèque, mais quand j'en suis sortie, tout avait changé.

— Gwen, il...il...

Une larme coula du coin de son œil et Gwen l'essuya.

— Dis-moi, Isabelle, je ne briserai pas ta confidence, je veux juste t'aider.

Isabelle réessaya, en chuchotant, cette fois :

— Il m'a prise dans ses bras, Gwendolyn. Il m'a attirée contre lui et nous nous sommes appuyés au mur comme ça. Mon dos était pressé contre son torse et ses bras tenaient ma taille. Je pouvais sentir sa tête contre la mienne, Gwendolyn. Nous sommes restés comme ça tout le temps où tu étais dans la bibliothèque.

Gwen eut mal au cœur pour elle.

— Oh, Isabelle, je suis désolée. Gavin se sent sûrement coupable. Il changera de comportement, donne-lui juste du temps.

Leur conversation s'arrêta brusquement quand elles entendirent Gavin fermer la porte du cellier. Elles feignirent d'être occupées à laver les légumes.

De beaux placards en bois étaient alignés aux murs et Isabelle montra à Gwen où les plats et ustensiles étaient rangés. Pour une pièce si imposante, elle était aussi charmante que le reste de la maison, surtout l'îlot où elles se trouvaient. Cela manquait juste de fleurs pour être parfait. La cuisine était dotée de trois éviers également et chacun avait une pompe à eau et un tuyau d'évacuation.

Ils avaient bien de la plomberie, finalement.

Au bout d'un moment, le silence se fit assourdissant et Gwen en eut assez. Elle voulait profiter de ce moment avec Gavin et Isabelle et c'était ce qu'elle ferait.

— Gavin, veux-tu bien allumer le four pour moi et mettre des tabourets au bout de l'îlot ? La table est trop grosse pour juste nous trois.

Gavin remplit en silence les missions qu'elle lui avait données et Gwen se tourna vers Isabelle.

— Isabelle, pourquoi tu ne mettrais pas le couvert ? Mais trouve une poêle à frire et une petite casserole d'abord.

— Elle aime donner des ordres, n'est-ce pas, Bella ? commenta Gavin avec un petit sourire.

— Oh oïl, Gavin, ça c'est sûr, répondit Isabelle avec un sourire prudent. Mais on va la garder.

— Oïl, Bella, approuva-t-il sans se départir de son sourire. On va la garder.

Leur échange frappa Gwen si fort qu'elle faillit se couper. *Ils sont amoureux l'un de l'autre. Très amoureux.* Gavin gardait forcément ses distances pour une raison. Gwen était déterminée à la découvrir. Quand ce serait fait, elle y couperait court.

Réfléchissant à une manière de l'approcher quand elle en aurait l'occasion, Gwen posa la poêle sur le four et ajouta la viande qu'elle avait coupée en petits morceaux. Elle se remit à fouiller dans les placards.

— Oui !

— Qu'avez-vous encore trouvé, ma lady ? demanda Gavin pince-sans-rire.

— Un nouveau travail pour toi, répondit-elle avec un sourire.

Elle lui tendit le bol et le pilon, puis alla chercher des grains de café dans le pot où elle les avait placés tout à l'heure.

— Pas trop fin, Gavin, ordonna-t-elle, sinon tu boiras de la boue.

Gwen retourna au four et ajouta à sa préparation les racines coupées et les oignons. Puis, elle fit bouillir de l'eau pour le café.

— Isabelle, peux-tu trouver des tasses et du sucre, s'il te plaît ?

— Elle donne encore plus d'ordres que je ne l'aurais cru, Gavin, rectifia Isabelle en riant.

— Hé, hé, hé, se défendit Gwen, on a presque fini et je vous promets que vous serez contents. Gavin, on a besoin d'un dernier truc, s'il te plaît.

— Oïl, ma lady, que puis-je aller chercher pour vous encore ? marmonna-t-il avec un soupir. Je vous jure, la prochaine fois que vous avez faim, vous attendrez la cuisinière ou Anna.

Gwen était soulagée qu'il soit redevenu normal.

— La dernière chose dont nous avons besoin, c'est de la crème pour le café.

Elle ajouta le café moulu à l'eau bouillante et les œufs dans la poêle. Elle saupoudra ensuite de fromage et reporta son attention sur le café. Elle plaça un linge sur chaque tasse et versa précautionneusement le liquide. Elle voulait que leur première expérience du café soit bonne – les accros au café aimaient la compagnie.

Gwen revint près de la cuisinière et plia l'immense omelette avant de la découper en trois morceaux, dont un au centre plus large. Puis, en utilisant un torchon, elle apporta la poêle à l'îlot et servit le plus gros morceau à Gavin.

— Isabelle doit être servie en premier, ma lady, l'informa doucement Gavin.

— Je suis sûre que c'est ce qui est approprié, Gavin. Mais tu n'as pas dormi la nuit dernière et tu mérites un bon repas.

De sa main libre, elle attrapa son menton.

— Je m'attends à ce que tu sois remplacé après le petit déjeuner, ordonna-t-elle.

Si Gavin sembla ému, l'expression d'Isabelle ne pouvait être décrite que comme choquée, mais elle expliqua leur réaction :

— Gwendolyn, on dirait vraiment mon frère.

Elle rit et ajouta :

— Non que Greylen aurait montré la moindre tendresse avec un ordre. Lui aurait plutôt plaqué Gavin au sol.

Gwen sourit en entendant son explication, puis Isabelle demanda :

— On s'attelle au bénédicité ?

— J'ai une meilleure idée, mais d'abord, il faut ajouter du sucre et de la crème à nos cafés et prier pour qu'il ait bon goût, dit-elle en riant.

Gwen fit alors quelque chose qu'elle avait toujours voulu faire. Et c'était l'opportunité parfaite pour réunir Isabelle et Gavin un peu plus.

Elle tendit ses mains et sourit quand ils les prirent dans les leurs. Gwen expliqua qu'à tour de rôle, ils déclareraient quelque chose pour lequel ils étaient reconnaissants et elle proposa de commencer. Ils ne sauraient jamais combien elle s'amusait avec eux. Surtout que Gavin et Isabelle avaient joint leurs doigts, au lieu de se prendre simplement la main comme ils le faisaient avec elle. *Du progrès.*

Un bon progrès, même.

— Je suis reconnaissante de vous avoir tous les deux. Vous m'avez beaucoup aidée et je chérirai le temps que nous pourrons passer ensemble, quel qu'il soit. Très bien, Isabelle, à toi.

Gwen avait parlé d'un ton optimiste et espérait qu'ils joueraient le jeu.

Isabelle jeta un rapide regard à Gavin avant de se tourner vers Gwen.

— Je suis reconnaissante que tu sois là, Gwendolyn. Cette matinée a été la meilleure de toute ma vie.

Gwen serra la main d'Isabelle et remarqua du coin de l'œil que Gavin en fit de même.

— Parfait, Gavin, à ton tour.

Elle s'attendait à ce qu'il rechigne et fut surprise qu'il réponde rapidement.

— D'abord, permettez-moi de vous expliquer quelque chose, Lady Gwendolyn, et je ferai de mon mieux pour ne pas être *nul* en l'expliquant. Votre temps ici ne prendra jamais fin. Je le jure sur ma vie. Quant à quelque chose pour lequel je suis reconnaissant... je suis reconnaissant que cette torture soit presque terminée, car je pense vraiment que vous savez cuisinez.

— Je cuisinerai pour vous quand vous voulez.

Gwen sourit en prenant son café. Puis, elle ferma les yeux et gémit quand le liquide chaud coula dans sa gorge. Quand elle les rouvrit, Gavin et Isabelle la fixaient tous les deux comme si elle avait perdu l'esprit.

— Allez-y, les encouragea-t-elle en agitant la main. Je vous mets au défi de goûter et de ne pas aimer autant.

Gavin but une petite gorgée, puis écarquilla les yeux et en but un peu plus.

— Lady Gwendolyn, première chose ce matin, il faut que vous montriez à la cuisinière comment vous avez fait ça.

— Je te l'avais dit. Maintenant, essaye l'omelette.

Ils dévorèrent leur omelette et Gavin et Gwen prirent chacun une tasse de café après leur repas. Ensemble, ils vidèrent leurs assiettes et les placèrent dans l'évier. Quand Gwen essaya de les laver, Gavin menaça encore une fois de s'asseoir sur elle, arguant qu'elle en avait déjà assez fait.

Le soleil venait de se lever et Gavin se hâta de les faire monter. Elle voyait qu'il espérait éviter d'être vu par des domestiques qui commenceraient leur journée, puisqu'elles étaient toujours en vêtements de nuit – enfin ceux de Greylen, dans le cas de Gwen.

***

Quand ils entrèrent dans la chambre de Greylen, Isabelle dit à Gwen qu'elle allait s'habiller et la retrouverait dans le grand hall. Gavin s'excusa rapidement et la suivit.Les couloirs étaient toujours sombres, seulement éclairés de la lumière vacillante des chandeliers et Gavin rattrapa Isabelle alors qu'elle atteignait les marches du palier.

— Bella, attends, murmura-t-il en attrapant son bras.

Elle leva ses yeux bleus méfiants vers lui, ses yeux dont la profondeur était déconcertante.

— Je suis désolé de t'avoir troublée un peu plus tôt. Ce n'était pas mon intention. Je n'aurais pas dû... je n'aurais pas dû te toucher, Isabelle. C'était mal et je cherche ton pardon.

Il avait l'impression que son honneur était en jeu, comme celui de la jeune femme.

Un peu plus tôt, quand Isabelle avait commencé à suivre Gwen dans la bibliothèque, il l'avait retenue. Il l'avait saisie par la taille et serré son bras autour d'elle, puis avait fermé la porte derrière Gwendolyn avec son autre bras.

— Gavin, pourquoi..., avait-elle protesté.

Elle s'était arrêtée quand son dos était entré en contact avec son torse.

— Chut, Isabelle, lui avait-il murmuré à l'oreille. Laisse Gwendolyn voir ça par elle-même.

Il n'avait rien dit de plus et avait supposé qu'Isabelle laisserait Gwendolyn passer le reste de ses jours dans la bibliothèque, tant qu'il ne bougeait pas. Et il n'avait pas bougé.

Isabelle ne lui avait pas demandé ce qui avait troublé sa propre retenue envers elle et aucun d'eux n'en avait parlé sur le moment. Gavin avait continué de reculer et de l'attirer à lui jusqu'à ce qu'il eût heurté le mur. Ses bras étaient enroulés autour de sa taille, elle s'était appuyée à lui et il l'avait encore plus rapprochée de lui. Ils étaient restés là, face aux portes de la bibliothèque. Il avait fermé les yeux et avait senti qu'Isabelle en faisait autant. Ils avaient attendu ainsi tout le long, à profiter en silence de l'étreinte dont chacun avait rêvé.

— Tu ne me dois pas d'excuse, Gavin, murmura-t-elle.

Elle l'avait tiré de sa rêverie et continuait de le fixer du regard.

— Je ne peux rien t'offrir, Bella.

Il faillit s'étouffer en disant cela.

Elle attrapa la mèche de cheveux qui était tombée sur le côté de son visage, la caressa entre ses doigts avant de la repousser en arrière.

— Tu as plus de valeur que tu ne le penses, Gavin.

Elle se détourna et retourna lentement dans sa chambre.

CHAPITRE 10

En ce qui concerne les ajustements, cela aurait pu être pire.

En réalité, ce n'était pas si mal.

Gwen trouva une place au sein de la famille de Greylen les jours qui suivirent. Une nouvelle routine s'installa facilement et elle aimait réellement être à cet endroit qu'elle appelait désormais sa maison. Malgré ses batailles incessantes avec Gavin, elle était reconnaissante du lien qu'ils avaient formé.

Elle se levait tôt chaque matin et prenait son petit déjeuner plus tard dans le grand hall avec Isabelle et Lady Madelyn. Elle s'était familiarisée avec les hommes de Greylen et même si elle les appréciait tous, c'était avec Gavin qu'elle se sentait le plus à l'aise. Après cette première nuit où il était resté dans sa chambre, comme elle la nommait désormais, il changea la rotation de garde. Il dormait après l'aube et s'occupait de ses différents devoirs dans l'après-midi. Après leur repas du soir, il reprenait ses fonctions de garde du corps.

Personne ne mentionnait jamais qu'elle, Isabelle et Gavin mangeaient léger au souper. Pour l'instant, ils aimaient leur habitude de se glisser dans la cuisine quand tout le monde dormait. Gwen préparait d'incroyables plats tard chaque nuit et ils s'asseyaient autour de l'îlot central de la cuisine, se tenant toujours les mains avant de manger pour évoquer quelque chose dont ils étaient reconnaissants.

Elle n'avait plus vu Gavin approcher Isabelle. À la place, il volait quelques regards quand il pensait que personne ne le voyait. Parfois, quand ils se retiraient dans la chambre de Gwen, Gavin et elle s'asseyaient près du feu et parlaient doucement ou restaient silencieux. Gwen savait qu'ils savouraient le temps passé ensemble, chacun pour des raisons a priori différentes. Pourtant, il n'y avait pas d'erreur possible sur le fait qu'ils partageaient un lien commun : le contentement.

Pendant la journée, Gwen passait du temps en compagnie de Lady Madelyn et se promenait sur les chemins du domaine et autour du donjon. Elle entrait dans la chapelle également et les hommes de Greylen lui accordaient toujours de l'intimité pour qu'elle cherche du réconfort seule. Elle rencontra le Père Michael et l'apprécia aussitôt. C'était un homme sage, âgé, qui priait souvent avec elle. Ils parlèrent de la solitude qu'elle avait ressentie avec sa famille. Du bonheur qu'elle avait trouvé dans cet endroit qu'elle considérait désormais comme chez elle. Le Père Michael continuait de lui assurer que si elle écoutait son cœur, le plan de Dieu ne pourrait que la suivre.

Elle faillit lui rire au nez la première fois qu'il le lui dit. Mais elle espérait qu'il avait raison. Elle adorait cet endroit. Elle adorait Isabelle, Lady Madelyn, Anna et Gavin. Et elle aimait Seagrave et tous ses gens. Elle avait enfin trouvé son chez-soi, un endroit où elle était à sa place.

Et ça valait tout ce qu'elle avait dû abandonner.

Sara lui manquait, mais elle avait son bracelet, le cadeau que Sara avait fabriqué pour elle. M. MacGreggor lui manquait aussi, mais elle savait qu'il serait aimé et choyé. Les pinces crocodiles lui manquaient, les jeans bleus et les tacos. Bon, beaucoup de choses lui manquaient. Mais ce n'étaient pas des choses indispensables. Honnêtement, elle avait tout ce dont elle avait besoin. À part Greylen.

Elle pensait constamment à lui, surtout quand elle s'asseyait derrière le donjon. La vue en haut des falaises était devenue une de ses préférées et elle y passait un moment l'après-midi. Il y avait des bancs, des jardins fleuris et elle adorait se perdre dans les passages entre chaque parterre.

Isabelle restait à ses côtés la majorité du temps et ne la quittait que pour rejoindre son précepteur, qui venait l'après-midi pour son éducation et ses leçons de clavecin. Elle pouvait toujours trouver Gavin dans le bureau de Greylen avant le souper et le rejoignait là-bas, où elle feuilletait les livres de Greylen assise sur le canapé.

Un après-midi, elle fut folle de joie en découvrant des journaux vides sur une des étagères et demanda à Gavin si elle pourrait en utiliser un. Il lui montra comment tremper la plume dans l'encre et fut surpris de la voir utiliser sa main gauche.

— Je sais, Gavin, il est gaucher aussi. Je l'ai vu à la lettre qu'il m'a écrite.

— Voudriez-vous vous asseoir, ma lady ? Je peux vous laisser la place.

— Oïl, Gavin, mais je m'installerai à la fenêtre plutôt.

Ils échangèrent un regard quand elle répondit, mais elle ne se corrigea pas. Elle devenait un peu plus comme eux à chaque jour qui passait.

En fait, elle était assise à la fenêtre dans le bureau, le huitième jour après le départ de Greylen, quand des cavaliers approchèrent du domaine. C'était juste avant leur repas du soir et elle observa Gavin aller les accueillir dans la basse-cour. Quand il se dressa devant eux, Duncan, Kevin et Hugh étaient déjà à ses côtés. L'un des cavaliers posa le pied à terre pendant que les six autres restaient à cheval. Après ce qui sembla être une éternité, Gavin se tourna finalement et cria des ordres aux hommes tout en revenant au donjon. Gwen se hâta de sortir du bureau et faillit rentrer dans Isabelle. Elles attendirent dans le hall et Isabelle prit la main de Gwen quand Gavin entra. Elles le regardèrent avec inquiétude.

— C'est une missive de Greylen, expliqua-t-il. Il demande deux cents hommes.

— Je ne comprends pas, dit Gwen.

Elle tremblait et sentit Isabelle en faire de même.

— Greylen a été appelé pour être témoin d'un jugement. L'accusé a attenté à la vie de notre souverain. Durant le jugement, l'homme faible s'est écroulé et a révélé l'implication d'un autre, cracha Gavin.

Il était visiblement dégoûté par cet acte lâche.

— Tu y vas également ? demanda calmement Isabelle.

Mais Gwen savait que ce n'était qu'une façade. Elle ne sentait plus sa main tant Isabelle la serrait fort.

— Non, ton frère ordonne que je reste. Duncan partira avec nos troupes et les hommes du roi ayant apporté le courrier. Greylen attend leur arrivée, avec ses trois hommes et ceux du roi. Il est confiant sur le fait que leur attaque sera rapide et n'en appelle autant que pour marquer un point. Les jeux sont faits.

Gavin avança vers la porte du bureau, puis se tourna après quelques pas.

— Lady Gwendolyn, je dois vous voir. *Seule.*

Isabelle et Gwen échangèrent un regard inquiet et Gwen lui serra la main avant de suivre Gavin. Ce n'est que lorsqu'il ferma la porte qu'elle remarqua le paquet dans sa main. Il était emballé dans un linge classique et de la taille d'un très gros livre.

Il le lui tendit.

— C'est de la part de Greylen. Voulez-vous un peu d'intimité ?

— Non, Gavin, reste.

Elle s'assit à son espace préféré, sur le sofa et retira lentement le linge. Elle fut surprise de trouver un beau pochon en velours rose pour cacher de nouveau le contenu.

— Il ne voulait que personne ne sache pour qui c'était et l'a entièrement recouvert, expliqua Gavin. Ce n'est que sa missive qui m'a informé que c'était un cadeau pour vous.

Gwen détacha la cordelette dorée et retint son souffle en

regardant à l'intérieur. C'était une boîte en bois gravée incrustée de gros joyaux colorés. Elle la sortit prudemment et passa ses doigts dessus. Les pierres étaient profondément enfoncées dans le couvercle et l'artisanat remarquable. Elle ouvrit lentement le couvercle et sourit à Gavin. Il y avait une lettre à l'intérieur, scellée de ses armoiries. Le fameux dragon.

Gavin la regarda porter la missive à ses lèvres, à l'évidence heureux de voir la joie que cela apportait à sa *maîtresse*, comme il l'appelait toujours. Comme pour lui octroyer de l'intimité, il avança en silence vers la fenêtre derrière le bureau.

Gwen brisa le sceau et ouvrit le parchemin de ses deux mains.

Ma chère Gwendolyn,

Je demande ton pardon une fois de plus. Mon retour est retardé, mais je devrais rentrer d'ici la fin du mois. Installe-toi comme chez toi à Seagrave, Gwendolyn. Je prie pour que tu me pardonnes encore.

Bien à toi,
Greylen Allister MacGreggor

— Gavin, puis-je lui répondre ?

— Oïl, ma lady, mais vous n'avez qu'une minute. Nos troupes sont déjà prêtes à voyager et partiront très bientôt.

Gwen courut au bureau et se saisit de la plume tandis que Gavin déverrouillait le tiroir à sa gauche pour en sortir le sceau de Greylen.

— Dites-moi quand vous aurez terminé. Je vous montrerai comment sceller une lettre.

Gwen attrapa le parchemin sur le plateau au coin du bureau de Greylen. Elle avait tant à lui dire, tant qu'elle voulait dire. Elle fit de son mieux pour exprimer ce qu'elle ressentait. *Attention à ce que tu souhaites, Greylen.*

— Lady Gwendolyn, les hommes doivent partir, lui dit Gavin seulement une minute plus tard.

Il s'approcha d'elle et retira le verre de la lampe à huile. Puis, il plaça un bâton de cire dans la flamme et lui demanda de plier sa lettre en trois. Tandis que la cire chaude goûtait sur les deux pans de papier refermés, il lui tendit un instrument en laiton. Elle vit les initiales embossées au bout et sourit en le pressant dans la cire. Elles n'auraient pas pu être plus appropriées.

Quand Gavin partit, elle prit le cadeau que lui avait envoyé Greylen. Elle s'installa dans les coussins de l'assise à la fenêtre et serra la boîte à lettres en observant le jardin.

Des jours après cela, Gavin était prêt à s'arracher les cheveux mèche par mèche. La requête actuelle de sa lady était outrageuse.

— Expliquez-moi encore ce que vous voulez dire, Lady Gwendolyn, exigea-t-il les dents serrées.

Ils étaient assis devant la cheminée et Isabelle avait enfilé sa chemise de nuit, comme chaque nuit avant qu'ils allassent en cuisine. Il aurait juré qu'elle le faisait exprès, pour le rendre fou de la voir ainsi vêtue. Sa maîtresse se changeait également avant ces *raids*, comme elle les appelait et revêtait une chemise de son laird et sa robe de chambre.

— J'ai besoin d'exercice, Gavin. Je deviens folle et mes contusions et éraflures sont entièrement guéries.

Comme sentant son malaise, elle reprit :

— Si je continue de ne rien faire, je vais perdre la tête.

— Les dames ne font pas d'exercice, maîtresse. Elles se baladent et veillent aux devoirs de maison, corrigea-t-il exprès.

Il fut content de la réponse qu'il reçut, car Isabelle couvrit sa bouche de ses mains pour réprimer un rire.

— Gavin, j'ai besoin de courir, de faire des abdos et de reprendre la boxe. S'il te plaît.

— Vous ne pouvez pas penser à courir, ma lady, j'ai été très clair. Vous devez rester ici.

Mon Dieu, ce qu'elle avait le crâne dur.

— Tu te méprends, Gavin. Je ne souhaite pas courir loin d'ici. J'aime courir sur de la distance. Ça m'aide à réfléchir et la sensation galvanisante me manque.

— Je croyais que vous préfériez la potion de Lady Madelyn ou le brandy, ironisa-t-il. Ne pensez pas que je ne vous ai pas vue courir pour le pichet quand quelque chose vous troublait.

Sa maîtresse sourit.

— D'accord, j'admets que j'ai du mal avec certaines choses. Crois-moi, Gavin, ce serait ton cas aussi. Mais ce n'est pas comme courir. Et puis, c'est un mal bien meilleur.

Elle se redressa, les yeux brillants et sourit un peu plus.

— Abandonnerais-tu l'entraînement ? Cela ne t'aide pas à te vider la tête et à te sentir invincible ?

Bon Dieu, elle marquait un point.

— Où courriez-vous ?

Il secoua la tête, dégoûté de penser à cette idée. Greylen demanderait sa peau. Mais Gavin le tuerait en premier, à mains nues, pour l'avoir laissé gérer ça.

— Je pourrais courir en cercle autour du château, ou sur le chemin au milieu des cottages. Je m'en fiche, Gavin. Je courrais en bas et en haut des escaliers si c'est tout ce que tu m'autorises. Je t'en supplie, ajouta-t-elle en prenant ses mains. *Mon Dieu, c'est nul.*

— Et cette *boxe* dont vous parlez ?

Sapristi, il l'avait refait. Comment faisait-elle pour le manipuler dans le sens qu'elle voulait ? Il sentit son estomac se retourner quand son visage s'illumina et qu'un mauvais sourire passa sur son visage.

Par tous les cieux !

— Tu es prêt à t'amuser un peu ? demanda-t-elle malicieusement.

— Non, ma lady, vraiment pas.

— Dommage, Gavin. Lève tes mains devant toi et je te montre ce que c'est que la boxe.

Elle avança vers lui, jeta sa robe de chambre à Isabelle, qui les observait avec une joie évidente.

Sa maîtresse lui lança un regard mauvais quand il leva les yeux au ciel et brandit ses mains.

— Non, pas comme ça. Les paumes devant et levées, devant ton torse, s'il te plaît.

Il obéit de mauvaise grâce.

— Merci, c'est *très gentil*, monsieur.

Gavin n'eut pas le temps de répondre, car sa maîtresse forma un poing parfait avec ses deux mains et commença à lui donner de petits coups.

D'abord des coups hauts et droits, puis elle plongea vers la taille. Et il se retrouva à bouger les mains pour attraper chacun de ses poings.

Du coin de l'œil, il vit Isabelle les regarder avec émerveillement. Il observait Gwendolyn de la même façon tandis qu'elle frappait sans relâche. Il n'avait pas compris qu'elle ne faisait que commencer avant de sentir l'excitation et l'adrénaline la traverser. C'était un sentiment qu'il connaissait bien.

Gavin rit quand elle commença à introduire des coups de pied sur le côté à ses coups de poing, stupéfait par sa maîtresse qui poursuivait, plus fort que jamais. Il déplaçait ses bras, la poussant plus loin au fur et à mesure qu'il se prenait au jeu. Ce ne fut que de longues minutes plus tard qu'elle termina avec un coup de pied très haut en arrière. Elle fit une révérence, le visage rouge de l'exercice.

— C'était super, Gavin.

— Je n'ai jamais *rien* vu de tel, admit-il en secouant la tête. Vos gestes étaient gracieux et rapides. Vous avez le cœur et le corps d'un guerrier, Lady Gwendolyn. Je vous félicite, la complimenta-t-il avec une révérence.

Elle dut être contente, car elle tendit les mains et l'embrassa sur la joue.

— Merci, Gavin.

Sûre d'avoir marqué un point, elle ajouta :

— Je peux courir le matin ?

— Oïl, ma lady, céda-t-il. Mais vous devez toujours avoir votre garde. Si vous préférez, vous pouvez attendre et je vous accompagnerai l'après-midi, ajouta-t-il.

Il n'arrivait pas à croire qu'il avait proposé cela.

Anna aussi s'accommodait des étranges habitudes et demandes de Gwen. La première était d'utiliser le rasoir de Greylen pour se raser les jambes.

Le choc sur le visage d'Anna était incroyable et quand Isabelle vit ce que faisait Gwen, elle demanda si elle pouvait faire la même chose. Gwen lui lança ce sourire espiègle pour lequel elle était désormais connue, celui qui mettait Gavin, Anna et les hommes de Greylen en colère. Isabelle lui renvoya son sourire et écarta sa robe avant de sauter dans l'énorme baignoire avec Gwen. Anna faillit s'évanouir, mais Gwen et Isabelle en rirent. Puis, avec tout le sérieux du monde, Gwen se lança dans une nouvelle leçon pour Isabelle.

Gwen était responsable également de la crise suivante d'Anna. C'était arrivé quand elle avait demandé ses vêtements. Malgré les tentatives de Gwen, Anna n'avait pas d'assez bonne raison de le lui refuser. Elle alla fouiller dans le secrétaire de Greylen et les retira du tiroir inférieur. Elle fut ravie de récupérer ses chaussures de course et espéra qu'elles dureraient toute sa vie. Anna lui donna de nouveaux lacets, puisque les autres avaient été détruits. Greylen avait apparemment utilisé sa dague pour retirer ses chaussures de sa personne.

En revanche, Anna refusa catégoriquement la requête suivante de Gwen.

— Certainement pas, Lady Gwendolyn, vous avez une armoire entière à votre disposition. Les vêtements fabriqués pour vous sont incomparables et connus que des très riches.

— Anna, j'adore tout ce que tu m'as fait. Mes robes, la robe de chambre assortie à celle de Greylen et même les pantoufles et sandales. Mais je ne peux pas faire du sport en robe, Anna. Et ces culottes bouffantes sont... eh bien, oublie ce qu'elles sont.

Gwen prit les mains d'Anna pour l'implorer. Heureusement, Lady Madelyn entra dans la chambre. Gwen savait qu'elle entendrait raison. La mère de Greylen était exceptionnelle et incroyablement compréhensive.

— Lady Madelyn, j'essaye d'expliquer à Anna que j'ai besoin de vêtements dans ce genre pour pouvoir faire de l'exercice.

Gwen leva les vêtements dans ses mains pour montrer à Lady Madelyn ce à quoi elle se référait. C'était un pantacourt moulant.

— De quoi avez-vous besoin exactement, Gwendolyn ? Je suis sûre que ça ne peut pas être si déraisonnable.

Elle regarda sa domestique perplexe.

— Anna, elle insiste pour porter les chemises de Greylen au lieu des jolies chemises de nuit et je sais qu'elle ne porte jamais les culottes bouffantes ou sous-vêtements.

— J'ai besoin de pantalons comme ça, expliqua Gwen. Je ne les porterai que pour courir ou faire de la boxe, promit-elle en brandissant le pantalon devant Anna. Un cordon à la taille sera bien, ça n'a pas besoin d'être moulant, mais il me faut un pantalon, *s'il te plaît*.

— Très bien, ma lady, céda Anna avec un soupir. Je m'en chargerai.

— Anna, je n'ai pas encore fini, ajouta Gwen en se mordant la lèvre.

— Oh mon Dieu.

Anna s'assit sur la malle au bout du lit et s'éventa. Gwen espérait qu'elle ne tomberait pas dans les pommes en entendant la requête suivante.

— J'ai besoin de sous-vêtements, Anna, et pas de culottes bouffantes. Et il me faut un soutien-gorge. Les sous-vêtements sont proches du corps et ne couvrent que les fesses et le devant.

Gwen traçait des lignes avec ses mains sur son corps, montrant à Anna ce dont elle parlait exactement.

— Et un soutien-gorge permet de soutenir les seins.

Anna lui lança un sourire en coin.

— Vous n'avez pas besoin de couvrir vos seins, mon enfant.

— Anna, si je ne porte qu'un pantalon et une chemise de Greylen noué à ma taille, mes seins se verront à travers. Tout le monde les verra.

Gwen tira la chemise de Greylen sur sa poitrine pour prouver qu'elle avait raison.

— Oh mon Dieu, fit Anna en chancelant.

Gwen se précipita auprès d'elle.

— Je ne voulais pas vous mettre mal à l'aise, Anna. Un simple bandeau que je peux nouer dans mon dos suffira, ou un dos nu à nouer au cou.

Elle fit une nouvelle démonstration sur son corps.

— Si tu ne peux pas faire de culotte, on peut faire un string à la place, taquina-t-elle.

— Ça suffit, mon enfant, la reprit Anna en tapotant ses fesses. C'est d'accord pour les sous-vêtements. Je connais vos mensurations bien assez – mais vous n'aurez pas votre *string*. C'est clair ?

— Oïl, Anna, merci.

Anna quitta la pièce et la mère de Greylen s'installa dans une chaise devant la fenêtre.

— C'est une jolie vue, Gwendolyn.

— Oïl, Lady Madelyn, c'est beau.

Lady Madelyn sourit avec tant de chaleur que Gwen alla s'asseoir à ses pieds et leva la tête vers elle.

— C'est un véritable plaisir de t'avoir, Gwendolyn. Je me considère chanceuse de gagner une fille comme toi.

— Cela resta à voir, Lady Madelyn.

— Doutes-tu des intentions de mon fils, Gwendolyn ?

— Non, Lady Madelyn, la contredit-elle avec un soupir. Je doute de la vie en elle-même.

— Oh, Gwendolyn, tu ne dois pas t'inquiéter autant. Ce

qu'il s'est passé avant que tu ne viennes à nous était destiné à se produire. Exactement comme ta présence avec nous maintenant.

Gwen posa la tête sur les genoux de Lady Madelyn qui lui caressa la tête et lui chantonna doucement quelque chose. Pour la première fois, Gwen ressentait l'amour maternel.

Au bout d'un moment, Lady Madelyn reprit la parole :

— Quand Greylen reviendra, tu seras la maîtresse de ce château, Gwendolyn et je crois que tu mèneras une vie idyllique. Malgré le problème de ton fort caractère.

Elle rit doucement.

— Je crains que tu ne t'énerves de nombreuses fois.

Après le court temps passé avec Greylen, Gwen avait peur que ses mots soient on ne peut plus prophétiques.

CHAPITRE 11

Greylen était debout avec Ian et Connell pendant que ses soldats avançaient au loin. Il avait quitté le château de Stirling deux jours après l'envoi de sa missive à Seagrave. Ils avaient ensuite chevauché trois jours jusqu'à l'endroit où ils avaient établi leur camp. Bien qu'il ne veuille rien de plus que de rentrer chez lui, il devait discuter avec son roi et il savait que s'il restait pour s'en occuper maintenant, sa présence ne serait pas requise avant au moins la fin de l'été. Excepté les cas comme celui dans lequel ils se trouvaient présentement.

Le temps que les hommes s'installassent et terminassent de discuter de leurs plans, il était minuit bien passé. Douze jours s'étaient écoulés depuis son départ de Seagrave et Greylen avait hâte de savoir ce qu'il s'était passé en son absence. C'était plus que ça même. Il attendit patiemment que les hommes se couchassent, puis veilla personnellement au placement des gardes autour du camp.

Enfin capable de parler à ses compagnons d'armes, Greylen marcha avec eux jusqu'au lac, à côté de leur camp. Le reflet de la lune brillait au-dessus de l'eau et les éclairait. Ils s'arrêtèrent sous une voûte d'arbre et formèrent un cercle serré, Ian et Connell à côté de lui et Duncan en face.

— Je veux des détails, Duncan. Maintenant, ordonna Greylen en croisant les bras.

— Tout va bien à Seagrave, annonça rapidement Duncan. Je t'en aurais informé dans le cas contraire.

— Ce ne sont pas ces détails que je souhaite, Duncan. Dis-moi comment Gwendolyn s'en sort.

— Lady Gwendolyn s'en sort bien. Même si parfois, elle court chercher le brandy.

Greylen haussa un sourcil.

— Penses-tu qu'elle a un problème ?

— À l'esprit, non. Elle appelle ça un petit *shot*, raconta Duncan en s'esclaffant. C'est charmant.

— Explique-toi, Duncan, cracha Greylen.

Il était irrité que Duncan soit *charmé* par sa lady.

— Eh bien, c'est quand ta lady est troublée. C'est le seul moment où elle va en chercher.

— Et qu'est-ce qui trouble ma lady, dites-moi ? demanda-t-il les dents serrées.

Il allait étrangler cet homme.

— Eh bien..., commença-t-il en haussant les épaules. Il y a eu la fois où elle a aidé votre mère à soigner un des enfants qui était tombé malade. On dirait qu'elle est une guérisseuse expérimentée et sa gestion du garçon a été incroyable. Quand nous avons quitté le cottage, pourtant, elle a juré tout le long du chemin en marmonnant qu'elle ne pouvait pas l'aider comme elle devrait. Ensuite, il y a eu la fois avec le boucher.

Duncan rit, d'un rire franc qui venait du cœur.

— Je crois qu'elle n'avait pas vu comment la viande passe du pâturage à la table, mais...

Il sourit en regardant Greylen.

— Le moment où ta lady se met le plus dans tous ses états, c'est quand on évoque tes compétences de guerrier. Rien ne l'envoie aussi vite au pichet que les récits de toi dans une bataille. La transformation est étonnante ! s'exclama-t-il. Dès qu'une nouvelle la trouble, elle marmonne des jurons, se hâte d'aller chercher le brandy et lève la main pour demander d'être laissée en paix un instant. Et puis finalement, elle se retourne avec un sourire des plus sereins.

Greylen tenta de ne pas sourire, enfin apaisé par ces informations et pas du moins du monde surpris.

— Continue, Duncan, exigea-t-il.

Ses mains étaient désormais plaquées dans son dos.

— Elle passe le gros de son temps avec Isabelle et déjeune et soupe dans le grand hall. Elle se promène dans le domaine et visite la chapelle tard le matin, s'entretient avec Père Michael quand il est là.

— Et sa réaction à mon départ ?

— Je n'étais pas présent au moment des faits, mais on m'a dit qu'elle l'avait pris avec grâce.

Greylen ignora la dernière affirmation de Duncan. Sans aucun doute, Gwendolyn avait arraché la tête de Gavin quand il l'avait informée de son absence. Il demanda l'avis du premier concerné, vu que ses hommes se retrouvaient quotidiennement pour discuter de tout, que cela soit important ou non.

— Gavin ne vous a rien dit de ce qu'il en était ressorti ?

— Non. Même si nous l'avons vue ce jour-là, Gavin est resté son unique garde jusqu'au matin suivant.

— Et pendant le temps que vous avez passé avec elle après ?

— Il n'y a pas grand-chose à en dire. Nos devoirs de garde ont changé. Kevin, Hugh ou moi la suivons uniquement le matin et l'après-midi. Durant ces moments-là, elle ne nous a montré que du respect et de la gentillesse. Ta sœur et Lady Madelyn sont toujours à ses côtés et le seul moment où elle est seule est quand elle s'attarde derrière le donjon, pendant les leçons d'Isabelle.

— Et qui monte la garde la nuit ? Personne ne surveille à ce moment-là ?

Il serra les poings et les muscles de son visage se crispèrent.

— Gavin est avec elle. Il assure sa protection de la fin de l'après-midi au matin. Comme je l'ai dit, il a changé notre rotation. Il dort désormais le matin et s'occupe des hommes et comptes l'après-midi. Il le fait depuis la nuit de ton départ.

— Pourquoi a-t-il assumé une telle charge, Duncan ? Ce n'est pas raisonnable.

Un sentiment inconnu commença à s'agiter en lui, au moment de poser cette question.

— Lady Gwendolyn préfère sa garde. Depuis le premier matin, Gavin reste son unique ombre du crépuscule à l'aube.

Duncan marqua une pause, mais comme Greylen ne répondait pas, il reprit :

— Elle refuse de l'autoriser à monter la garde à la porte et ordonne qu'il soit assis dans la chambre jusqu'au matin. C'est sûrement pour ça qu'il conserve la garde de nuit à lui tout seul.

— *TU MENS*, l'accusa Greylen en tirant son homme à quelques centimètres de son visage.

Sa réaction était si féroce qu'il déchira le vêtement de Duncan.

— Je dis la vérité, Greylen. Sa volonté est aussi forte que la tienne. Et ses ordres tout aussi sérieux.

— C'est une *femme*, Duncan, rugit-il. Elle ne donne pas d'ordres et l'ami en lequel j'ai le plus confiance ne monterait pas la garde dans *ma* chambre.

— Je dis la vérité. Je ne mentirais pas.

Greylen était furieux de ce qu'il avait entendu et jeta Duncan contre l'arbre derrière lui. Ian et Connell l'attrapèrent par les épaules et le redressèrent. Greylen s'apprêtait à les congédier, mais Connell l'arrêta en prenant la parole :

— Gavin se languit d'Isabelle, Greylen. Pas de ta lady.

Duncan confirma ce que Greylen venait d'entendre.

— C'est la triste vérité, Greylen. Les sentiments de Gavin pour Lady Gwendolyn sont forts, mais il ne fait que protéger son cœur tendre et l'aider à passer les nuits. Elle a dans les yeux une douleur inaccessible. Pourtant, *lui* parvient à l'aider alors que nous non.

— Ce n'est pas son devoir d'aider ma *femme*, s'écria Greylen.

Il comprenait maintenant le sentiment qui le consumait. La jalousie. C'était Gavin qui était avec elle, à l'aider et cela le dévorait. Ses hommes ne furent pas surpris qu'il parle de Lady Gwendolyn comme de sa femme, car en réalité, les mots du prêtre n'étaient qu'une formalité.

— Il lui permet de te connaître, puisque tu ne le peux pas.

— Explique-toi, Duncan.

Sa fureur était à peine sous contrôle.

— Il la traite comme une maîtresse de château, comme il se doit, mais l'inclut dans tout. Il cède à presque toutes ces demandes.

— Cela n'aide pas, Duncan, gronda Greylen les dents serrées.

— Elle trouve du réconfort auprès de lui, car il lui permet d'être elle-même. Ils crient et claquent les portes. Et je te jure, devant Dieu qui est aux cieux, quand ils sont dans le coin, cela fait des étincelles. Elle est comme toi, c'est la triste vérité que je peux te conter. Mais c'est Gavin lui-même qui a placé ton médaillon autour de son cou le premier soir après ton départ. Et c'est Gavin qui lui permet d'entrer dans ton bureau quand elle le souhaite. Tu leur manques à tous les deux, Greylen. Gavin est ton compagnon le plus proche, ton plus grand ami, et il est devenu celui de Lady Gwendolyn également.

— Laissez-moi. Nous partons avant l'aube, ordonna-t-il dos à eux en avançant vers l'eau. Je n'attendrai pas plus longtemps.

Furieux des informations recueillies, Greylen retira ses vêtements et pénétra dans le lac. Il traversa sa longueur à la nage deux fois avant de revenir sur terre. Sa colère était enfin sous contrôle et il attacha son pantalon avant de s'asseoir près de l'eau en repensant à ce que Duncan lui avait dit.

Ce qui le peinait vraiment, se rendit-il compte, c'était que cela aurait dû être lui avec Gwendolyn. C'était le véritable nœud du problème. Il savait que Gavin ne le trahirait jamais et ne mettrait pas en péril la vie qu'il avait trouvée à Seagrave. Il aurait confié à son second sa vie et celle de sa famille. Et Gavin prenait ses responsabilités avec tant d'engouement qu'il se sentait parfois petit comparé à lui.

Il aurait traversé les feux de l'enfer avant de mettre en danger sa position parmi eux. Greylen savait que ce que Connell avait dit était également vrai. Gavin était bel et bien attiré par Isabelle – c'était le cas depuis des années. Il avait été bête. Comment avait-il pu ne pas le voir ?

Gavin avait toujours adoré Isabelle, mais au fil des ans, il était devenu plus distant avec elle. Il avait cessé de l'appeler sa Bella, comme il le faisait depuis le jour de leur rencontre. Et il avait arrêté de courir après elle quand elle essayait de gagner son attention. Il cherchait rarement le réconfort des femmes, bien qu'elles tentassent constamment de gagner ses faveurs. Il n'y cédait que rarement, après avoir beaucoup bu et était de mauvaise humeur pendant des jours après cela.

Pourquoi Gavin n'avait-il jamais abordé le sujet avec lui ?

De tous, c'était lui qui aurait le mieux compris la détresse de son ami.

Était-ce à cause de son passé, dont il ne parlait jamais ?

Greylen savait qu'il avait tout quitté, même s'il ne savait pas quoi. Il ne questionnait jamais Gavin sur son passé, et en fait, il ne le connaissait que sous le nom de Gavin le Brave. On n'aurait pas pu trouver surnom plus approprié. Pourtant, Greylen décida qu'il était temps de parler à son ami. L'amour était en effet trop précieux et si c'était Isabelle que Gavin souhaitait, il pouvait l'avoir.

Enfin apaisé, Greylen se dirigea vers le camp. Il adressa un signe de tête aux gardes postés autour du périmètre, puis inspecta les armes et chevaux et vérifia l'état de ses hommes. Satisfait quant à leur repos, il se fraya un chemin jusqu'au feu. Ses hommes parlaient doucement, attendant son retour.

— Je te dois des excuses, Duncan. Mais ton récit était tordu, fit remarquer Greylen avec un sourire.

— C'est moi qui suis désolé... pour avoir mélangé tous les

faits. Vous m'avez mis dans un tel état que j'ai oublié de vous donner ça.

Il lui tendit un parchemin scellé.

— Le camp est sécurisé. À part les gardes, nous sommes les seuls éveillés. Reposez-vous, il ne reste que quelques heures avant que nous nous mettions en route, ordonna Greylen en prenant le parchemin.

Ses hommes le laissèrent seul et s'allongèrent derrière l'arbre contre lequel était assis Greylen.

Il ouvrit l'enveloppe et déplia son contenu sur ses genoux. Il y avait deux missives et il choisit la plus épaisse en premier, dotée de l'insigne de Gavin : le faucon.

Ce n'était pas une lettre comme il le pensait, mais un récit des jours de Gwendolyn à Seagrave. Il couvrait sept journées, dont les descriptions étaient toujours plus courtes à mesure que le temps avançait.

11 juin,

Lis ceci en entier avant de tirer la mauvaise conclusion. Je monte désormais la garde assis dans ta chambre et ta lady dort dans ton lit. Elle refusait d'être seule et je te jure qu'elle a ordonné que je ne reste pas derrière la porte.

Elle a accueilli la nouvelle de ton départ avec dignité, même si une tristesse se cache en dessous, qu'elle essaye de cacher. Elle a insisté tant de fois pour quitter le domaine qu'il m'a semblé évident qu'elle ne savait pas où était sa place. Son choc devant le nouveau décor qui l'entourait était très réel. J'ai été forcé de lui parler de la prophétie, quoique vaguement, et nous semblons avoir trouvé un accord tacite.

Je me trouve incapable de laisser sa protection et ne le ferai pas avant demain. Ton médaillon repose sur son cœur, et ta lettre dans sa main. Elle est restée debout devant la fenêtre à regarder le soleil se coucher. Pendant un instant, c'est toi que j'ai vu là, dans les moments fréquents où tu t'interrogeais sur le destin de ces prédictions.

12 juin,

J'ai changé la rotation de garde, pour ne pas autoriser un autre à rester dans la chambre de ta lady. Elle guérit bien et est entrée dans ton bureau ainsi que la bibliothèque. Sa réaction à ces deux endroits a été révélatrice et le vide que ton absence crée se lit sur son visage. Pourtant, je suis le seul à qui elle le laisse voir, car je crois qu'elle sait que moi aussi, j'ai porté une telle peine. Elle est restée encore une fois debout devant la fenêtre avant d'aller dans ton lit, toujours en caressant le médaillon jusqu'à s'endormir.

Greylen était surpris que son ami lui révèle tant d'informations sur lui. Il comprenait aussi désormais que ce que Duncan lui avait dit était vrai. Gavin et Gwendolyn avaient tissé un lien en son absence, mais il n'en était plus jaloux.

13 juin,

En ce troisième jour d'absence, ta lady est devenue une créature habituelle. Isabelle reste constamment avec elle et ta mère cherche sa compagnie dans la bibliothèque, après le souper. Sa volonté n'a aucune limite et elle titille ma patience régulièrement. Pourtant, encore une fois, tout est oublié quand je la vois s'approcher de la fenêtre, le soir.

14 juin,

Ta lady est véritablement déconcertante. Elle sourit avec délice devant de petites choses toutes simples, comme ce carnet vide trouvé aujourd'hui parmi tes livres, dans le bureau. Et après, elle a le culot de me fusiller du regard quand je la corrige sur une petite inconvenance. Tu devrais rentrer demain, ce dont je suis reconnaissant.

Greylen commença à sourire en lisant le paragraphe suivant. Le sourire s'agrandit au fur et à mesure.

15 juin,

Mon seigneur, ton absence est problématique. Mes cheveux s'éclaircissent et on dirait qu'elle règne en ton absence. Impossible de raisonner ta lady. Quand elle en a fini de secouer la tête à mon adresse, le bandeau de cuir qu'elle t'a pris pour attacher ses cheveux s'en va complètement.

Si je n'ai pas de tes nouvelles vite, je commencerai avec joie à l'enfermer dans sa chambre.

16 juin,

J'ai trouvé mon premier cheveu gris ce matin, et il devrait être tien. Maudit soit ton arrière-train désolé.

17 juin,

Tu seras pendu à une corde... avec moi pour te battre... quand j'allume le feu de cheminée, j'imagine tes pieds au-dessus.

Greylen rit à gorge déployée cette fois, ravi de savoir que Gavin avait vraiment un nouvel ami. Bien que l'agitation de Gavin fût évidente, Greylen appréciait de savoir que Gwendolyn le poussait ainsi. Voilà bien la femme qu'il avait connue pendant deux petites journées. Bon Dieu, comme elle lui manquait.

Il plia la lettre et s'empara de la suivante. Elle ne faisait qu'une page et quand il la retourna, il fut surpris de voir l'insigne de ses initiales pressé sur le sceau. Isabelle et sa mère avaient chacun le leur. Seule une autre aurait besoin du sien.

Il retint son souffle en ouvrant le parchemin, observant la

calligraphie délicate sous ses yeux. Un éclat de rire lui échappa en lisant les premiers mots.

Cher Greylen,

Tu seras content d'apprendre que j'ai décidé de ne pas te botter le cul. À la lumière des détails que <u>tu</u> as manqué de mentionner avant que tu <u>me</u> laisses, j'espère que tu comprends le sacrifice que je fais. Si tu ne rentres pas en sécurité, en revanche, je te jure que je repenserai ma décision. Sur une note plus plaisante, j'adore le cadeau que tu m'as envoyé. Merci.

J'ai également suivi <u>ton</u> conseil. Je me suis installée comme chez moi à Seagrave. Mais ce n'est pas pareil sans toi. S'il te plaît, reviens-moi, Greylen.

S'il te plaît, rentre à la maison et embrasse-moi encore.

Pour toujours tienne,
Gwendolyn Anastasia.
PS : Il nous manque du brandy.

Le sourire de Greylen aurait pu illuminer le ciel nocturne. Il était marié. Et il tenait la preuve entre ses mains. Cette jeune femme fougueuse se ferait tirer les oreilles à son retour. Mais il ne pouvait pas être plus content et il ne s'attendait pas à autre chose d'elle.

Il relut la lettre, envahi par les mêmes émotions. Un rire vif lui échappa en lisant sa réprimande agressive, un sourire de plaisir suprême devant ses remerciements sincères. Son souhait qu'il revienne lui transperçait tout simplement le cœur.

Ce qui le frappa le plus – et semblait désormais évident – était sa vulnérabilité.

Elle la cachait bien.

Il ne nierait pas qu'elle avait un fort caractère ni qu'elle était intelligente. C'était bien vrai. Mais dès son premier éclat de colère, il avait vu que c'était pour se protéger. Elle était capable de tout en râlant, ce qu'elle avait fait jusqu'ici chaque fois qu'ils étaient ensemble. Pourtant, elle s'était toujours rendue.

Par la gestuelle et le touché, de passion ou de fatigue, elle avait toujours baissé les armes.

Elle avait commencé à lui faire confiance et la tendresse qu'elle lui témoignait en était la récompense. Elle voulait croire, mais son absence éveillait en elle le doute. Il le lisait dans sa lettre, sa crainte pour sa sécurité, intelligemment écrite via une réprimande. Sans parler de son message pas si subtil : *tu m'as laissée*, qu'elle avait souligné.

Cette femme savait manier les mots.

Dieu merci, il savait lire entre les siens.

CHAPITRE 12

— Kevin, je ne vous le redemanderai pas. Asseyez-vous, exigea Gwen en indiquant une nouvelle fois la chaise de la main. *Maintenant.*

Kevin se donna beaucoup de mal pour regarder autour de lui et sembla soulagé que personne ne soit dans les parages. Il dut comprendre qu'il n'avait pas le choix et obéit.

— Je suis sûr que ce n'est rien, Lady Gwendolyn. Nous pourrons nous y remettre demain.

Il parlait d'aller courir, comme il était censé le faire.

— Vous êtes sûr que c'est cette jambe, Kevin ? Je croyais que vous privilégiez la droite ? dit-elle en passant les mains sur ladite jambe.

Gwen fut presque sûre de l'entendre marmonner *sapristi* dans sa barbe.

— Oïl, ma lady, c'est la gauche, grommela Kevin.

Ne sachant plus que croire, elle décida de vérifier les deux.

— Eh bien, ça semble aller, mais vous avez sûrement raison. Un jour de repos et vous irez bien.

Gwen tendit la main à son garde du matin et sourit quand il ne put s'empêcher de rire.

— Vous vous moquez de moi ? plaisanta-t-elle en plaçant ses mains sur ses hanches.

— Non, ma lady, excusez-moi, dit Kevin en prenant sa main. Merci de m'avoir aidé à me lever.

— Je suis désolée, Kevin. J'imagine que c'était un peu bête, vu que vous faites trois fois ma taille.

Elle rit.

— Votre compassion est sans limite, Lady Gwendolyn. Je ne voulais pas vous froisser.

— Oh, arrêtez donc. Vous ne m'avez pas froissée. Donnez-moi une minute, je vais me changer.

***

Une fois dans la salle de bains, Gwen retira le pantalon qu'Anna lui avait cousu pour le sport. Il n'était pas aussi moulant que son pantacourt, mais il était confortable et était adapté à ce qu'elle voulait faire.

Bien sûr, Anne n'était pas contente de voir Gwen retrousser l'ourlet jusqu'à ce qu'il lui arrive à mi-mollet. Et elle s'était mise en colère en s'apercevant qu'elle avait aussi roulé la taille du vêtement. Apparemment, ce n'était pas approprié de montrer la silhouette des fesses et des jambes. Les seins, c'était complètement différent.

Chaque robe qu'elle avait désormais la serrait tellement à la poitrine qu'il n'était pas étonnant qu'Anna se soit esclaffée à l'idée de lui faire un soutien-gorge à porter en dessous. Il n'y avait pas la place. Pourtant, Anna lui avait fait des culottes de la forme voulue et quelques sous-vêtements ressemblant à des soutiens-gorge. Et ils lui allaient parfaitement. Certains étaient de la forme d'un bandeau qui se nouait derrière et à son cou. D'autres étaient un simple bout de tissu large qu'elle pouvait enrouler autour de sa poitrine et nouer où elle voulait.

Retirant le reste de ses vêtements, Gwen accrocha la chemise de Greylen au même crochet que sa robe de chambre. Même si elle avait désormais la sienne, elle choisissait toujours de porter celle de Greylen.

Elle laissa le reste de ses vêtements de sport sur la commode près de la porte. Elle les utiliserait plus tard, quand Gavin l'aurait obligée à le supplier d'aller courir avec elle. Elle savait qu'il appréciait en secret les jours où elle attendait qu'il puisse la rejoindre, mais il prenait plaisir à la faire ramper. Ça ne la dérangeait pas. Il était un bon coureur et la poussait plus loin qu'elle ne l'aurait cru. Et puis, elle appréciait le temps passé avec lui plus que tout.

Gwen attrapa une de ses robes préférées dans un tiroir de la commode. C'était la concession à laquelle Anna avait facilement cédé : l'autoriser à garder la majorité de ses vêtements ici. C'était plus pratique que d'utiliser l'armoire dans sa chambre, puisqu'elle se changeait ici. Il y avait toujours quelqu'un dans la chambre et elle préférait qu'il en soit ainsi. Et puis, son armoire était remplie de belles robes et choses qu'elle n'était pas sûre d'utiliser un jour. Elle ne savait même pas si elle avait bien compris ce qu'était chaque vêtement.

La robe qu'elle choisit aujourd'hui était vert foncé, très similaire à celle d'Isabelle qu'elle portait avant que sa garde-robe ne soit terminée. Elle avait des manches trois-quarts et un col bas et décolleté qui lui serrait la poitrine. Elle était cintrée à la taille, puis s'évasait peu à peu jusqu'au sol. Elle appréciait de porter des robes chaque jour. Elle se sentait féminine dedans, malgré sa silhouette mince.

La dernière chose qu'elle prit fut des sandales en cuir que le cordonnier lui avait faites. Elles étaient très confortables. L'homme avait un véritable talent. Gavin lui avait montré les chaussures de course de Gwen et il avait pu en faire pour les hommes de Greylen avec des semelles au soutien ferme, mais toujours flexibles. Même si les matériaux qu'il utilisait étaient très différents, ses chaussures fonctionnaient bien. Gavin, Kevin et Hugh n'avaient pas de problème à la suivre.

En vérité, elle n'avait pas de problème non plus à les suivre.

Gwen acheva sa routine en se brossant les cheveux avant de les attacher avec un des liens en cuir de Greylen. Elle avait un tiroir rempli de rubans et peignes à cheveux à elle désormais, mais elle préférait utiliser ses affaires à lui. Elle avait aussi un tiroir avec du maquillage. Et un autre. D'accord, bon elle avait pris trois tiroirs, et alors ? La commode sous le miroir avait neuf tiroirs. Le côté gauche était à Greylen ; les tiroirs au milieu contenaient des serviettes, savons et autres affaires de toilette et elle utilisait le côté droit.

Le tiroir du haut renfermait le maquillage qu'elle avait pris à Lady Madelyn. Elle n'était pas habituée à ça, mais ça fonctionnait. Elle n'avait pas besoin de grand-chose, mais vivre sans eyeliner... hors de question. Et elle s'amusait tellement plus à montrer à la mère de Greylen et Isabelle comment appliquer la petite ligne noire rien qu'en mouillant le pinceau. Elle les avait surprises encore plus en ajoutant la poudre que Lady Madelyn utilisait pour ses joues à la base de sa pommade pour les plaies. Cela faisait un super gloss.

À part les toilettes modernes, la vie était bonne. Elle n'avait jamais eu personne avec qui partager ce genre de choses.

Gwen sourit, se rappelant la tête de Gavin la première fois qu'il avait vu Isabelle avec le nouveau maquillage. Isabelle avait eu le cran de placer son pied sur la chaise de la salle à manger et de soulever l'ourlet de sa robe pour lui dire ce qu'elle avait appris d'autre.

— Gwendolyn m'a aussi montré comment raser mes jambes Gavin. Je suis devenue très douée, s'était-elle vantée en passant sa main sur son mollet.

Gavin avait à peine parlé pendant le dîner et il lui avait fallu presque une heure pour retrouver un comportement normal.

Cela la faisait encore sourire de repenser à cet incident en particulier. Elle remit le médaillon de Greylen autour de son cou. Elle le portait tout le temps, même quand elle courait, et vérifiait constamment qu'il ne s'était pas détaché. Greylen semblait être partout autour d'elle, mais plus il était loin, plus elle avait peur de son retour.

Elle avait tant appris sur lui et pourtant, elle le connaissait encore à peine. Pire, il ne la connaissait pas du tout. Pas de doute, elle avait senti la connexion qu'ils avaient. Mais et le reste alors ? Serait-ce suffisant ? Que ferait-elle dans le cas contraire ?

Elle secoua la tête, repoussant les doutes. Il n'y avait rien qu'elle puisse faire de toute façon et s'il y avait quelque chose, elle n'était pas sûre de vouloir le savoir. Elle caressa le médaillon une fois de plus, puis quitta la pièce, laissant ses peurs derrière elle.

Comme d'habitude, elle attendit dans le grand hall avec Kevin ou Hugh jusqu'à ce que Lady Madelyn et Isabelle les rejoignent pour le petit déjeuner. Elle s'assit devant le feu et savoura le café que la cuisinière laissait toujours prêt sur le buffet. Elle avait déjà bu une tasse avec Gavin plus tôt, mais la cuisinière savait qu'elle pouvait en boire toute la journée.

Puisque Gwen avait toujours l'habitude de se lever tôt, elle laissait la boîte de grains de café et les tasses sur l'îlot avec une casserole pour faire bouillir de l'eau sur le four.

Tous les matins, quand elle commençait tout juste à se réveiller, Gavin tamisait le feu et allumait les bougies de la pièce. Ils se disaient bonjour au moment où Gwen enfilait la robe de chambre de Greylen. Ensuite, ils filaient à la cuisine.

Elle et Gavin travaillaient en silence au début. Gwen remplissait la casserole d'eau pendant que Gavin allumait le feu. Puis, ils se disputaient sur qui moulait les grains le mieux. Quand l'eau bouillait enfin, ils ajoutaient les grains grossièrement moulus et attendaient patiemment le délicieux breuvage. Ils buvaient leur tasse pleine là-haut, jusqu'à ce que la relève de Gavin arrive.

Parfois, ils parlaient devant le feu ou se plaçaient devant la fenêtre pour regarder le lever du jour. Kevin ou Hugh arrivait juste après et frappait doucement à la porte. Gavin se retirait ensuite.

Il lui manquait pendant la journée. Elle en était vraiment

venue à compter sur lui. Et elle savait qu'il aimait qu'elle soit là aussi. Elle voyait qu'il attendait sa venue dans le bureau l'après-midi, et ce n'était que lorsqu'elle s'installait sur le sofa qu'il s'immergeait dans les dossiers qu'il examinait sans relâche. Ils semblaient se comprendre tacitement, avoir besoin l'un de l'autre en l'absence de Greylen. Elle se demanda si Greylen savait la chance qu'il avait d'avoir eu pendant si longtemps quelqu'un comme Gavin dans sa vie. Elle sentait que oui.

Ses pensées furent interrompues quand Isabelle et Lady Madelyn descendirent enfin. Elles prirent un merveilleux petit déjeuner et Gwen fut surprise de les voir s'excuser après cela.

— Isabelle, ne veux-tu pas aller marcher avec moi ce matin ?

— Oh, j'aimerais pouvoir, Gwendolyn. Mais mon précepteur arrive plus tôt. Il insiste pour que je lise le dernier livre qu'il m'a donné.

— Très bien, soupira Gwen.

Elle déposa un baiser sur la joue de Lady Madelyn, puis chuchota à Isabelle :

— Viens me trouver plus tard.

Et l'embrassa à son tour.

Gwen marcha le long des chemins menant aux cottages. Elle s'arrêta plusieurs fois pour parler aux femmes qui s'adonnaient à leurs différents devoirs. Elle connaissait les prénoms de la majorité d'entre elles, maintenant. Elle demandait des nouvelles de leurs familles et prenait toujours le temps d'ébouriffer les cheveux de leurs enfants ou de porter les bébés qui tendaient les bras vers elle. Elle demanda à nouveau à Kevin si sa jambe allait bien et il continua de lui affirmer que oui, regardant à chaque fois par-dessus son épaule comme pour s'assurer que personne ne les entendait.

Quand Gwen se dirigea vers la chapelle, Kevin l'arrêta à mi-chemin.

— Lady Gwendolyn, vous ne pouvez pas y aller aujourd'hui, lui apprit-il une main sur son bras.

— Pourquoi pas ?

— Nous faisons des réparations, ma lady.

— Des réparations sur quoi ? Elle était en parfait état hier.

— Père Michael a remarqué une infiltration d'eau sur le sol, ma lady. Cela sera réglé d'ici demain.

— Bien, soupira Gwen. C'est un triste jour, effectivement.

Elle passa le reste de la matinée et du début d'après-midi dans le jardin derrière le donjon. Elle serait bien entrée à l'intérieur, mais tout le monde semblait très occupé aujourd'hui. À la place, elle écrivit dans son journal et observa les vagues s'écraser sur le rivage.

Isabelle adorait lui raconter des histoires des rituels du matin qu'elle et Greylen appréciaient. Apparemment, ils avaient l'habitude de se faufiler hors du donjon juste avant l'aube. Ils couraient sur la plage et escaladaient les rochers en observant le lever de soleil. C'était une habitude que Greylen avait toujours, même si Isabelle lui avait confié qu'elle avait cessé de l'accompagner il y avait longtemps, sentant qu'il avait besoin d'être seul pour marcher sur le rivage et observer la mer.

Gwen n'était pas descendue sur la côte encore. Gavin et Isabelle avaient proposé de l'emmener plusieurs fois et, en vérité, elle aurait adoré voir ça, mais elle avait peur. Ce n'étaient pas les chemins étroits ou la descente escarpée qui l'inquiétaient. C'était l'océan en lui-même. Elle n'avait pas de désir de tenter le diable. Elle était venue ici par ces eaux-là et elle ne les laisserait pas la reprendre.

Déçue qu'Isabelle ne soit pas venue la chercher cet après-midi-là, Gwen attendit l'heure où Gavin était au bureau. Elle avait plus que jamais besoin de courir et sa frustration atteignait des sommets.

— Bonjour, très cher monsieur, le salua Gwendolyn depuis le palier.

— Oïl, c'est une très belle journée, en effet, Lady Gwendolyn.

Il sourit et lui fit signe d'entrer.

— Ton ton, en revanche, est bien trop conciliant. Ça me fait me demander ce que tu peux bien vouloir.

Elle éclata de rire.

— Oh, Gavin, j'ai la sensation que tu sais exactement ce que je veux.

— Te connaître aussi bien me rend-il chanceux ou malchanceux, ma lady ?

— C'est à toi de me le dire, répondit-elle avec un petit sourire.

— C'est une chance, et tu le sais.

Son ton était devenu très sérieux, quoique quelque peu triste.

— Kevin ne pouvait pas courir ce matin et... j'espérais que tu me rejoindrais cet après-midi.

Il lâcha un soupir très audible.

— C'est impossible.

À l'évidence, il s'attendait à la dispute qu'elle commencerait.

— *Impossible*, je ne crois pas, Gavin, lança-t-elle avec dédain. Dis-moi donc pourquoi ?

— Tu n'as pas à remettre en doute ma parole, siffla-t-il les yeux plissés.

La remarque ne la dérangea pas le moins du monde.

— Oui, c'est ça. Tu vis pour que je remette en doute tes paroles et si tu me fais attendre...

Elle chercha quelque chose pour l'agacer.

— Eh bien, on peut rester ici à parler. Oh je sais... parlons d'Isabelle !

C'était parfait. Ils allaient courir en un rien de temps.

— Va mettre tes vêtements, céda-t-il les dents serrées. Je te retrouve dans la cour.

— Ne fais pas comme si tu ne voulais pas, Gavin, lança-t-elle par-dessus son épaule. Je te connais mieux que ça.

— Tu as cinq minutes, s'écria-t-il. Je reviendrai sur cette idée si tu n'es pas prête.

— Isabelle, s'il te plaît. Il nous reste le voile, la reprit Lady Madelyn.

Sa fille observait Gwendolyn et Gavin quitter la cour.

Gavin l'avait réveillée tard la nuit précédente. Il lui avait dit avoir entendu des cavaliers et avoir été forcé de laisser Gwendolyn sans surveillance pour la première fois, les portes verrouillées. Les gardes n'avaient rien signalé, alors il savait que c'étaient ses propres hommes. Greylen avait renvoyé les soldats en amont pour s'assurer que tout soit prêt pour son arrivée.

— Gavin, qu'y a-t-il ? avait demandé Lady Madelyn quand il l'avait réveillée.

— Greylen revient demain, ma lady, l'informa-t-il dans un sourire.

— Oh, Gavin, il était temps.

— Oïl, ma lady.

— Comment devons-nous nous y prendre avec Gwendolyn ?

Elle confia les détails à Gavin. Il la connaissait mieux que quiconque et leur amitié ne la dérangeait pas du moins du monde. En vérité, elle en était ravie, car ils étaient des âmes sœurs. Et puis, elle savait que Gwendolyn était déjà amoureuse de son fils et que Gavin aimait sa fille.

Gavin lui annonça le plan qu'il avait élaboré. Bien qu'elle se sente mal pour les mensonges qu'ils devraient tous dire à sa future fille, elle savait que c'était pour le mieux. Gwendolyn se mettrait dans tous ses états autrement et elle ne pouvait qu'imaginer les disputes créées entre elle et Gavin toute la journée.

L'idée de Gavin était le mieux à faire : ils attendraient le dernier moment pour en informer Gwendolyn.

— Pourquoi ne réveilles-tu pas Isabelle ? Elle sera si contente.

Elle savait que sa fille serait excitée par la nouvelle, surtout venant de Gavin. Mais celui-ci se détourna.

— Oh, Gavin, soupira-t-elle. J'espère qu'un jour, tu verras l'erreur que tu commets en ne faisant rien.

Gavin s'était de nouveau tourné.

— Je ne causerai jamais le déshonneur à cette famille, avait-il promis en la regardant droit dans les yeux.

Lady Madelyn avait pris son visage entre ses mains. Sa douleur était si évidente dans ses yeux.

— Gavin, tu ne pourrais jamais déshonorer cette famille. Tu en fais partie depuis si longtemps. Tu dois laisser ce qui te fait si peur derrière toi.

— Je n'ai pas peur, ma lady.

Visiblement défait par ses mots, son affirmation n'avait été guère plus qu'un râle rauque.

— Vraiment ?

— Je vais retrouver Gw... Lady Gwendolyn, se corrigea-t-il.

— Oïl, elle est plus Gwendolyn pour toi, n'est-ce pas ?

La formalité semblait étrange entre eux.

— Oïl, ma lady. J'ai une chance inouïe d'avoir une amie comme elle, comme j'ai de la chance de vous avoir tous.

Il avait embrassé sa joue, uniquement parce qu'ils étaient seuls.

— La chance est nôtre, Gavin, avait-elle répondu en l'embrassant également.

En le regardant partir, Lady Madelyn avait repoussé son inquiétude pour cet homme qu'elle considérait comme un fils. Elle n'avait pas le choix. Il y avait tant à faire. Elle avait réveillé Isabelle peu de temps après et elles avaient travaillé le restant de la nuit, Anna à leurs côtés.

— Gavin, quelque chose te dérange ? demanda Gwendolyn entre deux respirations. Tu n'es pas dans ton état normal.

— Non, j'ai beaucoup de choses en tête, c'est tout.

— Isabelle peut-être ?

— Isabelle en fait partie, ma lady, finit-il par répondre.

Il se rendit compte que c'était le moment d'aborder le retour de Greylen. Leur temps de course était presque achevé et elle n'avait encore rien remarqué. C'était la raison pour laquelle ils avaient retardé sa course.

Gwendolyn s'arrêta aussitôt. Comme emballée à l'idée qu'il s'ouvre sur le sujet qu'elle voulait désespérément attaquer. Elle plaça ses mains sur ses genoux et reprit son souffle.

— Je suis tout ouïe, Gavin. Crache le morceau.

Elle arborait un immense sourire, qu'il lui rendit.

— Gavin ! s'exclama-t-elle. Je ne t'ai jamais vu comme ça. Allez, dis-moi.

— Cette soirée ravira Isabelle, la taquina-t-il avec un encore plus grand sourire.

Gwendolyn le frappa au bras.

— Putain, Gavin, ne me fais pas te supplier. Qu'as-tu prévu ?

Gavin rit à voix haute. Puis il la regarda avec une expression si sérieuse qu'il la vit retenir son souffle.

— Greylen rentre, Gwendolyn. Il est déjà sur les terres des MacGreggor.

Son sourire disparut. Et elle s'écroula.

— Je vais vomir, Gavin.

Elle était à genoux, à se cramponner le ventre en se balançant d'avant en arrière. Gavin s'agenouilla aussitôt à côté d'elle.

— Tu devrais être heureuse, pas malade, Gwendolyn.

Avait-il eu tort d'attendre ?

— J'ai besoin d'une minute.

Gavin resta près d'elle, à lui frotter le dos jusqu'à ce que sa respiration redevienne normale. Mais quand elle leva les yeux, le cœur de Gavin manqua de s'arrêter. Il n'avait jamais vu désespoir pareil.

— J'ai peur, Gavin, se confia-t-elle.

— De quoi ? C'est ce que nous attendions.

— Je sais, pleura Gwendolyn. Mais et si... et si ça ne marche pas ? Et s'il ne m'aime pas ?

— Tu dois plaisanter.

Il était sous le choc qu'elle pense une chose pareille.

— Plaisanter ? Tu crois que je *plaisante*, Gavin ? Cela fait trois semaines qu'il est parti. Et s'il avait changé d'avis ?

— Tu as perdu la tête, Gwen !

— Tu crois ?

— Oïl, tu es folle. Que tu ne fasses ne serait-ce que demander une chose pareille ne te ressemble pas du tout.

— Mets-toi à ma place, Gavin. N'aurais-tu pas au moins quelques doutes ?

— Non ! s'écria-t-il. J'étais avec lui ce soir-là, et cela le tuait de se détourner de toi.

Énervé, il l'attrapa par les épaules et la força à le regarder.

— Reprends-toi, *maintenant* et tiens ta tête droite comme tu le fais si naturellement. Je n'ai jamais connu de femme plus forte que toi et tes doutes cesseront.

Gavin savait qu'il était dur, mais il ne supportait pas de la voir ainsi.

— Tu dois me faire confiance, Gwendolyn.

Il la lâcha, mais elle semblait toujours hésitante et il la prit dans ses bras. Elle posa sa tête contre son torse et il reprit :

— Greylen t'aimera, Gwen, comme il l'a toujours fait, comme on le fait tous. Chaque fâcheuse bizarrerie que tu possèdes, chaque outrageuse demande, chaque nuance énervante, chaque... Tu viens de me pincer ?

— Oïl, avoua Gwen. Merci, Gavin.

À l'évidence, elle se sentait un peu mieux et sourit de nouveau.

— Je t'en prie, répondit-il en la serrant.

— Tu as besoin d'un bain, Gavin.

Mais ses gestes contredisaient ses mots, car elle le serra plus fort.

— Tu pourrais en avoir besoin aussi. On termine notre course ?

— Oïl.

Elle hocha la tête et le tira en arrière quand il commença à partir en courant.

— Gavin ? Combien de temps j'ai avant son arrivée ?

Gavin la fixa du regard une minute... puis se tourna et courut aussi vite que possible.

— Deux heures, lui cria-t-il. *Peut-être.*

Il ne regarda jamais derrière lui, car il savait que si Gwen le rattrapait, elle le tuerait certainement.

CHAPITRE 13

Elle portait une robe de mariage.

Gwen n'arrivait pas à passer à autre chose et se répétait cette affirmation en boucle dans sa tête.

Mon Dieu, elle portait une robe de mariage !

Gavin et elle étaient rentrés une heure plus tôt, sans dire un mot du reste de leur course. Il l'avait menée tout aussi silencieusement à sa chambre, lui serrant la main avant de la laisser aux bons soins de la mère de Greylen, d'Isabelle et d'Anna.

Elles avaient préparé un bain près du feu et Gwen retira avec obéissance ses vêtements avant d'y entrer. Elles avaient lavé ses cheveux, puis les avaient brossés devant le feu. Elles avaient parlé de tout et de rien. Un simple bavardage pour apaiser la tension qu'elles savaient que Gwen ressentait.

Lady Madelyn l'avait maquillée de ses mains expertes, avec un subtil soupçon de liner autour de ses yeux, un peu de rouge au-dessus de ses joues et une fine couche de gloss sur ses lèvres. Anna avait continué de brosser ses cheveux et expliqué qu'elle les porterait détachés pour le retour de Greylen. Lady Madelyn l'avait aidée à se lever et Isabelle avait souri en tenant la robe qui était posée sur le lit avant.

— Elle est splendide, Isabelle, avait dit doucement Gwen.

— Nous avons travaillé dessus une bonne partie de la nuit, Gwendolyn. J'espère qu'elle te plaît.

Gwen était touchée, mais elle était si nerveuse qu'elle n'était pas parvenue à trouver les bons mots.

— Comment pourrait-elle ne pas me plaire ? Elle est encore plus spéciale puisque c'est vous qui l'avez faite.

Anna avait pris la robe de chambre de Gwen et Lady Madelyn avait aidé à passer la robe de mariage par-dessus sa tête. Elle était faite d'un crêpe de soie ivoire et tombait toute droite au sol. Très rectiligne. Le col carré tombait juste au-dessus de ses seins, puis s'incurvait à ses épaules. Le bout du tissu était souligné d'un fil doré et d'un motif complexe d'ovales parfaitement joints qui s'enroulaient sur eux-mêmes. À partir des épaules, les manches étaient formées de mousseline de soie extrêmement fine. Elles prenaient fin à son pouce dans un V qui tombait jusqu'à mi-cuisses. La robe ne manquait pas de romantisme.

Anna avait placé une ceinture autour de ses hanches et glissa une extrémité dans la boucle cachée. Une fois la ceinture en place, elle l'avait poussée vers le bas pour accentuer ses hanches étroites.

Isabelle avait serré les lacets dorés qui débutaient en haut de la ceinture dans le dos et se terminaient quelques centimètres en bas de ses épaules. Bien sûr, quand elle eut terminé, le haut était si serré sur sa poitrine que le contour de ses seins était visible. Ses tétons se voyaient à travers le tissu et quand Anna l'avait remarqué, elle avait placé ses mains dans son décolleté et avait ajusté non seulement les seins de Gwen, mais aussi ses tétons. Puis, elle s'était écartée et avait souri devant son travail, visiblement satisfaite.

C'était un des moments les plus ridicules de la vie de Gwen.

Mais cela avait aidé à briser la glace et elles en avaient ri toutes ensemble.

Lady Madelyn retourna vers le lit et ramassa un beau voile. Il était fait d'un simple cordage doré tressé et de quatre longs et délicats morceaux de tulles ivoires attachés dans le dos. Elle le plaça sur la tête de Gwen de sorte que le pan de devant repose sur son front et que les côtés tombent dans son dos.

Gwen posa sa main sur l'épaule d'Isabelle pendant qu'Anna mettait à ses pieds de belles sandales avec un petit talon. Les lanières en cuir étaient couvertes de mousseline de soie dorée. Elles étaient en réalité assez osées, songea Gwen en les regardant.

— Bon, ça va ? demanda-t-elle en se mordant la lèvre.

Elles durent reculer pour admirer leur travail et lui lancèrent un immense sourire.

— Oïl ! s'exclamèrent ensemble, apparemment emballées par le résultat.

— Viens, Gwendolyn, viens te voir dans le miroir, proposa Lady Madelyn en lui prenant la main.

Elles avancèrent main dans la main et ne s'arrêtèrent que devant le miroir en pied au coin de la pièce. Isabelle et Lady Madelyn regardèrent Gwen fixer son reflet. Elles sourirent en voyant sa réaction.

— Vous vous êtes surpassées, commenta Gwen les larmes aux yeux. Je ne me suis jamais sentie aussi belle de toute ma vie.

— Tu es belle, Gwendolyn, dit doucement Lady Madelyn. Que ce soit ce qui est visible de l'œil... ou ce qui est à l'intérieur.

— S'il te plaît, ne pleure pas Gwen, tu vas gâcher le maquillage de Mère.

Elles s'étaient préalablement maquillées et coiffées avant qu'elle ne revienne de sa course. Gwen les aida désormais à lacer le dos de leurs robes, une fois qu'elles les eurent enfilées. Chacune portait une robe violet foncé au décolleté plongeant, brodé du même motif que sa robe de mariage. Quand elles eurent fini, Lady Madelyn lui demanda si elle aimerait descendre et attendre dans le grand hall.

— Puis-je rester ici, encore quelques minutes ?

Elle avait besoin de temps seule et espérait qu'elles comprendraient.

— Bien sûr, Gwendolyn, prends le temps dont tu as besoin.

Gwen regarda son reflet à nouveau dans le miroir avant de

s'approcher de la fenêtre. Elle était terrifiée de ce qui allait venir. Terrifiée à l'idée de voir Greylen, de le voir vraiment pour la première fois. Elle lança une rapide prière, espérant que tout se passe bien. Elle imagina comment cela aurait été s'il n'avait pas été appelé ailleurs.

Elle vit Gavin à cheval dans la cour. Il était seul et mit rapidement pied à terre. Il portait une chemise en lin beige glissée dans un pantalon noir avec de grandes bottes en cuir. Il leva les yeux vers la fenêtre où elle se trouvait et sourit en montant les marches devant le donjon.

Il venait la chercher.

***

Gavin frappa doucement à la porte ouverte. Elle l'entendit hoqueter quand elle se tourna.

— Tu es splendide, Gwendolyn.

— J'ai l'impression d'être un agneau qu'on sacrifie.

Elle dissimulait son anxiété par du sarcasme.

— Aucun sacrifice ne sera fait aujourd'hui, Gwen. Tu verras que c'est la vérité bien assez tôt.

— Tu es très beau, Gavin, dit-elle honnêtement.

Elle sourit et prit la main qu'il lui tendait.

— Nos soldats sont en marche, Gwen. Ils seront ici bientôt.

— As-tu vu Greylen ?

— Oïl, près du lac. Il s'est arrêté pour prendre un bain et se changer avant d'entrer dans la cour.

— Je crois que je vais encore avoir la nausée.

Il lui lança un sourire chaleureux, s'approcha et prit ses deux mains.

— Ça ira, Gwendolyn. Dis-moi comment je peux t'aider.

— Seras-tu toujours mon ami, maintenant que Greylen est rentré ?

— C'est quelque chose que je crains aussi. Sans l'ombre d'un doute, le temps que nous passions ensemble me manquera.

— À moi aussi, Gavin, chuchota Gwen en regardant le sol.

Il lui leva le menton.

— La nuit où Greylen t'a sortie de l'eau... j'ai fait un serment, Gwen. J'ai juré de donner ma vie pour toi. Et je le ferai avec joie. Pas parce que c'est mon devoir, mais parce que tu es devenue une amie comme je n'en ai jamais connu. Mais mon meilleur ami rentre et te revient. Il est le frère que j'ai toujours souhaité, Gwen. L'homme qui fera de tous tes rêves une réalité.

Gavin resta la main sur son menton un instant de plus, puis s'écarta, les yeux fixés au loin.

— Viens, Gwen. Il est l'heure.

— Je n'arrive pas à bouger.

— Il n'y a rien à craindre.

— Facile à dire pour toi, ce n'est pas toi qui portes une robe de mariage.

Gavin sourit.

— La nuance est mince.

— Oïl, c'est ça, ironisa-t-elle. Je ne peux pas y aller Gavin. Je ne peux pas le faire devant tout le monde.

Elle était devenue très sérieuse. Il soupira et passa ses doigts dans ses cheveux.

— Très bien alors, concéda-t-il. Mais reste devant la fenêtre, tu ne voudras pas manquer ça.

CHAPITRE 14

Mon Dieu, il avait raison.

C'était l'une des vues les plus belles de sa vie. Une procession si grande qu'elle en eut le souffle coupé. Elle écarta ses mains sur la fenêtre sans le vouloir et son cœur se mit à battre si vite qu'elle craignit qu'il n'éclate.

Des centaines de soldats remplissaient le chemin et chevauchaient en parfaite symétrie, dans un rang interminable. Un écuyer tenait haut dans le ciel un drapeau qui voguait avec la brise chaude et douce, un dragon ébène en son centre.

La procession se poursuivit, jusqu'à ce que les dernières lignes atteignent le sommet. Le point culminant en haut des collines de Seagrave. Le sommet où il ne restait plus qu'un homme.

Il s'attarda seul, comme un véritable héros qui choisissait de protéger plutôt qu'être protégé. Ses cheveux noirs volaient au vent, sa peau bronzée brillait sous les rayons du soleil couchant. Elle murmura son nom en pressant son front contre la vitre, car même à distance, sa présence était toute-puissante.

Ce jeune homme dont elle avait mémorisé l'image au-dessus de la cheminée dans la bibliothèque, ce jeune homme prêt à conquérir le monde, n'était plus.

C'était un *homme* qui avait déjà vu le monde.

Il avait vécu ses merveilles et ses atrocités et que Dieu lui vienne en aide, car une volonté dominante et triomphante irradiait de chaque centimètre de son corps. Sa force semblait l'attirer et, comme victime d'une force gravitationnelle, Gwen sut qu'elle vendrait son âme juste pour être avec lui.

Il resta complètement immobile, à regarder ses soldats descendre le long du chemin. Ils franchirent les portes ouvertes et dans un autre superbe spectacle, formèrent deux rangées de chaque côté de la cour. Ce ne fut qu'à ce moment-là qu'il indiqua à sa monture d'avancer.

Il chevaucha au milieu des lignes d'hommes et s'arrêta au milieu. Il mit pied à terre et observa les marches où se trouvaient sa famille et ses hommes. Un garçon s'avança et leva la paume haut dans le ciel. Greylen dégaina son épée et la plaça sur ses mains stables. Il ébouriffa les cheveux du garçon, un sourire chaleureux aux lèvres. Puis, il reporta son regard sur la fenêtre où elle se tenait.

Ce fut un éclat d'une telle intensité, un regard si glaçant que Gwen hoqueta et recula. Son cœur semblait se briser de voir ce regard dans ses yeux, la douleur qu'il lui avait montrée au cours d'un bref instant. Furieuse d'avoir été si lâche et sachant désormais qu'elle aurait dû être là pour lui, elle courut hors de la chambre.

Elle s'agrippa à la rampe à deux mains, dévalant les escaliers dans sa hâte. Elle posa les mains sur la porte, les larmes coulant sur ses joues tandis qu'elle peinait avec le loquet et frappait avec frustration jusqu'à ce que la porte s'ouvre enfin. Elle se fraya un chemin parmi Gavin et Lady Madelyn en haut des marches et les hommes de Greylen en bas. Puis, elle s'immobilisa complètement, soulagée et en même temps terrifiée qu'il n'ait pas bougé.

Greylen lâcha le souffle qu'il retenait ; la présence de Gwendolyn était comme un baume sur son âme et il ferma les yeux. Elle apaisait la douleur, le plongeon que son cœur avait fait quand il avait vu qu'elle n'était pas là. Mais elle était venue, finalement. Et elle s'était montrée très déterminée.

Il avait entendu son cri quand elle avait gagné la bataille contre la porte, l'ouvrant avec tant de force que Kevin, qui devait être appuyé contre, avait failli tomber à l'intérieur. Puis, elle s'était frayé un chemin parmi une multitude de personnes, s'arrêtant près de lui, mais toujours à une certaine distance. Alors, le monde avait semblé s'estomper dans un flou, jusqu'à ce qu'il n'y eût plus qu'eux.

Il secoua la tête, refusant de croire qu'elle était réelle, se demandant si elle n'était pas juste une hallucination de son esprit. Mais ensuite, sa vision s'avança vers lui d'un pas frêle, en beauté dénuée de défaut.

Gwendolyn.

Son nom, simple murmure dans son esprit depuis des semaines, désormais relâché depuis des profondeurs inimaginables. Il devint un cri de guerre quand il leva la tête vers le ciel. Un appel auquel répondirent des centaines d'épées dégainées et levées dans un soutien silencieux.

Puis, il s'approcha d'elle. D'un pas déterminé et pensif, de plus en plus rapide pour égaler le sien. Ses bras s'ouvrirent une seconde à peine avant qu'elle ne se jetât contre lui et qu'il la serrât dans ses bras, envahi d'une telle émotion qu'il tomba à genoux, l'emportant avec lui.

Il posa sa paume sur l'arrière de sa tête tandis qu'elle était toujours plaquée contre son torse. Alors, il l'embrassa. Cette femme qui régnait dans son cœur. Cette femme qui possédait son âme. Il la marqua de son empreinte devant tout le monde, l'embrassa à lui en couper le souffle. Il goûta chaque larme sur son adorable visage tout en faisant taire ses excuses murmurées par ses excuses à lui. Ce qui était en soit une prouesse vu les acclamations ridiculement bruyantes de son peuple.

Enfin, il s'écarta, la prit par les épaules pour l'éloigner à quelques centimètres de son visage. Il la fixa du regard avec tant d'intensité qu'elle ne pouvait pas détourner les yeux, s'immergeant dans les profondeurs de la seule chose qui avait continué de lui échapper.

— Mon Dieu, souffla-t-il en posant son front contre le sien. Ils sont verts.

À ces mots, les larmes montèrent aux yeux de Gwendolyn encore une fois. Il sourit, secoua la tête en les essuyant et l'embrassa de nouveau. Il aurait bien continué, mais d'autres acclamations résonnèrent.

— Tu me prendras comme époux, Gwendolyn, exigea-t-il.

— Et toi ? Greylen, tu es coincé avec moi, murmura-t-elle en baissant les yeux.

Greylen secoua la tête et lui releva le menton.

— Je donnerais tout ce que j'ai pour être coincé avec toi.

— Vraiment ?

— Oïl. Vraiment.

Il la reprit dans ses bras et la serra fort. Elle soupira.

— Mon Dieu, comme tu m'as manqué, Gwen.

— Tu m'as manqué aussi.

Elle sourit et le serra aussi.

Il se leva avec elle, mais sans la lâcher. Elle continua à s'appuyer à lui, sa question étouffée par son torse contre son visage :

— Tu as eu mon message, Greylen ?

Sa joie était si grande qu'il rit.

— Lequel ?

— Je n'ai écrit qu'une lettre, Greylen.

Son ton et son expression allaient entre perplexité et agacement.

— Oïl, confirma-t-il en souriant. Une lettre, pleine de messages cachés.

— Je ne parlerais pas de *messages cachés*, nia-t-elle.

— Ah non ?

— Non, insista-t-elle en mettant ses mains sur les hanches.

Il avança d'un pas menaçant vers elle et se pencha, investissant exprès son espace personnel.

— Disons que tu as commencé avec celui que je pense le plus important, la défia-t-il d'un ton victorieux.

Elle ne recula pas, mais ne sembla pas pouvoir s'empêcher de se mordre la lèvre.

— Quel message serait-ce donc ? l'implora-t-elle.

C'était comme si elle le suppliait de comprendre bien.

Greylen la fixa du regard. Il voulait l'étrangler.

Lequel serait-ce donc ?

— *Tu m'as laissée*, aboya-t-il.

Il aurait juré qu'elle s'était sentie victorieuse qu'il ait compris, mais elle posa un doigt sur son menton en feignant un oubli.

— *Vraiment*, j'ai écrit ça ?

— Tu sais parfaitement ce que tu as écrit, s'écria-t-il. Tu as souligné ces mots.

Bon Dieu, il allait vraiment l'étrangler.

— Et tu as menacé de me botter le cul... encore une fois.

— Seulement si tu ne rentrais pas en toute sécurité. Oh mon Dieu.

Elle commença à passer ses mains sur tout son corps.

— Tu es blessé ?

La joie sembla laisser place à la peur et son inspection devint frénétique.

— Gwen.

Greylen saisit ses mains errantes. Elle semblait complètement paniquée.

— Gwendolyn, répéta-t-il.

Cette fois-ci, il la secoua doucement. Elle leva enfin les yeux et l'expression de son visage arrêta son cœur.

— Dis-moi que tu n'es pas blessé, murmura-t-elle en pleurant. S'il te plaît... Dis-moi...

— Ah, Gwen... je suis désolé de t'avoir laissée, s'excusa-t-il en l'attirant dans ses bras. Je vais bien, mon aimée, je te le jure. Je suis rentré indemne.

Cela parut la faire pleurer encore et il la serra un long moment avant de demander :

— Ça va mieux ?

— Ça dépend, répondit-elle avec prudence et espoir en levant les yeux. Tu t'es arrêté au magasin pour prendre plus de brandy ?

— Tu as épuisé *toutes* nos réserves ?

— Il semblerait, soupira Gwen.

— Gavin t'a dit que tout était parti ?

— Oui, admit-elle en baissant les yeux de honte. Je suis désolée, Greylen, mais tu ne sais pas ce que j'ai dû gérer. Le petit garçon... Il me fallait juste de l'ibuprofène, mais on n'en a pas. Et ensuite... le boucher, oh mon Dieu, tu sais comment ils...

Elle ne put finir.

— Bref, c'est *dégoûtant*. Ce n'est pas drôle ! s'écria-t-elle en le tapant au torse. J'ai dû écouter des histoires aussi, Greylen. Des histoires sur toi... et ta *fichue épée*.

— Chuuut. Je suis doué avec mon épée, Gwen. Et pour le reste, je suis désolé de ne pas avoir été là pour t'aider. Mais *tu seras contente d'apprendre,* dit-il en citant ses mots, que nous avons plein de brandy, tout un cellier.

— Ce menteur ! Je te jure que je vais...

Greylen embrassa sa dernière menace, sachant déjà ce que c'était. Puis, il la tint dans ses bras un peu plus longtemps.

— Viens, dit-il en enroulant ses bras autour de ses épaules. Il y a beaucoup à faire.

Ils avancèrent vers les marches ensemble et retrouvèrent leur sourire quand Lady Madelyn, Isabelle et Gavin les retrouvèrent dans la cour. Greylen salua sa mère en premier et l'embrassa sur la joue.

— Il est bon de te voir, Mère.

— Toi aussi, mon fils, répondit-elle en lui touchant le visage.

— Isabelle, t'es-tu bien comportée en mon absence ? demanda-t-il à sa sœur.

— T'attendais-tu à moins de ma part ?

— Oh oïl, Isabelle, répondit-il pince-sans-rire. Maintenant que Gwendolyn est parmi nous, j'ai bien peur que oïl.

— En ce cas, peut-être y a-t-il eu parfois un petit manque de convenance.

Greylen observa Gwen et secoua la tête, résigné.

— C'est ce que j'ai entendu.

Content qu'elle eût la décence de rougir, il se tourna vers Gavin.

— Gavin, tu t'es bien débrouillé en mon absence, le félicita-t-il en posant une main sur son épaule. Mais à partir de maintenant, je veillerai sur Gwendolyn. *Compris ?*

— Et il ne mentira pas sur le brandy, marmonna Gwen.

Lui et Gavin secouèrent tous les deux la tête.

— Bonne chance, lâcha Gavin en l'étreignant. Tu en auras besoin.

Greylen savait que c'était là la vérité et se tourna vers Gwen.

— Es-tu prête ?

— Prête ? Pour quoi ?

— Devenir ma femme.

— *Maintenant ?* demanda-t-elle comme s'il était devenu fou.

— Oïl, *maintenant.* Je n'attendrai pas plus longtemps.

Comme elle semblait figée sur place, il lui prit la main.

— Viens.

Il n'eut besoin que de tirer doucement pour qu'ils commençassent à avancer vers la chapelle. La ligne de soldats s'écarta, révélant le bâtiment religieux et Père Michael qui attendait devant l'entrée. Gwen hoqueta. Des fleurs remplissaient chaque fenêtre et décoraient les marches. Il fut ravi de voir que Gwendolyn remarquait les efforts de tous.

Ils entrèrent et, une fois placés, Père Michael leur lança un sourire chaleureux et débuta aussitôt la cérémonie.

— Mes bien chers frères et sœurs, nous sommes réunis aujourd'hui devant Dieu pour unir...

Greylen était à la droite du Père Michael et Gwen à sa gauche.

Gavin était désormais entre eux, visiblement déchiré entre suivre les ordres directs de son commandant qui avait dit qu'il veillerait sur Gwendolyn et protéger sa maîtresse, qui psalmodiait à voix basse *ohmondieu, ohmondieu, ohmondieu* encore et encore. Puis, Gavin eut le cran de lui attraper la main.

— Lâche sa main, Gavin. *Maintenant*, cracha Greylen.

Il lança un regard à Père Michael tout en faisant un geste de sa main… *avancez !*

Le Père Michael se racla la gorge et passa directement aux vœux.

— Voulez-vous prendre pour épouse cette femme, pour vivre ensem…

— Je le veux.

La déclaration sèche de Greylen coupa le prêtre et il lui implora d'un regard de poursuivre. Il fallut un moment pour que le prêtre comprenne le changement, mais il se reprit et regarda Gwendolyn. Ses lèvres bougeaient toujours, mais en silence désormais, et ses mains tremblaient visiblement.

Père Michael reprit les vœux, cette fois à la fiancée de Greylen.

— Voulez-vous prendre pour époux cet homme, pour vivre ensemble selon la loi de Dieu…

Gwendolyn continua de regarder Père Michael, les lèvres légèrement entrouvertes, comme si ses mots étaient dénués de sens. Père Michael s'arrêta enfin de parler et se racla la gorge. Il adressa à Gwendolyn un sourire chaleureux et implorant, encore et encore, comme si cela pouvait la tirer de sa rêverie.

— C'est à vous, Lady Gwendolyn, l'encouragea enfin le prêtre.

— À moi ?

— Les vœux, maîtresse, voulez-vous…

Quand Père Michael se pencha à nouveau, Greylen soupira bruyamment en secouant la tête. Sa *maligne* petite épouse était sous le choc. Elle n'avait aucune idée de ce que disait le prêtre. Elle lui arracherait la tête pour avoir montré l'évident, mais la responsabilité était sienne – pas celle de Gavin, l'insolent, qui s'apprêtait à intercéder. Greylen poussa l'homme en question du chemin, désolé de ne pas le faire tomber de l'escalier

— Gwendolyn, regarde-moi, mon aimée, ordonna-t-il une fois face à elle.

Le regarder ? Il était sérieux ? Elle ne pouvait pas faire grand-chose d'autre. Bon Dieu, qu'il était beau, et il continuait de l'appeler *mon aimée* avec cette voix. Elle était si remplie de chaleur, entourée de tant de gens, dans la lumière de la minuscule chapelle fournie par ce qui devaient être des centaines de bougies. Et il y avait de si belles et nombreuses fleurs partout, ça sentait si bon. Elle n'était même pas fâchée que tout le monde lui ait menti toute la matinée. Comment aurait-elle pu l'être alors que Greylen était si proche d'elle ? Il la cherchait du regard. Il était vraiment quelque chose à regarder. Et mon Dieu, son corps était imposant.

— Gwendolyn ?

— Hmm ?

— Dis au Père Michael que tu le veux, mon aimée.

— Que je veux quoi, Greylen ?

— *M'épouser.*

Le cri de Greylen aurait pu diviser en deux l'océan, mais Gwen ne comprenait pas pourquoi il ressentait le besoin de crier, là maintenant. N'avait-elle pas déjà dit qu'elle l'épouserait ? Elle se sentait présomptueuse aussi, de souligner l'évidence :

— Ce n'est pas pour ça qu'on est là ?

Greylen serra les poings et son visage se crispa.

— Gwendolyn, le gentilhomme t'a demandé si tu voulais m'épouser. Tu n'as pas répondu.

— Oh mon Dieu, s'écria-t-elle.

Elle eut un trou. Elle regarda derrière Greylen pour dire à Père Michael qu'elle le voulait... mais elle hésita.

— Greylen ? finit-elle par chuchoter en levant les yeux.

— Oïl, répondit-il avec une lenteur de mauvais augure.

Gwen tortilla ses mains l'une avec l'autre. Puis, elle s'approcha de lui, plaça ses mains sur son torse pour se redresser et murmurer :

— Tout ira bien, hein, Greylen ?

Elle sentit la tension le quitter et il affirma doucement :

— Oïl, Gwen.

— On sera heureux, n'est-ce pas ?

— Je te le jure.

— Je veux dire...

— *Gwendolyn !*

Elle sursauta à son cri, imitée par Père Michael quand elle cria pratiquement :

— Je le veux !

Le reste se produisit dans un tel flou qu'elle fut désolée qu'ils n'aient pas embauché un photographe ou vidéaste pour l'enregistrer. Elle répéta les mots et promesses les plus ridicules qu'elle ait jamais entendus. Elle dut dire qu'elle serait *bonne et obéissante*, ce qu'elle n'arrivait même pas à croire et lui fit prendre conscience qu'ils ne pouvaient pas embaucher qui que ce soit de toute façon. Elle était pratiquement à l'ère glaciaire.

Gavin l'accompagna à l'autel et lui et Greylen avaient placé la main de Gwendolyn dans celle du Père Michael. Quelque part, le geste de leurs trois mains jointes avait autant de sens que les vœux échangés avec Greylen. Leurs vies étaient désormais liées, pour toujours.

Elle fixa du regard la bague que Greylen lui avait donnée, identique à l'alliance que lui portait. Un simple anneau en or gravé du même motif que sa robe, des ovales qui s'enroulaient sans début ni fin. Père Michael interrompit son inspection quand il dit à Greylen qu'il pouvait désormais embrasser la mariée. *Elle.* Et *son* mari l'embrassa bel et bien – merde, cet homme allait la prendre ici même, sur le sol.

Père Michael les annonça devant les fidèles et Greylen la

guida pour sortir de la chapelle. Il s'adressa à son clan avec un cri puissant :

— Je vous présente devant vous Lady Gwendolyn MacGreggor, votre nouvelle maîtresse.

Puis, il se tourna avec un sourire espiègle tandis qu'ils les acclamaient.

— Viens, ma chère femme, nous avons quelque chose à fêter.

Et ce fut fêté.

Une nuit enchanteresse s'ensuivit, remplie de musique et de rires. Sur de la cornemuse au rythme enjoué, ils dansèrent ensemble sous les étoiles. Plus tard, ils s'installèrent à une longue table joliment décorée entre la chapelle et le donjon, désormais chargée de plateaux. Ils portèrent sans relâche des toasts. Anna et Lady Madelyn n'avaient pas oublié un seul détail et la cuisinière s'était surpassée.

Mais la meilleure partie de la nuit fut lorsque Greylen la serra au milieu de personnes tournant autour d'eux, aveugle à tout le reste, son front contre le sien.

— Danser avec toi et célébrer notre union... cela remplit mon cœur de joie, Gwen.

C'étaient là les mots les plus doux qu'elle ait entendus et elle l'embrassa devant tout le monde. Plutôt langoureusement également.

Plus tard, debout avec Lady Madelyn, elle parvenait à peine à écouter ce qu'on lui disait, une fois avoir croisé le regard de Greylen. Il était avec ses hommes de l'autre côté de la cour, à la fixer tandis qu'ils continuaient à parler. Il dut dire quelque chose pour s'excuser, car ses hommes retournèrent aux festivités et lui avança vers elle. Le regard dans ses yeux. La prestance dans sa démarche.

Mon Dieu, elle était mariée à cet homme !

Greylen observa sa femme en s'approchant d'elle. En vérité, il avait été incapable de détourner les yeux d'elle de toute la soirée. Elle était à couper le souffle. Sa mère lui embrassa la joue avant de se diriger vers Isabelle et sa femme resta seule à le regarder. Il ne pouvait pas mettre fin à la distance entre eux assez vite.

— Il est temps de rentrer, Gwen, dit-il en lui caressant la joue, une fois près d'elle.

— Ça ne serait pas malpoli de partir maintenant ?

— Non, ma femme, c'est ce qui est attendu.

Il lui prit la main et l'accompagna vers le donjon. Puis, il la souleva dans ses bras pour gravir les marches et franchir les portes principales.

— Greylen ?

— Oïl, mon aimée ?

— C'était une superbe soirée.

Elle soupira et frotta son visage contre son torse.

— Ça l'est toujours, Gwen.

En haut du palier, Greylen tourna et avança vers sa chambre, dans laquelle il n'était pas allé depuis des semaines. Il la porta jusqu'au feu de cheminée et la posa devant le foyer. Puis, il s'agenouilla pour ajouter de nouvelles bûches. Il lui lança un sourire quand il se tourna et elle se mordit encore la lèvre. Secouant la tête, il remplit une coupe de vin et but une gorgée en la fixant du regard. Ensuite, il plaça le verre entre ses lèvres et le pencha jusqu'à ce qu'il soit vide.

— Tu penses me rendre ivre ? le taquina-t-elle.

— Non, répondit-il en secouant la tête. Je pensais apaiser ton angoisse.

Il sourit malicieusement avant de jeter la coupe dans le feu. Elle rit, sentant sa gaieté. Il retira son voile et l'attira dans ses bras.

— Bon Dieu, comme j'ai attendu ça, murmura-t-il en fermant les yeux.

La musique continuait dans la cour et le son portait jusqu'à leur chambre. Il berça Gwen dans ses bras, reconnaissant d'être enfin avec elle. Elle le serra en retour et posa la tête sur son torse.

Il était déterminé à aller lentement, bien qu'à en croire leur dernier moment ensemble, ils seraient dans le lit dans quelques secondes.

Après un silence, il demanda :

— Voudrais-tu plus de vin, Gwen ?

Elle rit doucement, comme si elle y avait songé. Puis, son regard se fit mortellement franc et elle secoua la tête.

— Non, Greylen. Je veux que tu m'embra...

Il ne lui laissa pas la chance de finir. Il prit l'arrière de sa tête entre ses mains et recouvrit sa bouche. Il joignit leurs lèvres de chaque angle possible et inclina le visage Gwen pour qu'elle s'ouvrît à lui, ce qu'elle fit avant de grogner quand sa langue entra à l'intérieur. Elle enroula ses bras autour de son cou et mêla ses doigts à ses cheveux. Le plaisir qu'il ressentait était incommensurable.

Elle semblait sonnée quand il s'écarta quelques instants plus tard. À en juger son expression, peut-être qu'ennuyée était une meilleure description. Il fit taire sa moue par un autre baiser, puis la tourna pour dénouer le lacet de sa robe. Il était long et il libéra lentement chaque cran, laissant les fils tomber de sa main, tout en l'embrassant. Son joli dos... la courbe délicate de son cou... puis celle de son épaule. Elle gémit alors, un geste qu'il récompensa d'une gentille petite morsure. Une fois son dos entièrement exposé, il passa ses doigts sur sa colonne vertébrale et son corps réagit à ce geste avec un frisson. Il la reprit dans ses bras et la sensation de sa peau nue embrasa son désir encore plus.

De longues minutes plus tard, il brisa leur baiser. Encore une occasion pour sa femme d'exprimer son mécontentement par un regard contrarié. Il était pourtant bien décidé à la débarrasser de sa robe, et il s'y attela immédiatement. Il avait déjà enlevé sa ceinture en l'embrassant juste avant, la laissant presque nue. Il couvrit de ses mains ses épaules et exerça en pression en baissant ses manches. Le poids de sa robe tomba sur le sol et s'amoncela à ses pieds.

Stupéfait par la vision qui s'offrait à lui, il recula d'un pas.

Incapable de s'arrêter, il resta debout, à mémoriser chaque détail de sa femme. Et bon Dieu, elle se tenait fièrement devant lui, comme si elle avait été gravée par son regard. Chaque partie d'elle était mince et tonique, et néanmoins très féminine. Ses seins étaient petits, mais leur rondeur était si séduisante qu'il avait envie de tendre la main et les toucher. Son ventre était plat, ses hanches étroites. Il n'était jamais allé avec une femme comme elle, et pourtant ses formes le faisaient brûler comme jamais auparavant. Il serra les poings et combla l'écart entre eux.

Il glissa ses bras derrière son dos, enserra sa tête pour la maintenir immobile, puis l'embrassa comme il n'avait jamais embrassé quelqu'un d'autre auparavant. Ce baiser était subjuguant et purement charnel. Serrer le corps nu de sa femme contre son corps vêtu était l'expérience la plus évocatrice qu'il eût jamais vécue. Il avait besoin de la dominer, mais il la sentait céder à chaque instant, se mouvoir comme il le voulait, pressant son corps contre le sien. Visiblement, elle se soumettait volontiers à chacun de ses ordres. Il avait besoin qu'elle fût sur le lit, sinon il la prendrait sûrement par terre. *Ici. Maintenant.*

Il sentit la perte de ses lèvres pendant une seconde, seulement le temps de la soulever. Puis il la prit dans ses bras et l'embrassa à nouveau. Il la déposa sur les couvertures, abaissant sa tête dans les oreillers doux, et rompit leur baiser pour la regarder à nouveau. Ses lèvres gonflées et son corps nu devant lui... nu à l'exception des sandales qu'elle portait aux pieds, des sandales osées recouvertes d'or, qu'il n'avait pas remarquées auparavant.

Il serra les mains en poings et se leva. Il devait ralentir.

Il préparait cette nuit depuis une éternité, mais ses nobles intentions tombaient à l'eau. Il commença à éteindre les mèches dans toute la pièce, l'observant tout en accomplissant chaque tâche. Et, bon Dieu, elle le surveillait en retour.

J'ai des projets, Gwendolyn, et tu les envoies en enfer.

Il remplit un autre verre, le vida, puis le remplit à nouveau. Il l'apporta au chevet du lit.

Greylen s'allongea à côté d'elle et passa ses doigts sur le côté de son visage et de son cou. Gwen ferma les yeux et émit le son le plus enivrant qui soit. Les conséquences se répercutèrent directement à l'aine de Greylen. Elle le refit, mais cette fois, il l'engloutit. Il prit possession de ses lèvres lorsque le son se forma au fond de sa gorge, se demandant s'il n'allait pas mourir du plaisir que cela lui procurait. Il effleura son ventre et ses cuisses. Il glissa ensuite sa main sous ses genoux et lui retira ses sandales une à une.

Il lui plaça les mains au-dessus de la tête et prit soin de lui adresser un regard appuyé indiquant qu'elle devait les y laisser. Elle acquiesça.

— Retire ta chemise, Greylen, murmura-t-elle contre ses lèvres.

Elle sourit lorsqu'il l'arracha de son corps, puis rit lorsque ses bottes volèrent à travers la pièce. Mais lorsqu'il posa sa dague sur la table de nuit, elle eut une expression des plus étranges. C'était comme si cette habitude était quelque chose qu'elle pourrait chérir pour le reste de sa vie. Il ne savait pas d'où lui venait cette pensée.

Elle soupira lorsqu'il la prit à nouveau dans ses bras, mais elle passa ses mains dans son dos et l'attira contre elle. Il se dégagea et secoua la tête. Ne venait-il pas de lui ordonner, bien que silencieusement, de garder ses mains loin de sa personne et au-dessus de sa tête ?

Elle s'inclina d'un air qui se voulait peut-être audacieux. Elle étira les bras haut au-dessus de sa tête, d'un geste délibérément lent. Il suivit leur mouvement, la caressant de la hanche à l'épaule.

Il comprit alors que c'était exactement ce qu'elle voulait.

— Bien joué, mon épouse.

— Embrasse-moi encore, Greylen.

— Tu me ravis plus que tu ne le sauras ja...

— Greylen ?

— Oïl ?

— Tais-toi et em...

Enhardi par Gwen, il ne parvint pas à modérer la puissance et la force avec lesquelles il commença à se délecter d'elle. Quelques secondes plus tard, il se rendit compte qu'il n'avait rien à craindre, car elle lui rendait baiser après baiser, caresse après caresse. Leurs corps bougeaient ensemble, le bruit qu'ils produisaient augmentait et ils trouvèrent le rythme parfait. Le lent frottement de torture qu'il avait déjà senti avec elle une fois, la nuit où il avait été appelé.

Son désir pour sa femme atteignait désormais la folie. Perdu dans le goût doux de sa bouche, les contours exquis de son corps et la chaleur moite qu'ils avaient créée en frottant leurs sexes ensemble. Ses plans bien intentionnés n'étaient plus que poussière.

Cesse, Greylen, cesse.

La bataille, MacGreggor, pense à la bataille. Le sang... la puanteur de la chair putride... les cris terrifiants... ahhh.

Victorieux, il roula, emportant Gwen avec lui. Il la plaqua contre le matelas et s'allongea sur le flanc. Fini les jeux, il la coinça sous ses jambes. Puis, il caressa son corps entier, de l'épaule à la cuisse. Il recouvrit ses seins, les pétrit dans ses mains, écoutant sa réaction alors qu'il faisait rouler son téton entre son index et son pouce, la caressait et serrait encore une fois, plus fort au fur et à mesure que ses grognements se faisaient désespérés.

Il posa les lèvres sur le côté de son visage... effleura son cou... le renflement de ses seins, avant d'enfin la prendre dans sa bouche, la sucer, l'érafler, la mordiller, alors qu'elle se tordait sous lui.

Il passa la main à l'intérieur de sa cuisse, écarta ses jambes. Les mains de Gwen s'emmêlèrent dans ses cheveux, son cou, ses épaules larges... *C'était trop.* Il leva la tête et ses yeux se firent durs jusqu'à ce qu'elle gémît et remît les mains derrière sa tête.

Les gémissements de Gwen étaient véritables, pas juste dus au regard sévère de Greylen. Elle n'avait pas peur de son agressivité, cela lui plaisait – *elle adorait ça*. Ses yeux brûlants faillirent la faire basculer. Son corps pulsa, mourant d'envie d'être touché. La domination de Greylen ne faisait que l'enflammer. Jouant avec le feu, elle approcha ses mains de lui encore... elle était si proche de le toucher, mais il lui attrapa les poignets. Il grogna et la plaqua contre le matelas avec sa jambe, puis l'écarta du genou. Impuissante, elle était allongée à côté de lui, à moitié sous lui, et elle ne s'était jamais sentie aussi vivante de toute sa vie.

Son mari fixa son corps étendu, la caressa tandis que ses hanches luttaient pour aller vers lui. Elle voulait qu'il la touche. Exactement quand elle songea qu'elle ne pouvait pas attendre une seconde de plus, ses doigts se posèrent sur son intimité, glissant vers le centre. Il siffla à travers ses dents en entrant en contact avec la peau humide. Elle gémit quand sa main remonta et il l'écarta avec ses doigts, passa sur la chair la plus sensible, la caressa en cercle encore et encore.

Il retira le poids de sa jambe, lui permettant de bouger ses hanches. Ses gémissements formaient désormais de petits cris alors qu'elle s'approchait de l'orgasme. Impuissante et proche de l'abandon, Gwen commença à se briser. Ses poignets étaient toujours piégés, ses bras étendus au-dessus de sa tête. Greylen assiégeait sa bouche et tirait avec ses dents sur ses lèvres avec sensualité avant de les lâcher. Son doigt entra alors en elle, plus profondément et plus vite, encore et encore, tandis que son pouce continuait à l'encercler et lui procurer du plaisir. Ses cris annoncèrent sa reddition contre ses lèvres, se mêlant au grognement rauque de Greylen. L'orgasme la faisait trembler.

Les bons soins de Greylen se firent plus doux, mais il n'arrêta pas avant la fin de son orgasme, puis il brisa leur baiser et tout en s'écartant du lit, il soutint son regard rendu vitreux par la passion.

Gwen observa Greylen retirer son pantalon, fixa du regard le corps masculin le plus incroyable qu'elle ait vu. Il mesurait au moins deux mètres et était entièrement fait d'acier. À un autre moment, elle aurait pu croire qu'il allait la tuer. Mais elle le connaissait et après des années de rêves de torture à faire l'amour avec cet homme, elle était prête à obtenir satisfaction. Prête à se donner au seul homme qu'elle aurait de sa vie. L'homme qu'elle avait attendu toute sa vie.

Elle tendit les mains, geste qui dut le surprendre, car il sourit en secouant la tête. Puis, il revint dans le lit et monta lentement sur elle. La sensation de sa peau la fit soupirer tandis qu'il s'installait sur elle. Elle avait la sensation de rentrer chez elle, c'était forcément ça. Couverte par le corps de son mari, à caresser le côté de son visage de la main et son mollet du pied, elle savait qu'elle était enfin chez elle.

Son mari soutenait son poids grâce à ses bras et la regardait. Il l'embrassa avant de s'éloigner, d'encercler sa taille et de la tirer vers elle. Il l'écarta et posa son érection entièrement contre elle. Il ferma les yeux et laissa sa tête retomber – mais cette fois, Gwen siffla. Puis, il commença à passer toute la longueur de son membre contre elle jusqu'à ce que ses cris reprennent. Elle bougeait la tête sur les oreillers et ses mains étaient pressées contre la tête de lit pour se pousser contre lui.

— Greylen, s'il te plaît... j'ai besoin de toi... *s'il te plaît*.

— Chuuut, dit-il. Je sais, mon aimée, bientôt.

Il continua à la caresser, à l'écarter un peu plus pour poser le bout de son érection contre la partie la plus intime d'elle. Puis, ses doigts l'effleurèrent presque jusqu'à l'orgasme. Elle laissa retomber sa tête. Elle pulsait contre lui.

— Regarde-moi, Gwen. *Maintenant.*

Son ordre surgit avec férocité et leurs regards se croisèrent. Il entra en elle.

Il plongea entièrement à l'intérieur. La résistance de la chair, la déchirure de ce qui devait rester de son hymen la prirent par surprise. Greylen resta immobile, comme attendant qu'elle s'ajuste à lui. Il leva la tête.

— Je suis tellement désolé, Gwen.

Ses mots étaient remplis d'angoisse.

— Ça ne fait plus mal, Greylen, dit-elle d'un ton apaisant.

Elle lui fit signe des mains pour qu'il vienne à elle.

Doucement, il déplaça le poids de son corps et la recouvrit et elle démêla ses jambes. Puis, il prit sa tête entre ses mains et caressa son visage de ses pouces.

— Je ne savais pas, chuchota-t-il en secouant la tête.

— Je ne te l'ai pas dit. Embrasse-moi encore, Greylen. Fais-moi l'amour, s'il te plaît.

Il l'embrassa de nouveau et s'exécuta, se mit à bouger en elle. Elle n'avait jamais ressenti pareille sensation. Il poussa doucement au début, mais quand elle commença à onduler ses hanches, pour se soulever et répondre à ses poussées, il sembla s'abandonner au moment présent. Il chuchota dans son oreille en plongeant en elle, encore et encore, toujours plus profondément, tandis qu'elle s'accrochait à ses épaules et nouait ses talons autour de lui.

Elle cria son nom maintes fois quand son corps se fit fiévreux et tendu.

— Je te tiens, mon aimée. Accroche-toi à moi. *Gwen...*

Il plongea en elle une dernière fois, la serrant fort contre lui, le souffle court contre son cou, puis son corps trembla de manière incontrôlable au-dessus du sien.

Elle l'étreignit. Jamais elle n'avait imaginé que faire l'amour serait comme ça. Soudain, elle était submergée d'émotion.

— Je te fais mal, Gwen ? demanda-t-il en levant la tête.

Il avait dû la sentir s'agiter, puis il se rendit compte qu'elle tremblait de tout son corps. Il retira son poids d'elle, jura dans sa barbe en la regardant. Des larmes coulaient sur son visage.

— Ah, Gwen, je t'ai fait mal.

Il jura de nouveau et sépara doucement leurs corps avant de la tirer contre son torse. Il resta là à la serrer contre lui pendant qu'elle pleurait.

— Je suis vraiment désolé, Gwen. Je n'ai jamais voulu te faire mal, mon aimée. Je ne te toucherai plus. Je...

— *Quoi ?*

Elle fut à genoux en une seconde.

— Tu ne me toucheras plus ? Alors tu...

Elle le pointa du doigt et son mari sourit, les yeux brillant comme s'il préparait une tactique de défense.

— ... ferais mieux de prendre ta fichue épée et de partir sur le champ de bataille, espèce de...

Elle hurla quand Greylen la prit de ses deux mains et rit quand il la coinça sous lui. Puis, il chassa son rire d'un baiser, la tête juste au-dessus de la sienne.

— Tu es sûre que je ne t'ai pas fait mal, Gwen ? murmura-t-il dans le noir.

— Oui, Greylen, je suis sûre.

— Qu'est-ce qui t'a fait pleurer, mon amour ? demanda-t-il en embrassant le coin de sa bouche.

— C'est un truc de fille.

— Tu voudrais bien le partager avec moi ?

— Pas de ton vivant, s'écria-t-elle en secouant la tête.

— Alors je peux te toucher encore ?

— *Oh, mon Dieu, oui.*

— Et je peux rester ici ? Même si je t'écrase ?

— Oh, Greylen... ça fait tellement de bien de te sentir m'écraser que je ne voudrais pas que tu sois ailleurs.

— Bon Dieu, tu es incroyable, chuchota-t-il.

Il sourit et elle lui rendit son sourire. Elle passa ses doigts dans ses cheveux et frotta son visage contre le sien, avec l'impression que c'était la chose la plus agréable au monde. Elle ne s'était jamais sentie aussi proche de qui que ce soit. Il y avait quelque chose dans ses yeux qui disait qu'il ressentait la même chose. Et il le confirma :

— Je t'aime, Gwen.

— Je t'aime aussi, Greylen.

CHAPITRE 15

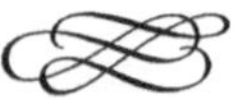

Sa femme dormit comme un bébé, enveloppée dans ses bras toute la nuit. Après qu'ils eurent fait l'amour, il l'embrassa pendant presque une heure. De petits baisers pleins d'admiration qui ne laissèrent aucune partie de son visage non touché. Elle rendit chaque baiser, caressa ses cheveux des doigts et ses jambes du pied. Enfin, il se plaça derrière elle et enveloppa son corps dans ses bras, se blottit contre ses épaules et son cou, la berçant jusqu'à ce qu'elle s'endormît.

Elle s'agitait désormais et se retourna dans ses bras, soupirant quand elle frotta son visage contre sa joue.

— Bien le bonjour, ma femme, dit-il en la serrant.

Elle sourit.

— Bien le bonjour, mon époux, l'imita-t-elle.

Greylen la tira jusqu'à ce que sa tête fût à côté de la sienne, son rougissement visible même avec la maigre lumière du feu.

— Qu'est-ce qu'il y a ? demanda-t-il en passant un doigt sur sa joue.

— Ça s'appelle la pudeur, dit-elle doucement en fermant les yeux.

La pudeur ? De la part de celle qui s'était donnée avec un abandon sans limite.

— Gwendolyn, tu n'avais pas une once de pudeur hier soir, lui rappela-t-il d'une voix rendue rauque par le sommeil.

— Chut, je vais t'embrasser maintenant juste pour te faire taire.

Elle s'exécuta avec un *mmm*, puis nicha son visage dans son cou.

— Tu as mal ? demanda Greylen.

— Je dois marcher aujourd'hui ?

— Non, je te porterai.

— Greylen, murmura-t-elle. Je peux encore te sentir en moi.

Il grogna et roula sur elle.

— Je te porterai quinze jours, promit-il.

Elle rit et il l'embrassa, mais il s'arrêta un instant plus tard quand elle se crispa.

— Ne bouge pas, dit-il en sortant du lit.

Quand il revint, il portait sa robe de chambre et avait la sienne dans la main. Il trempa une petite serviette dans la bassine près du feu, puis s'assit près d'elle. Elle gémit de soulagement quand il pressa le linge entre ses cuisses.

— Il y a quelque chose que je voudrais te montrer. Tu t'es assez reposée ?

Il se comportait comme s'il s'occupait de sa femme aussi intimement tout en conversant tous les jours.

— Je pensais que tu allais me refaire l'amour, dit-elle en faisant la moue.

— Je le ferai. Mais tu as un répit d'une heure.

Il l'aida à se lever du lit et lui tint sa robe de chambre. Puis, il noua la ceinture lui-même.

— Je vais m'habiller et te trouver quelque chose à porter, lui expliqua-t-il en s'éloignant.

Il se tourna tandis qu'elle étirait tout son corps, du bout des orteils au bout des doigts.

— Tu fais ça tous les matins ? l'interrogea-t-il.

— C'est un étirement, Greylen. Je le fais chaque fois que je me lève.

— Tu vas devoir faire des siestes alors... souvent.

Gwen rit et se dirigea vers la salle d'eau où il lui laissa son intimité. Il enfila un pantalon confortable, un haut en lin et des sandales. Il se tint ensuite devant l'armoire de sa femme, cherchant parmi les robes accrochées et même les tiroirs en dessous. Mais il ne trouva que des robes. Des robes, des frivolités et des chemises de nuit. Il entra sur le palier pour la questionner sur ses vêtements. Elle brossait ses cheveux, un tiroir à droite de la commode ouvert. Il ne semblait pas pouvoir bouger. Il resta planté là, ébahi, à regarder sa femme prendre soin d'elle-même dans leur chambre. Il s'appuya au mur et elle ouvrit et ferma des tiroirs. Il l'observa mettre un lien en cuir dans ses cheveux et laver son visage. Puis, elle prit quelque chose dans un autre tiroir et le mouilla avant de le frotter sur ses dents.

— Que fais-tu, ma femme ?

Elle retira le manche de sa bouche et le brandit, dévoilant des rangées de petits poils.

— Je me brosse les dents, expliqua-t-elle. Ce linge que tu utilises fait du très bon travail, mais ça, c'est mieux. Il y en a une dans ton tiroir du haut.

Elle désigna ses tiroirs à gauche. Curieux, Greylen s'avança et ouvrit le tiroir. Elle avait raison. Un instrument identique au sien reposait à côté de ses outils de rasage.

— J'ai demandé à ta mère de les fabriquer. Elle a adoré l'idée, maintenant tout le monde en utilise.

Il l'observa un long moment, puis l'imita.

— Tu as raison, Gwen. C'est mieux.

Il n'avait pas pu s'empêcher de la taquiner et elle se mordit la lèvre.

— Tu es pensive, ma femme. Qu'y a-t-il ?

— Je ne sais pas, dit-elle en haussant les épaules. Ça semble juste tellement...

Elle se tourna, comme si elle cherchait son mot.

— Tu es belle, la complimenta-t-il en caressant son visage. Et le mot que tu cherches est *intime*.

— Tu as raison.

Elle semblait surprise.

— J'ai toujours raison.

Elle leva les yeux au ciel et avança jusqu'à la commode à côté de la porte. Puis, elle prit quelque chose qui reposait sur le valet et se tourna vers lui.

— J'ai porté ton médaillon. Ça te dérange ?

Si ça le dérangeait ? Il adorait qu'elle le porte. Il le ferma autour de son cou, puis la serra par-derrière.

— J'ai été distrait. Où est le reste de tes vêtements ?

— Derrière moi, expliqua-t-elle avec un signe de tête. Le soleil n'est même pas levé, Greylen. Où allons-nous ?

— Je te l'ai dit, je voudrais te montrer quelque chose.

— Il y aura d'autres personnes là-bas ?

— Non, juste nous.

Sa femme sourit, visiblement satisfaite de cette déclaration. Elle enfila ensuite le plus petit vêtement qu'il ait jamais vu. Par-dessus, elle mit un pantalon avec un cordon similaire à celui qu'il portait, mais elle roula le vêtement à la taille. Puis, elle eut le cran de le regarder timidement dans les yeux. *La timidité est morte et enterrée, Gwendolyn.*

— Je... tu ne pars pas maintenant, si ?

Elle était folle ?

— Pas de ton vivant, répondit-il en reprenant ses mots de la veille.

Elle marmonna quelque chose tandis qu'il continuait à la fixer du regard. En vérité, il ne pouvait pas faire autre chose. Il se contenta de la fixer, ébahi.

Pourquoi, au nom de Dieu, Anna avait-elle fabriqué des vêtements complètement inacceptables pour sa femme ?

Fasciné, il décida de poser la question plus tard.

Il la regarda laisser retomber sa robe de chambre et prendre un autre vêtement qu'il n'avait pas encore vu. Elle passa la petite bande de tissu par-dessus sa tête, la baissa jusqu'à ce qu'elle couvre ses seins et noua un morceau derrière elle. Quand elle prit son haut, il enveloppa le bras autour de sa taille et la tira jusqu'à ce que son érection soit étroitement pressée contre ses fesses.

— Si on avait le temps, je te ferais l'amour maintenant, murmura-t-il contre son oreille.

— Ça peut attendre ?

— Je suis très discipliné, Gwendolyn.

La remarque était sortie plus sèchement qu'il ne l'avait voulu. Gwen se tourna dans ses bras.

— Je parlais de ce que tu as à me montrer.

Greylen sourit.

— Non, ça ne peut pas attendre, mais on passera au sexe dans l'heure.

Il ne voulait rien de plus que de lui refaire l'amour, mais il avait trop attendu pour partager ce moment avec elle. Elle prit sa chemise à lui derrière la porte et en retroussa les manches avant de nouer les côtés à sa taille.

— Tu as besoin de chaussures, grommela-t-il.

... et une robe et des sous-vêtements appropriés. Et j'ai besoin de toi en dessous de moi, au-dessus et à côté.

— On va dehors ? demanda-t-elle en mettant ses sandales.

— Oïl, mon aimée, tu te serais habillée autrement si tu avais su ?

— Bien sûr que je me serais habillée autrement.

Il suspectait que sa réponse cachait bien plus, mais l'aube approchait rapidement. Il lui tendit la main, elle la prit et, ensemble, ils quittèrent leur chambre. À la porte d'entrée, Anna les interpella.

— Je savais que vous partiriez tôt, alors je vous ai fait quelque chose à emporter.

Greylen la remercia et la délesta de son sac. Puis, il guida Gwen en bas des marches et se dirigea vers les écuries. Une fois à l'intérieur, il s'avança vers son cheval noir et lui caressa l'encolure en le sortant de sa stalle. Il posa la main de Gwen sous la sienne et répéta ces mêmes gestes. James, le maître d'écurie, vint à leur rencontre.

— Voulez-vous que j'les selle, mon seigneur ?

— Non, James. Prends encore quelques heures avant de commencer à travailler.

Il continua à guider sa main fermement d'un geste assuré. Puis, il les présenta, même si son cheval n'avait pas de nom. Gwen rit et, Dieu lui en soit témoin, il fut véritablement enchanté. Il l'embrassa avant de la déplacer sur le côté pour pouvoir seller l'animal. Il vit à l'expression de Gwen qu'elle était ravie qu'il complimentât son cheval et lui caressât non pas seulement le cou, mais aussi ses flancs. Il attacha le sac et installa une couverture sur le devant de la selle.

Il la souleva sur la selle et la vit grimacer.

— Ce n'est pas loin, Gwen. J'espère que la couverture aidera.

Gwen lui jeta un regard qui lui faisait savoir qu'elle n'appréciait pas d'être dans l'embarras. Il se contenta de sourire et monta derrière elle, un bras sur sa hanche, l'autre à tenir les rênes.

Ils chevauchèrent vers l'arrière du donjon et s'arrêtèrent en haut des falaises, contemplèrent la mer pendant un long moment avant que Greylen ne fît avancer de nouveau sa monture. À la moitié du petit chemin, il claqua de la langue et mit fin à leur avancée.

— Gwen ? demanda-t-il en la serrant. Gwendolyn ?

— Quoi ? répondit-elle enfin.

— As-tu le vertige ?

— Non, chuchota-t-elle.

— Tu trembles, mon aimée, et tu enfonces tes doigts dans mes bras. Quelque chose t'effraie et je veux en connaître la cause.

— Pardon. Je t'ai fait mal ?

— Non. Mais dis-moi ce qui te trouble.

— Je ne veux pas descendre, Greylen. Je... je ne veux pas y aller.

— Regarde-moi, Gwen.

Il attendit qu'elle se tournât et essuya doucement ses larmes.

— Ne crains pas la mer. Elle t'a amenée à moi.

Elle commença à dire quelque chose, mais il n'entendit que

l'agonie de sa voix, et pas ses mots. Il entoura sa taille et la tourna dans ses bras. Elle se blottit contre lui.

— J'adore être ici, Greylen, murmura-t-elle. Je ne veux pas retourner où j'étais.

— Je ne te laisserai jamais partir, Gwen et je te jure que je te protégerai.

Elle se contenta de hocher la tête et il la garda dans ses bras. Elle s'accrocha à lui tandis qu'ils descendaient le chemin et qu'il glissait à terre. Elle ne le lâcha pas.

— Tu peux ouvrir les yeux, mon aimée, chuchota-t-il. Nous sommes loin de la mer.

Son ton rassurant dut aider, car elle leva enfin la tête de son épaule et ouvrit lentement les yeux. Il fallut une minute pour qu'elle démêlât ses jambes et qu'il puisse la descendre de selle. Mais il continua à la serrer, attendant qu'elle fût prête à le lâcher.

Elle était debout face aux falaises, mur massif grouillant de végétation. Elle se tourna ensuite vers la plage, vers la côte éclairée de la faible lumière qui précède l'aube. Les formations de roche naturelle s'amoncelaient sur le sable et des petites vagues remontaient sur le rivage.

— C'est beau, admit-elle à voix basse.

Greylen sourit et lui prit la main avant de commencer à descendre la plage. Ils marchèrent sur une courte distance et il étala la couverture et indiqua à Gwen d'un geste de s'asseoir. Elle retira ses sandales et s'assit au centre en serrant ses genoux contre elle. Il retira également ses sandales, mais s'installa face à elle, les jambes autour de son corps. Il ne fallut pas longtemps pour qu'elle l'honorât d'un sourire.

— Qu'est-ce qu'il y a dans ce sac ?

— À manger et à boire, ma femme. Tu dois avoir faim ?

— Je suis affamée, s'exclama-t-elle.

Elle attrapa le sac et retira les objets enveloppés par Anna en les énumérant chaque fois qu'elle les posait sur un carré de lin.

— Voyons voir, on a du pain, du fromage, des fruits, oui – oh mon Dieu, je l'aime.

Greylen rit en prenant le fromage et le pain et lui demanda ce qui la ravissait tant.

— Tu vas très vite le voir.

Elle ouvrit la gourde et gémit en inhalant l'arôme.

Greylen rit encore plus fort.

— Ça ne peut pas être si bon.

— Oh, Greylen, c'est teeeeellement bon.

Elle versa la boisson dans une grande tasse et avança sur les genoux vers lui. Puis, elle porta la tasse à ses lèvres et souffla sur la surface avant qu'il ne prît une gorgée.

Il se souviendrait toute sa vie de ce moment.

Achevé par ses attentions, il but une gorgée docilement. La saveur et la chaleur étaient complètement éclipsées par Gwen.

— Qu'est-ce que c'est ?

— *Ceci* est du café. Je l'ai trouvé dans le garde-manger et Gavin a déjà ordonné à ton capitaine d'en prendre plus.

— Je savais qu'il serait utile un jour.

Ils mangèrent relativement en silence tout en se partageant le café. Puis, Gwen servit la dernière tasse et la lui tendit pour qu'elle pût ranger le sac. Il lui fit signe de s'asseoir entre ses jambes et enroula ses bras autour de sa taille, buvant quand elle portait le café à ses lèvres.

Un léger éclat brilla peu à peu à l'horizon. Greylen tendit le bras, montrant l'est, silencieux, savourant l'importance de ce moment. Il avait regardé ce lever de soleil toute sa vie, attendant des années de le partager avec celle qui serait sienne. Il savait qu'il l'aimerait, qui qu'elle fût, mais il n'avait pas imaginé la profondeur de ses sentiments pour Gwen.

Il prit la tasse vide de ses mains et la posa sur le sable, puis se pencha pour se mettre sur le côté, allongeant Gwen à côté de lui.

— Je te ferais bien l'amour maintenant, ma femme.

— Alors fais-le, Greylen.

Il embrassa sa femme et caressa son corps, retira ses vêtements, puis les siens. Il la caressa de ses doigts, captivé par sa reddition. Enfin, il la pénétra avec attention, soutenant son regard jusqu'à ce qu'elle fermât les yeux, sous le plaisir d'être à nouveau jointe à lui.

Il y alla doucement, sans précipitation, plongeant plus profondément en elle, plus frénétiquement, au fur et à mesure qu'ils se perdaient dans leur passion. Il lui redit encore et encore qu'il l'aimait, de nouveau submergé par les émotions. Quand Gwen se contracta autour de lui et cria son nom, le sien jaillit de ses lèvres à lui avec une dernière poussée. Ils restèrent allongés sur la plage un bon moment après ça, silencieux au début, puis bavardant tranquillement, Gwen dans ses bras.

— Ton chez-toi te manque, Gwen ? demanda-t-il prudemment.

— Celui-ci me manquerait plus, admit-elle en secouant tristement la tête.

— Tu ne quitteras jamais cet endroit, Gwendolyn, promit-il. Tu es à moi pour toujours.

CHAPITRE 16

Quand ils revinrent de la côte, Greylen porta Gwen en haut et l'allongea dans le lit.

— Repose-toi, Gwen, j'ai beaucoup à gérer, dit-il en attrapant les couvertures.

Elle voulut lui dire qu'elle n'avait pas besoin de se reposer, mais elle ne pouvait pas gâcher ce moment.

— Reste avec moi, s'il te plaît, juste quelques minutes, murmura-t-elle.

Il sourit et s'allongea à côté d'elle. Elle ne se rappelait pas son départ. Elle fut réveillée par des bruits et pendant un instant, elle s'inquiéta que tout cela n'ait été qu'un rêve. Mais en roulant, elle sentit son odeur. Elle était vraiment chez elle. C'était drôle, comme l'idée d'un *foyer* l'avait toujours remplie de tristesse et d'envie et ne lui inspirait désormais plus que de la joie.

Anna rangeait en silence sa chambre et lui avait apporté un plateau avec des fruits et du café.

— Il y a un bain près du feu, mon enfant.

— Merci, Anna.

Gwen soupira de bonheur. Son nouveau mode de vie lui plaisait vraiment.

— Je changerai les draps pendant que vous prendrez le bain, dit-elle en s'approchant du lit.

Gwen sentit aussitôt ses joues rougir. Bon Dieu !

— Je le ferai, Anna.

— Il en est hors de question, la réprimanda-t-elle en tirant sur les draps tandis que Gwen se levait.

— Laisse-moi t'aider, alors, s'il te plaît, insista Gwen.

Mais elle se tourna quand Anna retira les couvertures, révélant de petites taches de sang.

— Vous avez tort d'avoir honte, Lady Gwendolyn. C'est un honneur que vous faites à votre mari.

— Anna, *s'il te plaît.*

Bien sûr, Gwen le savait, mais cela restait un sujet très intime. Elle avait grandi à une époque où tout le monde se fichait de la chasteté et de l'abstinence avant le mariage. Elle aimait cette idée et honnêtement, bon Dieu, ça avait valu le coup d'attendre. Anna la chassa dans le bain et elle céda avec joie.

Le restant de la journée, Gwen suivit sa routine habituelle. Elle manqua Lady Madelyn et Isabelle au petit déjeuner, mais se promena avec Kevin. À l'évidence, elle avait toujours besoin d'un garde, même si celui-ci était un menteur. Au moins, il rougit quand elle l'interrogea sur sa jambe.

— C'est un miracle, ma lady. Il semblerait que je sois complètement remis sur pied, mentit-il à nouveau.

L'éclat chaleureux de ses yeux ne trompait personne – son état général non plus, d'ailleurs. Elle fut frappée par quelque chose auquel elle n'avait jamais pensé. À en croire leurs gestes, Greylen et ses hommes plaçaient toujours son bien-être en premier. Qu'ils aient à mentir pour cela ou non.

Elle retrouva enfin Isabelle un peu plus tard cet après-midi-là et elles s'assirent toutes les deux sur un banc, dans les jardins derrière le donjon.

— Greylen m'a emmenée à la plage ce matin, lui raconta Gwen en enroulant une fleur dans ses mains.

— Je ne suis pas surprise.

— C'est très paisible. Les bruits de l'eau et des formations rocheuses sont presque magiques.

— Avez-vous regardé le lever de soleil ensemble ?

— Oïl, exactement, soupira-t-elle.

Elle se rappelait le moment poignant où Greylen avait dirigé son attention vers le soleil levant.

— Et ?

— Et quoi ? répéta Gwen en riant.

— Gwendolyn, tu es ma sœur maintenant, tu dois tout me dire.

Gwen ne fit que sourire.

— Je t'ai vue danser avec Gavin la nuit dernière, répondit Gwen.

Son changement de sujet n'était guère subtil.

Isabelle secoua la tête.

— Danser avec lui était incroyable, mais encore une fois, il me traite comme toujours, Gwendolyn.

— Il changera d'avis, Isabelle, donne-lui du temps.

— J'ai dix-huit ans, Gwendolyn. J'attends depuis la première fois qu'il m'a souri et m'a appelée Bella.

Elle soupira et ajouta :

— Je dois travailler sur mes études. Nous pourrons parler un peu plus au souper.

Le restant de la journée, Gwen attendit que Greylen revienne. Mais quand Anna vint à la bibliothèque annoncer le souper, elle sut qu'il ne les rejoindrait pas. Elle adorait tellement ces dîners, mais ce soir-là, elle n'arrêta pas de regarder vers l'arche. Son comportement ne passa pas inaperçu et avant qu'elle s'en rende compte, Lady Madelyn expliquait déjà les nombreux devoirs de Greylen :

— Il doit s'entretenir avec les métayers, les patrouilles des frontières et passer des heures dans son bureau. Ses responsabilités sont innombrables, Gwendolyn.

— Je dois vous sembler égoïste, admit-elle plus que déçue d'elle-même.

— Non, ma fille, *égoïste* n'est pas un mot que j'utiliserais pour qualifier ton comportement.

— Merci, Lady Madelyn.

— Tu peux m'appeler Mère, Gwendolyn. Si tu le veux.

C'était plus que ce qu'elle pouvait encaisser, tant de changements et si vite. Elle se sentit submergée et s'excusa à voix basse. Elle embrassa Isabelle pour lui souhaiter bonne nuit, puis Lady Madelyn, s'assurant de murmurer *Bonne nuit, Mère* à son oreille.

De nouveau dans sa chambre, Gwen enfila une chemise de Greylen. Elle voulut s'allonger et l'attendre, mais se réveilla lorsque des lèvres chaudes se posèrent sur elle. Greylen était assis sur le lit, à côté d'elle. *Il était de retour* ! Elle espérait que son sourire et ses caresses transmettaient ses pensées.

— Je suis désolé de t'avoir réveillée, chuchota-t-il.

— J'espère que tu n'es pas si désolé. Tu viens dans le lit ?

— Si tu continues, oïl. Ah, Gwen, grogna-t-il, j'ai des registres de comptes à regarder.

— Tu dois être épuisé, Greylen, dit-elle en passant ses doigts dans ses cheveux mouillés.

— Ça va, assura-t-il.

Il l'embrassa rapidement encore une fois avant d'ajouter :

— Rendors-toi, mon aimée. Je viendrai plus tard.

— Puis-je aller m'asseoir avec toi dans le bureau ?

— Tu resterais assise... pendant que je travaille ?

— Bien sûr.

Il eut visiblement besoin d'un instant pour comprendre ce qu'elle proposait.

— Viens, alors. Je vais demander à la cuisinière de préparer quelque chose. Tu as faim ?

— Tu n'as pas mangé ?

Elle l'attrapa par la chemise.

— Tu te fiches de moi ? Le souper était il y a des heures, Greylen. Tu dois être affamé.

Il sourit et secoua la tête, comme ravi par son indignation.

— Gavin et moi venons de rentrer, Gwen. Nous n'avons pas eu le temps, expliqua-t-il en repoussant une mèche de cheveux derrière ses oreilles.

— Ne réveille pas la cuisinière, Greylen. Je te préparerai quelque chose.

— À manger ? demanda-t-il.

Il ne semblait pas sûr d'avoir bien compris.

— Oui, à manger, confirma-t-elle, assez agacée qu'il la mette en doute.

Il l'attira à lui, tout sourire.

— Tu veux dire qu'en plus de ton langage rempli de mots grossiers et colorés, de ton comportement explosif et incontrôlable et... eh bien, et de la fascination de ton mari, tu sais cuisiner ?

— Oh, tu l'as dit. À part ton dernier commentaire, tu as de la chance que je sois encore plongée dans mon humeur *tout juste mariée*. À moins que je sois aveuglée par l'amour.

— Dois-je être vexé ? la taquina-t-il.

Elle secoua la tête et rit.

— Pas si je ne le suis pas. Mais j'adorerais te cuisiner ton dîner, insista-t-elle plus sérieusement.

— Tu ferais la cuisine pour Gavin aussi ? demanda-t-il prudemment.

Gwen rit encore plus fort cette fois. Visiblement, Gavin n'avait pas raconté à Greylen leurs raids à la cuisine tard la nuit. Il devra le découvrir tout seul. Et apparemment, assez vite. Elle se redressa sur le lit et demanda à Greylen de se tourner.

Il s'exécuta et sembla surpris qu'elle enroule ses bras autour de son cou et se colle à son dos. Elle déposa un baiser sur sa joue et leva les yeux vers lui. Il avait fermé les yeux, comme s'il savourait qu'elle le serre ainsi. Elle posa son menton sur son épaule et s'accrocha à lui tandis qu'ils quittaient la pièce.

Une fois sur le palier, Gwen l'arrêta.

— Va dans la chambre d'Isabelle, elle nous rejoindra.

— Elle dormira, Gwen, insista-t-il.

— Fais-moi confiance, elle sera réveillée.

Il haussa les épaules et prit les escaliers qui menaient à l'autre couloir. Gwen frappa doucement à la porte, qui s'ouvrit aussitôt. Isabelle les salua d'un sourire.

— On part pour un raid ?

Gwen rit.

— Oui, départ pour la cuisine.

Ils allèrent chercher Gavin, qui était dans le bureau. Un pied sur la table, il tenait un tas de papiers, ses cheveux mouillés gouttant sur ses épaules.

Comme s'il se sentait observé, Gavin leva les yeux et sourit. Gwen ne put qu'imaginer son bonheur devant la scène face à lui. Son commandant et meilleur ami portant sa femme sur son dos. La tête de Gwen reposait sur l'épaule de Greylen, elle souriait et supposait que c'était également le cas de Greylen. Isabelle était debout à côté d'eux, habillée d'une chemise de nuit blanche recouverte d'une robe de chambre accordée, ses orteils dépassant de la robe. À le voir regarder Isabelle, Gwen déduisit qu'il devait se souvenir ce que cela avait fait de danser avec elle la nuit d'avant. Pour une bande de menteurs bien éduqués, ils avaient les cœurs les plus tendres qu'elle ait connus.

— Ma femme m'informe qu'elle sait cuisiner. Que sais-tu de ça, Gavin ?

— Oïl, elle sait cuisiner, Greylen. Tu es parti pour un véritable plaisir, mon ami.

— Bon, dépêche-toi de te lever, ordonna Gwen dans un sourire. On a du travail.

Une fois dans la cuisine, Gwen se dirigea aussitôt vers les placards. Elle retira les casseroles et poêles pendant que Gavin allumait le feu sous la cuisinière. Isabelle avança jusqu'à l'îlot et posa les assiettes empilées à côté d'un vase de fleurs.

— Regarde, Gwen, lui dit-elle avec un sourire. La cuisinière nous a laissé quatre assiettes.

— J'ai remarqué, répondit-elle en prenant les ustensiles des crochets au-dessus du plan de travail. C'est la meilleure.

Gwen remarqua aussi que Greylen était debout près de l'îlot, à les regarder un peu surpris qu'ils aient leur routine.

— Eh bien, qu'est-ce que vous croyez que mon époux aimerait ? demanda Gwen en se tournant vers Isabelle et Gavin. Du lapin, du poulet, un steak, des...

— Steak ! déclarèrent Isabelle et Gavin en criant.

Comme toujours, ils étaient excités à l'idée de goûter le plat que Gwen cuirait à la perfection.

— Ça te va, Greylen ? C'est différent de ce dont tu as l'habitude, lui expliqua-t-elle. Mais ta sœur et Gavin disent que ça a plus de goût que les tranches rôties de la cuisinière.

Greylen se contenta de regarder Gwen. Il ne pouvait pas parler. Elle voulait vraiment cuisiner pour lui. Dans la joie.

— Ça va ? demanda Gwen, une main sur son bras.

Il continua de la dévisager tandis qu'elle tirait un tabouret de l'îlot et lui indiquait de s'asseoir. Puis, elle serra ses mains avant de retourner à la cuisinière.

— Isabelle, sers un verre à ton frère, et à nous aussi. Mais rappelle-toi, juste un verre pour toi. Gavin, tu t'occupes des légumes... non, laisse. Je vais les chercher, va plutôt prendre la viande dans le cellier.

Greylen but le vin qu'Isabelle posa devant lui en regardant sa femme, debout devant la cuisinière. Il se rendit compte uniquement maintenant qu'elle ne portait que sa chemise et sa sœur, ses habits de nuit. Gwen se baissa pour vérifier le feu sous les casseroles, bloquant ses cheveux qui tombaient devant son visage. Son sourire s'agrandit tandis qu'il l'observait et il faillit rire quand il l'entendit jurer. *Bon sang, elle était un paradoxe ambulant.*

Elle regarda ses poignets et jura encore. Il ne savait pas ce qu'elle espérait trouver, mais la voir ainsi... bon Dieu, elle était ravissante. Elle avança vers lui et souleva son poignet, sourit en voyant les liens en cuir qu'il y avait noués. Leur utilisation était variée et il en gardait toujours un à portée de main. Elle en détacha un et le regarda en attachant ses cheveux. Il tira ses hanches entre ses jambes et murmura à son oreille :

— Je t'aime, Gwen.

Il fut récompensé d'un sourire qui illumina tout son visage.

— Je t'aime aussi.

Puis, elle disparut dans le garde-manger.

— Ta femme est une très bonne cuisinière, lui apprit Isabelle en s'asseyant en face de lui. Tu verras.

— Et à quelle fréquence a-t-elle cuisiné pour vous, petit lutin ? lui demanda-t-il l'air de rien.

En vérité, il commençait à devenir un peu suspicieux. Isabelle haussa les épaules.

— Eh bien, depuis la première fois, qui était le matin après ton départ, toutes les nuits, je crois.

— *Elle cuisine toutes les nuits ?*

Gavin et Gwen sortirent du garde-manger, tous deux chargés d'aliments. Greylen alla aussitôt aider sa femme, s'assurant de river sur Gavin son regard méprisant.

— Elle a cuisiné pour toi *toutes les nuits.*

— *Oïl*, le nargua Gavin, et chaque plat était plus délicieux que le précédent. Quel dommage que tu aies loupé ça.

— Gavin ! s'écria Gwen. Si tu ne peux pas être sympa, alors va-t'en.

Greylen jeta à Gavin un regard triomphant, car Gwen avait pris sa défense. Puis, il se rendit compte qu'il se comportait comme un gamin dont la mère venait de prendre la défense. *Bon Dieu, qu'est-ce qui lui arrivait ?*

— Greylen, assieds-toi et bois ton vin, ordonna Gwen.

Isabelle, aide-moi à couper les légumes. Et Gavin... *comporte-toi bien.*

— Ah, ma maîtresse autoritaire retrouve sa langue.

— Tu trouves ma femme autoritaire ?

Greylen était plus surpris qu'outré. Gwen n'avait été que conciliante depuis son retour, non ?

— Ça suffit, s'exclama Gwen.

— Ça fait du bien de te voir de retour, dit Gavin en cognant son verre à celui de Greylen.

Greylen parla avec Gavin tandis qu'Isabelle aidait Gwen. Et bien qu'il participât à la conversation, il ne pouvait détourner les yeux de sa femme. Elle ajouta la viande dans une poêle et des oignons dans une autre, puis un mélange de légumes. Elle avait retroussé les manches de sa chemise au-dessus de ses coudes et le bas lui arrivait juste en haut des genoux. Le lien en cuir ne retenait plus guère ses cheveux et elle n'arrêtait pas de les repousser avec frustration. Son attention était rivée ailleurs et elle ne prit pas le temps de régler le problème. Sans y penser, il se leva et se glissa derrière elle.

— Reste immobile, ma femme, ordonna-t-il.

Il dénoua le lien en cuir, passa ses doigts dans ses cheveux et les réunit en arrière avant de les réattacher.

Elle resta entièrement immobile pendant une longue minute. Enfin, elle se tourna.

— Je n'arrive pas à croire que tu aies fait ça, dit-elle comme si elle était vraiment sous le choc.

— Tu avais besoin d'aide.

— Mais tu as réglé le problème de mes cheveux, insista-t-elle comme s'il ne venait pas de le faire.

— Oïl, ma femme, j'ai réglé le problème de tes cheveux.

— Tu as réglé le problème de mes cheveux, Greylen.

Il soupira en secouant la tête.

— Laisse-moi t'aider à comprendre, mon aimée. *J'ai. Réglé. Le. Problème. De. Tes. Cheveux,* la taquina-t-il avec une lenteur infinie.

Puis, il se tourna vers Gavin et Isabelle.

— Vous avez raison, dit-il en haussant les épaules. Elle est folle.

Ils rirent et il tendit la main pour caresser le visage de Gwen.

— Greylen règle tous les problèmes, Gwen, affirma Isabelle en servant plus de vin. Ça a toujours été comme ça.

Gwen semblait toujours étonnée, mais articula en silence *merci*, ce à quoi Greylen répondit d'un mouvement de lèvre silencieux *de rien* avant de se rasseoir.

Greylen reprit sa conversation avec Gavin et Gwen remplit leurs assiettes. Elle le servit en premier et il regarda le plat qu'elle posa devant lui : de la viande parfaitement saisie couverte de champignons, oignons frits et légumes relevés d'épices. Puis, Isabelle glissa un panier de pain entre eux et s'assit à côté de Gavin, face à Gwen et lui. Ils se prirent la main et Isabelle et Gwen tendirent la main pour prendre la sienne. Il s'exécuta, s'attendant à dire le bénédicité.

— Isabelle, pourquoi ne commencerais-tu pas ? proposa sa femme.

— Je suis reconnaissante que tu sois ma sœur maintenant, Gwen, s'enquit rapidement Isabelle avec un sourire.

Greylen vit Gwen lui serrer la main, puis elle regarda Gavin qui commença sa phrase par les mêmes mots :

— Je suis reconnaissant... de ne plus être en sous-nombre.

Sa remarque taquine fit rire Isabelle et sourire Gwen.

Puis, sa femme le regarda dans les yeux et les mots simples et doux qui suivirent le touchèrent comme il n'aurait jamais pu l'imaginer :

— Je suis reconnaissante que tu sois rentré.

Greylen ne détourna jamais les yeux d'elle et n'hésita pas.

— C'est moi qui suis reconnaissant, Gwen, d'avoir une femme telle que toi.

Il prit son verre et le cogna contre celui de sa femme. Ensuite, il le tint devant lui et fit un geste vers Gavin et Isabelle. Ayant hâte de goûter ce que Gwen lui avait cuisiné, il s'essaya à tout. Ses yeux se fermèrent après chaque bouchée.

— Bon Dieu, ma femme sait bel et bien cuisiner.

Il soupira en secouant la tête. C'était une nouvelle expérience de manger dans la cuisine. Et il l'appréciait grandement. Ils parlèrent pendant très longtemps et, en réalité, prirent deux verres de plus avant la fin du repas. Isabelle et Gwen rangèrent l'îlot et nettoyèrent les plats, puis Gavin les rangea dans les placards. Greylen se leva également et apporta son verre dans l'évier avant d'éteindre le feu sous la cuisinière.

— Gavin, raccompagne Isabelle à sa chambre, ordonna-t-il. Je t'attendrai dans le bureau.

Gavin essaya de garder un visage neutre, mais il vit qu'il n'était pas ravi de cet ordre.

— Viens, Bel… Isabelle, se corrigea-t-il très vite.

Il s'avança vers les portes et les tint ouvertes. Gwen lança à Greylen un regard interrogateur. Il répondit par un clin d'œil conspirateur. Elle dut couvrir sa bouche pour s'empêcher de rire et se tourna rapidement pour que Gavin ne la vît pas. Après leur départ, Greylen lui tendit la main et elle la prit, puis il la serra dans ses bras.

— Merci, Gwen.

— Je t'en prie, Greylen.

— J'ai encore du travail à faire. Je t'emmène là-haut ?

— Je préfère venir avec toi, si ça te va.

— Oïl, je préfère aussi.

La démarche de Gavin trahissait son humeur, tandis qu'il guidait Isabelle dans le couloir. Elle avait bu deux verres de vin, plus qu'elle n'aurait dû, et elle chancelait. Elle trébucha sur sa chemise de nuit en montant les marches, l'obligeant à la rattraper par la taille et les épaules.

— Oups.

Elle gloussa.

— Ah, Bella, tu vas me faire te porter, n'est-ce pas ? dit-il en secouant la tête.

Elle acquiesça et posa sa tête contre son torse quand il la souleva dans ses bras. Aucun d'eux ne dit un mot et il monta les marches et s'arrêta juste devant sa porte.

— Porte-moi à l'intérieur, Gavin, murmura-t-elle.

— Non, Bella.

Il secoua la tête en comprenant qu'elle n'y arriverait pas toute seule. Il la porta jusqu'à son lit et la déposa sous les couvertures. Puis, il se força à se retourner rapidement et partir.

— Gavin ?

— Oïl, Bella ? demanda-t-il sans se retourner.

— Je t'aime.

Tout son corps se crispa.

— C'est le vin, Bella.

— Non, Gavin, ce n'est pas le vin, murmura-t-elle.

Il partit sans un regard en arrière et cogna son poing contre le mur devant la chambre de Bella. Elle était tout ce qu'il avait un jour voulu. Et la seule chose qu'il ne pourrait jamais avoir. Son passé le hanterait toujours. Et son secret, s'il était révélé, détruirait tout ce pour quoi il s'était battu. La famille même pour laquelle il aurait donné sa vie.

Son humeur ne s'était pas améliorée quand il revint dans le bureau. Greylen était assis derrière son bureau et Gwen lisait sur le canapé. Il prit les papiers qu'il consultait un peu plus tôt et s'assit face à Greylen pour qu'ils puissent discuter des faits qui requéraient leur attention immédiate. Il leur fallut une heure de plus pour terminer.

— À l'aube, Gavin, on fait le tour des troupeaux à la frontière nord. On est en retard.

Toujours de mauvais poil, Gavin se contenta de hocher la tête et se retira avec un regard pour Gwen, qui s'était endormie. Qu'est-ce qu'il ne donnerait pas pour avoir ça avec Isabelle. Son torse se serra à cette idée.

La douleur ne s'était pas estompée une fois dans sa chambre. Ce fut dans un lit vide qu'il s'assit pour poser sa lame sur la table de chevet. Il la fixa du regard pendant des heures, souhaitant la fin de la dernière étape de sa routine de nuit, celle où il écartait les couvertures et prenait Bella dans ses bras. Malheureusement, il savait que ce n'était là qu'un rêve, qu'il ne vivrait jamais dans la réalité.

CHAPITRE 17

Gwen se réveilla dans les bras de son mari. Elle ne s'était jamais sentie aussi bien. Greylen était un amant incroyable et contrairement aux mauvaises rumeurs qui couraient dans l'hôpital, elle n'était pas une reine des neiges après tout. Elle adorait le sexe. Elle adorait l'intimité. Elle ne se rendait compte que maintenant qu'elle n'avait jamais eu l'occasion de l'expérimenter. Étrangement, elle avait passé toute sa vie au XXIe siècle entourée de gens et après deux petites semaines à Seagrave avec la famille de Greylen, la différence était frappante.

Elle eut l'idée d'attaquer son mari, mais opta plutôt pour aller courir. Ce n'était pas qu'elle ne voulait pas faire l'amour, elle en avait envie. Mais s'ils le faisaient maintenant, elle ne pourrait plus aller courir. Elle serait amorphe, au moins pour la matinée.

Oui, la course d'abord, le sexe plus tard.

Elle se défit prudemment de l'étreinte de Greylen, se changea, puis se glissa hors de la chambre. Elle avait tout juste posé la main sur le loquet des portes d'entrée du donjon quand la voix de Greylen la surprit.

— Où vas-tu en cachette, *ma femme* ?

Gwen se tourna, étonnée de son ton.

— Je ne pars pas en cachette, Greylen. Je vais courir.

— Explique-moi alors, pourquoi tu pars sans m'informer de tes intentions ?

— Greylen, je croyais que tu dormais et je ne voulais pas te déranger.

Il la regarda comme si elle était folle.

— Gwen, je peux entendre une épingle…

— Ne me dis rien, le coupa-t-elle en levant la main. Depuis Édimbourg, c'est ça ?

— Exactement. Et tu n'iras nulle part.

Il croisa les bras sur son torse pour insister sur ce point.

— Greylen, je n'avais pas besoin d'exercice hier, expliqua-t-elle. Mais j'en ai vraiment besoin maintenant. Je ne serai partie qu'une heure. S'il te plaît, sois raisonnable.

— *Raisonnable*, s'écria-t-il. Il fait toujours noir et tu pars seule.

Vraiment ? Il avait le cran de lui sortir une excuse pareille ? Et avec un visage sérieux, en plus.

— Greylen, quand j'ouvrirai la porte, il y aura des gardes de chaque côté, non ?

— *Et donc ?* demanda-t-il en comprenant trop tard son erreur.

— Et donc je ne serai pas seule, n'est-ce pas ? dit-elle doucement.

Elle voyait bien à son visage qu'il avait tiré la même conclusion.

— Non, admit-il plus doucement. Mais moi si.

Il secoua la tête, comme incrédule de l'avoir dit à voix haute. Gwen resta debout, sous le choc. Mon Dieu, il ne voulait pas être seul. Cet homme qui était une véritable bête, *son mari,* ne voulait pas être seul. Elle sourit avec compassion, bon Dieu, comment aurait-elle pu faire autrement ? Elle savait ce que cela faisait de se sentir seul. Il semblerait qu'elle ait passé toute sa vie, jusqu'à récemment, à ressentir ça. N'était-ce pas là ce qu'elle avait compris juste avant ? Elle avait été seule, ou plutôt, seule parmi la foule.

En avançant vers lui, elle sentit son cœur fondre encore plus.

— Je suis désolée, s'excusa-t-elle en posant ses mains sur son torse. J'irai plus tard.

Après tout, ce n'était pas comme si elle n'avait pas de temps devant elle. Être coincée au XVe siècle avait ses avantages. Bien sûr, elle appartenait à une famille riche et bien éduquée, ce qui aidait grandement, elle en mettrait sa main à couper. Elle ne se laisserait pas berner, elle savait sans l'ombre d'un doute que dans le cas contraire, être ici serait vraiment terrible.

— Non, je me comporte comme un imbécile. Je viendrai avec toi.

— Tu viendras ?

Courir avec Greylen ? De toute sa vie, elle n'avait jamais pensé trouver quelqu'un avec qui tout partager. Elle l'avait imaginé, bien sûr. Elle l'avait espéré, au fond, dans cet endroit magique où la fantaisie prenait vie. Mais le vivre et le ressentir pour de vrai... Ouah.

— Oïl, confirma-t-il.

Il prit ses mains pour les porter à ses lèvres et lui embrasser les paumes.

— Explique-moi le principe.

— C'est simple, Greylen. Tu cours.

— Tu appelles ça de l'exercice ? la taquina-t-il.

— Ne critique pas, ça pourrait te plaire, marmonna-t-elle en serrant ses mains.

— J'arrive dans un instant. Devrai-je porter les nouvelles chaussures dans la garde-robe ?

— Oui, et un pantalon confortable. Et une de tes chemises avec un lien au col, ajouta-t-elle avec excitation.

Gwen l'entendit arriver plusieurs minutes plus tard. Elle resta bouche bée en le voyant descendre les marches. *Merde !* Comment était-elle censée courir à côté de *ça* ? Il était *beaucoup* trop beau. À chaque pas, ses muscles fléchissaient sous le tissu fin de ses vêtements.

Elle était foutue.

— Un problème ? demanda-t-il en remarquant son expression.

— Non.

— Tu mens, ma femme.

Il sourit, enveloppa un bras à sa taille et l'attira à lui.

— Et pas très bien.

— Crois-moi, Greylen, tu ne sauras jamais.

— Gwendolyn. Tu sais que j'ai des moyens de te faire parler, l'avertit-il contre ses lèvres.

— Garde cette idée de côté, chuchota-t-elle. Tu pourras m'arracher la vérité plus tard.

— Tu es insatiable, ma femme.

Il ouvrit les portes, salua de la tête les gardes devant et la suivit en bas de l'escalier.

— Prêt ? demanda-t-elle les yeux éclatants de joie.

— Oïl.

Il y avait quelque chose dans les yeux de Greylen, quelque chose qu'elle n'avait remarqué que lorsqu'ils se parlaient. Un adoucissement de ses traits en réponse à sa présence, comme s'il ferait n'importe quoi pour elle. C'était immanquable et, honnêtement, elle ressentait la même chose. Il se cala sur sa vitesse et ils trottinèrent pour franchir le portail et descendre le chemin qui séparait les cottages des champs d'entraînement. En chemin vers le lac, elle commença à avoir chaud, retira son haut et le jeta au sol.

Greylen jura en la regardant. Elle ne pouvait qu'imaginer ce qu'il pensait. Ça n'était pas très différent de ce qu'elle aurait porté chez elle : un short et une brassière de sport. Donc peu importe que ce soit un dos nu fait maison et quelque chose qui ressemble à un jogging bas sur ses hanches, l'ourlet à ses genoux. Il jura encore. Pauvre bébé.

— Enlève ton haut, Greylen, tu te sentiras beaucoup mieux.

Il le retira, mais le garda en main.

— Lâche-le, on le récupérera sur le retour.

— Je te jure, Gwendolyn, si ceci est une de tes habitudes, la prévint-il en la fusillant du regard, mes hommes sont morts.

— On mettra une pub dans les journaux et on en embauchera d'autres, suggéra-t-elle avec un sourire.

Dix minutes plus tard, tandis qu'ils faisaient le tour du lac, Greylen se tourna vers elle.

— Cette course est agréable, Gwen.

— C'est mon chemin préféré. Ça m'aide à garder le moral.

Greylen s'arrêta aussitôt et la tira en arrière quand elle passa devant lui. Il lui releva le menton alors qu'elle reprenait sa respiration.

— Je te fais garder le moral, maintenant, Gwendolyn. Depuis la nuit où j'ai soulevé ton corps de l'eau. C'est à moi et à moi seul qu'il revient la mission de te protéger.

Son ton était rempli de possessivité et Gwen ne douta pas qu'il croyait en ce qu'il disait. Pendant un court instant, elle faillit lui donner raison. Ils n'avaient jamais parlé de cette nuit et elle avait besoin de savoir ce qu'il s'était passé.

— Je respirais quand tu m'as sortie de l'eau, Greylen ?

Il ferma les yeux, se rappelant cette nuit il y a presque un mois.

— Non.

Greylen ne dit rien de plus et son silence l'effraya.

— Que s'est-il passé, Greylen ?

Il lâcha un long soupir en regardant le lac, puis lui prit la main et recommença à marcher.

— Nous avons attendu devant le donjon, sans savoir comment tu viendrais.

Il ferma les yeux, s'arrêta et secoua la tête.

— J'ai entendu ton cri, Gwen, à travers la tempête la plus terrible de ma vie. Il y a eu un éclair et je te jure que je t'ai entendue.

Il s'arrêta encore et la regarda.

— J'ai nagé jusqu'à toi. Je t'ai vue lutter et couler. Tu étais à un bras de distance, peut-être deux.

Comme consumé par les émotions de cette nuit, il attrapa ses bras et l'approcha de lui.

— Tu n'as jamais refait surface !

Ses mots formaient une accusation et sa voix était remplie de la terreur qu'il avait ressentie.

— J'ai essayé d'aller sur le rivage, Greylen. Je n'y arrivais pas.

Elle était perdue dans ses propres émotions de cette nuit, revivant la peur et la voyant en lui.

— Je n'y arrivais pas.

Elle commença à pleurer, puis s'énerva de voir qu'il ne semblait pas la croire.

Il l'attira dans ses bras.

— Je sais, mon aimée... je sais.

Son ton était apaisant maintenant, comme s'il n'avait pas voulu s'adresser à elle aussi sèchement.

— J'ai cherché dans l'eau jusqu'à te trouver, Gwen. Tu étais complètement inerte.

— Combien de temps ai-je été sous l'eau ?

— De longues minutes... trois... peut-être quatre avant qu'on ne jaillisse à la surface.

— Tu es resté aussi longtemps sous l'eau ? demanda-t-elle en levant les yeux vers lui.

— Je n'avais pas le choix. Le courant... Tu aurais été perdue.

— *Comment*, Greylen, c'est imposs...

Elle ne finit pas sa phrase. Ils échangèrent un regard. *Impossible* avait peu de sens maintenant.

— Quand je t'ai enfin serrée contre moi, il y avait une énergie, une force qui a traversé nos corps. Je ne l'oublierai jamais, Gwen. Ça m'a donné la force de résister et je crois que ça a redémarré ton cœur. Il n'a pas pu battre aussi longtemps sans air. Pas avec le temps qu'il m'a fallu pour te trouver et atteindre le rivage.

— Mais il battait ?

— Oïl, à peine.

Il passa ses doigts dans ses cheveux, comme s'il voulait chasser ce souvenir.

— J'ai soufflé pour te donner de l'air jusqu'à ce que l'eau sorte de tes poumons. C'est incroyable que tes côtes ne se soient pas cassées vu la pression que j'ai mise.

— Comment savais-tu quoi faire ?

— La logique. Et j'ai juré que personne ne t'aurait, ajouta-t-il en l'attrapant par les épaules. Je t'ai ramenée moi-même. J'ai lutté pour ta vie, pour ton esprit, comme jamais je n'ai lutté avant, et tu es pour toujours à moi, Gwendolyn.

Il dut se rendre compte qu'il la serrait fort, par peur et colère, et il l'attira dans ses bras de nouveau. Gwen s'appuya à lui.

— Comment cela a-t-il pu se produire, Greylen ?

— Je n'ai pas de réponse, Gwen. Je sais juste que j'ai attendu des années pour t'avoir.

— J'ai rêvé de toi, Greylen, chuchota-t-elle. Chaque nuit, je faisais le même rêve encore et encore. Je ne pouvais pas distinguer tes traits dans le noir. Je ne pouvais pas sentir la chaleur de tes lèvres ou de ton corps. Je n'entendais même pas le bruit que tu faisais. Nous faisions l'amour encore et encore, mais je n'ai jamais ressenti ce que je ressens maintenant. Je me suis toujours réveillée avec cette douleur gigantesque qui ne s'en allait jamais.

— J'ai souffert de la même chose, Gwen, murmura-t-il.

— Tu as fait ce rêve aussi ? demanda-t-elle en essuyant ses yeux.

— Oïl.

— Ils ont commencé à mon vingt-troisième anniversaire, Greylen. Quel âge avais-tu ?

— Vingt-huit ans, le soir de mon anniversaire également.

— C'était il y a cinq ans pour nous deux. Pourquoi crois-tu que ce soit arrivé au même moment ?

— Ma mère m'a parlé de la prophétie quand j'avais vingt-trois ans, expliqua-t-il. J'ai toujours répété ses mots dans ma tête, mais un matin, en regardant le lever du soleil, je les ai récités. Le rêve a commencé cette nuit-là.

Elle sourit.

— Tu as débloqué le rêve.

— Oïl, je crois bien.

— Tu as volé mon cœur et mon corps, Greylen, même avant qu'on se rencontre.

Il repoussa les cheveux de Gwen de ses yeux.

— Pourquoi ne me l'as-tu pas dit, Gwen ? Je n'aurais jamais...

Elle posa sa main sur ses lèvres en rougissant à profusion.

— Je ne changerais la façon dont tu m'as fait l'amour pour rien au monde, Greylen, le coupa-t-elle.

Elle ne voulait plus avoir cette conversation. Plus jamais.

Il n'insista pas plus et la serra.

— Allons sur la plage. Il est presque l'aube.

— Faisons la course, dit-elle avec un sourire en s'écartant.

Il sourit.

— Tu n'as aucune chance.

Le sourire de Gwen s'agrandit.

— Laisse-moi trente secondes, cria-t-elle en courant devant lui.

Elle entendit le rire de Greylen, puis ses foulées puissantes tandis qu'il la rattrapait. Il ne la dépassa pas, mais courut à côté d'elle jusqu'à ce qu'ils atteignent l'arrière du donjon. Profitant de l'esprit fair-play de Greylen, elle sprinta. Le chemin n'était qu'à une cinquantaine de mètres et elle poussa comme elle ne l'avait jamais fait avant, si fort qu'elle savait que c'était son record personnel.

Elle aurait dû savoir que ça ne marcherait pas. Greylen était juste derrière elle et elle se tourna pour le regarder – *grossière erreur*. Il arborait un grand sourire et elle cria quand il l'attrapa par la taille. Ils tombèrent au sol. Son mari encaissa la chute, puis la fit rouler sous lui.

Il sourit et elle rit en reprenant son souffle.

— Tu paieras pour ta conduite sans scrupules, ma lady.

— Des promesses, encore des promesses, mon cher mari, plaisanta-t-elle.

— Tu peux être assurée que je respecterai celle-ci, jura-t-il en recouvrant ses lèvres. Je vais te faire l'amour et quand j'aurai fini, tu ne feras plus d'exercice pendant des jours.

Il l'aida à se lever, puis la porta sur son dos sur le chemin étroit. Ils laissèrent leurs chaussures sur le sable, marchèrent main dans la main au bord de l'eau qui remontait jusqu'à leurs pieds.

— Viens dans l'eau, Gwen.

— Tu es fou ?

— Non, je veux te sentir nue.

— Elle est gelée.

— On est à la moitié de l'été, mon aimée. L'eau n'est pas si froide.

Gwen ne put s'empêcher de montrer l'eau du doigt et le contredire.

— J'ai été dans cette eau, Greylen.

— Il y a des semaines, au milieu de la nuit, pendant une tempête, précisa-t-il en lui levant le menton. Tu doutes de moi ?

— Oh, très bien, marmonna-t-elle en éloignant son visage.

Elle dénoua le bandeau à sa poitrine et commença à s'attaquer à son pantalon, mais avant qu'elle ne finisse, Greylen l'attira à lui. Il caressa son dos nu et agrippa ses fesses tout en l'embrassant.

— Greylen, tes hommes montent la garde de là-haut ?

— Non.

Il mentit en la regardant droit dans les yeux.

Elle n'était pas bête, ses hommes avaient toujours monté la garde, et maintenant, ils la suivaient elle. Depuis le retour de Greylen, en revanche, ils s'étaient faits plus discrets. Elle se demanda où ils étaient en haut des falaises, sachant qu'ils ne les regarderaient pas vraiment, mais qu'ils resteraient là quand même.

Il lui prit la main et la guida dans l'eau, s'arrêtant quand elle atteignit son torse à lui et les épaules de Gwendolyn. Puis, sans lâcher sa main, il glissa sous l'eau. Quand il ressurgit, il dut voir son expression, qui trahissait sa peur.

— Je ne te lâcherai pas, promit-il.

Il l'attira à lui. Elle mit ses mains derrière son cou et

enveloppa ses jambes autour de sa taille. Après quelques moments de réconfort physique, elle se pencha en arrière, mouillant ses cheveux. Il la soutenait, les mains sous son corps, et la faisait flotter à la surface.

— Je crois que tu me dois quelque chose, lui rappela-t-elle en passant ses doigts dans ses cheveux.

— Et tu seras pleinement payée.

Il l'embrassa, lui coupant le souffle. Il descendit ses mains sur son corps, s'arrêta sur ses cuisses. Ses doigts s'enfonçaient dans sa peau, jusqu'à ce que son érection glisse entre les replis de son sexe.

Il taquina le centre de son intimité, l'écartant un peu plus tandis qu'elle se déplaçait le long de son membre. Les cris de Gwen se firent désespérés quand il plongea un doigt en elle. Elle eut presque aussitôt un orgasme de ce double assaut. Enroulant ses doigts autour de son sexe, elle le guida à l'intérieur. Il soutint ses cuisses, la repoussant puis l'attirant contre lui encore et encore, si vite qu'elle cessa d'essayer de suivre le rythme. Elle cria son nom en se crispant autour de lui et il jouit dans une dernière poussée.

Gwen s'accrocha à son corps, même s'il la tenait.

— Tu as gagné, Greylen.

Ses mots sortirent en hoquets et elle laissa retomber sa tête.

— J'aurai de la chance de marcher demain, et encore plus de courir.

Plus tard, elle songea que Greylen avait attendu avant de répondre, déterminé à ce qu'elle comprenne bien le sens de ses mots. Car quand elle leva la tête, il dit très *très* clairement :

— Écoute-moi bien, Gwendolyn, car je ne le redirai plus. Je gagne *toujours*.

Il n'y avait pas de vantardise dans sa voix, pourtant la façon dont il la regarda lui glaça le sang. Toute son attitude transpirait d'autorité et de possessivité. Puis, il l'embrassa, un baiser qu'il avait choisi de prendre plutôt que de donner.

Sous des circonstances normales, elle n'aurait jamais cédé à une telle tyrannie. Jamais.

Mais après tout, les circonstances étaient loin d'être normales.
Et puis... son âme était déjà à lui.

———

— J'ai une autre longue journée, Gwen, dit Greylen à sa femme en commençant à se raser.

Ils étaient dans leur salle d'eau, devant la commode.

— Tu seras de retour pour le souper ? demanda Gwen en se juchant sur la commode.

— Il est trop tôt pour le dire.

Il l'observa s'approcher de lui et lui prendre la brosse à rasage des mains.

— Il y a quelque chose que je puisse faire ? demanda-t-elle en couvrant de mousse son visage.

— Comme quoi ?

Son cœur fondit de la voir prendre le rasoir et commencer à le raser.

— Pour t'aider ou aider ta mère ? précisa-t-elle en penchant sa tête sur le côté. Là.

Elle sourit et essuya le restant de savon avec une serviette.

— Parfait.

Greylen se pencha pour l'embrasser.

— Merci.

— Je t'en prie.

— Gwen, commença-t-il en revenant au sujet qu'elle avait lancé. Tu peux faire tout ce que tu veux.

— Je suis un peu limitée, Greylen.

— Tu doutes de tes capacités ?

— Ce ne sont pas en mes capacités que je doute, c'est en quoi je peux être utile.

— Être ici est utile.

— Greylen, tu es rentré maintenant et nous sommes mariés...

— Et moi qui te croyais folle, la taquina-t-il. Tu es bien perspicace.

— Arrête ça, fit-elle en riant. Je suis sérieuse. J'ai besoin de faire quelque chose. Je ne peux pas rester assise toute la journée.

— Qu'est-ce que tu faisais avant ?

— Avant que tu rentres ou avant que j'arrive ici ?

— Les deux.

— Je..., hésita-t-elle avant de secouer la tête. Tu ne me croirais pas.

— Tu me fais confiance ?

— Oui, je te...

Greylen l'attrapa par le menton.

— Pourquoi tu me réponds par oui et toujours *oïl* avec ma famille et mes hommes ?

Elle sembla surprise par sa question.

— Je ne sais pas, répondit-elle honnêtement. Peut-être que je suis plus à l'aise avec eux. Nous avons eu plus de temps ensemble.

— Alors tu as trouvé ta première mission. Trouve le moyen d'être à l'aise, tout de suite.

— Tu plaisantes, n'est-ce pas ?

— Ce n'est pas quelque chose que je trouve amusant, Gwen.

Leur conversation fut interrompue par Anna qui frappa à la porte, les informant qu'un bain avait été rempli devant le feu. Greylen souleva Gwen et la plaça doucement au sol.

— Viens, mon aimée, j'ai le temps pour un bain rapide.

— Que fais-tu aujourd'hui ? demanda-t-elle en prenant sa robe de chambre et les outils de rasage de Greylen.

— On marque les troupeaux et les chevaux. Après les naissances au printemps, on s'attelle en général à cette tâche à cette époque de l'année.

— Pourquoi tes hommes ne s'en sont-ils pas chargés pendant ton absence ?

— J'aime bien le faire, expliqua-t-il en haussant les épaules. Faire le tour des animaux dans les pâturages et les marquer.

— Ouais, ça semble super marrant, le taquina-t-elle en entrant dans l'eau. Pourrais-tu t'arrêter au magasin en rentrant ce soir ?

Il sourit.

— Et que faudrait-il que je te prenne à ce magasin ?

— Oh, la liste est infinie, dit-elle en riant. Des tacos, des donuts, du Coca Zéro.

Elle écarquilla les yeux.

— Encore mieux : une télé connectée avec un compte Netflix ? On pourrait se câliner dans le lit et manger du popcorn et des M&M's.

Il secoua la tête.

— Tu me parleras de ces...

Il perdit le fil de sa pensée quand elle plaça son pied sur le bord de la baignoire et couvrit sa jambe du savon présent sur sa brosse à rasage. Elle prit son rasoir et le passa sur une longue partie de sa jambe.

— J'ai une grosse journée, Gwendolyn ! s'écria-t-il.

— Mais qu'est-ce que j'ai bien pu faire ? répondit-elle sur le même ton.

— Tu me distrais, grogna-t-il.

— Je me rase, Greylen, l'informa-t-elle avec un sourire. Je fais ça tous les jours également.

Il grogna et l'attira sur ses genoux. Puis, il lui prit le rasoir et passa doucement la lame de sa cheville à son genou.

— Maintenant, c'est moi qui te remercie, cher époux.

Greylen la sécha, debout devant le feu. Il s'habilla et Gwen s'assit sur le coffre au bout du lit. Il se tourna pour lui dire au revoir et des images traversèrent son esprit quand il la dévisagea. Des images de la nuit où il l'avait tirée de l'eau, des images de sa besace, qu'il avait mise dans ce coffre.

Il avait failli oublier son existence. Maintenant, pourtant, sa présence le dérangeait. Il avança jusqu'à elle et elle se leva, mais un tremblement le poussa à l'embrasser rapidement avant de prendre congé d'elle.

Il tremblait quand il s'appuya contre la porte close, devant leur chambre.

Car un frisson de mauvais augure le traversait tout entier.

La journée de Gwen fut à nouveau longue. *Quelle surprise.* Après un petit déjeuner avec Lady Madelyn et Isabelle, elle réfléchit sérieusement à ce qu'elle pourrait faire. Elle avait déjà aidé Lady Madelyn quand quelqu'un était blessé ou malade, ce qui, Dieu merci, ne se produisait pas souvent.

C'était une bonne chose qu'elle soit mariée, trancha-t-elle. Elle ne pouvait qu'imaginer ce que ce serait d'essayer de gagner sa croûte en étant le médecin du village. Elle vivrait probablement dans une cabane avec des vessies d'animaux ou d'autres trucs dégoûtants avec lesquels les gens voudraient la payer. *Beurk.*

— Qu'est-ce qui te dérange, ma fille ? demanda Lady Madelyn.

Elle brodait dans la bibliothèque.

— Je ne sais pas quoi faire.

— Cela viendra avec le temps, lui assura-t-elle en souriant.

— J'ai remarqué que les enfants regardaient leurs parents s'atteler à leurs tâches. Crois-tu que je pourrais leur enseigner un jeu ?

— Bien sûr. Mais eux aussi étudient en fin de matinée.

— Je sais, mais ils pourraient jouer dans la cour quand ils ont terminé.

— Gwendolyn, tu n'as pas besoin de demander ma permission. C'est toi la maîtresse du château, maintenant.

— Lady Madelyn... *Mère*, se corrigea Gwen après un regard désapprobateur. La gestion du château se fait toute seule. Je ne saurais pas quoi faire une seconde et je n'interférerai pas.

— Tu pourrais montrer à la cuisinière comment préparer les plats que toi et mes enfants aimez tant, sans parler de Gavin.

— Tu nous as découverts, n'est-ce pas ? dit-elle en riant.

— Oïl, ma chère. Et même si je ne viendrai pas vous déranger, j'ai entendu dire que tu étais une bonne cuisinière.

— Eh bien, j'imagine que je peux commencer là, mais pourrais-tu m'aider sur quelque chose ?

— Bien sûr.

— Greylen portait un pantacourt au mollet ce matin. Il nous reste de ce tissu ?

— Oïl, nous avons une pièce pleine de tissus et de matériel.

— Si j'explique ce dont j'ai besoin, me ferais-tu quelque chose ?

Lady Madelyn écouta les instructions de Gwen et l'informa qu'elle aurait fini après leur repas du soir. Gwen quitta la bibliothèque et chercha la cuisinière pour aborder délicatement le sujet des recettes. Heureusement, elle était plus que ravie d'écouter ses suggestions.

Trouver un but était plus simple qu'elle ne le pensait.

Gwen passa le reste de sa matinée à frapper aux portes des cottages sur le chemin. Connell était son garde du corps ce jour-là et il resta silencieux à côté d'elle tandis qu'elle expliquait aux mères ce qu'elle souhaitait faire. Il l'aida à placer des drapeaux à chaque bout de la cour.

— Qu'est-ce que c'est, Lady Gwendolyn ? demanda-t-il en tenant l'objet que Lady Madelyn avait fabriqué.

— *Ceci* est un ballon de foot, Connell. Les enfants seront divisées en équipes et ils se le passeront les uns les autres pour essayer de contrer l'équipe adverse et l'amener au but.

— Vraiment ? s'enquit-il surpris. Les hommes jouent aussi ?

— Oïl, affirma-t-elle en riant. Les hommes jouent aussi. D'ailleurs, ils l'apprécient sûrement plus.

En attendant les enfants, Gwen aperçut des cavaliers en approche. C'étaient Greylen et ses hommes qui rassemblaient les troupeaux. Ils avaient retiré leurs hauts et son mari commença à encercler les animaux, rugissant tout en les guidant vers le corral derrière les écuries. Il portait un pantalon moulant caramel, des bottes en cuir usées et un bandeau blanc attaché autour de son front. Il ressemblait à un cowboy – non peut-être un pirate. Ah, peu importe, dans les deux cas, il était séduisant !

Une fois les animaux à l'intérieur, les hommes laissèrent leur monture aux garçons venus aider. Ils s'assirent sur la clôture, laissant aux animaux quelques instants de tranquillité.

— Qu'est-ce qu'ils vont faire, Connell ? demanda-t-elle.

Elle regardait les hommes boire à leur gourde en agitant les jambes en dessous d'eux.

— Ils vont les inspecter pour voir s'ils ont des maladies ou des blessures, puis marquer les jeunes bêtes. On regarde une cinquantaine de bêtes d'un coup, jusqu'à ce que tous les troupeaux aient été vérifiés.

— Combien en avez-vous ?

— *Vous,* la corrigea-t-il, avez trois cents bêtes et près de cinquante chevaux sauvages sur vos terres.

— C'est beaucoup ?

— Pour les bovins, nos chiffres sont bas, mais le décompte de chevaux est élevé. Nos hommes s'occupent bien de leurs étalons et sur les trois cents actuellement utilisés par les soldats, aucun ne montre des signes d'abus.

Les enfants commencèrent à remplir la cour. Leurs mères étaient assises près du donjon, à travailler sur leur couture ou à tenir leurs bébés sur leurs genoux. Gwen expliqua le jeu aux garçons et aux filles, en essayant de les répartir équitablement. Quand elle eut fini, ils formaient deux équipes de neuf, avec deux groupes de cheerleaders pour encourager chaque équipe.

Au début, c'était le bazar, mais au fur et à mesure du temps, les garçons et les filles se prirent au jeu. Elle leur avait dit qu'un simple toucher d'un adversaire pouvait arrêter le jeu et elle surveillait attentivement que personne ne devienne violent. Très vite, le jeu battit son plein et ils apprirent à passer la balle et courir comme des fous vers les drapeaux qui matérialisaient le but. Les mères et petits enfants encourageaient les deux équipes et Gwen vit que son mari et ses hommes étaient venus regarder également. Elle sourit à l'autre bout de la cour et agita la main quand Greylen lui rendit son sourire.

— Pouvons-nous nous joindre à ton jeu, ma femme ? demanda-t-il de l'autre bout du terrain.

— Oïl, mais tant que les enfants jouent, on s'arrête dès qu'on touche quelqu'un.

— Très bien. Connell, rejoins-nous.

Greylen, Hugh et Ian rejoignirent l'équipe à gauche et Gavin, Duncan, Kevin et Connell, celle de droite. Son mari ramassa la balle et la tourna dans sa main.

— Un ballon, l'informa-t-elle. De la peau de vache remplie de sable. Vous avez besoin que je vous explique comment jouer ?

— Non, nous avons assez regardé.

C'était bien vrai et ce fut le meilleur match qu'elle ait regardé. Les hommes étaient fabuleux avec les enfants, les soulevant quand ils s'approchaient du but avant de courir. Quand les enfants commencèrent à se fatiguer, ils allèrent s'asseoir avec leurs mères et il ne restait désormais plus que Greylen et ses hommes. Gwen leva sa main et entra sur le terrain.

— Maintenant qu'il n'y a plus que les hommes, annonça-t-elle avec un sourire mauvais, changeons les règles.

Ils rayonnèrent et attendirent patiemment qu'elle poursuive.

— Pour arrêter une attaque, vous pouvez plaquer un joueur adversaire quand il a la balle. Vous pouvez aussi attaquer le quarterback, celui qui tient le ballon au début de chaque jeu.

Greylen sourit et se plaça devant elle. Gwen avait les cheveux couverts de fleurs que les enfants lui avaient cueillies et elle portait une robe d'un bleu profond. Vu son regard, son mari approuvait.

— Tu as trouvé une bonne idée de chose à faire, aujourd'hui, la félicita-t-il en caressant son visage.

Gwen sourit, distraite.

— Il faut qu'on jette une pièce de monnaie pour décider qui commence, expliqua-t-elle quand son cerveau se remit en marche.

— Je n'ai pas de pièce sur moi.

— Toi non, mais moi si.

Elle la jeta dans les airs et l'attrapa dans sa main.

— Alors, mon mari, pile ou face ?

— Face.

Il la regarda renverser la pièce sur son avant-bras avant de retirer la main.

— Étonnant, mon mari. *Tu gagnes*, dit-elle de manière évocatrice.

— Étonnant ? répéta-t-il en haussant un sourcil.

Elle ne répondit pas, mais lui toucha le visage et l'embrassa avant de quitter le terrain.

Ce fut le match de football le plus violent qu'elle ait jamais vu. Ils jouèrent au moins une heure, et plus ils devenaient brutaux, plus les enfants applaudissaient. Elle soupira de soulagement quand ils eurent fini et Greylen s'approcha d'elle pendant que ses hommes retournaient au corral. Il était couvert de terre et avait des éraflures sur ses épaules et ses joues.

— Ah, les garçons, se plaignit-elle en secouant la tête.

Il plaça le ballon dans sa main.

— Ce n'est pas un garçon qui cherchera ton lit un peu plus tard, ma lady.

— Ah, d'autres promesses, cher époux. Qu'est-ce qu'une femme devrait faire ?

Il sourit à sa plaisanterie.

— Commence à prier maintenant, mon aimée, pour ma clémence.

— Je ne veux pas de ta clémence, Greylen.

— Tu te rappelleras tes fanfaronnades plus tard.

Puis, il se tourna et suivit ses hommes.

CHAPITRE 18

Greylen était en haut des remparts, là où il se trouvait tous les après-midi, à regarder sa femme jouer avec les enfants ou se promener avec Isabelle. Parfois, il se contentait de la fixer du regard, assise sur les marches à lire un livre qu'elle avait trouvé dans la bibliothèque ou son bureau.

La semaine passée avait été... magique. Il jura. *Magique ? Bon Dieu, reprends-toi !* Il essaya de penser à un autre mot, puis jura encore en levant les mains en l'air.

— Un problème ?

Gavin. Merde !

— Non. Va-t'en.

— Va-t'en ? répéta Gavin en riant. Je ne crois pas. Ta femme me dit que tu es dans le bureau. Encore une fois, je ne crois pas.

— Pars, Gavin. Maintenant.

— En tant que ton second, je dois savoir ce qui te met dans un tel état, objecta-t-il en avançant vers le mur.

— Tu es viré. Maintenant, tu peux partir.

— Viré ?

— Oïl, *viré.* Congédié, relevé de tes fonctions, expliqua-t-il. Ma femme me dit qu'on peut recruter des nouveaux hommes quand on veut.

Gavin leva les yeux au ciel, comme pas du tout inquiet.

— Ah, elle te dit ça ? Je suis plus que familier de ce terme. Ta femme me menace de la même façon. À répétition. En parlant d'elle, serait-elle la ravissante jeune femme en vert pâle assise en haut des marches ?

Il se pencha au-dessus du rempart.

— Je pourrais te pousser, marmonna Greylen.

— Oïl, tu pourrais, renchérit Gavin avec un sourire. Mais dans ces cas-là, je tomberais sur ta jolie femme.

— File, Gavin, soupira Greylen.

— Chut, Bella vient de sortir.

Greylen secoua la tête et leva les yeux au ciel.

— Tu ne peux pas l'entendre, imbécile.

— C'est toi l'imbécile, Greylen.

Il haussa un sourcil, se demandant si le corps de Gavin toucherait sa femme s'il le poussait sur la gauche.

— Peut-être, répondit Gavin, devinant ses pensées. Mais le jeu en vaut-il la chandelle ?

— Tu n'as pas quelque chose à faire ?

— Rien de plus pressant que ça. Parle, Greylen. Qu'est-ce qui te trouble ?

— Je ne suis pas troublé, Gavin.

Qu'il soit maudit... et s'en aille. Greylen croisa les bras sur son torse et baissa les yeux vers Gwen.

— Je ne suis pas troublé, répéta-t-il à voix basse, mais amoureux de ma femme.

Il soupira.

— Et je te redemande : quel est le problème ?

— Regarde-moi ! Je la regarde comme un garçon transi d'amour.

Greylen plaqua Gavin au sol quand celui-ci commença à rire.

— Je me réveille avec elle dans mes bras chaque matin, Gavin. Je cours avec elle avant de regarder le lever du soleil sur la plage. Ensuite, je pense à elle toute la journée pendant que je m'attelle à mes devoirs.

Il mit son visage dans ses mains et regarda Gavin de nouveau.

— Toi et moi, reprit-il en les montrant du doigt, on mange les plats qu'elle cuisine dans la joie toutes les nuits, peu importe l'heure à laquelle on rentre. Et je la regarde assise dans le bureau après ça, à dormir pendant que je travaille. Je...

Le coup le frappa avec une telle force que Greylen chancela en arrière.

— Je vois bien combien ta vie est devenue horrible, cracha Gavin.

— Qu'est-ce qui cloche avec toi ? cria Greylen en l'attrapant par la chemise.

Comme Gavin gardait le silence, il plissa les yeux.

— Tu pourrais avoir exactement la même chose, si tu cessais de faire l'idiot avec ma sœur.

— J'ai des devoirs à remplir.

— Elle t'aime, Gavin. Tu l'aimes. Qu'est-ce que tu attends ? Tu n'as pas idée de ce que c'est, ajouta-t-il un chuchotant. Quand je la porte du bureau la nuit et qu'elle dort dans mes bras... bon Dieu, Gavin, j'ai l'impression de tenir toutes les réponses du monde entre mes mains.

— Je te verrai aux champs, répéta Gavin en se libérant.

Greylen l'attrapa par l'épaule et l'obligea à se tourner.

— Gavin, je ne trouverai personne d'autre avec plus d'honneur que toi. Et je ne pourrais être plus honoré que de t'avoir pour frère.

— Je te verrai aux champs.

Le visage vide d'expression, Gavin se retourna et s'éloigna.

— Je serai rentré pour le souper ce soir, dit Greylen à Gwen le matin suivant.

Elle était assise devant lui sur la commode à le raser.

— Tu sais que je suis là depuis presque cinq semaines et que nous n'avons jamais partagé un repas ensemble dans le grand hall ?

— Je suis désolé.

— Je ne cherchais pas des excuses. Je suis contente que tu nous rejoignes. Gavin aussi ?

— Oïl, pourquoi me demandes-tu cela ?

— N'est-ce pas étrange qu'il n'ait jamais abordé Isabelle ?

— Pas étrange. Je dirais plutôt suspicieux.

En vérité, il y avait beaucoup pensé depuis sa confrontation avec Gavin. Et il était désormais sûr que ce qui éloignait Gavin de sa sœur devait être important.

— Pourquoi ne s'est-elle pas mariée, Greylen ? Elle est assez âgée.

— Elle a toujours refusé les prétendants et je suis maintenant sûr que c'est Gavin qui l'empêche de se marier. Et puis, mon père a veillé à ce qu'elle ait sa propre richesse. En vérité, elle n'a pas besoin de se marier.

— Mais elle aime Gavin.

— Oïl, et il l'aime aussi.

— *Et ?* insista-t-elle en tapotant son torse.

— Et quoi ?

Il rit.

— Fais quelque chose. Tu règles tous les problèmes... tu te rappelles ?

— C'est difficile de changer la volonté de quelqu'un, Gwen, surtout quelqu'un d'aussi têtu que mon second.

— Pas vraiment. Ils ont juste besoin d'un petit coup de pouce. Bon, seul Gavin a besoin d'être poussé.

— J'ai essayé d'aborder le sujet, mais il refuse d'écouter, expliqua-t-il en secouant la tête.

— Ah, ne bouge pas, siffla-t-elle en écartant le rasoir.

— Gavin t'a avoué ses sentiments ?

— Non, il me fixe comme si j'étais devenue folle.

— Je connais ce regard.

Greylen leva les yeux au ciel.

— Je ne suis pas surpris, reprit-il en soupirant. Habille-toi pour le dîner d'aujourd'hui, ma femme.

Il exerça une petite pression à ses cuisses.

— Tu plaisantes, n'est-ce pas ? Greylen, je m'habille tous les jours et tous les soirs.

— Je suis conscient que tu t'habilles, Gwendolyn. Je suggère que tu le fasses de manière appropriée.

— *Appropriée.* Ouhh, c'est un grand mot, je ne crois pas que je le comprenne.

— Tu comprends très bien, la contredit-il en l'attirant à lui. Tu pourrais prendre l'hémisphère est avec une armée à ta disposition.

— Oh, c'est trop mignon.

— C'était une insulte, marmonna-t-il.

— Retire-la ! s'écria-t-elle en riant.

— Non. Tu me rends fou.

Et c'était vrai. Parfois docile entre ces mains et la minute d'après, elle devenait l'apocalypse en personne. Sa femme était intelligente, aimante et attentive ; vulgaire, têtue et terriblement fougueuse. Elle remettait ouvertement en question son autorité et bon Dieu, sa simple beauté pouvait réveiller les morts. Sans parler de ses doigts. Quand elle commençait à montrer du doigt quelque chose, il cherchait la fuite. Ou répliquait si nécessaire.

Il avait essayé de changer sa manière de s'habiller, mais ses tentatives étaient futiles. Voire explosives. Un matin, il s'était même donné la peine de lui choisir une robe à porter pendant qu'elle terminait de se préparer dans la salle d'eau. Puis, il avait demandé à ce qu'elle le retrouvât en bas.

Il avait attendu en bout de table dans le grand hall, face à l'arche. Sa mère, Gavin et Duncan étaient assis à sa gauche et Isabelle à sa droite. Il venait de prendre une gorgée de café quand sa femme était entrée... et il avait recraché le contenu de sa bouche.

Gwen, *sa femme*, n'était pas habillée de la robe qu'il avait précautionneusement placée sur le lit, mais des vêtements dans lesquels elle lui était venue. Un haut blanc moulant révélant ses bras, le gros de son buste et les contours de tout ce qui se trouvait en dessous. Et son pantalon, bon Dieu, il n'avait jamais vu un pantalon aussi moulant. Il suivait tellement ses courbes qu'il pouvait voir son nombril.

Et elle était pieds nus.

Elle avait souri en s'approchant de la table où tout le monde, lui excepté, avait recouvert sa bouche et ri.

— Bien le bonjour, tout le monde, avait-elle dit doucement en les regardant.

Puis, elle s'était tournée vers lui.

— Greylen, *mon époux...*, avait-elle commencé d'une voix mielleuse.

Il allait l'encastrer... contre le mur, le sol, la porte, le lit.

— Comme c'était gentil de ta part de prendre la peine de me dire quoi porter, avait-elle continué.

Greylen ne pensait plus qu'à l'imminente défaite de Gwen et du triomphe auquel il goûterait.

— Je voulais juste être sûre, avait-elle ajouté debout à côté de la table, en montrant son corps. *Ceci* n'était-il pas ton premier choix ?

Il s'était levé si vite que la chaise était tombée. Il l'avait attrapée, sa main formant un étau autour de son bras tandis qu'il la tirait hors de la pièce. Les autres derrière eux étaient tellement hors de contrôle qu'ils frappaient la table en riant.

Quand Greylen et Gwen étaient entrés dans leur chambre, il était tellement furieux qu'il arrivait à peine à parler.

— Comment oses-tu, ma femme !

— Comment j'ose ? Comment *moi*, j'ose ?

Il l'avait fait reculer jusqu'à la porte, d'un air menaçant.

— Je croyais t'aider, s'était-il écrié en l'empêchant de s'échapper.

— Tu...ne... m'aidais... pas !

— Excuse-toi. Maintenant.

—Jamais.

— Tu paieras pour ton insolence, l'avait-il prévenue à un centimètre de son visage.

— Oh, bon Dieu, Greylen ! s'était-elle exclamée en attrapant son haut. Sois rapide, j'y suis déjà presque.

Il ne l'avait pas fait attendre. Il lui avait arraché ses vêtements, puis l'avait collée au sol. Il l'avait embrassée sauvagement en se plaquant contre elle, dans un tel état qu'il n'arrivait plus à réfléchir. Brutalement, il avait enfoncé ses hanches entre ses cuisses, dénouant son pantalon à peine assez pour se libérer avant de plonger en elle.

Il avait adoré l'entendre supplier et comme elle avait supplié – encore et encore. Il avait joui avec un cri en entendant son nom s'échapper des lèvres de sa femme.

L'incident suivant se produisit deux jours plus tard. Il n'avait pas pu courir avec elle ce matin-là et quand elle avait approché Hugh, son garde du corps, celui-ci l'avait informée que c'était interdit. Greylen ne saurait dire pourquoi il avait choisi ce mot-là en particulier, mais il était sûr qu'il l'avait employé en sachant que sa femme serait furieuse.

Elle était toujours dans sa robe de chambre quand elle était arrivée en furie dans le bureau.

— Je m'apprêtais à me changer pour aller courir, siffla-t-elle, mais on m'a dit que tu l'avais *interdit*.

De la fumée sortait presque de ses oreilles.

Greylen avait regardé Gavin et ses hommes à table.

— Laissez-nous, avait-il ordonné d'un ton menaçant.

Il avait regardé sa femme les yeux plissés. Encore une fois, il sentait sa future victoire et son corps et son esprit s'agitaient d'excitation. Gwen avait attendu que les portes se ferment.

— Écoute-moi bien, homme des cavernes. J'ai besoin de courir et tu ne peux pas m'arrêter, s'écria-t-elle en s'approchant de son bureau d'un pas déterminé, l'air furieuse.

— Je t'ai bel et bien arrêtée, ma femme, l'avait-il corrigée.

— J'irai dans cette putain de robe de chambre s'il le faut, Greylen ! Où sont mes habits ?

— Ne va pas aussi vite, *mon cœur*. Répète-moi quel mot tu as utilisé pour me décrire... *maintenant !*

— J'ai dit : homme des cavernes ! avait-elle crié en s'appuyant au bureau.

— *Homme des cavernes ?* avait-il répété en criant et se levant. Comme la bête préhistorique ?

— Oui. Tu sembles être un descendant direct, lui avait-elle craché au visage.

Elle avait fait un bond en arrière quand il avait jeté tout ce qui était sur son bureau au sol. Puis, elle avait couru vers la porte tandis qu'il se précipitait pour la prendre en chasse. Il l'avait attrapée par les poignets au moment où elle tendait la main vers le loquet et l'avait tirée en arrière.

— Assieds-toi, *mon aimée*, ordonna-t-il en la poussant, bien qu'elle s'exécutât.

Elle tremblait sous sa main, aussi désespérée que lui. La main derrière sa tête, les doigts pressés sur son crâne, il l'avait allongée sur le bureau vide et avait défait la ceinture de sa robe avec ses dents.

— Tu fais exprès de me provoquer, avait-il grogné.

— Peut-être, avait-elle dit le souffle court. Pas toi ?

— Si, avait-il chuchoté.

Il avait recouvert sa bouche de la sienne et parcourut brutalement son corps de ses mains. Il avait goûté et mordu chaque centimètre d'elle, assis dans sa chaise. Puis, il avait attrapé ses jambes et l'avait attirée à lui pour embrasser l'intérieur de ses cuisses. Ensuite, il l'avait écartée de ses doigts et s'était délecté d'elle avec sa bouche.

— Lâche prise, ma femme, avait-il chuchoté en bougeant son doigt à l'intérieur.

C'était déjà le cas, mais il continuait pour qu'elle se rendît une fois de plus. Il s'était levé, avait glissé sa main sur l'humidité avant de couvrir son sexe à lui. Il l'avait observée en faire de même : passer sa main sur elle avant d'enrouler ses doigts autour de son érection. Il avait grogné et l'avait repoussée, l'avait pénétrée avec tant de force qu'ils avaient tous les deux crié.

Il avait fallu moins d'une minute pour qu'ils eussent tous deux un orgasme et en restassent pantois.

— Quelle effrontée, avait-il grommelé. Tu me provoques bel et bien exprès.

— Oïl, Greylen, avait-elle admis.

Et elle lui avait souri.

— Greylen. *Greylen*.

Elle caressa sa joue, le tirant de sa rêverie. Il secoua la tête et sourit.

— Pardon.

— Tu étais à des kilomètres d'ici.

— Non.

Toujours dans le donjon, en pensée du moins. Il se pencha et l'embrassa.

— Viens, dit-il.

Il la prit par la taille et la fit descendre de la commode.

Elle s'assit sur le coffre au pied de leur lit, à boire le café qu'Anna avait rapporté plus tôt. Leur domestique savait quand ils partaient le matin et à chaque occasion, un bain chaud et un café les attendaient à leur arrivée.

— Alors, qu'est-ce que tu as de prévu aujourd'hui ? demanda-t-elle pendant qu'il s'habillait.

— On chevauche jusqu'à la frontière sud. MacFale trouble nos postes encore, même s'il n'a rien profané.

— *Profané* est un grand mot, Greylen. Il est si terrible ?

— Oïl, il aime infliger de la douleur... sur les gens comme sur les animaux.

— Dans ce cas-là, je ne veux pas que tu joues avec lui, d'accord ?

— Oïl. Je ne jouerai qu'avec mes hommes... et toi.

Il quitta la pièce en riant quand il l'entendit crier *bonne réponse*.

Gwen se servit une autre tasse de café et alla sur le palier dans les escaliers. Enveloppée dans sa robe de chambre, elle était assise sur un banc installé là, à attendre Greylen et ses hommes. Ils se retrouvaient dans le bureau tous les matins pour discuter de choses dont elle n'avait pas connaissance, puis ensemble, ils se dirigeaient vers les portes d'entrée.

Les observer était sa partie préférée de la journée et elle sourit en les entendant descendre. Puis, ils apparurent. Sept des hommes les plus incroyables au monde.

Ils étaient tous imposants, avec des cheveux sombres de différentes longueurs et des corps époustouflants. Aujourd'hui, ils portaient des pantalons ébène et des hauts colorés. Ils avaient leur épée dans le dos et leur carquois rempli de flèches à l'épaule. Mais ce qui l'attirait le plus, c'étaient leurs yeux. Peu importe les problèmes qu'ils *pensaient* qu'elle causait, ils ne la regardaient qu'avec respect et inquiétude. Et peu importait combien de fois ils lui mentaient ouvertement, elle savait qu'ils ne le faisaient que pour la protéger.

— Les garçons, les appela-t-elle joyeusement.

Elle fut récompensée par sept sourires quand ils se tournèrent.

— N'oubliez pas qu'on mange de la pizza ce soir. Vous la prenez en rentrant, d'accord ?

Ils hochèrent tous la tête et tapèrent sur le dos de son mari avant de se diriger vers la porte. Greylen, lui, s'attarda, soutenant son regard plus longtemps. Enfin, il se tourna pour rejoindre ses hommes.

CHAPITRE 19

Sa femme s'était habillée pour le dîner.

Elle était resplendissante en bleu pâle. Ses cheveux étaient attachés par une pince avec un joyau qu'il lui avait offerte le matin même et ses jambes étaient croisées. Elle était assise devant le feu dans le grand hall et tournait son pied de manière provocante. Le cordonnier avait dû faire une crise en fabriquant ses sandales. Ou plutôt, elle avait dû faire une crise pour le plier à sa volonté. Les sandales étaient délicates et similaires à celles qu'elle portait la nuit de leur mariage. Les talons de cette paire-ci, en revanche, devaient faire sept centimètres de plus et étaient en pic. Son appétit grandit... pour elle.

Elle se tourna et sourit, comme si elle était ravie de son apparition. Gavin et lui étaient tous deux impeccablement habillés d'une chemise en lin et d'un pantalon noir rentré dans des bottes cirées. Leurs cheveux étaient encore mouillés, puisqu'ils s'étaient baignés dans le lac avant de rentrer au donjon, leur rituel après une longue journée.

Greylen s'avança vers Gwen et porta sa main à ses lèvres.

— Tu es très belle, la complimenta-t-il.

Gavin servit du vin et tendit un verre à chacun avant de poser le dernier sur le clavecin pour Isabelle.

— Greylen, viens jouer avec moi, lui demanda Isabelle.

— D'accord, petit lutin, quelque chose de joyeux.

— Tu joues, Greylen ? s'étonna Gwen.

— Un de mes nombreux talents.

Gwen ricana.

— Mon Dieu, ton ego ne connaît aucune limite.

Elle se tourna vers son second.

— Gavin, viens danser avec moi, proposa-t-elle. Nous apprendrons à mon mari arrogant et son insolente sœur comment bouger sur une telle musique.

Gavin but le contenu de son verre, puis tira la révérence avant de prendre sa main. Il la guida au centre de la pièce et Gwen sourit.

— Suivez-moi, très cher monsieur.

Elle lui apprit alors ce qu'elle appelait un *two-step*. Très vite, Gavin la fit tourner dans la pièce et quand la musique s'arrêta, il lui embrassa la main.

— À mon tour, fit Isabelle en se levant.

— Parfait. Je jouerai pendant que Gavin t'apprend les pas, s'enquit Gwen avec un sourire.

Étrangement, quand elle s'assit à côté de lui, elle se contenta de scruter les touches avec un regard qui contredisait son enthousiasme précédent. Un long moment plus tard, elle s'expliqua dans un murmure :

— Tu sais, c'est un peu bête, mais jouer au piano dans le passé m'a toujours rendue triste, plus seule que je ne l'étais.

Elle se tourna vers lui. Et quand elle se mordit la lèvre, il passa un doigt sur le côté de son visage.

— Une caresse pour te donner du courage, mon aimée.

Les yeux de sa femme se remplirent de larmes.

— Qu'y a-t-il ? s'inquiéta-t-il.

Elle tendit les mains, attrapa son visage et l'approcha d'elle.

— Tout ce que j'ai toujours voulu est là, dans cette pièce, Greylen, chuchota-t-elle juste pour lui.

Bon Dieu, comme il aimait cette femme.

— Je n'aurais pas dit mieux.

Il l'embrassa, puis désigna de la tête les touches.

— Joue, mon cœur.

Il lui fallut un temps pour trouver le bon placement et elle rit en cherchant son rythme. Ils furent tous surpris de l'entendre jouer si bien.

Greylen étudia les mains de Gwen et la suivit, ce qui contribua à son ravissement. Elle lui lança un sourire incroyable, qu'il lui rendit. Et désormais, c'était lui qui riait et s'amusait plus que jamais.

Anna entra et annonça le dîner et quand il leva les yeux, il ne put s'empêcher de remarquer le regard chaleureux qu'elle échangea avec sa mère. Quand ils finirent leur morceau, Gavin escorta Isabelle et leur mère à table. Gwen et lui restèrent où ils étaient.

Il secoua la tête et la fixa.

— Tu ne cesses jamais de m'étonner, Gwen.

Il rit tandis qu'elle se mordait la lèvre inférieure.

— Un jour, mon aimée, je vais la mordre à ta place.

— Tu l'as déjà fait, répliqua-t-elle en levant les yeux au ciel.

— Ne me le rappelle pas, grogna-t-il.

— J'aime bien quand tu me mords.

Elle sourit et ils se dirigèrent en riant vers la table, où Greylen lui tira une chaise. Il resta debout et leva son verre cérémonieusement.

— À la première des nombreuses nuits pleines de joie que nous passerons ensemble. Puisse la chaleur qui remplit cette pièce durer toute notre vie.

Ils trinquèrent ensemble avant de boire.

— Greylen comment as-tu appris à jouer du clavecin ? le questionna Gwen alors qu'ils commençaient à manger.

— Mon père et moi sommes allés en Italie il y a des années. Nous avons vu cet instrument à la cour et mon père était si épris de cette invention qu'il a demandé à ce qu'on lui en construise un pour chez nous.

— Qu'est-ce qu'il lui est arrivé ?

— Il est mort il y a cinq ans, paisiblement, dans son sommeil.

— Je suis désolée, dit Gwen en lui prenant la main.

Elle répéta ses condoléances à sa mère et Isabelle.

— Nous avons eu une bonne vie ensemble, Gwendolyn, intervint sa mère. Il aimait ses enfants plus que tout et a veillé à ce qu'ils aient tout ce que le monde a à offrir.

— Dites-m'en plus, l'encouragea doucement Gwen.

— Quand les enfants étaient jeunes, il les dorlotait constamment. Greylen était toujours sous son bureau, le même bureau qu'actuellement. Même quand il était un bébé, à ramper, il cherchait la présence de son père. Et même si Isabelle est arrivée bien plus tard, il lui a montré la même affection. Elle adorait être cahotée sur ses genoux et danser pour lui avant le souper.

Les souvenirs revenaient à Greylen et il remarqua l'expression envieuse de sa femme. C'était le même regard que Gavin, mais il ne l'avait pas remarqué avant. Ce n'était que maintenant qu'il le voyait et comprenait qu'il devait résoudre ce mystère.

— Quand Greylen est devenu plus âgé, Allister l'a emmené partout. Ils prenaient la mer ensemble, voyageaient, se rendaient à des conseils. Il voulait que son fils soit conscient du monde qui l'entourait et de la nature humaine. Et même si cela le peinait d'envoyer Greylen à l'étranger poursuivre ses études, Allister savait que cet apprentissage était important et lui ouvrirait l'esprit.

— Il devait être un très bon père, commenta sagement Gwen.

— Il l'était, confirma Greylen en serrant sa main. Et tes parents, Gwen ?

— Mes parents n'étaient en rien comme les tiens. Tu as eu de la chance de grandir dans un foyer aimant. C'est tout ce que j'ai toujours voulu. Mon monde est si différent, *les gens* sont si différents.

— Les circonstances peuvent changer, Gwen, mais les gens et leurs motivations demeurent.

— Il faut vraiment que tu aies toujours raison ? C'est *teeellement* agaçant.

— T'agacer se trouve être mon loisir préféré.

— Oh, vraiment, j'aurais juré que c'était autre chose.

Elle laissa le sous-entendu planer et se tourna vers Gavin.

— Et ta famille, Gavin ?

Greylen savait que si Gavin pouvait emmener Gwen dehors et la frapper, ce serait maintenant. Elle avait posé la question que personne n'avait eu le cran de poser. Greylen était choqué d'entendre Gavin répondre.

— Moi aussi, je rêve d'une famille, Gwen, mais seulement depuis que je suis le garde de ton mari. J'ai eu la chance de connaître l'amour d'une mère, et fut un temps peut-être, celui d'un père.

— Que leur est-il arrivé ?

Greylen savait qu'il n'était pas le seul à retenir son souffle. Sa sœur et sa mère devaient en faire autant, car ils n'avaient jamais entendu Gavin parler aussi librement.

— Mon père est toujours en vie, mais c'est un homme faible et j'ai choisi de partir. J'ai étudié à l'étranger, jusqu'à rejoindre les rangs de mon roi et c'est là que j'ai eu la chance de rencontrer un homme d'honneur.

— Tu n'as pas d'autre famille ?

— Pas dont je parlerai. Je leur ai tourné le dos il y a des années et le diable lui-même ne pourrait pas me forcer à les regarder de nouveau.

Il avait craché ces mots, sa colère à peine contenue.

— Je suis désolée, Gavin.

— Ne le sois pas, Gwen. C'est moi qui suis désolé, car j'ai laissé tant derrière moi. Mais je ne prendrai pas pour acquis ce que j'ai gagné depuis.

La conversation prit une tournure plus légère et les domestiques emportèrent leurs assiettes. Après une heure environ auprès du feu, Lady Madelyn prit congé d'eux, les embrassant chacun leur tour avant de partir. Greylen se leva peu de temps après et tendit sa main à Gwen. Ils quittèrent Gavin et Isabelle, assis face à face dans les fauteuils devant le feu.

Gavin regarda enfin Isabelle. Elle était appuyée sur le côté de sa chaise, son pied glissé sous ses fesses.

— Qu'est-ce que je ne ferais pas pour que les choses soient différentes, Bella, dit-il en l'observant droit dans les yeux.

— Imagine qu'elles le sont, Gavin, juste un instant, chuchota-t-elle. Qu'est-ce que tu ferais ?

— Tu serais déjà mienne, Bella. Un bébé grandirait dans ton ventre et je prendrais soin de toi comme je l'ai seulement rêvé.

Isabelle quitta le confort de son siège et avança jusqu'à être devant lui.

— Danse avec moi encore une fois, Gavin ? S'il te plaît.

Elle tendit la main, il se leva et l'attira dans ses bras. Puis, il la fit bouger dans la pièce, imaginant la musique qu'ils avaient écoutée plus tôt. Imaginant la vie qui ne pourrait jamais être la sienne. Gwen avait ouvert une myriade d'émotions ce soir et il était surpris d'avoir répondu à ses questions. Mais une fois dits à voix haute, les souvenirs semblaient effacer un peu ceux qui hanteraient pour toujours son esprit.

— Viens, je vais t'escorter jusqu'aux escaliers, murmura-t-il en éloignant les cheveux d'Isabelle de son visage.

— M'embrasseras-tu, Gavin ?

Visiblement, il n'arrivait pas à se contrôler ce soir. Il tendit la main, toucha son visage et se pencha lentement pour poser ses lèvres sur les siennes. Il resta parfaitement immobile, se sentant aussi proche du paradis que jamais.

Main dans la main, ils marchèrent vers les escaliers. Puis, un pas sur une marche et la main sur la rampe, il la regarda monter. Elle tourna rendue au palier, mais juste avant d'atteindre sa porte, elle se pencha au-dessus de la rampe.

Silencieusement, ses lèvres articulèrent les mots *je t'aime*.

Et il fut perdu.

Il couvrit de sa main son cœur et ferma les yeux. Quand il les rouvrit, il la regarda. Il la regarda jusqu'à être sûr qu'elle ait compris, d'abord qu'il acceptait ses mots, mais plus important encore, qu'il l'aimerait jusqu'au jour de sa mort.

Un instant plus tard, il quittait le donjon. Se maudissant à chaque pas qu'il faisait. Sachant que s'il prenait la liberté de l'avoir, il détruirait la vie qu'il connaissait.

Mais ce qui jadis était assez...

Il leva les mains vers le ciel et son rugissement fit écho dans la nuit.

CHAPITRE 20

— Pour l'amour de Dieu, Gwen, qu'est-ce que tu fais ? demanda Greylen en secouant la tête.

Il s'habillait et elle était allongée sur le sol.

— Des relevés de buste, Greylen.

— Ah... tes exercices sont faciles, ma femme. Pour courir, il faut courir. Pour faire des relevés de buste, il faut relever le buste. J'ai bien compris ?

— Oui, c'est ça, et cet exercice de musculation me permet de garder un ventre plat et ferme. Quelque chose qui te plaît bien, dit-elle en poursuivant son exercice.

Il enjamba son corps et la poussa vers le sol en souriant.

— Ce qui me plairait plus serait que ton ventre accueille mon bébé et que tu cesses ce que tu appelles exercice.

— Vraiment ?

— Oïl, *vraiment*. Tu ne veux pas d'enfants ?

— Si, c'est juste que... nous n'en avons jamais parlé, bégaya-t-elle.

— Non, on ne fait que s'accoupler comme des animaux deux fois ou plus par jour.

Il rit et l'embrassa.

— Oh mon Dieu, Greylen, je pourrais déjà être enceinte.

— Oïl, mon aimée, on devrait savoir d'ici quelques jours.

Greylen lui fit de nouveau l'amour, comme pour prouver ses dires avant de partir avec ses hommes. Gwen continuait de les regarder tous les matins, les interpellant joyeusement quand ils étaient sur le seuil du donjon. Aujourd'hui, pourtant, elle se rendit compte qu'elle avait oublié de dire quelque chose à Greylen et courut en bas. Quand elle ouvrit la porte, ils s'échangeaient des pièces. Ils arboraient un air coupable.

— Qu'est-ce que c'est que ça ? demanda-t-elle les mains sur les hanches.

— Ce sont des *pièces*, Gwendolyn, expliqua Greylen en brandissant l'une d'entre elles. On les utilise pour acheter des choses.

— Je sais ce que c'est que des foutues pièces, imbécile. Je veux dire : qu'est-ce que vous fichez avec ça ?

— Elle a vraiment un vocabulaire des plus grossiers, commenta Greylen à ses hommes comme si elle n'était pas en face d'eux.

— Réponds-moi, mari, siffla-t-elle.

— On les échange.

Il sourit et Gwen plissa les yeux.

— Tu me prends pour une idiote ? Parce que je ne le suis pas.

Il rit et elle hoqueta en comprenant.

— Vous pariez sur ce que je vais demander le matin, c'est ça ?

— Ah, Gwen, ne sois pas fâché. Tu seras contente d'apprendre que je gagne toujours.

— Et tu seras content d'apprendre que je vais te botter le cul.

Elle se précipita sur lui comme une furie et il la mit au sol quelques secondes plus tard.

— Rends-toi, exigea-t-il en souriant.

— Comme si j'avais le choix ?

— Tu as toujours le choix, Gwen. Tu peux la jouer docile ou je t'oblige à la jouer docile, devant tout le monde, la prévint-il de manière suggestive.

— Tu me toucherais et me ferais supplier devant tes hommes ?

— Je les tuerai après. Ensuite, on pourra mettre une pub dans les journaux et en embaucher d'autres.

— Je me rends, grommela-t-elle.

Elle savait qu'elle l'avait surpris en cédant aussi vite. Il secoua la tête.

— Trop facile, mon aimée.

— Je te jure, Greylen, je me rends. Maintenant, aide-moi à me relever, l'ours immense.

Elle prit un grand plaisir à lui mentir. Il se leva et la redressa avec lui. Gwen lui embrassa la joue comme si rien ne s'était passé, souhaita une bonne journée à ses hommes et s'écarta.

— Greylen, puis-je te voir un instant, s'il te plaît ? demanda-t-elle sans se retourner.

Elle savait qu'il se sentirait un tant soit peu contrit et accepterait sa requête. Elle était déjà sur les marches quand il l'atteignit et elle se tourna pour qu'ils se touchent presque, son visage juste devant le sien.

— Tu te rappelles avoir fait l'amour ce matin, Greylen ?

Il plissa les yeux.

— Oïl.

— Je peux encore te sentir en moi, ronronna-t-elle en couvrant ses seins avec ses mains. Sentir ton sexe chaud, épais et… si dur. Je te jure que j'en suis encore mouillée.

Elle savoura immensément le sifflement qui s'échappa de ses lèvres tandis qu'il fermait fort les yeux. Ça, et le fait que son mari était désormais dur comme la pierre avec six hommes debout derrière lui.

— Bref, passe une bonne journée, s'exclama-t-elle joyeusement.

Elle s'éloigna d'un pas nonchalant et ferma la porte.

Quelques secondes plus tard, la porte vola en éclat dans le sillage de Greylen et son rugissement la fit crier et grimper les marches à toute vitesse. Il la rattrapa sur le palier. Sa robe se déchira dans le dos et il la porta dans leur chambre par-dessus son épaule. Il la prit contre le mur, plongeant en elle encore et encore pendant qu'elle criait son nom, jouissant dans un cri qui fit trembler les chevrons.

Assis dans le bureau, il lui expliqua le pari que lui et ses hommes avaient fait, assez content d'avoir gagné chaque matin.

— Ça valait le coup, Greylen ?

— Ça valait chaque foutue pièce, mon aimée, admit-il en l'embrassant.

Une autre semaine passa et, assise sur son perchoir, elle écouta Greylen et ses hommes descendre le couloir. Même s'ils riaient et souriaient toujours en franchissant la porte d'entrée, elle savait qu'ils rencontraient plus fréquemment des problèmes. Dernièrement, elle ne leur demandait plus que de rentrer sains et saufs. C'était la seule chose qui importait désormais.

Le comprendre avait tout changé et elle appréciait la vie comme elle ne l'avait jamais fait avant. Elle était à l'aise avec les changements drastiques et elle était sûre que Greylen et elle seraient heureux pour toujours.

Cela dura jusqu'au dîner.

Gwen jouait de la musique et partageait un repas avec Greylen, Isabelle, Lady Madelyn, Gavin et ce soir-là, Duncan. Elle ouvrit elle-même la boîte de Pandore, tout en buvant du café dans une splendide tasse en porcelaine. *Stupide foutue tasse.*

— Vous savez que des gens paient des millions de dollars chaque année, juste pour avoir une tasse de café ?

— Des millions, Gwen, ce n'est pas possible, la contredit Greylen en secouant la tête.

Elle leva les yeux au ciel.

— Il y a des gens qui ont des millions et des millions.

— Vraiment, Gwendolyn ? demanda Isabelle.

— Vraiment, insista-t-elle. Et il y a des magasins partout qui vendent tout ce que vous pouvez imaginer.

Elle décida de ne pas leur parler d'Internet ou d'Amazon.

— Ton chez-toi te manque, ma fille ? Ta famille ? l'interrogea Lady Madelyn.

Tout le monde la fixait du regard.

— Honnêtement, Mère, non. J'adore cet endroit... et ma famille n'est plus là. Mes parents et ma tante étaient tout ce que j'avais et ils sont morts il y plus de deux ans.

— La prophétie évoquait ton deuil, Gwen, intervint Gavin.

— On pourrait croire que mon mari, dit-elle en fusillant du regard Greylen, me l'aurait dite maintenant.

— On pourrait croire, grogna Greylen, que ma *femme* connaîtrait sa place maintenant.

— Tu me la montres bien assez souvent, marmonna-t-elle.

— S'il te plaît, récite-la, Greylen, lui demanda Isabelle avant de lever les yeux au ciel exagérément. Ou je vais vomir de vous voir vous chamailler.

Gwen remplit leurs verres, sous l'œil noir de Greylen. Cela la tuait de feindre l'indifférence. Mais elle refusait de le laisser voir ce qu'elle ressentait. *Quelle bête insupportable.*

Greylen observait sa femme. Elle était au bord de l'implosion. Il finit enfin par rire.

— Assieds-toi, *jeune femme*, je vais te la dire.

Il attendit qu'elle se rassît, puis fit tinter leurs verres et commença.

— Dans le plus grand clan des Highlands, il est né...

Il fit un clin d'œil à sa mère et poursuivit :

— D'une autre époque, d'abord elle doit pleurer...

Il serra la main de Gwen et se leva pour jouer le grand compteur.

— Deux âmes pour toujours jointes, pourtant si loin...

La main sur le cœur, il regarda son audience, captivé lui-même par les mots qui sortaient de sa bouche.

— La raison est claire : elle doit réparer son cœur brisé...

» Une grande tempête fera rage, le soir de ses trente-trois ans...

» Et de ses vingt-huit ans, pour que le chemin s'ouvre...

» Un contact et pour toujours, leur lien sera la clé...

» Une fois ensemble, ils resteront unis... pour l'éternité.

Isabelle se leva et applaudit d'excitation, tandis que Greylen tirait la révérence avant de regarder de nouveau Gwen. Il plissa les yeux en remarquant son attitude. Elle était assise, complètement immobile, le visage neutre. Elle tendit la main pour attraper son verre et le vida de son contenu.

— Redis-la, Greylen, demanda-t-elle sans regarder personne.

Son ton était plat et sa voix crispée. Elle se préparait pour la réentendre.

Il n'avait aucune idée de ce qui la bouleversait, mais il ne l'avait jamais vue comme ça. Il reprit, plus humblement cette fois, tout en l'observant intensément.

Son visage resta impassible jusqu'à ce qu'il répète :

— La raison est claire : elle doit réparer son cœur brisé...

Gwen se leva si vite que la chaise tomba. Son verre vide, elle prit celui de Greylen et le but entièrement.

— Si vous voulez bien m'excuser.

Puis, elle disparut.

Elle était à la moitié des marches quand il la rattrapa.

— Gwen, qu'est-ce qui ne va pas ? demanda-t-il en montant les marches trois à trois pour la suivre.

— Je... je...

Elle s'arrêta rien qu'une seconde pour le regarder.

— Oh, mon Dieu, Greylen, je ne *peux pas.*

— Tu ne peux pas quoi, Gwen ? Qu'est-ce qui te trouble ? s'écria-t-il.

Elle monta les marches, arpenta le sol en se tordant les mains. Puis, elle resta debout au centre de leur chambre et le dévisagea comme elle ne l'avait jamais regardé auparavant. Elle recommença à secouer la tête.

— Je vais courir, annonça-t-elle en fixant du regard le sol.

— Il fait nuit, Gwen, et tu as bu trois verres de vin. Tu n'iras nulle part.

— Tu ne comprends pas, Greylen, s'écria-t-elle en levant les yeux. Ça n'a pas d'importance. Je dois sortir d'ici.

Elle se tourna vers la salle d'eau, fit voler des vêtements une fois à l'intérieur. Elle vida l'intégralité de la commode en cherchant sans raison. Puis, elle se laissa tomber au sol et fouilla dans la pile. Le corps tremblant, elle retira sa robe et déchira le haut dans sa hâte. Elle se rhabilla dans ses vêtements de course, puis se leva haletante, les mains serrées si fort que ses phalanges étaient blanches.

Bon Dieu, sa femme allait exploser.

Il garda une voix calme et ne fit aucun geste pour l'approcher.

— Gwendolyn, viens près du feu, mon aimée.

Elle le dépassa et il s'écria :

— Tu ne partiras pas.

— Regarde-moi faire !

Effrayé à l'idée de la bouleverser plus, il la suivit jusqu'aux marches. Il se rendit compte qu'elle allait vraiment sortir.

— Gavin, hurla-t-il. La porte.

Gavin bondit pour obéir, à peine à temps. Gwen bougeait vite, mais Greylen n'avait qu'une seconde de retard. Il regarda avec fascination Gwen se dresser devant Gavin et le fixer d'un regard que Greylen avait déjà vu – le sien. *Bon Dieu, si un regard pouvait tuer...*

— Bien, je prendrai les escaliers.

Greylen savait que ces mots étaient pour lui, mais c'était au visage de Gavin qu'elle les avait lancés. Furieux, Greylen entra dans le grand hall.

— Venez, ma femme s'occupe du divertissement.

Il frappa dans ses mains et alla s'asseoir dans l'entrée avec sa mère et Isabelle, tandis que Duncan et Gavin servaient de sentinelles devant les portes. Tout le long, Gwen ne le regarda pas une fois. Elle courut dans les escaliers au moins vingt fois, manquant de se tuer tant elle allait vite.

Elle s'agenouilla sur le palier au bout d'un moment et frappa la pierre de ses mains. Elle redescendit les marches et ne regarda que Gavin. Le souffle court, elle avança vers lui et prit sa main. Puis, elle le fit reculer dans le vestibule, le suppliant du regard.

— Gwendolyn, non. Pas maintenant, pas ici.

Gwen tremblait, les yeux suppliants. Greylen la regarda intensément, sûr que Gavin savait qui ne pas servir. Confirmant ses pensées, Gavin le regarda, comme implorant silencieusement son pardon. Pourquoi, Greylen n'en savait rien.

— *MAINTENANT,* s'écria Gwen.

Elle était en colère que Gavin hésitât.

Il secoua la tête, peut-être pas en guise de refus, mais pour se débarrasser de sa confusion. Il leva les mains devant lui et attendit. Gwen ne fit pas un geste, Gavin plissa les yeux et commença à faire des cercles autour d'elle. Elle le suivit du regard et ferma les poings.

Greylen pencha la tête et plissa les yeux en observant la scène devant lui. Sa femme, en position de bataille. Son second, faisant étalage de talents qu'il lui avait supplié de montrer à de nombreuses reprises. Pourtant cette fois, *c'était sa maîtresse qu'il servait.*

Hésitant, il se leva, mais sa mère le tira en arrière.

— Laisse-la se calmer, Greylen. Elle te ressemble trop.

Ce fut ses mots qui l'atteignirent. Sa femme était en réalité comme lui. Forte et déterminée. Elle utilisait son corps pour subjuguer ce qui la rongeait. Du coin de l'œil, il vit Anna au bout du couloir et lui indiqua d'un geste de la main de préparer leur chambre. Elle irait en vitesse préparer un bain auprès du feu. Il riva son attention sur le centre du vestibule, attendit, ses propres poings serrés. Gavin commença à encercler sa femme, la cherchant du regard, bougeant les bras comme pour se préparer. Greylen ne savait toujours pas ce qu'il se passait.

Puis, cela commença et le spectacle lui coupa le souffle.

Sa femme attaqua, frappant les paumes de Gavin avec de petits coups d'abord droits, ensuite par en dessous. Elle grognait à chaque coup et Gavin renvoyait ses mains, plus fort après chaque assaut. Ils s'adonnèrent à un jeu qu'il n'avait jamais vu auparavant. Et il sourit presque de fierté.

Elle était incroyable.

Elle frappait les bras de Gavin depuis le côté désormais, se tournait pour frapper de derrière elle. La défense de Gavin était brutale, il rejetait chaque coup et tous deux bataillaient bruyamment. Cela continua pendant des minutes incessantes, sans qu'on en vît la fin. Enfin, il ne put en supporter davantage.

— *ÇA SUFFIT*, s'écria-t-il.

Il se leva pour se placer devant elle. Il attrapa le bras de Gwen et l'écarta de la pièce. Ils ne dirent pas un mot tandis qu'ils montaient les marches et entraient dans leur chambre. Il la guida dans la baignoire et retira ses vêtements avant de la soulever dans l'eau. Elle garda le silence, fixa le feu du regard pendant qu'il la lavait. Il l'enroula ensuite dans une serviette et la plaça devant la cheminée.

Il resta debout devant elle, les bras croisés sur son torse en attendant une explication. Enfin, elle le regarda.

— Je...

Elle secoua la tête.

— Dis-moi, Gwen, maintenant.

— Je...

Elle commença à pleurer, des larmes silencieuses d'abord, puis elle se consuma, la tête sur ses genoux, le corps tremblant. Il ne comprenait toujours pas, mais il s'agenouilla et la prit dans ses bras.

— Je...

Elle n'arriva toujours pas à finir.

— Ta connaissance des lettres a besoin d'être travaillée, mon aimée. Dois-je employer un précepteur ? plaisanta-t-il doucement.

Il s'écarta pour la regarder et elle rit.

— Ce serait vraiment généreux de ta part.

— Je te donnerais le monde, Gwen. Tu le sais. S'il te plaît, parle-moi.

Il ne savait pas quoi faire d'autre.

— Greylen, je... je...

— Bon Dieu, Gwen, on a déjà été jusque-là, *tu quoi* ?

— Je répare les cœurs, chuchota-t-elle.

— Je sais, Gwen, tu as déjà réparé le mien.

— Non, Greylen, ce n'est pas ce que cela veut dire.

— De quoi parles-tu ?

— *De la prophétie*, s'écria-t-elle. Je répare vraiment les cœurs, Greylen.

— Tu es une enchanteresse, l'accusa-t-il. Combien de cœurs as-tu apaisé... et comment ?

— Greylen, tu ne m'écoutes pas. La raison de ma présence ici est de réparer ton cœur – *littéralement.*

— Mais tu l'as déjà fait, Gwen.

— Non, le contredit-elle en secouant la tête. Greylen, j'ai le savoir, *la capacité*, de soigner un cœur. *D'une époque différente... la raison est claire : elle doit réparer son cœur brisé.* Greylen, j'ai été envoyée ici pour soigner ton cœur !

Comme si des images interdites traversaient son esprit, elle agrippa sauvagement ses cheveux.

Le corps tremblant de part en part, elle s'avança près de la fenêtre. Elle sonda la mer sombre, Greylen derrière elle. Il la débarrassa de sa serviette et l'enveloppa dans sa robe de chambre.

— Tu trembles, dit-il doucement en l'attirant à lui.

— Je ne serai pas capable de t'aider, Greylen.

Elle commença à pleurer et il la fit tourner.

— Si ce que tu dis est vrai, alors...

— Je n'ai pas l'équipement, Greylen. Même si j'avais mon sac, ce ne serait pas...

Elle hoqueta quand il se raidit.

— Où est-il, Greylen ? demanda-t-elle dans un cri en frappant son torse de ses deux mains.

Il s'approcha du coffre au pied du lit et sortit une clé de sa poche. Il retira le cadenas avant de soulever le couvercle.

— Je craignais qu'il ne change ce qui s'était produit.

Il souleva la besace et la lui tendit. Gwen hésita, mais s'en saisit. Elle la serra contre son torse et s'agenouilla sur le sol, se berçant d'avant en arrière. Il s'assit près d'elle, enroula ses jambes autour d'elle et lui leva le menton.

— Tu répares vraiment les cœurs brisés ?

Elle hocha la tête précautionneusement.

— Explique-moi. S'il te plaît.

Il ne s'était jamais senti aussi ignorant.

— Je...

Elle lâcha un souffle, comme se demandant par où commencer.

— Je suis chirurgienne, Greylen, un médecin qui opère les gens.

Elle s'arrêta, visiblement pour jauger sa réaction, mais continua en voyant qu'il gardait une expression neutre.

— Je venais de compléter mon internat et de signer un contrat.

Elle dut se rendre compte qu'il ne comprenait pas, car elle précisa :

— Pour devenir médecin, tu dois aller dans une école de médecine, c'est un programme de quatre ans que tu fais après avoir terminé un autre programme en quatre ans. Ensuite, tu travailles dans des hôpitaux sous la supervision d'autres médecins jusqu'à avoir fini ton *internat*.

Greylen hocha la tête et elle reprit :

— J'ai toujours su ce que je voulais faire, dès ma plus tendre enfance. J'étais obsédée à l'idée d'être la meilleure en tout.

Elle sourit. Greylen était submergé de fierté. En l'écoutant parler de son passé, c'était dur de ne pas l'attirer dans ses bras.

— J'ai fini le lycée en avance. En général, on finit à dix-huit ans, mais à cause de mon anniversaire en fin d'année et... j'imagine de mon engouement, j'avais seize ans quand j'ai commencé mes études. J'ai fini le premier programme plus tôt également et je suis entrée dans une école de médecine.

— Bon Dieu, Gwen. Comment as-tu accompli autant si vite ?

Elle haussa les épaules en tentant de rester indifférente, mais sa voix contenait une touche de désespoir quand elle répondit :

— Je n'avais que l'école, Greylen.

Il vit les larmes dans ses yeux et songea aussitôt qu'elle avait omis quelques détails.

— Que veux-tu dire par là ?

Il voulait absolument comprendre ce qu'elle ne disait pas.

— J'avais ma tante Millicent. Elle était merveilleuse, Greylen. On voyageait ensemble et elle me disait toujours combien elle était fière de moi.

Ses yeux s'éclairèrent quand elle parla de sa tante.

— Et tes parents, Gwen ? insista-t-il vu qu'elle continuait d'éviter le sujet.

Il lui fallut si longtemps pour répondre qu'il pensa qu'elle ne le ferait peut-être pas.

— Mes parents étaient... occupés.

Elle avait prononcé ce dernier mot très bas et, pire encore, vers ses mains.

— *Occupés*, s'écria-t-il presque, outré à sa place.

— Ce n'était pas leur faute, les défendit-elle. Ils avaient été entraînés comme moi. Ils étaient les meilleurs dans leur domaine, Greylen. J'étais destinée à prendre leur relève.

— Mais... et toi, Gwen ?

— J'ai... j'ai... travaillé dur, balbutia-t-elle. Je...

— Ils ne t'ont jamais félicitée pour tes efforts, Gwen ?

— Ils... ils attendaient de moi que je sois la meilleure, finit-elle par expliquer. Je ne crois pas qu'ils se soient un jour rendu compte...

Il lui releva le menton pour qu'elle le regardât.

— Rendu compte de quoi ?

— Je voulais juste qu'ils soient fiers de moi, Greylen. J'ai travaillé si dur pour qu'ils le remarquent.

Elle s'étouffa dans un sanglot.

— Je... Je ne laisserai jamais nos enfants se sentir si seuls et mal aimés.

Il jura et l'attira dans ses bras. Comment avait-elle pu être aussi maltraitée ? Elle s'était donnée corps et âme, avait aimé de tout son cœur. C'était étonnant qu'elle n'ait pas été endommagée de manière permanente par leur négligence.

— Qu'est-ce qu'il y a dans la sacoche ?

Il espérait que changer de sujet apaiserait sa détresse.

— Pas assez, Greylen.

Elle secoua la tête.

— Chut. Ne t'inquiète pas.

Il la calma, essuya une nouvelle larme qui coulait de ses cils.

— Allez, maintenant, je veux voir ce que ma femme incroyable a rapporté avec elle.

Elle commença à descendre de ses genoux, mais il la tira en arrière et lui releva le menton.

— Je suis fier de toi, Gwen. Pour tout ce que tu as accompli. Et je te l'aurais souvent dit, je l'aurais fait.

Il lui aurait donné tout ce dont elle avait besoin, de l'amour et de l'affection, des choses dont elle manquait cruellement avec ses parents. Il comprenait sa vulnérabilité maintenant. Et pourquoi elle se cachait derrière ses fanfaronnades.

— Je suis désolé que tu aies été seule, pendant que j'étais entouré.

Gwen perdit le contrôle à cet instant. Elle se jeta contre Greylen, sanglota ouvertement tandis qu'il lui chuchotait des mots apaisants à l'oreille. Elle avait gardé ça enfoui en elle si longtemps et partager ses sentiments avec lui – être comprise –

semblait rendre tout mieux. Greylen l'aimait et à ses côtés, elle se sentait en sécurité.

Elle cessa enfin de se ridiculiser et quitta le confort de ses genoux. Elle attrapa la couverture au bout du lit et de ses mains tremblantes, ouvrit le sac Gore-Tex. Elle était terrifiée à l'idée que de l'eau soit rentrée à l'intérieur et que ses instruments soient ruinés. Ses peurs étaient pourtant infondées.

Elle passa ses doigts sur tout et ne put qu'imaginer ce que sa collection d'indispensables devait avoir l'air pour Greylen. Le sac renfermait des instruments dans des étuis en cuir, des éprouvettes en verre de différentes tailles, un vieil iPhone et une enceinte. Quelque chose attira son regard et elle plongea la main dans le fond du sac. Ébahie, Gwen sortit le vêtement qu'elle avait retrouvé et le fixa du regard, perturbée.

— Fais-moi confiance, siffla-t-il. Tu ne peux pas être plus troublée que moi.

— C'est mon short de marathon, Greylen. Je ne me rappelais pas l'avoir emporté.

Elle ne savait pas comment il s'était retrouvé là, mais il était bien plié, tout dans le fond.

— Dis-moi que c'est un sous-vêtement.

— Désolée, dit-elle en grimaçant.

Il semblait en colère qu'elle l'ait un jour porté.

— Je le mets quand je cours en compétition. Il me porte chance.

— Tu cours là-dedans ? Avec d'autres présents ?

Elle leva à peine les yeux.

— Je suis désolée, Greylen, mais il a été fait avec mon jean préféré et je l'ai porté chaque fois que j'avais besoin de me sentir vivante.

— Nous en reparlerons, dit-il d'un ton énervé. Et les autres choses ?

Gwen savait que son mari essayait de contrôler sa rage, mais il échouait terriblement.

— C'est du matériel que ma tante m'a donné quand j'ai commencé l'école de médecine. Elle appelait ça le kit d'urgence.

Elle sourit en passant les doigts sur les instruments.

— Je peux anesthésier la douleur, te recoudre et même écouter ton cœur, mais c'est tout. Ça, c'est mon vieil iPhone, expliqua-t-elle en le brandissant avec une petite enceinte. Je le garde juste pour la musique. Il y a une batterie de rechange puisque j'ai toujours du mal avec le câble pour le charger. Et *ça*, Greylen...

Elle tendit une petite bouteille et retira le bouchon.

— C'est de la vodka, une bonne vodka.

Greylen l'arrêta avant qu'elle puisse boire.

— Qu'est-ce que c'est, Gwendolyn ?

— Un alcool fort et un de ceux que je préfère. Tu n'as jamais rien bu qui y ressemble.

Il la regarda vider la moitié de la petite bouteille et fermer les yeux.

— Beaucoup mieux.

Elle soupira, puis lui tendit la bouteille.

— Goûte.

Greylen la lui prit et sentit la boisson avant de boire une gorgée.

— J'en ai déjà bu. Mais ça n'était pas aussi raffiné.

— Eh bien, on en a douze de plus, annonça-t-elle en comptant. Oh mon Dieu, j'en ai pris treize.

Elle grogna et prit une autre bouteille avant de revenir sur ses genoux. Greylen l'attira dans ses bras et lui frotta le dos.

— Tu te sens mieux ?

— *Non.* Et toi ?

— Non.

Elle tendit la main pour caresser les cheveux sur son visage.

— Eh bien, dit-elle avant de soupirer. Je vais me bourrer la gueule.

— Bourrer ? Tu veux dire te rendre ivre ? Tu ne peux pas être sérieuse.

— Oh, mais si, insista-t-elle en finissant la bouteille. Rejoins-moi, Greylen. Ça sera notre dernière fête avant... peu importe.

Greylen dut sentir qu'elle essayait de repousser les horribles et multiples possibilités qui tournaient dans sa tête. Ses grandes mains entourèrent sa silhouette et l'approchèrent assez pour qu'il puisse poser ses lèvres sur elle. Il soupira et dit :

— Donne-moi une bouteille.

— Et si on mettait de la musique ?

— Tu veux qu'on descende *maintenant* ?

— J'ai une autre surprise, Greylen.

— J'en ai vraiment assez eu comme ça, Gwen.

Il secoua la tête. Elle compatissait pour lui, vraiment. Encore une fois, il était confronté à des choses qu'il ne pouvait pas comprendre ou qui devaient dépasser sa compréhension, et il tenait bon. En fait, il se tenait droit et fier et elle se trouva ridiculement chanceuse d'être mariée à lui. Elle choisit une playlist, lança une rapide prière et attendit.

Il était intelligent, son mari. Il attrapa le téléphone de sa main, puis l'enceinte, comme s'il savait que d'une manière ou d'une autre, ils étaient connectés.

— Ne jamais partir sans, précisa Gwen.

Elle rit en le regardant tourner les deux objets dans ses mains.

— Comment ça marche ?

— Je n'en sais rien, admit-elle en haussant les épaules. Il me faudrait des jours pour essayer de comprendre.

Gwen reprit son iPhone et l'enceinte, puis se leva et tendit les mains.

— Viens près du feu, Greylen.

Il prit les bouteilles restantes et la suivit. Gwen plaça l'enceinte sur le manteau de la cheminée et Greylen s'assit par terre, appuyé contre un fauteuil. Elle voyait qu'il appréciait la musique qu'elle avait choisie. Elle le regarda écouter les paroles, entendre des tonalités et sons auxquels il n'avait jamais été exposé avant. Il leur restait huit bouteilles de vodka et Gwen termina celle dans sa main.

— Allez, rattrape-moi. En fait, tu es plus gros que moi. Prends-en deux.

Sa moue devait être contagieuse, car il sourit avant de vider la bouteille dans sa main, puis une autre. Elle s'assit sur ses genoux et tint sa main libre.

— J'ai peur, Greylen, chuchota-t-elle.

— Je te l'ai dit, Gwen. Je te protégerai toujours.

— Mais j'ai besoin de te protéger toi aussi.

Il ne semblait pas avoir de réponse et il se contenta de la serrer. Étrangement, la nuit devint agréable. Ils restèrent devant le feu, à boire et à écouter de la musique. Gwen s'excusa un instant avant de revenir.

— Danserais-tu avec moi ? demanda-t-elle en tendant la main.

— N'as-tu pas déjà la réponse ? répondit-il en secouant la tête. Ce que tu veux, Gwendolyn, tout ce que tu veux.

Il se leva et ouvrit la septième bouteille, en vida la moitié avant de la porter aux lèvres de sa femme.

— Ouvre, mon aimée, chuchota-t-il.

Il regarda le contenu couler dans sa bouche. Il l'embrassa, avant de s'arrêter un instant après.

— C'est quoi, le rock'n'roll ? demanda-t-il en répétant les paroles.

La version d'Uncle Kracker de *Drift Away* jouait, une de ses préférés.

— C'est un genre de musique. Je ne sais pas s'il parlait de se perdre dans la musique au sens littéral, ou si c'était plus métaphorique, se perdre dans la musique de l'âme de quelqu'un. Je préfère la deuxième théorie, Greylen. Je veux me perdre en toi.

Elle lui prit les mains et lui montra comment danser au rythme de sa musique.

Ils restèrent devant le feu pendant ce qui sembla une éternité. Gwen passait le meilleur moment de sa vie, ses soucis étaient oubliés et elle profitait d'une nuit dont elle avait seulement rêvé : à danser avec son mari et écouter ses chansons préférées près du feu qui rugissait. Et l'alcool, eh bien, il commençait bel et bien à altérer son jugement.

— Je dois appeler un garde, dit Greylen en secouant la tête.

Il la regardait danser sur le tapis de la cheminée sur *You Sexy Thing* de Hot Chocolate. Elle se mordit la lèvre quand il recula, ne voulant visiblement pas détourner les yeux d'elle. Il ouvrit la porte et s'écria :

— Gardes !

Mécontent de la réponse, il recommença :

— GARDES !

Satisfait des portes qui claquaient, il lui donna toute son attention, s'agenouilla devant le fauteuil en vidant une autre bouteille. Il rampa ensuite comme un prédateur devant elle, grognant en détachant la ceinture de Gwen avec ses dents avant de la tirer sous lui. Elle rit et il sourit, puis lui lança un regard qui lui coupa le souffle indiscutablement.

Ils profitèrent d'une nuit inédite et restèrent éveillés des heures à rire, danser et boire, entrecoupés des meilleurs moments de sexe qu'ils avaient eu jusque-là.

Gwen courut en criant hors des mains de Greylen avant d'être piégée sous son poids tant de fois qu'elle en perdit le compte. Chaque centimètre de leur chambre fut sujet au plaisir charnel explicite jusqu'à ce qu'ils s'allongent, épuisés, près du feu.

Ils se réveillèrent des heures plus tard. Ils se tenaient la tête et échangèrent des sourires complices.

— Je ne vais rien pouvoir faire aujourd'hui, ma femme.

— Il faut qu'on coure, Greylen. C'est la seule chose qui aidera, croassa-t-elle.

Sa gorge la piquait d'avoir tant crié et ri.

— Tu es incroyablement folle, grogna-t-il avant de refermer les yeux.

— On me l'a déjà dit, murmura-t-elle en se levant.

— Bon Dieu, Gwendolyn, s'écria-t-il. Tu as mal ?

— Non, juste ma tête, lui assura-t-elle avant de baisser les yeux. Greylen !

Les bras et les cuisses de Gwen étaient couverts de suçons là où il s'était nourri de sa peau. Elle le regarda et vit que lui aussi était couvert de marques rouges. *Résultat de son propre festin.*

Ils allèrent tous deux dans la salle de bains et secouèrent la tête en se regardant dans le miroir. Puis, ils s'écroulèrent au sol dans un éclat de rire douloureux.

— Mère va exiger ma tête, ma femme. Je t'en supplie, couvre-toi complètement jusqu'à ce qu'ils soient partis.

— Ce que tu veux, Greylen, dit-elle en répétant les mots qu'il lui avait si souvent dits la veille. Tout ce que tu veux.

CHAPITRE 21

— Soyez gentils, les garçons, les taquina Gwen de son perchoir, quelques jours plus tard.

Greylen et ses hommes se dirigeaient vers la sortie, mais Greylen s'arrêta une fois aux portes. Il se retourna et lui dit :

— Ne cuisine pas ce soir, mon aimée. Je te prendrai du chinois en rentrant.

Elle sourit et il lui lança un clin d'œil, puis partit rejoindre ses hommes.

Gwen resta longtemps sur les marches après son départ. Elle s'appuya à la rambarde, souhaitant pouvoir rire à son commentaire. Elle se sentait si nauséeuse et avait de tels vertiges que tout l'escalier tournait autour d'elle. Elle se suspectait d'être enceinte. *Oh, quel brillant génie.* Bien sûr qu'elle était enceinte. Elle avait un retard de règles et subissait les pires nausées matinales au monde.

Elle n'arrivait pas à croire qu'elle avait eu l'énergie d'aller courir avec Greylen ce matin-là. Maintenant, tout ce qu'elle voulait faire, c'était retourner au lit. Et c'est ce qu'elle fit.

Anna vint la voir dans la journée et lui apporta des infusions de thé toutes les quelques heures. Gwen avait commencé à boire un nouveau mélange depuis le matin de sa gueule de bois. Elle l'avait trouvé dans l'un des paniers cadeaux de son mariage.

La cuisinière gardait la boîte à côté des grains de café sur l'îlot, s'assurant que personne d'autre n'y touche. C'était le sien uniquement.

Lady Madelyn finit par venir également, la regarda dans les yeux et inspecta la couleur de sa peau.

— Combien de jours de retard as-tu, Gwendolyn ? demanda-t-elle.

Elle semblait troublée par l'intensité de ses nausées.

— Cinq, peut-être six, répondit Gwen avec un sourire.

— Ça semble correspondre. Ton teint m'inquiète, en revanche.

— Ça ira, ne t'inquiète pas, dit Gwen en prenant sa main. S'il te plaît, ne le dis pas à Greylen. J'aimerais lui dire moi-même, ce soir.

— Gwendolyn, si Greylen rentre avant le souper et que tu es toujours alitée, tu ferais mieux de lui dire rapidement. Il va s'inquiéter autrement.

Heureusement, Greylen rentra tard et Gwen put se reposer toute la journée. Elle s'habilla pour le dîner avec l'aide d'Anna et attendit Greylen dans le grand hall. Ils profitèrent d'un incroyable repas, mais en voyant ses bâillements à répétition, Greylen l'emmena là-haut.

— Gwen, es-tu malade, mon aimée ? Tu as à peine touché ton assiette au repas.

Elle sourit, puis lâcha :

— Je suis enceinte, Greylen.

— D'un enfant ?

— *Non*, d'un cheval, imbécile, répondit-elle en levant les yeux au ciel.

La tête rejetée en arrière, Greylen éclata de rire. Il la souleva et la fit tourner dans les airs. Il dut la sentir tendue, car il la posa rapidement.

— Je suis désolé. Je suis juste... je...

— Ah. Qui est l'idiot qui bégaye, maintenant ?

— La ferme, Gwendolyn. Ton mari va t'embrasser. À t'en faire perdre la tête, je le crains.

Elle le récompensa en battant des cils et souriant et il l'embrassa bel et bien à lui en faire perdre la tête... lentement, avec douceur et passion... jusqu'à ce qu'elle chancelle.

— Tu ne te sens pas bien, n'est-ce pas ?

— Je suis tellement contente, Greylen, mais je me sens mal, oui.

Elle essayait de faire peu de cas de ses symptômes. En revanche, Greylen les prenait très au sérieux. Il l'aida à se déshabiller et la porta jusqu'au lit. Ce fut le premier soir où ils ne firent pas l'amour, mais il recouvrit son ventre de sa main avec un esprit protecteur et elle s'endormit en quelques secondes.

Quand Gwen se réveilla, il était déjà parti, mais il avait laissé un message sur la table qui disait simplement *Je t'aime*. Elle essaya de se lever, mais elle ne pouvait pas bouger. Anna la trouva au lit quand elle vint nettoyer leur chambre et s'occupa d'elle toute la journée, à nouveau.

Elle continua de lui apporter des infusions de thé, qui semblaient être la seule chose qui apaise ses nausées. Mais alors que le jour devenait nuit, Gwen commença à penser que quelque chose d'autre causait ses nausées et elle sut qu'elle devait parler à Greylen.

Malheureusement, elle ne se réveilla pas quand il rentra ce soir-là. Et le jour suivant, elle se sentait mieux. Elle parvint à se rendre dans le grand hall et mangea léger avec Isabelle et Lady Madelyn. Un peu plus tard dans la semaine, ses forces commencèrent à revenir, probablement parce qu'elle mangeait plus et buvait moins.

La septième nuit, une douleur la réveilla. Une douleur qu'elle n'avait jamais ressentie avant. Son corps était tenaillé de crampes et elle était si faible qu'elle pouvait à peine crier.

— Gwen ? Gwen, qu'est-ce qu'il y a ?

Greylen s'était réveillé aussitôt.

— Ta mère... *vite,* parvint-elle à dire, les larmes coulant sur son visage.

———

Greylen repoussa les couvertures pour faire ce qu'elle avait demandé. Il dissimula son expression faciale une seconde après avoir vu le corps de sa femme sur une petite tache de sang qui grandissait. Il n'avait pas remarqué combien elle avait perdu du poids et n'avait rien suspecté... jusqu'alors.

— Il faut que je te porte, mon aimée. Je sais que tu as mal.

Il ne la quitterait pas, pas même pour les quelques secondes qu'il lui faudrait pour aller chercher sa mère. Il prit son corps tremblant dans ses bras et la porta dans la chambre de son aïeule.

Debout au chevet de sa mère, il l'appela d'une voix la plus calme possible. Et vu la rage et la terreur qu'il ressentait, il lui fallut tout ce qu'il avait.

Lady Madelyn se réveilla et couvrit sa bouche de ses mains.

— Allonge-la sur le lit, Greylen, ordonna-t-elle en se levant. Va chercher Anna, dis-lui de ramener mon sac et demande aux domestiques de préparer un bain. Vite, Greylen.

Elle n'avait pas besoin de le lui préciser, il était déjà à mi-chemin dans le couloir tandis qu'elle criait le reste de ses instructions.

Anna manqua de hurler quand elle se réveilla. Honnêtement, il ne pouvait pas lui en vouloir : son pantalon clair était taché de sang et elle ne l'avait jamais vu avec un visage aussi sombre.

— Bon Dieu, Greylen, que s'est-il passé ?

— Gwen est dans la chambre de Mère. Je crois qu'elle est mourante, Anna.

Il voulait qu'Anna puisse aider sa mère aussi vite que possible et s'occupa lui-même des domestiques. Puis, il appela ses hommes.

Il plaça sa garde personnelle à l'entrée : Kevin et Hugh dehors et Duncan à l'intérieur. Ian et Connell montaient la garde devant la chambre de sa mère et Gavin faillit arracher la porte en entrant.

Greylen n'était qu'un pas derrière lui. Ce qu'ils virent en premier était sa mère et Anna glissant un liquide dans la gorge de Gwen. Dans son état actuel, elle pouvait à peine les repousser. Gavin se dirigea droit vers le lit, vit le teint de Gwen et ouvrit chacune de ses paupières en inspectant ses yeux. Greylen jeta un regard à Gavin, qui secoua la tête et dit dans un murmure :

— Elle maigrissait à vue d'œil juste devant nous et nous n'avons rien compris.

— Greylen, porte-la dans le bain, ordonna sa mère sans commenter les mots de Gavin.

Greylen fit plus que porter sa femme. Il entra avec elle et la maintint tandis qu'Anna et sa mère frottaient doucement le sang sur son corps. Les larmes coulaient des yeux de Greylen, sachant que si elle mourait à cause de sa négligence, il supplierait Gavin de le tuer.

Il entendit quelqu'un déchirer les draps et leva les yeux. Gavin arrachait le linge souillé et en fit un tas qu'il jeta par terre. Il quitta la pièce et Greylen sut sans l'ombre d'un doute où il allait. La colère et la peur de Gavin répondaient aux siennes. Tous deux porteraient la responsabilité de ceci.

Quand Gwen fut lavée, Greylen la souleva de la baignoire pendant que les femmes l'enveloppaient dans une serviette.

— Le saignement devrait cesser maintenant, Greylen. Le bébé était tellement nouveau...

— Je me fiche du bébé, Mère. C'est pour ma femme que j'ai peur.

— Je lui ai donné une forte dose d'élixir. Avec un peu de chance, cela devrait inverser les dégâts causés par ce qu'elle a ingéré.

Elle tira les couvertures autour de Gwendolyn après l'avoir allongée dans son lit. Greylen s'assit à côté d'elle et lui caressa le front.

— Ça fait combien de temps, Mère ? demanda-t-il sans quitter sa femme des yeux.

— Sept jours, peut-être plus, dit-elle en secouant la tête.

— Je reviendrai dès que possible. Appelle-moi si elle se réveille.

Comme il le suspectait, Gavin était dans leur chambre, à arracher les draps de leur lit.

— C'est du poison, cracha Gavin.

La colère faisait trembler tout son corps.

— Je sais. Renforce nos patrouilles et retrace les mouvements de nos hommes ces deux dernières semaines.

Tandis qu'ils se dirigeaient vers la porte, Gavin dit :

— J'arrive très vite. On se retrouve où ?

— Au puits, cria Greylen en prenant l'escalier.

Gavin se présenta à Duncan en quittant le donjon. Greylen et Gavin réveillèrent leurs soldats et augmentèrent la garde.

Ils veillèrent à ne pas leur dire ce qui n'allait pas et placèrent dans chaque groupe deux hommes en lesquels ils avaient totalement confiance. Ensuite, ils se dirigèrent vers le puits.

Greylen était déjà descendu. Kevin et Hugh tenaient des lanternes au-dessus et le regardaient inspecter les murs en quête de décoloration, puis sentir l'eau.

Gavin prit la corde et descendit. Ils restèrent dans l'eau à se fixer du regard.

— Je ne vois aucun signe, mais je veux quand même qu'on vérifie. Comment a-t-on pu ne pas le voir, Gavin ? *Comment ?*

— Nous pensions que c'était sa grossesse, s'écria-t-il. Je suis tout autant coupable, Greylen.

— Tu as vu son corps ? chuchota Greylen.

— Oïl. Si tu ne t'étais pas réveillé, Greylen...

Il ne termina pas sa phrase, il ne pouvait pas. Greylen donna enfin le signal pour qu'on les remonte et ordonna à un groupe d'hommes de remplir tout de suite le puits. Ils retournèrent alors en catastrophe au donjon et se dirigèrent droit vers la cuisine.

Greylen et Gavin allumèrent toutes les bougies et Ian alla chercher la cuisinière.

———

Gwen ouvrit les yeux un peu plus tard, perdue. Elle comprit avec un temps de retard qu'elle était dans la chambre de Lady Madelyn.

— Mère, chuchota-t-elle faiblement.

— Oïl, mon enfant, je suis là. Tout ira bien, Gwendolyn, tu dois juste te reposer.

— Je d...

Une crampe intense la fit hoqueter.

— Parl...

Un hoquet.

— Grey...

— Il est dehors avec ses hommes, dit-elle en repoussant les cheveux du visage de Gwen.

— *S'il te... plaît.*

Lady Madelyn s'approcha de la porte et quand elle l'ouvrit, Ian et Connell entrèrent. Visiblement, ils voulaient voir son état par eux-mêmes et avancèrent jusqu'au lit. Ils virent son teint et examinèrent ses yeux.

— Connell... amène-moi à Greylen, chuchota-t-elle en tendant les bras.

Il ne refusa pas et la prit dans ses bras avant de la porter dans l'escalier. Alors qu'ils traversaient le vestibule d'entrée, il regarda Ian.

— Ma lady, je dois vous allonger, lui dit Connell en essayant de taire l'angoisse dans sa voix, en vain.

Elle pouvait sentir le sang couler sur ses jambes et se sentait mal à l'idée que lui et Ian aient à en être témoins, mais elle devait parler à Greylen.

— Amène-moi à mon mari, Connell, insista-t-elle faiblement.

Elle ajouta, même si les mots étaient à peine audibles :

— C'est un ordre.

Gwen s'étonna de les voir dépasser le bureau, mais quand Ian ouvrit les portes battantes, la vue devant elle lui fit comprendre qu'ils savaient déjà. La cuisine était entièrement allumée et la cuisinière se tenait entre son mari et Gavin à l'îlot. Kevin et Hugh semblaient en train de vider tout le garde-manger.

La cuisinière, Greylen et ses hommes levèrent les yeux au même moment. Tous parurent horrifiés de la voir.

Greylen s'avança, prit sa femme des bras de Connell, échangeant un regard avec lui qu'il aimerait ne plus jamais échanger. Ils étaient tous à l'agonie. La situation leur déchirait le cœur.

— Pourquoi es-tu hors du lit, mon cœur ?

Greylen sourit, faisant comme s'il n'avait aucun problème au monde.

— Ne... l'achète... pas, murmura Gwen.

Elle leva la main vers son visage, des larmes aux yeux.

— Le thé, Greylen... le thé.

Ils s'apprêtaient à ouvrir la boîte quand Connell était arrivé avec Gwen. La cuisinière était sûre que c'était la seule chose que Lady Gwendolyn prît quotidiennement. Et voulant garder ce cadeau de mariage uniquement pour sa maîtresse, elle n'avait autorisé personne d'autre à le goûter.

Greylen observa Gavin soulever le couvercle et vider la boîte. Ils se rassemblèrent autour de l'îlot pour chercher parmi les feuilles écrasées. La vue et l'odeur confirmèrent que c'était un mélange d'herbes utilisées comme abortif. Mais Gwen en avait pris tellement que ça n'avait pas seulement tué leur bébé, mais peut-être bien elle aussi.

— Trouvez d'où il venait, ordonna Greylen. Je serai là-haut.

Greylen savait qu'il ne devait pas demander une garde : ses hommes dormiraient probablement avec eux s'ils l'estimaient nécessaire. Il porta Gwen à leur chambre et la nettoya de nouveau. Il l'entendait essayer de parler, mais elle était si faible.

— Chut, ne parle pas, mon aimée. Garde tes forces.

Il l'enveloppa dans ses bras, son visage pressé contre son torse. Il l'entendit chuchoter et cela faillit le tuer. Il se mordit l'intérieur de la joue et la serra contre lui tandis qu'elle pleurait. Il pleura aussi, ses larmes coulant en silence sur l'oreiller.

Il garda la main pressée sur son cœur, priant pour que le battement de cœur faible mais régulier continuât. Il écouta chaque respiration, son corps se crispant de peur quand elle haletait avec peine. Ses mots tournaient en boucle dans son esprit, des mots qu'elle avait cru être ses derniers : *Je n'ai pas de regrets. Je n'avais jamais été aussi heureuse de ma vie.*

Ça n'avait été que cinq semaines !

Il resta immobile quand ses hommes entrèrent dans la chambre et se positionnèrent sur le sol, autour du lit. Eux aussi ressentaient la honte et ne trouvaient du réconfort qu'en veillant sur leur maîtresse. Il savait sans regarder que Gavin montait la garde à la porte.

— Va de l'autre côté, Gavin, ordonna-t-il.

Lady Madelyn vint dans la nuit et donna à Gwen un peu plus d'élixir, pendant que Gavin et Greylen tenaient sa tête. Il vit son chagrin augmenter chaque fois qu'elle enjambait un homme sur le sol. Il savait que c'était un tableau qu'elle n'oublierait jamais : son fils et son meilleur ami se réconfortant en serrant Gwen entre eux. Et ses hommes, qui cherchaient eux aussi du réconfort en veillant sur l'âme de leur maîtresse, des prières silencieuses s'échappant de leurs lèvres. Il imagina qu'elle aussi pria cette nuit-là, avec Anna, dans l'intimité de sa chambre.

CHAPITRE 22

Les heures du matin passèrent dans un flou. Gwen se rappelait s'être réveillée dans les bras de Greylen et avoir senti une autre chaleur autour d'elle.

— Je vais vomir, grogna-t-elle.

— Va chercher une bassine, Gavin, demanda Greylen en la redressant.

— Emmène-moi dans la salle de bains plutôt, Greylen. Vite.

Greylen la porta et elle vit ses hommes sur le sol, ainsi que Gavin, qui était la source de chaleur derrière elle dans leur lit. Si elle ne s'était pas sentie aussi mal, elle leur aurait dit combien leur présence était importante pour elle.

Greylen tint ses cheveux en arrière pendant qu'elle vomissait, refusant d'aller chercher sa mère.

— Tu es ma femme, Gwen. Je m'occuperai de toi.

Au diable la dignité, on n'avait jamais été aussi doux avec elle.

Il essaya plusieurs fois de la ramener au lit, mais elle insista pour rester sur le sol en pierre froid. Pendant tout ce temps, il fut assis à côté d'elle, à lui frotter le dos et à l'aider chaque fois que son estomac faisait des siennes. Au bout d'un moment, elle entendit frapper à la porte.

— J'ai demandé à Anna de préparer un bain dans la salle d'eau. Nous resterons dans la chambre.

— D'accord, Gavin, répondit Greylen.

Quand la nausée passa, Greylen l'emmena dans la baignoire. Il lava son corps, puis l'habilla tandis qu'elle était assise sur ses genoux sur une chaise. Il choisit uniquement ses vêtements préférés. Une simple bande de tissu autour de sa poitrine, un sous-vêtement en tissu épais et une de ses chemises. Il lui coiffa les cheveux avant de les attacher et plaça son médaillon autour de son cou.

— Merci, chuchota-t-elle en s'appuyant contre lui.

— Je suis désolé, Gwen.

— Ce n'est pas ta faute, Greylen.

— Si, ça l'est.

Ils restèrent sur la chaise pendant un bon moment. Elle s'endormit et se réveilla par intermittence, Greylen lui frottait le dos et embrassait le sommet de sa tête. Ensuite, il la porta dans leur chambre. Il y avait encore des paillasses au sol et Gavin était assis sur leur lit, qui avait été refait et ouvert. Il buvait dans une tasse et mangeait dans une assiette qui reposait sur la table près de la boîte à lettres de Gwen. Les autres étaient réunis autour du feu à manger ce qu'Anna avait dû apporter pendant que Gwen était tombée malade devant son mari.

Gavin ajusta la serviette sous elle et Greylen l'allongea. Il reprit les papiers qu'il consultait et s'adossa aux oreillers.

— Ma première pyjama party avec sept hommes et je ne me souviens de rien, plaisanta-t-elle faiblement.

Ils la regardèrent tous avec un sourire prudent mêlé d'angoisse et ses yeux se remplirent de larmes.

Elle se reposa entre les deux hommes qu'elle aimait plus que tout au monde et ils se comportèrent comme si c'était une habitude de consulter des papiers assis dans le lit, elle glissée entre eux.

Quand Lady Madelyn et Anna vinrent voir son état, Greylen l'aida à s'asseoir et Gavin ajusta les oreillers. Elle dut boire un peu plus de cet horrible élixir, mais Anna lui tendit une tasse quand elle eut fini. Gavin la lui prit des mains, la sentit et en but une gorgée avant qu'elle ne soit autorisée à en prendre. Anna ferma un œil et lui lança un regard agacé. Gavin se contenta de hausser les épaules.

— Alors, comment c'est, Gavin ? demanda Gwen avec un sourire.

— Aussi doux que toi, répondit-il en touchant son nez du doigt.

— Si tu souhaites jouir du confort de mon lit, tu ne touches plus ma femme.

— J'ai serré contre moi non seulement ta *femme* hier, mais aussi *tes piteuses fesses*, ne l'oublie pas.

— Et j'en ai fait de même avec toi, mon ami, plus d'une fois. Je regrette presque de ne pas t'avoir laissé mourir de froid quand j'en ai eu la chance.

— Bon Dieu, cessez de vous disputer, les coupa Gwen en buvant son infusion. Oh, c'est une super formulation : *bon Dieu, bon Dieu, bon Dieu.*

Elle avait imité l'accent de son mari. Tout le monde fixa Gwen avec affection. Juste à ce moment, Isabelle entra dans la chambre.

— Bon Dieu, que s'est-il passé ?

Gwen tapota le lit à côté d'elle.

— Viens Isabelle, on organise une pyjama party.

Isabelle regarda la pièce ; des paillasses étaient toujours disséminées sur le sol et il était évident que Gavin avait dormi dans le lit.

— Dites-moi ce que tout ça veut dire.

Greylen s'apprêta à lui expliquer, mais Gwen l'interrompit :

— Une *pyjama party*, c'est une fête à laquelle tu invites tes meilleurs amis. Tu joues à des jeux, tu écoutes de la musique et tu manges des sucreries toute la nuit.

Greylen et ses hommes devraient prendre ses mots à cœur, sachant qu'elle les avait prononcés pour eux.

— Comment se fait-il que je n'étais pas invitée ?

— Tu devais dormir quand ça a commencé. En fait, je ne m'en rappelle pas non plus.

— Eh bien, ça ne semble pas juste, ma sœur, se plaignit Isabelle les mains sur les hanches.

— Tu as tout à fait raison, Isabelle. Greylen, j'exige qu'on le refasse.

— Pardon ?

Il ne devait avoir aucune idée de quoi elle parlait.

— J'ai dit : j'exige qu'on le refasse. Tu n'es pas une très bonne écoute, n'est-ce pas ?

— Explique-moi.

— C'est simple, je veux une autre *pyjama party*, sans le... tu sais.

Greylen secoua la tête, un sourire plein d'amour pour sa femme. Elle savait – tout comme lui – que ses hommes n'avaient pas l'intention de partir. Les paillasses étaient toujours au sol, proprement faites, et Gavin avait visiblement dressé son camp de l'autre côté du lit. Elle aurait sa *pyjama party*, qu'elle le veuille ou non.

— Ce que tu veux, Gwendolyn. Tout ce que tu veux.

— Bonne réponse.

Elle se blottit contre les oreillers et lui tendit sa tasse. Elle appela Isabelle, qui était restée au pied du lit.

— Isabelle, va chercher un parchemin, le plus épais que tu puisses trouver et des cisailles. Remets ta chemise de nuit et viens dans le lit.

Isabelle grimpa dans le lit et l'embrassa sur la joue. Elle avait les larmes aux yeux et avait visiblement compris que quelque chose de terrible s'était passé.

— Je t'aime, Gwen.

— Moi aussi. Maintenant, obéis à mes ordres, plaisanta-t-elle en imitant à nouveau l'accent de son mari.

Assis à côté de Gwen, Greylen l'ajusta pour qu'elle reposât dans le creux de son bras. Il ne cessait de lui murmurer qu'il l'aimait, tout en transmettant des papiers à Gavin, qui partagea le message avec les hommes près du feu. Prenant leurs ordres, les hommes commencèrent à partir par groupes de deux. Chaque fois qu'ils revenaient, un autre groupe de deux repartait. Pourtant, lui et Gavin ne firent aucun geste pour partir. Et ils n'iraient nulle part, pas avant d'être sûrs que Gwen se remettait vite, ce qui semblait être le cas.

Isabelle revint avec les objets demandés par Gwen. Elle s'assit sur le lit entre elle et Gavin et écouta ce que Gwen expliqua.

— Mais, Gwendolyn, nous avons déjà des cartes.

— Je sais, mais vous avez des lots de cinquante-six cartes et j'en veux cinquante-deux.

Isabelle prépara trois jeux de cartes, comme demandé par Gwen. Puis, elle lut pendant que Gwen dormait, assise très proche de Gavin. Assez proche pour effleurer sa jambe. Gavin prétendit ne pas remarquer, mais quand elle arrêta, Greylen vit la jambe de Gavin effleurer la sienne.

Gwen se sentait mieux en début de soirée et fut autorisée à aller aux latrines toute seule. Greylen insista pour la porter et attendit devant la porte tandis que sa mère et Anna veillaient à ses besoins.

Ils dînèrent dans la chambre ce soir-là et elle lui demanda *de mettre la musique*. Elle avait ce qu'elle appelait *une grande collection* qu'elle avait *téléchargée au fil des ans*. Selon sa femme, lui et ses hommes aimaient les *chansons acoustiques et le rock alternatif*.

Greylen était désormais assis sur le lit, seul avec sa femme. Il l'avait enveloppée dans ses bras, ses lèvres contre son front, et ils écoutaient une chanson qu'elle avait déjà mise avant.

— C'est la musique que j'entends quand je te regarde dans la cour, chuchota-t-il en la serrant.

Plus tard, Gwen apprendrait à tout le monde comment jouer à ses jeux de cartes préférés. Greylen et ses hommes étaient vraiment contents de ces nouveaux jeux. En quelques minutes, comme de coutume, ils tombèrent dans la compétition.

— Gwendolyn, il nous faut des pièces.

— Ok, va pour le poker.

Elle rit en tapotant le lit.

— Allez, je vais tous vous apprendre ce jeu. C'est ce sur quoi les hommes parient le plus.

Ils jouèrent pendant plus d'une heure, puis Greylen insista sur le fait qu'il était l'heure de se coucher. Lui et Gavin s'installèrent à l'extrémité du lit et Gwen et Isabelle au centre, entre eux. Greylen entoura Gwen de ses bras, face à sa sœur, mais Isabelle et Gavin restèrent figés comme des statues. Sa femme les observait.

— Câlin groupé tout le monde, chuchota-t-elle.

Ils rirent à se câliner tous ensemble et elle et Isabelle furent coincés entre quatre bras musclés.

— Bien mieux, soupira Gwen.

Sa sœur choisit ce moment précis pour s'esclaffer.

— Qu'est-ce qui te fait rire, Bella ? chuchota Gavin.

— Je n'aurais jamais cru que je partagerais un lit avec toi *et eux.*

Greylen était amusé par le commentaire d'Isabelle, mais il voulait que Gwen obtienne le repos dont elle avait besoin.

— Dors, Isabelle, murmura-t-il par-dessus la tête de Gwen.

— Bonne nuit, Greylen.

— Bonne nuit, petit lutin.

— Bonne nuit, Gwen.

— Bonne nuit, Isabelle.

— Bonne nuit, Gavin.

— Bonne nuit, Bella.

CHAPITRE 23

Gwen ne fut pas autorisée à sortir du lit avant une bonne semaine. Quand ce n'était pas Greylen qui lui lançait un regard dur, c'était Gavin, et ils restaient insensibles si elle insistait sur le fait qu'elle allait mieux.

Lady Madelyn et Anna lui assurèrent que les herbes qu'elle avait ingérées étaient utilisées depuis des siècles – leur but une fois combinées était d'empêcher une grossesse ou dans son cas, d'y mettre fin. Heureusement, elles lui soutinrent que cela n'aurait pas de conséquences sur sa capacité à retomber enceinte. Gwen choisit de ne pas être amère et fit de son mieux pour apaiser la culpabilité que Greylen, Gavin et leurs hommes portaient avec eux.

Ils s'en voulaient pour ce qui s'était produit.

Ils n'avaient jamais parlé du poison qui avait causé sa fausse couche, ni du fait qu'ils avaient craint pour sa vie. Mais elle savait que Greylen et ses hommes passaient leurs journées à interroger leurs hommes et les habitants sur leurs terres. Isabelle resta avec elle les journées, ne partant que lorsque Greylen revenait, tard la nuit. Elle recevait par ailleurs de nombreuses visites.

Greylen et ses hommes montaient tour à tour s'assurer que son état s'améliorait. C'était lors de ces occasions qu'elle avait essayé de convaincre Greylen et Gavin qu'elle allait vraiment mieux et que rester au lit n'aidait pas.

Ils l'avaient regardée avec une réelle inquiétude, avaient écouté avec attention chaque mot, s'étaient même assis sur son lit, à côté d'elle. Puis, ils lui avaient tapoté la tête et étaient partis.

Ce qu'elle mangeait et buvait continuait d'être goûté préalablement et les quantités qu'ils plaçaient devant elle étaient ridicules.

— Je ne peux pas manger autant, se plaignit-elle en secouant la tête.

— Tu as perdu tellement de poids, Gwen, s'il te plaît, insista Greylen.

Il remplit une fourchette et la porta à sa bouche.

— Je peux manger toute seule, Greylen.

— Très bien. Tu es sûr que tu es prête ?

— Greylen, ça fait une semaine. Je ne saigne pas, je me suis reposée plus que toute ma vie durant et on m'a engrossée comme un cochon.

— Un joli cochon, oïl.

— S'il te plaît, Greylen. Je me sens vraiment mieux. Je vais devenir folle.

— Tu me promets que tu seras prudente et qu'à la minute où tu aurais besoin d'aide, tu le ferais savoir à ton garde ?

— J'ai de nouveau une garde ?

— Tu te poses vraiment la question ?

— J'imagine que non. Tu suspectes quelqu'un en particulier ?

— Oïl, il nous reste deux suspects, tous deux ont des liens avec MacFale.

— Que vas-tu faire ?

— Quand je serai pour sûr qui est coupable, je le tuerai.

— *Tu vas le tuer ?*

— Oïl.

— Tu peux faire ça ?

— L'homme s'est présenté à moi sous une fausse identité, Gwen. Il a tué notre bébé. J'ai eu peur que tu meures également.

— Tu veux vraiment le tuer ?

— Bon Dieu, Gwendolyn... Oïl !

— C'est juste... je n'ai jamais vraiment pensé à ce que tu ferais ni au fait que tu le ferais toi-même.

— C'est qui je suis, Gwen. C'est ce que je fais. J'ai protégé ce château et notre terre toute ma vie.

— Sois prudent, Greylen. Quoi que tu fasses, s'il te plaît, sois prudent.

Si seulement elle avait écouté ses inquiétudes, si seulement *elle* avait été plus attentive. Elle ne se serait jamais retrouvée dans la situation dans laquelle elle était désormais. Elle n'avait jamais voulu causer la colère et l'impuissance que Greylen avait dû ressentir. Elle n'avait agi que par instinct.

———

Elle attendait le retour de Greylen sur les marches du donjon, comme elle l'avait fait ces dernières nuits. Chaque fois, Isabelle et son garde étaient avec elle. Ce soir, c'était Ian. La nuit était belle. Le ciel était plein d'étoiles et la lune projetait une lumière sur toute la campagne. Isabelle s'était excusée pour aller lui chercher un châle, non qu'elle l'ait demandé, mais Gwen avait fini par arrêter d'objecter et fait signe à Isabelle d'y aller.

Elle parlait tranquillement avec Ian quand ils remarquèrent tous deux une silhouette se faufiler dans le château et longer le mur extérieur vers l'écurie. Ian posa une main sur son genou et exerça une pression pour lui indiquer de rester immobile et silencieuse. De là où ils étaient entre les rampes, ils devaient se confondre dans le noir. Le départ d'Isabelle dans le donjon avait dû faire croire à tort à l'homme que personne n'était là. Il ouvrit les portes de l'écurie et Ian se leva pour le suivre.

— Rentrez à l'intérieur *maintenant*, chuchota-t-il.

Gwen observa Ian avancer jusqu'aux écuries et toucher le

loquet pour entrer. Pour une raison étrange, elle ne retourna pas dans le donjon, elle en était incapable. À la place, elle descendit les escaliers en position accroupie, restant derrière la rampe en attendant que Ian sorte. De longues minutes passèrent avant qu'elle ne voie de la fumée s'échapper des écuries et l'homme qui était entré en premier sortit seul. Elle ne pensa qu'à aider Ian et elle courut.

Une fois à l'intérieur, elle avança à quatre pattes, appelant Ian. Elle le vit plus loin, à soulever les loquets pour libérer les chevaux. Il se tourna en l'entendant et écarquilla les yeux d'incrédulité, bouche ouverte. Il était couvert de sang, sûrement après s'être battu avec l'homme qui avait fui. Il jura et courut vers elle, enroulant son bras autour de ses épaules pour la protéger le temps de la conduire vers les portes. Quand ils traversèrent le nuage de fumée, ils virent Greylen et ses hommes qui couraient vers eux depuis le mur d'enceinte.

Le temps qu'ils franchissent l'entrée de l'écurie, ils arrivèrent là où Greylen et ses hommes se trouvaient désormais. Ian l'écarta et s'agenouilla devant son mari, croisant le regard meurtrier de Greylen. Mais ce n'était pas vers lui que Greylen dirigeait sa colère.

Elle était pour elle.

Face à lui, Gwen n'avait jamais eu aussi peur de sa vie. Elle n'avait jamais vu un tel regard. Son corps tremblait si fort que c'était un miracle qu'il n'explose pas. Elle garda le silence et resta immobile quand il la prit par les épaules.

— À quoi tu pensais ? As-tu réfléchi *une seule seconde* ?

Il la repoussa et rugit. Quand il baissa enfin les yeux vers elle, ils étaient remplis d'un sentiment de trahison – la sienne.

— ÉLOIGNEZ-LA. *MAINTENANT.*

Son cri était rempli de venin et il semblait lui cracher son dégoût. Si Duncan et Connell ne l'avaient pas prise par les bras, elle aurait couru elle-même. Ils la jetèrent presque par les portes et elle courut dans la chambre de Lady Madelyn.

La mère de Greylen ouvrit grand les bras quand elle

franchit sa porte. Gwen courut droit vers elle, pleurant de tout son soûl. Elle savait que Lady Madelyn avait vu ce qu'il s'était passé, mais elle ne dit rien. Elle se contenta de la serrer pendant qu'elle pleurait, puis elles avancèrent en silence vers la fenêtre où elles regardèrent les hommes relâcher les animaux et éteindre le feu.

Il fallut des heures pour y parvenir et à la fin, ils étaient couverts de suie et de sueur. Greylen et ses hommes venaient de récupérer leurs chevaux et remettre en place leurs fourreaux quand l'un des chefs de rang, Alex, les aborda. Leurs chevaux furent menés à l'écart et Greylen et ses six commandants se dressèrent en ligne face à l'homme qu'on leur amenait. Alex poussa l'homme au sol et le fit s'agenouiller devant son laird. Ils formèrent un cercle serré autour de lui et Greylen fit un signe de tête à Alex pour l'enjoindre de rester.

Greylen regarda Ian, qui dut confirmer que l'homme au sol était celui ayant lancé le feu. Gwen n'oublierait jamais ce qui arriva ensuite.

Cette image lui fit comprendre l'étendue de l'autorité de Greylen.

Il s'avança, mais tous ses hommes reculèrent de plusieurs pas. Il parla à l'homme et dut lui ordonner de se lever. Et d'un geste si rapide qui la surprit, Greylen passa les mains derrière ses épaules, attrapa la garde de son épée et la sortit de son fourreau. Son coup puissant traversa le cou de l'homme.

C'était le spectacle le plus gore qu'elle ait vu.

Greylen se tourna et regarda la fenêtre à laquelle elle se tenait. Ses traits étaient cachés dans l'ombre, mais son message était clair. *Ceci est qui je suis : un commandant, un guerrier, un bourreau.*

Il était couvert de sang et lâcha un autre rugissement en plantant son épée dans la terre. Il se tourna vers le lac et ne regarda plus en arrière.

Gwen arpenta le sol de sa chambre pendant des heures, l'estomac noué. Elle l'entendit enfin entrer dans le donjon et courut dans l'escalier. Greylen ne la regarda pas une fois. Ses hommes restèrent devant les portes et son mari avança dans le couloir avant de claquer avec force la porte de son bureau.

Elle retourna dans sa chambre et fit les cent pas de nouveau. *Elle ne pouvait plus supporter ça.* Déterminée à aller le voir, elle ouvrit les portes. Kevin et Hugh étaient juste devant. Ils secouèrent la tête, lui implorant de rester.

— Vous ne me ferez pas peur, dit-elle en se redressant de toute sa taille, quoique dérisoire.

Ils la suivirent en bas des escaliers, mais restèrent près de l'entrée, où les autres se tenaient en silence. Elle ne regarda personne en continuant son chemin. Ses mains tremblaient tant qu'elle eut besoin de trois tentatives pour ouvrir la porte.

Elle avait menti avant. Elle n'avait jamais eu aussi peur de sa vie.

Greylen était face à la fenêtre, les bras croisés, les jambes écartées. De l'eau gouttait à l'arrière de son crâne et son épée, désormais propre, était posée contre le mur. Il ne fit pas un geste pour se tourner. Pas un seul geste tout court.

Greylen savait que c'était sa femme sur le seuil, car personne d'autre n'oserait le déranger dans son état actuel. Un peu plus tôt, en la voyant courir vers les écuries, son cœur avait failli s'arrêter. C'était trop. Il avait failli la perdre il y avait à peine deux semaines et qu'elle mît en danger sa vie encore une fois... bon Dieu, cela créait en lui une folie qu'il n'avait jamais ressentie.

Maintenant, il ressentait autre chose : ses bras autour de sa taille et son corps pressé contre son dos. Oïl, elle était courageuse. Son amour pour elle lui donnait mal au cœur.

Il brisa enfin le silence.

— As-tu la moindre idée de ta valeur ?

— Je suis désolée, Greylen. Vraiment désolée.

Son corps tremblait et le dos de sa chemise se trempa de larmes. Il ferma les yeux, priant son esprit de lâcher prise avec sa colère. Il l'attira face à lui et posa sa joue sur sa tête, tandis qu'elle s'agrippait à lui. Il finit par la repousser.

— Ne risque plus jamais ta vie, peu importe pour qui tu le fais. C'est compris ?

Il ne voulait pas crier, mais il était consumé par la peur. Elle hocha vivement la tête et chuchota :

— Oïl. Tu me pardonnes ?

— Ce n'est pas quelque chose que je peux pardonner, Gwen, dit-il en secouant la tête. Ian ne t'avait pas ordonné de rentrer dans le donjon ?

Son regard lui mit les larmes aux yeux encore une fois.

— Oïl, mais...

— Gwen, quand mes hommes te donnent un ordre, tu dois le suivre. Ils ne peuvent pas s'inquiéter pour toi et pour le problème qu'ils gèrent. Les ordres sont donnés pour une raison, ma femme.

— J'ai cru qu'il allait mourir, Greylen. Il ne sortait pas et la fumée s'échappait des portes.

— As-tu vu qu'il s'est agenouillé en sortant ?

Il criait encore, furieux qu'elle ne comprît toujours pas.

— As-tu la moindre idée de pourquoi ? demanda-t-il d'un ton glacial.

Elle secoua la tête.

— Il attendait mon coup. Tu comprends ?

Elle hoqueta et recula.

— Tu le tuerais, à cause de moi ? À cause de ce que j'ai fait, juste pour aider ?

— Je ne me suis jamais retrouvé dans cette situation – jusqu'à ce soir.

— Je suis désolée, Greylen. Mais je ne changerais pas ce que j'ai fait. Je ne laisserais pas quelqu'un mourir si je peux l'aider.

— Alors il semblerait que nous soyons dans une impasse. Je t'emmènerai là-haut.

— On dirait que tu n'as pas l'intention de rester avec moi.

Il lâcha un rire sarcastique.

— Je ne peux pas dormir, Gwen. Je ne peux pas tuer un homme et rechercher le confort de mon lit. C'est quelque chose que je n'ai jamais pu faire.

— Alors je resterai avec toi, s'enquit-elle en tirant sur sa chemise.

— Non.

— Tu ne veux pas de ma présence ?

— Oui.

Elle relâcha l'air dans ses poumons, un son qui ressemblait à un cri. Son refus semblait lui porter un coup presque physique. Il n'avait jamais dit ce mot avant. Il l'avait rejetée avec son propre langage à elle.

— Viens, ne lutte pas contre moi, cracha-t-il en prenant son bras.

Elle le laissa la guider dans le couloir, mais quand ils atteignirent les portes d'entrée, elle arracha son bras de sa poigne. Elle s'avança jusqu'à ses hommes et se planta devant Ian.

— Je sais que ce n'est pas suffisant, mais je suis désolée, Ian. Je n'ai jamais voulu te mettre dans une telle position.

Elle les regarda tour à tour : Duncan, Kevin, Hugh, Connell et Gavin.

— Je suis désolée pour les problèmes que j'ai créés. Je sais maintenant que j'avais tort.

Elle se dirigea ensuite vers les marches et Greylen commença à la suivre.

— Pas la peine, dit-elle sans se retourner. Je connais le chemin.

Greylen n'aurait pas dû être surpris que Gwen voulût y aller seule. C'était lui qui l'avait rejetée. Pourquoi alors son cœur se serra-t-il ? Ses hommes ne dirent rien et il retourna dans son bureau, mais il vit le regard de Gavin, la critique dans ses yeux.

Il lui fallut moins d'une heure pour qu'il revînt à lui. Assis derrière son bureau, il pressa ses mains sur les côtés de son visage. Il ne pensait qu'à elle.

Combien de fois était-elle venue à lui ? Combien de fois

s'était-elle donnée à lui ? Combien de fois avait-il remercié les dieux là-haut de lui avoir fait grâce de Gwendolyn dans sa vie ?

Il n'affronta pas ses hommes en approchant des escaliers et pour la première fois, il douta en entrant dans sa chambre. Gwen ne leva pas les yeux. Elle était assise sur le sol devant le feu, à fixer les flammes et écouter de la musique. Le volume était si bas que sa tête était posée sur le tapis de cheminée, à côté de l'enceinte.

Elle avait l'air triste et il en était responsable. Il s'assit sur le sol, face à elle. Elle ne leva toujours pas les yeux.

— Gwen, j'ai toujours agi d'une certaine façon dans ma vie. J'y ai été obligé. Mais je n'ai jamais regretté mon comportement... jusqu'à maintenant.

— Tu ne devrais pas avoir à regretter tes gestes, Greylen, chuchota-t-elle.

Elle ne parla pas pendant une minute, mais quand elle reprit, ses mots furent entrecoupés d'un sanglot :

— Je me sens si seule, maintenant, et pourtant tu es assis à côté de moi. C'est ce qui me fait le plus mal.

Elle ne le regardait toujours pas.

— Regarde-moi, Gwen.

— J'ai peur de ce que j'y verrai, Greylen.

— Juste de l'amour, Gwen, dit-il d'une voix qu'il reconnaissait à peine. Je te jure qu'il n'y a que de l'amour.

Il sentit sa lutte interne et se maudit d'en être la cause.

Enfin, elle leva la tête.

— Je déteste t'aimer autant. Je déteste ça.

Les mots lui déchirèrent le cœur et il hésita de nouveau. Il voulait la serrer contre lui, mais un mur semblait se dresser entre eux. Encore une fois, ce fut elle qui vint à lui. Elle rampa sur ses genoux, puis posa sa tête sur son torse. Il aurait pu la serrer à la mort tant son soulagement était grand.

Il referma ses bras autour d'elle et elle soupira. Il se sentait très chanceux de l'avoir encore dans ses bras et se rendit compte combien il avait peur d'être rejeté par elle.

— Tu veux bien rester avec moi près du feu ?

Il ne pouvait toujours pas dormir dans leur lit, mais il avait été bête de la repousser un peu plus tôt.

— Ce que tu veux, Greylen, chuchota-t-elle. Tout ce que tu veux.

Il ajouta d'autres bûches au feu et Gwen prit les oreillers sur leur lit. Il retira ses bottes, posa sa dague sur le manteau de la cheminée et elle éteignit la musique. Ils n'avaient toujours pas fait l'amour, pas depuis qu'elle lui avait dit être enceinte. Et ils ne le feraient pas ce soir-là. Mais Greylen la serra contre lui comme jamais auparavant, faisant le vœu de ne plus jamais laisser sa colère se dresser entre eux.

Au moment où il s'endormait, les mains de sa femme se posèrent sur son visage et il sentit son cœur fondre et faire peau neuve en l'entendant murmurer :

— Je t'aime tellement, Greylen. Je t'aime, tellement.

— Je t'aime aussi, Gwen. Tellement, moi aussi.

CHAPITRE 24

Greylen réveilla Gwen, allongée dans ses bras. Ils étaient toujours devant le feu et il la serrait si fort qu'elle ne pouvait pas bouger.

— Je pars ce matin, Gwen.

— Tu vas à la recherche de MacFale, c'est ça ?

— Oïl.

— Je suis désolée pour hier, Greylen, je n'ai jamais voulu...

— Ne t'excuse plus, Gwen. Tu as agi par instinct. Ce n'est qu'une des nombreuses choses que j'admire chez toi. Mais te voir courir dans le feu...

— Tu es toujours en colère après moi ?

— J'ai craint encore pour ta vie et que tu la mettes en danger... ça a failli me tuer. Pardonne ma colère, Gwen.

— Je te pardonne, Greylen. Je veux juste que tu sois en sécurité. J'ai peur pour toi.

— Tu n'as rien à craindre. Je te ferai parvenir des nouvelles dès que je peux.

Quelques minutes plus tard, Gwen était assise sur la commode dans la salle d'eau à raser la barbe de Greylen. Les conséquences de son départ créaient une drôle de sensation dans sa poitrine, comme si elle était prise dans un étau. Elle sentait qu'il en allait de même pour Greylen.

Leur silence était assourdissant.

Quand il finit de s'habiller, il s'approcha d'elle sur le coffre, au pied de leur lit. Ses mains entourèrent son visage et il l'embrassa comme il ne l'avait jamais fait avant.

C'était un baiser en souvenir d'eux, lent, et doux-amer.

Main dans la main, ils descendirent les escaliers et sortirent dans la cour. Elle resta à ses côtés le temps qu'il attache ses affaires à la selle. Puis, il la ramena aux marches, où se trouvaient Isabelle et Lady Madelyn. Il la dévisagea et effleura du doigt son visage. Il se pencha en avant et murmura à son oreille des mots qui émurent son âme entière.

C'étaient les mots les plus beaux qu'elle ait entendus, même s'il les lui avait déjà dits. Chaque fois qu'ils faisaient l'amour, c'étaient les mots qu'il chuchotait le plus. Elle voulait tellement lui demander ce qu'ils voulaient dire, le supplier de l'emmener là-haut et de lui faire l'amour encore une fois. Mais elle ne pouvait pas parler. Sa gorge était serrée d'émotions qui menaçaient de l'étrangler.

Il se tourna pour rejoindre ses hommes qui attendaient dans la cour. Ils semblaient sérieux et les rires et la lumière qu'elle avait toujours vus dans leurs yeux lui manquaient. Elle s'accrocha à Isabelle et Lady Madelyn se plaça derrière elles, une main sur chaque épaule. Elle regarda tristement son mari franchir les portes du château.

***

Greylen regarda derrière lui une fois de plus avant de franchir les portes. Sa colère avait disparu, remplacée par des sentiments difficiles à comprendre. Il n'était même pas sûr que Gwen ait compris ce qu'elle avait fait ce matin. Il n'oublierait jamais.

Après l'avoir rasé, elle s'était dirigée vers son armoire et en avait retiré les vêtements qu'elle savait qu'il porterait. Elle avait brandi chaque habit, lissant le tissu sur le corps de Greylen de ses mains après qu'il l'eut mis. Elle avait ensuite préparé son sac, le serrant contre elle, assise sur le coffre. Il savait qu'elle retenait ses larmes et, en vérité, ses gestes l'éprouvaient également. Depuis qu'il était un petit garçon, personne ne l'avait habillé ou n'avait préparé ses affaires. Personne ne le touchait comme elle arrivait à le faire.

Il laissa Connell et Ian derrière avec des consignes strictes : rester aux côtés de Gwen. L'ordre n'était pas nécessaire, mais il le formula quand même.

Ils atteignirent la demeure de MacFale avant midi. Les portes étaient ouvertes et ils chevauchèrent jusqu'au donjon. Le père de Malcolm attendait sur les marches.

— Où est votre fils ? s'enquit Greylen d'une voix autoritaire en croisant le regard du vieil homme.

— Je n'ai pas vu Malcolm depuis des semaines.

— Vous vous attendez à ce que je vous croie, vieil homme ? s'écria-t-il. Il a fait empoisonner ma femme et son homme a incendié nos écuries.

Greylen fit un signe de tête à Kevin, qui relâcha les restes de l'homme qu'il avait tué la veille.

MacFale regarda au sol et acquiesça avant de reprendre la parole :

— Oïl, c'est bien l'homme de Malcolm. Mais je vous jure, MacGreggor, je n'ai pas vu mon fils dernièrement. Et je n'approuve pas ses gestes.

— Vous l'avez défendu par le passé, l'accusa Greylen. Je ne veux pas la guerre, vieil homme, mais je prendrai vos terres avant que vous ne lui transmettiez le pouvoir.

— Je n'ai pas le choix, objecta l'homme. C'est le seul fils prêt à prendre ce qui lui revient de droit.

— Je ne parlerai pas en énigmes, MacFale. Quand je le trouverai, il paiera de sa vie pour ses offenses.

— Alors il semble que vous prendrez cette terre, MacGreggor. Il ne me reste plus beaucoup de temps dans ce monde et je n'ai plus de contrôle sur Malcolm depuis des années.

— La faute est vôtre. Il est de votre sang. Son mal ne peut que venir de vous.

— J'ai enfanté un bon garçon aussi, MacGreggor, bien que mes actions l'aient fait partir. Je ne souhaite que réparer mes torts.

— Cessez d'user de mots tordus. Parlez si vous le souhaitez.

— Ce n'est plus à moi de le faire. J'ai dit ce que j'avais à dire. Laissez l'homme faire le reste.

— Écartez-vous, nous fouillerons le donjon.

— Cherchez comme bon vous semble. Je n'ai rien à cacher. Malcolm se cache peut-être sur cette terre, mais le donjon est vide.

— C'est un piège, cracha Duncan.

— J'ai trois domestiques, tous si âgés que c'est incroyable que j'aie toujours à manger à ma table et que mon sol soit propre. Voyez-vous des hommes ? demanda-t-il en agitant les mains. Il n'y en a pas. Malcolm n'en a qu'une poignée et ils sont avec lui.

Greylen et ses hommes entrèrent dans la demeure. Ils restèrent dans le hall où Gavin secouait visiblement la tête en regardant les marches qui menaient aux chambres. Pensant que la fureur causait ce comportement, Greylen lui ordonna de rester avec le vieil homme. Il prit Duncan là-haut et Hugh et Kevin fouillèrent le rez-de-chaussée.

— J'aurais dû le tuer il y a des années, siffla Gavin.

— Peut-être, répondit Guy MacFale en haussant les épaules. Mais ton honneur t'en a empêché.

Il se tenait à côté de Gavin pour la première fois depuis des années.

— Non, ta faiblesse m'en a empêché, vieil homme.

— Si je pouvais changer le passé, Gavin...

— Le ferais-tu ?

— Tu sais que j'ai essayé de me racheter, Gavin. Mon silence continuel aurait dû avoir de la valeur.

Greylen et ses hommes se rejoignirent dans l'entrée et descendirent au sous-sol. Qu'ils cherchent chaque recoin sombre. Malcolm n'était pas là. Quand ils revinrent, les mots de MacGreggor le confirmèrent :

— C'est vide, comme vous l'avez dit. Vous avez de la chance d'avoir dit la vérité, vieil homme.

— Je ne souhaite que la paix, MacGreggor, je n'ai pas causé de problèmes depuis des années et j'ai essayé de contenir Malcolm. C'est à lui que vous souhaitez du mal. C'est un enfant mauvais et puéril.

— Il sera mien. Priez pour son âme déplorable.

MacFale observa tristement MacGreggor et ses hommes quitter le donjon à l'unisson. Il avait fait tant de mauvais choix dans sa vie. Mais maintenant, il était plus déterminé que jamais à voir les erreurs du passé être rectifiées avant sa mort.

Si Dieu le veut, son héritier prendra cette terre. Et lui rendrait sa gloire d'antan.

Il monta lentement l'escalier vers le grand hall, chaque marche plus difficile pour son corps affaibli. Il fallut de longues minutes avant qu'il ne se remît de cet exercice, car en vérité, il lui restait très peu de temps. Mais il utiliserait chaque souffle qui lui restait pour chercher le pardon de son fils.

Bon Dieu, comme cela avait fait du bien de le revoir.

En approchant de leur frontière, Greylen et ses hommes passèrent par la forêt à l'est. Consumé par le souvenir de la confrontation avec le vieil homme, Greylen ne cessait de repasser la scène dans sa tête. Il n'arrivait pas à se débarrasser de la sensation qu'il passait à côté de quelque chose. Les mots de MacFale contenaient un message, ils étaient suggestifs, mais pas dirigés vers lui.

Son second l'inquiétait également. Gavin n'était pas lui-même du tout. Il semblait hanté presque depuis le moment où ils étaient entrés dans le donjon. En vérité, cela l'inquiétait plus que le fait de ne pas trouver Malcolm.

Ils étaient tellement plongés dans leurs pensées qu'ils avançaient dans un silence complet et entendirent le son des flèches déchirant l'air au moment même où elles furent lâchées. Gavin amena son cheval près de celui de Greylen, protégeant son dos. Les hommes formèrent un cercle serré autour de leur laird en lançant des flèches en guise de riposte. Deux hommes tombèrent des arbres, mais il restait au moins quatre hommes. Kevin prit une flèche dans la jambe et l'arracha. Leurs chevaux trépignaient de peur.

— Battez-vous comme des hommes, bande de lâches ! hurla Greylen.

Leurs attaquants gardèrent le silence au-dessus d'eux.

— J'ai attendu des années pour ça, MacGreggor, pour voir le regard sur ton visage quand tu t'écrouleras.

— Alors, viens, MacFale. Viens voir mon visage maintenant.

La voix de Greylen était glaçante et contenait une fureur qui mijotait dans tout son corps alors qu'il encourageait Malcolm à se confronter à lui.

Greylen sentit Gavin se crisper à ces mots, mais il n'avait pas le temps de jeter un coup d'œil à son second pour comprendre son appréhension. Ils n'avaient jamais été intimidés par un combat. Gavin n'avait jamais montré quoi que ce soit d'autre qu'une force intrépide à une bataille. Mais ils n'avaient jamais affronté MacFale auparavant.

Malcolm n'était jamais appelé par leur roi et n'avait jamais été présent aux réunions du conseil. Seul son père y assistait. Greylen ne l'avait pas vu depuis qu'ils étaient enfants et il ne l'aimait pas, même à l'époque. Malcolm avait toujours été jaloux de ses compétences et plutôt que de travailler pour acquérir les mêmes, il était devenu mauvais.

C'était difficile à admettre, même à lui-même, mais Greylen

prenait plaisir à l'humilier, encore et encore, au maniement de l'épée comme au poing. Et depuis, le père de Malcolm l'avait tenu éloigné, payant pour ses transgressions avec de l'argent et des promesses de mieux contrôler le comportement de son fils.

— J'ai des flèches dirigées sur toi, MacGreggor. Mais je ne louperais ça pour rien au monde, lança Malcolm en descendant de son perchoir.

Les hommes de Greylen attendirent son ordre en regardant la silhouette approcher. Gavin resta à la droite de Greylen, Kevin et Hugh derrière eux, Duncan à gauche.

— Si vous bougez, ils tireront.

Mais ce qu'il ne savait pas, c'était qu'ils n'étaient pas le moins du monde menacés par une autre attaque. Au premier mot de Greylen, leurs opposants seraient tous morts et ils souffriraient peut-être d'une blessure ou deux, mais tel était le prix d'un combat. Pourtant, Malcolm semblait avoir piqué la curiosité de Greylen. C'était la seule raison pour laquelle il vivait encore.

— Je souhaite seulement te donner un aperçu de ce que tu es trop aveugle pour voir, continua Malcolm sans comprendre sa situation précaire. Qu'en dis-tu, Gavin le Brave ?

Il sortit de l'ombre à quelques pas de là.

— Ta chute n'en sera que plus gratifiante.

À ce moment, tout devint clair – les mots du vieil homme comme le comportement de Gavin. Greylen posa les yeux sur Malcolm pour la première fois depuis des années. Il le regarda vraiment. Incrédule, il secoua la tête, car les similarités étaient telles... et les yeux – *bon Dieu* –, ils étaient identiques.

Greylen se tourna vers Gavin, le teint blême et désespéré. La trahison était écrasante. Son ennemi juré, l'homme qui avait failli tuer sa femme et apporter la destruction sur sa terre, était le frère de son second.

De son *ami.*

De son frère d'âme depuis des années.

Le jugement de Greylen tomba tandis qu'il soutenait le regard de Gavin. Le choix avait été fait en quelques secondes. Il n'en avait pas d'autres. Mais alors que Greylen allait parler, Malcolm aboya son ordre :

— Maintenant !

Pris par surprise, cette fois à cause du choc de ce qu'il venait de voir, le son des flèches retentit au moment même où Malcolm lançait sa dague.

Gavin sauta de son cheval et se plaça entre Greylen et la dague que Malcolm avait envoyée en visant son cœur. Elle se planta dans l'épaule de Gavin. Insensible vu la rage qui l'animait, Gavin courut vers Malcolm, mais quelques secondes plus tard, ensorcelé par un sentiment interne de terreur, il se tourna et regarda avec horreur son commandant tomber au sol.

— *Noooon !*

— Ta propre trahison a tué ton laird, mon frère, se vanta Malcolm.

Il se tourna pour fuir, puis ajouta dans un gloussement écœurant :

— Ton visage est presque aussi amusant que la fois où j'ai tué notre mère.

Gavin se précipita vers Greylen tandis que Duncan pourchassait Malcolm et ses hommes. Il souleva la tête de son ami sur ses genoux. Un coup à la tête l'avait laissé inconscient. Le sang coulait de la plaie ouverte et deux flèches avaient trouvé leur cible, une dans sa cuisse et l'autre dans son dos. Kevin et Hugh commencèrent à l'encercler, épées tirées.

— Je suis toujours le second de Greylen et votre commandant, siffla Gavin. Tuez-moi s'il le faut, mais ramenez-le à la maison !

Ils ne pouvaient prendre cette décision. Gavin était à l'agonie et ils savaient qu'il ne voulait que protéger Greylen. Duncan revint quelques minutes plus tard, certain que Malcolm et ses hommes étaient partis, et il s'agenouilla à côté de Gavin pour aider à soigner les plaies de Greylen.

Gavin avait déjà taillé la hampe des flèches, les coupant proche du point d'entrée. Il déchira sa chemise et serra le tissu autour de la jambe de Greylen. La flèche dans son dos avait été déviée et le bout se trouvait juste sous son épaule. Bien qu'il saignât à profusion, c'était le coup à sa cuisse qui l'inquiétait le plus. Le sang en jaillissait et Gavin serra encore avant de regagner sa selle. Il tira le corps de Greylen devant lui tandis que les autres le soulevaient du sol.

Ils quittèrent la forêt à la hâte, en silence. Tous arboraient une expression peinée, pourtant aucune n'était aussi féroce que celle de Gavin. Il tenait fort son commandant, sa propre plaie coulant à chaque pas de sa monture, mais il ne lâcha jamais son ami. La force qu'il lui fallait pour garder Greylen droit n'était rien comparée au malaise qu'il ressentait. Le regard que Greylen lui avait lancé avant qu'ils ne soient piégés repassait dans son esprit.

Il ne pouvait qu'imaginer ce qu'il aurait dit, s'il avait pu parler.

Il envoya Kevin et Hugh devant en atteignant leur première patrouille frontalière. À chaque groupe d'hommes qu'ils dépassaient dans le domaine, leur nombre augmentait, grossi par les hommes en question.

Gavin avançait d'un pas si déterminé que Kevin et Hugh étaient toujours dans son champ de vision quand ils franchirent les portes.

CHAPITRE 25

— Gwendolyn, tu dois me dire ce que tu fais, dit Isabelle par-dessus son travail d'aiguille pour la deuxième fois.

— Je t'ai déjà dit, c'est une surprise, Isabelle. J'en ferai un pour toi aussi, mais j'ai quelque chose de complètement différent en tête.

Elles étaient assises dans la bibliothèque avec Lady Madelyn. Il restait encore une heure environ avant le dîner et elle venait de commencer un vêtement pour Greylen. Un cadeau de Noël.

Une semaine avant, Gwen leur avait dit comment elle fêtait Noël et elle avait prudemment demandé à Greylen s'ils pouvaient avoir un sapin de Noël et échanger des cadeaux. Elle avait été récompensée d'un de ses incroyables sourires et il lui avait assuré qu'il n'aimerait rien plus que de commencer cette tradition avec elle. Maintenant, grâce à sa grande bouche, elle avait quatre mois pour faire sept hauts, quelque chose d'osé pour Isabelle et des cadeaux pour Lady Madelyn et Anna aussi.

Dieu merci, elle était douée avec les aiguilles.

Elles furent surprises par des cris dans la cour et ce qui semblait être des cavaliers. Des hommes et chevaux se hâtaient vers le donjon. Ian et Connell avaient déjà franchi la porte d'entrée quand les dames les rejoignirent et Gwen se précipita dehors. Isabelle hurla aussitôt et Lady Madelyn cria des instructions pour qu'on vide la table dans le grand hall.

Gwen courut aussitôt voir Greylen. Elle n'avait pas le temps pour la peur et commença aussitôt à évaluer son état. Il était couvert de sang, inconscient et avait deux blessures apparentes.

Elle poursuivit ses observations et Gavin les confirma :

— Il est inconscient depuis des heures. Deux flèches ont trouvé leur cible, une à son épaule, l'autre dans sa jambe. Il a une entaille derrière la tête, mais le sang a cessé de couler.

Elle inspira profondément, puis le Dr Reynolds donna ses ordres :

— Kevin, va chercher la planche contre les écuries. Ian, il y a un sac dans le coffre au bout de mon lit. Il est verrouillé – *force-le*. Isabelle, cesse de crier et va chercher un drap propre... maintenant, *vite*. Lady Madelyn, Anna, nettoyez la table dans le grand hall avec de l'antiseptique et posez vos instruments sur le buffet.

Elle ne cessa jamais de regarder Gavin en détaillant chaque instruction. Elle savait qu'il lui cachait quelque chose.

— Quoi ? Dis-moi, Gavin, *maintenant*.

— Sa blessure à la jambe... je crois qu'elle est mortelle.

— Contente-toi de... serrer fort... Gavin, grinça-t-elle entre ses dents.

Elle n'était pas revenue des centaines d'années en arrière pour perdre. Elle était la meilleure. Et là maintenant, elle était ce que leur monde avait de mieux.

Kevin revint suivi d'Alex, le nouveau soldat que Greylen avait pris sous son aile. Pendant que Duncan mettait à plat la planche en attendant qu'on y dépose Greylen, Isabelle arriva du donjon en courant. Elle était moins hystérique maintenant et aida Gwen à installer le drap sur la planche. Connell et Hugh prirent Greylen des bras de Gavin et le posèrent sur la planche avant de se diriger vers les marches en écoutant les instructions de Gwen.

— Portez-le jusqu'au grand hall, mais ne le retirez pas de la planche. Isabelle, l'interpella-t-elle sans se retourner, occupe-toi des blessures de Gavin et Kevin.

Lady Madelyn et Anna plaçaient toujours leurs objets sur le buffet quand Ian arriva dans la pièce avec son sac. Kevin, Duncan et Alex tenaient la planche avec Greylen et elle demanda à Ian, Hugh et Connell de prendre les coins du drap. Elle voulut s'occuper du quatrième, mais Gavin était déjà là et ils soulevèrent tous Greylen sur la table.

— Laissez Isabelle soigner vos plaies, ordonna-t-elle à Gavin et Kevin. Il faudra le porter encore.

Gwen commença à se laver les mains et pria pour que tous en fassent de même. Elle attrapa ses instruments. Elle commença avec la plaie à sa cuisse, sachant que si elle n'arrêtait pas le saignement, Gavin aurait raison.

— Mère, prends mon stéthoscope et écoute les battements de son cœur. Anna, mets du fil à l'aiguille, celle à gauche et donne-la-moi quand je te la demanderai.

Elle commença à examiner la plaie dans la cuisse de Greylen, ce qu'il restait de son sang – probablement pas beaucoup –, qui coula à peine quand elle retira le tissu. La tête de la flèche était incrustée profondément dans l'os et ses doigts ne cessaient de glisser. Elle oublia de respirer. *Concentre-toi, Gwen !*

Elle sentit une main puissante sur son épaule et Gavin la serra pour la rassurer.

— Gavin, place-toi au bout de la table, garde sa nuque droite pour que le passage soit dégagé jusqu'à ses poumons et assure-toi que tu peux sentir son souffle.

Gwen sentit enfin le métal et retira prudemment la tête de la flèche.

— Anna, arrose-la d'antiseptique, puis donne-moi l'aiguille. Tu dois garder la plaie ouverte pour que je puisse réparer l'intérieur. *Maintenant, Anna.*

Anna utilisa le liquide dont Lady Madelyn avait dit qu'il éviterait une infection et tint la blessure ouverte comme demandé. Ses mains tremblaient tant qu'elles n'arrêtaient pas de glisser. Duncan l'écarta et tint la plaie à sa place, aidé de deux bandes en lin pour ne pas que ses doigts glissent.

Gwen commença les premiers points, en travaillant de l'intérieur. Ses cheveux commencèrent à tomber et à lui recouvrir les yeux.

— Anna, pour l'amour de Dieu, attache-lui les cheveux, cria Gavin au-dessus de la tête de Greylen.

La tension dans la pièce était oppressante, mais Anna s'attela à la tâche et Gwen commença à coudre les tissus du haut. Cela restait une plaie qui pouvait causer de sérieuses répercussions, essentiellement à cause de la quantité de sang qu'il avait perdu. Après ce qui sembla durer des heures, la pire blessure était enfin refermée et Gwen lâcha un soupir de soulagement. Puis, elle s'approcha de l'épaule.

— C'est trop faible. Je ne l'entends plus, dit Lady Madelyn.

— Je ne sens plus sa respiration, Gwen, s'enquit Gavin en même temps. Elle s'est arrêtée.

— Non !

Gwen attrapa le stéthoscope et écouta. *Allez, Greylen !*

Rien.

Elle sauta sur la table et commença les compressions en comptant à voix basse.

— Gavin.

Un, deux.

— Quand je te le dis, souffle deux fois dans sa bouche...

Huit, neuf.

— Pince son nez et assure-toi que sa langue ne soit pas tombée...

Douze, treize.

— Tiens-la avec tes doigts s'il le faut. Mère, cherche la veine à son cou, dis-moi quand tu sens quelque chose.

Elle continua à compter tout en appuyant ses paumes sur la cage thoracique de Greylen.

— Encore, Gavin.

Oh mon Dieu, aide-moi, s'il te plaît !

Où étaient les foutues urgences ?!

Lady Madelyn secoua de nouveau la tête. Toujours rien. Duncan, Kevin et Hugh s'approchèrent de Greylen. Elle les sentait derrière elle, mais continua de se pencher au-dessus de son mari. Ian et Connell, qui étaient face à elle, à côté de la mère de Greylen, s'approchèrent aussi. Tous chantaient et elle entendit la même incantation résonner dehors dans la cour.

Les prières étaient assourdissantes, mais ce dont Greylen avait besoin était un choc. Cette idée continuait de la tarauder à chaque compression.

— Encore, Gavin.

Lady Madelyn secouait toujours la tête.

— *Nooon !*

Sa voix était remplie de colère et sa furie se déchaîna.

— Espèce de tête de mule !

Deux doigts sur le sternum.

— T'as intérêt à être désolé...

Poing fermé sur le pouce.

— Maudit mari...

Trente centimètres au-dessus... dix... vingt... trente, parfait.

— RECULEZ.

Ils la regardèrent tous dans un silence ébahi tandis qu'elle relâchait son coup. Le son qu'elle produisit quand elle le toucha s'entendait malgré son cri d'agonie. Sous leurs yeux, elle reproduisit le geste.

— Ne me quitte pas, hurla-t-elle en frappant encore.

Ses doigts étaient engourdis par le choc et elle se prépara à reprendre les compressions.

— Je le sens, annonça Lady Madelyn.

Cela arrêta les mains de Gwen, qui s'écarta d'un coup, de peur que ses bons soins n'affectent le battement de cœur. Duncan la rattrapa avant qu'elle ne tombe de la table. Puis, elle se précipita pour vérifier la respiration de Greylen par elle-même. Le son de son cœur rétablit son équilibre précaire quelque part entre peur effroyable et joie intense.

La blessure à son épaule fut soignée en quelques minutes et le bout de la flèche facilement retiré. Lady Madelyn continua de surveiller le pouls de Greylen, qui resta stable quoique faible, et Gwen versa de l'antiseptique sur l'entaille derrière sa tête. La blessure n'était pas profonde, mais elle était étendue et il faudrait presque vingt douloureux points de suture pour la refermer. Elle en eut encore pour une heure.

Ensuite, sa tête heurta la table à côté de celle de Greylen. Quelques minutes après, elle la leva enfin et regarda tous ceux qui la dévisageaient. Leur expression révélait les mêmes émotions qu'elle. Le soulagement. La peur. L'épuisement.

Elle se leva lentement et Gavin la tint par les épaules quand elle commença à chanceler. Il murmura juste à elle :

— Je ne t'ai jamais autant aimée qu'en ce moment précis.

Elle posa la main sur la sienne et le serra, avant de donner de nouvelles instructions.

— On ne peut pas encore le bouger. Anna, prépare ma chambre. Lady Madelyn, j'ai besoin de bandes de lin fraîches et d'eau. Alex et Hugh, frottez la planche avec de l'antiseptique.

Gwen nettoya Greylen jusqu'à ce que chaque partie de son corps soit assez propre pour qu'elle soit satisfaite, puis elle l'allongea sur des draps propres. Ensuite, elle le recouvrit d'un autre drap propre. Il fallut une heure avant qu'elle accepte qu'on le déplace.

Bien que son pouls soit stable, elle était terrifiée à l'idée qu'il ne se réveille pas. Il pourrait facilement tomber dans le coma et il n'y avait aucun moyen de savoir s'il avait subi des dommages sur la durée. Elle continuait de se rappeler qu'il était fort et en bonne santé. Qu'elle était là pour le guérir, pas le regarder mourir. Mais le doute la consumait.

Dans une sombre procession, les hommes de Greylen le portèrent jusqu'à leur chambre sur la planche qu'ils avaient utilisée pour le faire entrer. Le coffre au pied de leur lit était en pièces devant les portes de leur chambre. Ian l'avait détruit en récupérant le sac.

Avec le même soin qu'en bas, ils attrapèrent les coins du drap et le placèrent sur le lit. Lady Madelyn resta au chevet de son fils, à le regarder.

— Tu lui as sauvé la vie, Gwendolyn.

— Je l'ai gardé en vie, Lady Madelyn, corrigea gravement Gwen. Ce n'est pas encore fini.

— Il doit encore lutter, c'est certain, chuchota Lady Madelyn.

Elle lui toucha l'épaule et sortit de la pièce. Il ne restait que Gwen pour s'occuper de son mari et s'asseoir dans le fauteuil que Ian avait placé près de leur lit. Duncan et Connell étaient juste devant leurs portes et Gavin, Kevin, Ian et Hugh rassemblaient leurs hommes pour qu'ils prennent les armes. Ils se lanceraient après Malcolm.

Bien après minuit, Gavin trouva Isabelle dans la chapelle. Elle était assise devant l'autel, en larmes. Il savait qu'elle avait repoussé Père Michael un peu plus tôt, car Gavin lui avait brièvement parlé dans le grand hall, quand il était avec Lady Madelyn. Il avait dit à Gavin qu'il avait été dans la chambre de son laird et prié avec Lady Gwendolyn avant qu'elle aussi ne le congédiât.

Gavin avança jusqu'à Isabelle et s'agenouilla sur le sol à côté d'elle. Le regard qu'elle lui lança lui brisa presque le cœur. Il la prit dans ses bras et la berça contre son corps.

— Est-il en vie, Gavin ? demanda-t-elle en s'accrochant à lui.

— Oïl, Bella. Greylen est fort. Il ne mourra pas de la main d'un lâche.

— Mère refuse de me dire ce qu'il s'est passé. Cela a dû être horrible, Gavin. Les chants de notre peuple tournent toujours dans ma tête.

— Je dois y aller, Bella.

— Tu dois le trouver et le tuer, Gavin, dit-elle en l'attrapant par les épaules.

— Oïl, Isabelle, je le ferai.

— Reviens-moi, Gavin. Je ne resterai plus loin de toi.

— Je ne reviendrai pas, Bella, lui avoua Gavin en secouant la tête. Je n'ai plus ma place à Seagrave.

— Comment peux-tu dire une telle chose ?

— C'est de ma faute si ton frère a failli mourir. Et vu le regard qu'il m'a lancé... je ne suis plus le bienvenu.

— C'est faux ! Greylen ne te tournerait jamais le dos.

— Certaines choses ne peuvent être pardonnées, Bella.

Il fixa du regard le sol avant de prendre son visage entre ses mains.

— Je t'aimerai toujours, Bella. Je t'ai toujours aimée.

Il la prit contre elle et l'embrassa avec toute l'émotion qui agitait son cœur. Il la regarda une dernière fois, les yeux remplis de larmes qu'il refusait de verser, se leva et quitta la chapelle.

Gwen entendit la porte de leur chambre s'ouvrir et leva les yeux. Gavin entra, ferma la porte derrière lui et avança lentement jusqu'au lit. Elle avait appris pour l'attaque et plus important, le choc de la révélation. Elle observa Gavin regarder son mari et se pencher pour déposer un baiser sur son front.

— Je suis tellement désolé, mon ami, chuchota-t-il.

Ses épaules tremblaient et quand il se tourna vers elle, elle se jeta dans ses bras. Elle ne put réprimer plus longtemps ses sanglots et ils étaient violents. Elle serra Gavin fort et il lui rendit son étreinte avec la même intensité.

— Tu lui as sauvé la vie, Gwen, je ne pourrai jamais te remercier assez.

— Si tu ne l'avais pas ramené, Gavin... tu lui as sauvé la vie aussi.

— Je n'ai fait que lui briser le cœur.

— Il t'aime, Gavin. Et d'ici à ce qu'il te dise le contraire, je ne croirai pas autre chose.

— Ça ne changera pas qui je suis.

— Oh, Gavin, s'écria-t-elle en le secouant, désespérée. Tu es la personne la plus honorable que je connaisse.

— Tu me manqueras, Gwen. Vous me manquerez tous tellement.

— Ne pars pas. Pas avant d'avoir parlé à Greylen.

— Je ne peux pas attendre. Je dois trouver Malcolm avant qu'il n'aille trop loin. Si Greylen souhaite me voir...

Gavin ne termina pas, comme s'il pensait qu'il ne voudrait jamais le revoir.

— Je n'ai jamais ressenti une telle douleur avant, Gavin. Je ne peux pas te perdre maintenant.

Gavin la reprit dans ses bras.

— Tu as plus de force que toutes les femmes que j'ai connues, Gwendolyn MacGreggor. J'ai le sentiment que tout ira bien pour toi.

— Oh, Gavin. Je t'aime. Je t'aime tellement.

— Je t'aime aussi, Gwen.

Il sécha les larmes de Gwen, laissant les siennes couler librement et l'attira contre lui pour la serrer fort. Il l'étreignit un instant de plus, puis posa ses lèvres sur son front.

Ensuite, il quitta sa chambre et la vie qu'il aimait tant, sans que quiconque à part elle ne puisse comprendre à quel point.

CHAPITRE 26

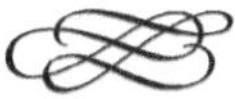

Les douze jours suivants furent les plus longs de la vie de Gwen. Greylen était allongé et inconscient, d'abord fiévreux, puis d'une immobilité qui la terrifiait. Son pouls était plus fort, mais son esprit demeurait silencieux.

Elle trempait du lin dans un mélange de sel et sucre et serrait lentement le linge au-dessus de sa bouche, avant de le faire prudemment couler dans sa gorge. Elle lui parlait sans relâche et quand elle se fatiguait, ses hommes, Lady Madelyn ou Isabelle prenaient le relais. Elle avait perdu son appétit et maintenant, elle feignait de manger sous l'œil des hommes de Greylen. Ils n'objectaient pas, mais lui assurèrent uniquement que Greylen serait furieux à son réveil.

Elle priait pour qu'ils aient raison.

Mais au fur et à mesure que les jours s'écoulaient, son espoir commença à flétrir.

Ce ne fut qu'à la douzième nuit qu'elle s'autorisa enfin à monter dans le lit. Ses blessures guérissaient et elle était sûre que si elle restait de l'autre côté du lit, elle ne le dérangerait pas. Elle posa sa tête sur l'oreiller, ses larmes coulant le long de son visage tandis qu'elle observait Greylen. Elle ne pouvait imaginer ce qu'elle ferait sans lui. En quelques mois très courts, il était devenu tout pour elle. Sa vie n'aurait pas de sens sans lui.

Le sommeil vint vite, elle n'avait presque plus de forces après avoir tant refusé de manger. Sa bague de mariage s'était mise à glisser deux jours avant et elle la portait désormais à la ficelle qui contenait le médaillon de Greylen. Secrètement, elle espérait le rejoindre pour retrouver le néant dans lequel il se reposait.

Elle eut un rêve incroyable cette nuit-là. Greylen allait à nouveau bien et ils faisaient l'amour sur la plage en regardant le lever du soleil. Elle sentait la chaleur du soleil sur ses joues et lutta pour rester dans l'étreinte de ce rêve plutôt que le cauchemar dans lequel elle se réveillerait.

Quand elle ouvrit les yeux, elle vit des yeux noirs la fixer du regard.

— Je ne t'ai pas déjà dit que personne n'avait de côté dans ce lit ?

Elle ne put répondre. Des larmes silencieuses coulèrent librement tandis qu'elle le dévisageait. Elle recouvrit sa main quand il lui caressa la joue, sachant que c'était la chaleur qu'elle avait sentie dans son rêve.

———

Greylen ne pouvait pas faire autre chose que regarder sa femme. Elle avait l'air terriblement pâle, avec des cernes profonds sous les yeux.

— Je te tirerai s'il le faut, Gwen, dit-il faiblement. Mais tu n'as pas idée de combien de temps il m'a fallu rien que pour te toucher.

Ça avait pris une éternité. Il n'avait jamais été si faible, mais il avait besoin de la toucher. Et maintenant, il voulait juste la voir sourire.

Gwen sourit bel et bien à ses mots et lui obéit aussitôt, pressant prudemment son corps contre son flanc. Puis, elle pleura avant de s'écarter pour le regarder.

— Tu te rappelles quelque chose, Greylen ?

— Oïl, je me rappelle tout, jusqu'à ce qu'une montagne entre en collision avec ma tête.

— C'était une roche. Une grosse, vu la blessure, commenta-t-elle en repoussant les mèches qui tombaient dans les yeux de Greylen. Elle est dans la cour, à alimenter la fureur de tes hommes.

— Gwen ? As-tu réparé mon cœur brisé ?

— Non, répondit-elle en secouant la tête. Je n'ai fait que le redémarrer. Je crains que la réparation soit encore devant nous.

— Il est parti alors ?

— Oïl.

— Où ?

— Tuer Malcolm.

— Il croit que je le déteste.

— Est-ce vrai ?

— Je ne pourrais jamais le haïr. Je l'aime autant que toi, si tu comprends ce que je veux dire.

— Je comprends. Je ressens la même chose.

— Je sais.

Les nouvelles de la bonne santé de Greylen se répandirent rapidement dans le domaine. Les gens laissèrent des fleurs et cuisinèrent des plats qu'ils laissèrent sur les marches et un flot régulier de visiteurs entrait dans leur chambre.

Lady Madelyn était assise à côté de son fils, à repousser ses cheveux de son visage en souriant.

— Tu nous as fait peur, Greylen.

— Tu aurais dû savoir que tout irait bien, Mère, la réprimanda-t-il avec un sourire. Rien ne peut me vaincre.

— Ne laisse pas ta chance te tromper, le reprit-elle sérieusement. Sans ta femme, cela t'aurait été fatal.

— Elle a l'air en pire état que moi, fit-il remarquer en

l'observant revenir vers leur lit. J'ai remarqué que sa bague était à son cou. J'imagine qu'elle est rendue à un point où ses doigts montrent les signes de sa perte de poids.

— Elle n'a pas mangé, Greylen...

Sa mère regarda ses genoux. À l'évidence, elle comptait dire quelque chose, puis s'était ravisée. Greylen lui serra la main et enfin, elle leva les yeux vers lui.

— Je crois qu'elle voulait te rejoindre, confia-t-elle.

— Je veillerai à ce que ça s'arrête tout de suite.

Anna entra avec un plateau.

— Apportez un plateau pour ma femme. Je mangerai si elle mange uniquement.

Gwen se crispa.

— Greylen, j'ai mangé tous les jours. C'est toi qui as besoin de nutriments.

— Ne me mens pas, Gwen, siffla-t-il avant de regarder vers la porte. Duncan ?

Duncan se tourna et ne regarda que Gwen en parlant, sa fureur à peine contenue :

— Elle fait comme si elle avait mangé tous les jours, mais elle jette la nourriture au feu quand elle pense qu'on ne regarde pas. J'ai bien peur que son état soit pire qu'avant.

Il continua de la fusiller du regard, comme pour la mettre au défi de nier.

— Laissez-nous.

Gwen s'assit sur le lit à côté de Greylen et plaça le plateau à côté de ses jambes.

— Une bouchée pour une bouchée, Gwen, ou je ne mangerai rien.

— Greylen..., commença-t-elle à objecter.

Elle dut voir son regard, car elle s'arrêta. Il était peut-être faible, mais sa détermination et ses ordres étaient aussi virulents que toujours.

— Tu m'as entendu.

— Très bien, céda-t-elle. Mais toi d'abord.

Cela prit une éternité. Gwen allait lentement et lui servait cuillère après cuillère de bouillon et petits morceaux de pain, de crainte de troubler son estomac. Elle continua jusqu'à ce que les deux plateaux soient vides.

— Gwen, à quoi pensais-tu ? Tu te serais laissé mourir de faim si je n'avais pas survécu ?

Il voulait simplement la réprimander gentiment, mais elle se détourna.

— Bon Dieu, Gwen, c'est vrai ?

— Je ne sais pas ce que je ferais sans toi, Greylen. Ceci est ma maison. Mais uniquement grâce à toi.

CHAPITRE 27

Quelle différence un jour pouvait-il faire.

C'était le sentiment que sa femme produisait.

Greylen avait toujours eu la capacité de voir ce qui était sous la surface et désormais, c'était plus profond que ça. Sa perception avait de nouvelles qualités. Et même si, à son grand désarroi, Gavin était absent, il s'attelait à ses tâches avec pur contrôle et autorité.

Le plus important était de nettoyer l'incroyable bazar dans lequel il s'était réveillé. Il savait que Gwen lui avait sauvé la vie et bien qu'il pensât avec arrogance que rien ne pouvait lui tomber dessus, sa mortalité venait de lui être jetée à la figure. Autre problème : sa femme préférerait mourir que d'être sans lui. Et aussi ridicule que ce fût, il comprenait ses peurs. Ceci n'était pas la vie dans laquelle elle était née, même si elle était née pour être ici. Pour finir, son meilleur ami était parti, pensant à tort qu'il avait été rejeté. Et comme s'il avait besoin d'autres ennuis, Isabelle était inconsolable et sûre et certaine que Gavin ne reviendrait jamais.

Il endossa ce fardeau, déterminé à restaurer l'équilibre que sa famille avait connu. Maintenant, c'était son tour de faire de son mieux avec la situation présente. Sa femme avait besoin d'être rassurée, son ami devait rentrer à la maison et sa sœur... Eh bien, il lui fallait un gros bisou sur la tête.

Malcolm pouvait attendre, trancha-t-il. Greylen savait que lui et sa famille étaient en sécurité. Personne ne franchirait sa frontière et il avait déjà envoyé une missive à son roi demandant justice de sa part ou de sa main à lui s'il avait la chance de trouver ce mécréant en premier.

Greylen avait aussi envoyé un message au vieux MacFale, demandant une rencontre privée. Il devait comprendre les raisons qui avaient poussé Gavin à faire ces choix-là. Désormais, c'était à lui de mettre fin à l'amertume qui avait touché leurs familles pendant des années.

Ses hommes avaient pour ordre de ramener Gavin à la maison. Le message était passé à chaque laird de leur terre, ainsi qu'à leur roi, au cas où Gavin serait à la cour. S'il l'était, il recevrait l'ordre de son roi de rentrer à Seagrave.

Gwen insista pour qu'il récupérât pleinement avant d'agir. Et même s'il savait qu'elle était pleine de bonne volonté, elle ne comprenait pas sa force – ou peut-être que si. Peu importe, il tint compte de ses recommandations. Il avait besoin plus que tout de lui rendre sa vitalité. Pour quelqu'un qui avait tant de courage, sa femme possédait une fragilité qui l'effrayait réellement. Il ne désirait pas s'éloigner d'elle et ne la laissait d'ailleurs pas quitter son champ de vision. À présent, il chérirait plus que jamais le temps qu'ils avaient. La vie pouvait être courte et il vivrait dans ces moments avec elle au lieu de vivre pour eux.

Au milieu de tout cela, sa tête palpitait toujours, sa jambe était douloureuse et il n'avait jamais été aussi faible. Mais il faisait tout ce qui était dans son pouvoir pour retrouver sa force physique habituelle et il savait que cela commençait par adopter la bonne conjoncture mentale.

Pourtant, rien qu'à penser aux tâches qui l'attendaient, il était épuisé.

Il ordonna que la table dans son bureau soit amenée dans sa chambre. Elle fut placée à gauche des portes, face à l'assise près de la fenêtre. Il s'entretiendrait avec ses hommes ici, pas depuis son lit. Sa femme avait souri devant sa détermination et fait quelques changements elle aussi. Elle fit aussi ramener une table, placée devant la fenêtre, pour qu'ils y mangent. Elle demanda également à ce que l'on fabrique ce qu'elle appelait des *haltères*, pour qu'il puisse faire marcher ses bras, et des béquilles pour le soutenir jusqu'à la guérison de sa jambe.

Il ne la contredit pas et elle ne fit pas d'objection à ce qu'il reprît sa gestion du domaine.

Leur chambre devint un endroit central de réunion pour ses hommes, pour leurs repas familiaux et ce qui deviendrait les jours les plus incroyables que Gwen et lui passeraient ensemble.

Dès le matin où il se réveilla de sa bataille contre la mort, il bougea autant que possible. D'abord, c'était uniquement pour aller dans la salle d'eau et Gwen s'occupait autant de lui qu'il l'avait fait quand c'était elle qui était en rémission. Les béquilles furent salvatrices et cela l'apaisa de ne pas avoir à s'appuyer sur ses hommes ou sa femme. Il savourait les bons soins de Gwen, en revanche. Elle l'aidait à se laver, le rasait et l'assistait pour s'habiller avant les réunions matinales avec ses hommes.

Ils passaient leurs après-midi seuls ; tout le monde était congédié après leurs discussions au bureau et leur repas en fin de matinée avec sa mère et Isabelle. Ils restaient assis près du feu à jouer aux cartes et à parler doucement. Gwen insistait pour qu'il se reposât avant le souper et s'allongeait pour faire la sieste avec lui. Après le souper, ils étaient de nouveau seuls et partageaient tous les deux leur soirée et leur nuit.

Il utilisait les haltères comme elle le lui avait montré et continuait de marcher seul, en s'appuyant désormais sur une canne. Ils n'avaient pas de nouvelles de Gavin et le vieux MacFale avait fait savoir qu'il ne l'avait pas vu non plus. Il avait néanmoins accepté de le voir et viendrait la semaine suivante.

Greylen venait de se réveiller d'une sieste quand sa femme l'approcha, stéthoscope en main.

— Gwendolyn, si tu vérifies mon cœur encore une fois, je te jure que je te frappe.

Elle sourit.

— Je veux juste être sûre.

— À quoi ça sert ? Tu sais que je vais bien. C'est toi qui as encore besoin de te soigner.

— Greylen, j'ai presque repris le poids que j'avais.

— Tu as le corps d'un garçon dégingandé, ma femme, la taquina-t-il.

Elle écarquilla les yeux en essayant de réprimer un sourire sur son visage.

— Je n'arrive pas à croire que tu as dit ça.

— C'est vrai, sac d'os.

Il sourit et la poussa pour montrer qu'il avait raison. Elle tomba du lit et rit. Il monta sur elle, qui était dressée sur ses coudes à même le sol.

— Tu dois te pincer tous les jours pour vérifier que tu es bien mariée à un homme comme moi.

Elle rit encore plus fort.

— Mon Dieu, comme j'aime ton rire, Gwen.

— Il faut qu'on trouve Gavin, mon chéri. Tes taquineries atteignent un niveau record.

— Ce dont on a besoin, c'est de faire l'amour. Ça fait trop longtemps, Gwen.

— Greylen, tu as encore des points de suture partout sur le corps.

— Dans la force ou le respect, tu choisis.

— Retourne dans le lit, ordonna-t-elle en soupirant. Je préfère le respect.

— Tu as deux secondes pour te débarrasser de cette robe ou je te l'arrache.

— Déjà les préliminaires ?

Il rit et la jeta sur le lit.

— Greylen, attention, tes points.

— Retire tes vêtements, *maintenant.*

Elle retira sa robe en une seconde et jeta ses sous-vêtements par-dessus sa tête en se glissant sous les couvertures, ouvrant le lit pour lui. Greylen retira son haut et le pantalon ample qu'il portait, puis la serra contre son corps. Il grogna en la sentant contre lui. Cela faisait vraiment longtemps. Des semaines, en fait, et il n'avait pas l'intention d'attendre un instant de plus.

— Allonge-toi, mon époux, c'est moi qui vais m'occuper de toi.

— Je m'allongerai, mais je m'occuperai de toi en premier, objecta-t-il.

Il s'adossa aux oreillers, souleva Gwen et la plaça entre ses jambes, dos à son torse, ses pieds de chaque côté de ses cuisses. Elle lâcha un bruit inquiet et s'approcha du bandage sur sa jambe pour vérifier que tout allait bien.

— Chuut, murmura-t-il. Ça va, ma femme.

Il l'attira à lui, lui embrassa le cou et elle se détendit sous ses caresses douces. Il glissa son nez sur son cou et ses épaules, caressa tout son corps, mais quand ses doigts passèrent entre ses cuisses et qu'elle commença à bouger contre lui, il fut très clair :

— Je ne veux pas que tu bouges, chuchota-t-il. Pas un seul muscle, Gwendolyn, ou j'arrête. Et je n'ai rien à faire de mieux que de te torturer toute la journée.

Gwen essaya d'obéir, mais Greylen était sans pitié. Elle était tellement pressée contre lui qu'il sentait chacun de ses tressautements. Et il tint sa promesse. Ses mains quittèrent son corps dès qu'il ressentit le *moindre* mouvement de sa part. Puis, il la réprimanda pour son manque de contrôle, d'un souffle plaisantin à l'oreille.

— Concentre-toi, mon aimée. Reste entièrement immobile. Je ne te promets que du plaisir en retour.

Il avait raison. C'était la chose la plus dure qu'elle ait eu à faire de sa vie. Rester immobile pendant que ses doigts la caressaient lentement. Son orgasme, lorsqu'il arriva, fut si intense qu'elle jura que son cerveau avait tremblé sous l'impact.

— Je te l'avais dit, lui murmura-t-il à l'oreille, riant de sa réponse inintelligible. Si je ne te pénètre pas, ma femme, j'ai peur d'en mourir.

Ses mots étaient une caresse et Gwen se tourna pour se mettre à califourchon sur lui. Il lui souleva les hanches, prenant soin de se glisser doucement à l'intérieur. Gwen laissa sa tête retomber en arrière lorsqu'il la pénétra, submergée par la sensation intense de l'avoir en elle. C'était si bon, mais sa lenteur rendait Greylen fou et une seconde plus tard, elle basculait sous lui. Il lui couvrit les lèvres lorsqu'elle protesta et elle ne se souvint plus de rien après sa réponse rauque :

— Tu répareras mes points de suture s'ils se déchirent.

Ils ne furent pas dérangés cette nuit-là, leur passion ayant manifestement été entendue par les gardes derrière leur porte. Anna frappa à un moment donné, les informant qu'elle avait apporté des plateaux avec le dîner. Gwen s'enveloppa dans un drap avant d'aller les chercher, son embarras s'accentua lorsqu'elle regarda Ian et Connell, qui lui lancèrent un sourire complice.

Ils mangèrent près de la fenêtre, d'où ils voyaient la lune brillante dans le ciel sombre. Greylen prit Gwen sur ses genoux quand ils s'assirent dans l'un des fauteuils près du feu, s'embrassant pendant des heures et redécouvrant leurs corps respectifs. Ils dormirent profondément, épuisés émotionnellement par ce que la nuit avait représenté.

Le retour à la maison. Le sentiment d'appartenance. La profondeur de leur amour l'un pour l'autre.

— Reste tranquille, Greylen, dit Gwen en riant et en écartant ses mains.

Ils étaient assis devant la fenêtre et Gwen essayait de retirer les points, bien que son mari ne cesse de l'attraper et d'embrasser chaque partie de son corps qui passait devant ses lèvres.

— Tu es à moi et je peux faire ce qu'il me plaît, la taquina-t-il.

— Ne me le rappelle pas, espèce de brute.

— Gwendolyn, tu sais que je te le rappellerai chaque jour pour le restant de ta vie, avec beaucoup de joie, je dois dire.

— Dieu aide-moi, demanda-t-elle en regardant le plafond. Je suis coincée avec un égocentrique.

Greylen rit face au désespoir de sa femme.

— Tu es la jeune gueuse la plus agréable qui soit, ma femme.

Elle lui tapota le torse.

— Garçon dégingandé, sac d'os, et jeune *gueuse*. Pourquoi ai-je trouvé ton charme aussi irrésistible, je me le demande bien.

— Très bien, céda-t-il en lâchant ses mains. Fais comme tu veux, comme d'habitude d'ailleurs.

— *Ah !* Comme je veux ? On ne fait jamais comme je veux.

— Je plaide l'inverse, mon aimée. Cependant, c'est bien toi qui tiens les cisailles.

Gwen retira les points, ravie du résultat quand elle examina son travail.

— Allez, dit-elle en le tirant de la chaise. J'ai promis que tu pourrais quitter notre chambre quand ils seraient retirés, alors sortons.

— Je t'emmène te promener. Nous n'avons pas eu beaucoup de temps pour de tels plaisirs.

Main dans la main, ils avancèrent jusqu'à la porte où Greylen s'arrêta avant de toucher le loquet. Il se tourna, l'air sérieux.

— Même si j'ai passé ces quelques semaines ici à cause de ma blessure, je n'aurais échangé ces moments-là pour rien au monde. Je t'aime plus que tout, Gwen, tu le sais, n'est-ce pas ?

— Oh mon Dieu, tu crois encore que je suis suicidaire.

— Non, nia-t-il en lui levant le visage. Je veux juste que tu saches ce que je ressens. Ton erreur de jugement ne se reproduira jamais. Je te protégerai, Gwen. Je serai toujours là pour toi. Tu dois toujours y croire.

CHAPITRE 28

Greylen était assis dans son bureau, à attendre le père MacFale. La santé précaire de l'homme avait retardé leur rendez-vous initial, mais six semaines plus tard, Greylen aurait enfin des réponses. Gwen était terrifiée à l'idée qu'il allât lui-même au domaine des MacFale et plutôt que de lui causer plus d'angoisse, il avait accepté de rester ici et de laisser l'homme faire le voyage.

En entendant enfin des cavaliers en approche, Greylen se dirigea vers les portes du donjon. Ses hommes avaient servi d'escorte et il descendit les marches, saluant le vieil homme tandis qu'il commençait à monter les marches. Surpris, il releva les yeux quand Greylen le prit par le coude et l'aida.

— Jusqu'à ce que l'on ait parlé, je ne porterai pas de jugement, annonça Greylen avec respect.

— Vous êtes un homme bien, MacGreggor. Je vois pourquoi Gavin s'est associé à vous.

Lady Madelyn était debout sur le côté quand ils franchirent les portes d'entrée.

— Guy, bienvenue chez nous.

— Madelyn, tu as l'air en bonne santé. Cela fait trop d'années que nous ne nous sommes pas vus.

La mère de Greylen n'ajouta rien, mais les suivit dans le

bureau. Elle s'installa sur le canapé tandis que Greylen et MacFale prenaient place, Greylen derrière le bureau et MacFale devant lui.

— J'ai de nombreuses questions et j'espère que vous mettrez en lumière les actions de Gavin.

— Je répondrai à vos questions. Je ne veux rien de plus que le bonheur de mon fils.

Lady Madelyn lâcha un bruit de dégoût. Greylen haussa un sourcil devant cette interruption.

— Parle, Mère.

Il était évident qu'elle n'avait pas besoin qu'on l'encourageât plus.

— Je suis restée en retrait trop longtemps, Guy, dit-elle avec une fureur à peine contenue. Tu l'as écarté et pareil pour ta femme. Comment as-tu pu faire une telle chose ?

— J'ai essayé de réparer mes torts. J'ai été bête, aveuglé. Si j'avais su le mal en Malcolm, je l'aurais empêché d'agir. Ils n'étaient que des garçons, Madelyn. Comment aurais-je pu savoir ?

— Elle a essayé de te le dire. Alison t'a imploré, mais tout ce que tu as vu, c'est qu'elle te défiait. Tu avais ton héritier et tu l'as rejetée.

Greylen garda le silence. Il apprenait bien plus de cet échange que ce qu'il avait espéré.

— Que veux-tu que je fasse ? Je ne peux pas changer ce que j'ai fait. Elle était tellement plus jeune que moi. C'était plus facile de la rejeter que d'accepter ce qu'elle m'offrait.

— Elle t'offrait de l'amour. Elle t'offrait de la paix. Et en retour, tu l'as trahie et l'as laissé partir. Tu n'aurais jamais dû la supplier de revenir.

— J'avais compris mes erreurs, Madelyn. Je voulais retrouver ma femme. Je voulais apprendre à connaître mon fils. Et j'avais besoin d'aide avec Malcolm.

— Je lui ai dit qu'elle ne devait jamais revenir. Elle savait que quelque chose n'allait pas avec lui. Je remercie Dieu qu'elle et Gavin aient eu dix années de paix loin de toi.

— Puis-je vous interrompre ? demanda Greylen à sa mère.

Le père de Gavin et sa mère se jaugeaient du regard en silence.

— Oïl ! s'écrièrent-ils tous les deux.

— Mère, je n'ai jamais su que tu étais amie avec les MacFale, fit-il remarquer.

— Je n'étais amie qu'avec Allison. Ton père et Guy ne se sont jamais entendus. Tu as dû t'en rendre compte les quelques fois où il t'a emmené là-bas. Mais Allison et moi entretenions une amitié. Nous nous retrouvions le long de la frontière chaque semaine et quand vous étiez petits, toi et Gavin jouiez ensemble.

Le choc de Greylen tourna vite à la colère.

— Tout du long, tu savais qui il était ? l'accusa-t-il. D'où il venait ?

Bon Dieu, il voulait l'étrangler.

— Il est parti à cinq ans, Greylen, se justifia-t-elle rapidement. Vous étiez tous deux trop jeunes pour vous rappeler l'un de l'autre quand vous vous êtes rencontrés de nouveau. Presque quinze ans étaient passés.

Elle s'arrêta un instant avant de le regarder de nouveau.

— Je n'oublierai jamais le jour où tu l'as ramené, dit-elle en secouant la tête. J'étais bouche bée, Greylen. De vous voir tous les deux. C'était comme si vous n'aviez jamais été séparés.

— Pourquoi n'as-tu rien dit ?

Il y avait une incrédulité dans sa voix. En vérité, il se sentait comme un garçon suppliant pour avoir les réponses.

— Tu n'as pas entendu toute l'histoire, Greylen, expliqua-t-elle tristement. J'ai gardé le silence pour le bien de Gavin. Cela a dû le peiner terriblement de vivre si près de la maison qu'il avait fuie.

Elle regarda directement Guy, qui soupira avant de terminer cette histoire tragique.

— Allison m'a quitté quand les garçons avaient cinq ans. Elle les aurait pris tous les deux, mais j'ai insisté pour que Malcolm reste avec moi. Gavin était bien trop calme à mon goût. Les yeux de ce garçon me troublaient. J'aurais dû comprendre la profondeur de sa perception, son mépris contenu. C'était avec ça qu'il me regardait, condamnant mes actions, même à un si jeune âge. Vous voyez, je traitais sa mère de manière injuste. Bien que Malcolm ne cesse de causer des problèmes, je ne voyais que sa force. Allison a essayé de donner de l'amour à Malcolm, mais il la haïssait. Elle et Gavin étaient proches et Malcolm s'est tourné vers moi.

Je lui ai écrit au fil des années, la suppliant de rentrer. Je voulais connaître mon autre fils. Il était le premier à sortir du ventre d'Allison. Mon véritable héritier. Et à quinze ans, Malcolm était un mauvais garçon et les signes le montraient. J'avais besoin d'aide.

— Alors ils sont rentrés ?

— Oïl, confirma-t-il en regardant Greylen, les yeux remplis de douleur.

Greylen se leva et servit du brandy dans un petit verre qu'il tendit à l'homme. Il avait bien besoin de ça. MacFale en vida le contenu et croisa le regard de Greylen.

— Ils sont rentrés pour dix jours – dix jours d'enfer pour eux deux. Malcolm s'est comporté comme un gentleman, mais j'ai vu les regards qu'il échangeait avec Gavin. J'ai vu la haine qu'il vouait à sa mère, mais je n'ai jamais imaginé à quel point cela allait loin. J'étais dans mon bureau et j'ai été alerté par un cri dans le couloir. Quand j'ai atteint Gavin, il berçait la tête de sa mère sur ses genoux, en larmes. Il a dit qu'elle avait été poussée de là-haut ; il savait que c'était Malcolm, mais il n'avait vu qu'une ombre. Je ne pouvais pas croire que Malcolm aurait fait une chose pareille. Je n'ai pas voulu y croire.

J'ai dit à Gavin qu'il avait tort, qu'il n'avait pas de preuve. Puis, j'ai regardé Allison utiliser le reste de ses forces pour caresser la joue de son fils et lui murmurer son amour. Gavin, mon garçon de seulement quinze ans, a porté sa mère hors du donjon, jurant qu'il ne reviendrait jamais. Dans un même souffle, il a fait vœu de venger le meurtre de sa mère. Trop tard, j'ai compris combien j'avais été bête. Nous aurions pu les élever ensemble, regretta-t-il en pleurant. Peut-être que rien de tout cela ne se serait produit. Mais en vérité, c'était plus simple de la laisser partir quand elle me l'a demandé. Son amour me faisait peur et je me suis tourné vers les autres plutôt qu'elle.

— Où Gavin est-il allé ?

— Dans la famille de sa mère. C'est là qu'ils avaient vécu pendant des années. Dans le Lincolnshire, en Angleterre. J'ai écrit à Gavin fréquemment au fil des ans, supplié pour son pardon. Je lui ai cédé toutes les terres que j'avais eues à mon mariage. J'ai mis de côté de l'argent en son nom pour qu'il puisse vivre. Il ne l'a jamais utilisé... pas une fois. La famille de sa mère a payé pour son éducation à l'université et quand il s'est mis au service de notre roi, il a utilisé ses butins pour les rembourser. Il est désormais plus riche que je ne l'ai jamais été et je ne pourrais jamais être plus fier de son honneur.

— Je voudrais connaître l'emplacement de ces domaines, exigea Greylen en prenant un parchemin et une plume. Mon capitaine prendra la mer tout de suite.

— Vous n'avez pas de nouvelles de lui ?

— Non. Nous savons qu'il a essayé de traquer Malcolm. Il semblerait que lui et ses hommes se cachent dans les Lowlands. Nous avons appris que Gavin avait mis sa tête à prix. La somme est si colossale que c'est étonnant que Malcolm n'ait pas été capturé.

— Ramenez mon fils à la maison, MacGreggor. Si ce n'est pas chez moi, alors ici. Vous lui avez donné plus que je ne l'ai jamais fait.

— Et si vous avez des nouvelles de Malcolm ?

— Je te le ferai savoir. Même s'il me tuera probablement d'abord.

Greylen resta dans son bureau longtemps après le départ de Guy MacFale. Le capitaine de son navire avait ses ordres et Duncan et Hugh partiraient avec lui. Sa mère avait semblé épuisée après leur discussion et pour tout dire, il était toujours dans un état de choc qu'elle ait su tout du long pour Gavin. Il sourit en se rappelant les mots qu'elle lui avait dits en partant, des heures avant.

— Gavin et toi couriez dans les collines, Greylen. Tous les deux, vous dirigiez votre royaume en péril en bombant le torse. Vous vous êtes battus si vaillamment pour le protéger, tous les deux. Je me suis toujours rappelé la douceur de ce spectacle, surtout de vous voir le faire ensemble, en tant qu'alliés. Allison serait ravie de savoir combien vous êtes devenus proches.

Ses pensées furent interrompues par Gwen, debout sur le seuil. Il lui sourit.

— Viens. Assieds-toi sur mes genoux, mon cœur.

— Je suis venue couper vos cheveux, mon laird, plaisanta-t-elle.

Greylen adorait voir son esprit taquin de retour, mais ce qui le ravissait le plus était qu'elle semblait rayonner ces dernières semaines. Elle s'assit sur ses genoux et il lui raconta sa conversation, frottant la ride inquiète qui s'était formée sur son front.

— Il reviendra bientôt, Gwen. Avec un peu de chance, d'ici un mois.

— J'espère que tu as raison, Greylen. C'est dur de tenir compagnie à Isabelle. Je te jure que si j'avais du Prozac, je l'ajouterais à son thé tous les matins. Et tes cheveux..., elle soupira en passant ses doigts dedans. Eh bien, tes cheveux deviennent plus gris chaque jour qui passe.

— Je crains que tu aies raison. Mon apparence te dérange, mon aimée ?

Gwen ne put que le fixer du regard. Greylen n'avait jamais été aussi séduisant et ça en disait long. Son visage était plus sculpté maintenant, son regard plus pénétrant et ses cheveux lui donnaient envie de lui sauter dessus tout le temps. Il avait de belles mèches grises maintenant, pas beaucoup, mais elles contrastaient avec ces cheveux noirs et sa peau bronzée et... bon Dieu, l'homme était sexy.

— Greylen, je... je... Tu... eh bien...

Son visage s'enflamma et elle recula.

Il rit, l'attirant contre lui.

— Pour quelqu'un avec ton intelligence, je trouve ton bégaiement enchanteur.

Il étouffa sa gêne avec un baiser et la porta à l'étage. Il s'assit patiemment sur une chaise dans leur salle de bains tandis qu'elle versait de l'eau sur sa tête avant de lui couper les cheveux. Elle savait qu'il adorait qu'elle masse son cuir chevelu des doigts, en faisant attention à la cicatrice à l'arrière.

— Occupe-toi des miens maintenant, s'il te plaît, demanda-t-il en lui tendant les cisailles.

— Tu es folle ? Je ne couperai pas tes cheveux.

Il tendit la main et passa ses doigts dans ses cheveux.

— S'il te plaît, ils me gênent.

— Tu m'en demandes beaucoup. Que me donneras-tu en échange ?

— Je te confierai un secret.

— Tu n'as pas de secrets pour moi, Gwen. Tu es candide.

Elle ouvrit la bouche devant ce qui semblait être une insulte.

— Merci.

— Bon, d'accord, concéda-t-il. Je couperai tes belles mèches. Ensuite, je révélerai ton secret moi-même.

Greylen coupa avec précaution les pointes de ses cheveux, puis céda enfin et coupa pour qu'ils retombent entre ses omoplates, comme elle l'avait demandé.

— Eh bien, grand maître, dans toute ton arrogance, ma tête de mule, dis-moi à ta manière de chef suprême quel est mon secret ?

— Si tu insistes pour jouer à des jeux, tu perdras, dit-il en l'attirant à lui.

— Oh, je ne perdrai pas, mon mari, lui assura-t-elle.

— Je peux sentir ta défaite, grogna-t-il.

Il empoigna ses cheveux dans sa main et approcha son visage du sien.

— Redis-moi ces mots que tu utilises négligemment pour me qualifier ?

— Maître, souffla-t-elle contre ses lèvres. Arrogant.

Elle inspira et cette fois elle fut récompensée d'un baiser lent et sensuel et d'un coup de dent doux.

— Tu n'as pas fini, mon aimée, l'encouragea-t-il.

Il resserra sa poigne assez pour la faire hoqueter.

— J'ai dit que tu étais une tête de mule.

Elle gémit par avance, l'approchant plus près d'elle-même.

— Tu as oublié le plus important, ma femme, l'accusa-t-il en l'abaissant au sol. Maintenant, dis-moi, qui suis-je ?

— Tu es mon chef suprême, finit-elle par dire.

Leur conversation fut aussitôt oubliée et son mari gagna la bataille qu'elle avait commencée.

Une bataille débutée exprès.

Gwen se trouvait désormais de l'autre côté de la porte du bureau de son mari. Elle arpentait le sol en se tordant les mains. Greylen avait raison : elle était nulle pour garder les secrets. Elle voulait lui dire ce qu'elle lui cachait, mais elle n'arrivait pas à l'avoir seul. Lui et ses hommes étaient assis autour d'une table, à rayer des dates sur un morceau de papier et rire en criant qu'ils prenaient telle ou telle date. Elle les écouta quelques minutes de plus. *Merde !* Ils se moquaient d'elle.

— Qu'est-ce que c'est que ça ? demanda-t-elle en entrant dans la pièce.

Greylen soupira, se rassit dans sa chaise en regardant la porte. Il ramassa le papier et le brandit devant lui.

— C'est un *calendrier*, Gwendolyn, expliqua-t-il comme s'il parlait à une enfant de deux ans. C'est une séquence de nombres qui correspondent à la semaine, avec une autre séquence de nombres pour les mois, qui nous mène à d'autres nombres pour l'an...

— Je sais ce que c'est qu'un foutu calendrier !

— Alors pourquoi tu me poses la question ?

Son mari semblait avoir du mal à garder un visage neutre. Gwen serra les poings.

— Je vais te le redemander : qu'est-ce que tu fais ?

— On marque les jours, mon aimée, répondit-il visiblement exaspéré. C'est souvent ce qu'on fait quand on travaille avec un calendrier.

— Vous pariez sur quelque chose, le contredit-elle. Et je veux savoir quoi.

Son ton suffisant la mettait hors d'elle.

— Parier ? répéta-t-il innocemment.

Elle plissa les yeux.

— Parier, oïl, imbécile. Maintenant, réponds-moi.

Il garda le silence, alors elle avança jusqu'à la table et lui arracha le papier des mains. Leurs noms étaient gribouillés devant chaque jour, avec un certain montant d'argent sous leurs noms et plus les jours progressaient plus le montant doublait. Elle regarda Kevin et grogna de dégoût en secouant la tête. Il mentait facilement et elle se rendit compte qu'elle était foutue. Chacun d'eux mentait facilement. Résignée, elle choisit Ian, le moins pire des sept diables.

— Ian, de quoi s'agit-il ?

Ian devint rouge betterave et appela Greylen à l'aide du regard. Son mari garda le silence.

— Ce sont les jours que nous avons choisis, ma lady.

— Merci, Ian, grinça-t-elle. Je ne l'aurais jamais deviné. Qu'est-ce que ça veut dire ?

— Gwen, allez, mon aimée...

— Ne me sors pas tes *Gwen, allez, mon aimée* ! s'écria-t-elle.

Greylen s'étouffa et agita la main vers le papier.

— C'est juste un simple pari.

— Un simple pari *sur quoi* ?

Greylen soutint son regard, puis finit par marmonner :

— Sur quand tu nous diras que tu attends un enfant.

— *Ahhh.*

Elle en resta la bouche ouverte. Elle vit qu'ils réprimaient leurs rires et il lui fallut une minute entière pour retrouver le contrôle d'elle-même.

— Greylen, je peux te parler un instant ? demanda-t-elle doucement.

Il leva les yeux au ciel.

— Comme si j'allais encore me laisser berner ?

— Mais c'est important, insista-t-elle. C'est sur le bébé.

— J'ai une grosse journée. Je n'ai pas le temps pour les jeux, ma femme.

— Oh très bien.

Elle soupira et quitta la pièce.

— Toi, mon ami, tu as des problèmes, lui dit Duncan.

Il attrapa Greylen par les épaules en se levant derrière lui.

— Non, elle est partie sans trop faire de problèmes.

Et il se rendit alors compte qu'elle était partie trop facilement. Il attendit qu'elle revînt et en voyant qu'elle ne le faisait pas, il se dit qu'il avait échappé à sa colère, pour l'instant. Il n'arrivait pas à cacher ses pensées à ses hommes :

— Elle cherchera à se venger, mais plus tard.

Pourtant, cela ne prit pas longtemps. Ils étaient toujours dans le bureau quand Isabelle entra et tendit à Greylen une missive.

— Une des patrouilles frontalières vient d'apporter ça, Greylen. Ils ont dit que c'était important.

Greylen prit la missive et l'ouvrit aussitôt, espérant que c'étaient des informations sur Gavin. Le sceau était illisible, mais quand il ouvrit le parchemin, il reconnut l'écriture. Quelle gueuse intelligente. Il savait qu'il ne devrait pas le lire, mais il ne put s'en empêcher.

Greylen,

Je voulais juste te dire combien ce bébé est important pour moi.

Son cœur se réchauffa à ces mots.

Je voulais aussi que tu saches quand notre bébé a été conçu. C'était le jour de la tempête, celui où tu es resté dans le bureau avec tes hommes, où je t'ai attendu dans le bain près du feu...

Soudain, il y avait trop de monde dans cette pièce. Il sortit dans le couloir et s'appuya au mur à côté de la porte. Le corps dur comme la pierre, il lut dans des détails très explicites les évènements de cette journée.

Je me suis levée quand tu es entré dans notre chambre, mon corps nu ruisselant de gouttes d'eau. Te rappelles-tu comment tu as enlevé chaque goutte une à une, Greylen ? Tu m'as séchée avec ta bouche et m'as rendue à nouveau mouillée avec tes mains, ta langue, ton corps.

Il serra les mains sur la page en marchant vers l'escalier, sans jamais quitter des yeux le texte.

Tu m'as allongée sur le sol et...

Mère de Dieu, comme elle était précise.

Tu ne t'es pas arrêté, Greylen, pas avant que je ne sois plus qu'une poupée de chiffon devant toi.
Tu étais très content de toi. Te souviens-tu ?

Oïl, il s'en souvenait. En fait, c'était difficile de marcher, dorénavant.

Tu m'as prise sur tes genoux et je t'ai accueilli en moi. Tu m'as bercée dans tes bras. Des lents mouvements profonds, jusqu'à ce que tu n'en puisses plus. Ensuite, tu m'as allongée de nouveau. Et jamais tu n'as quitté mon corps...

Il était debout devant leur chambre, désormais illuminée par la lueur des bougies. La lumière du jour était cachée par les rideaux fermés. Sa femme était assise dans la baignoire près du feu, dos à lui.

— Je croyais que tu avais une grosse journée ? demanda-t-elle sans se retourner.

— J'ai une grosse journée, confirma-t-il en avançant vers elle. On dirait que tu as besoin qu'on te rappelle quelques petites choses.

— Oh ? dit-elle en feignant la surprise. J'ai oublié quelque chose ?

— Oïl, souffla-t-il sur son cou. Et cette fois, tu n'es pas près de l'oublier.

Il passa les deux heures suivantes à lui rappeler tout ce qu'il lui avait fait d'autre, ce jour-là.

Il l'emmena jusqu'au bord d'Éden.

Et l'y accompagna avec joie.

CHAPITRE 29

L'automne céda sa place à l'hiver et les mois passant, Greylen se plongea dans ses devoirs. Avec sa force enfin pleinement restaurée, il passait ses matinées sur les champs d'entraînement. Heure après heure, il s'entraînait avec ses hommes, souvent jusqu'à être le seul debout. Les après-midi, il chevauchait son territoire et scrutait l'horizon dans l'espoir futile que Gavin revînt.

Quand il ne partait pas du domaine, il se retirait dans son bureau avec sa femme. Gwen avait commencé à prendre en charge un bon sombre de leurs tâches seigneuriales, mais il avait insisté pour qu'elle s'y attelât au bureau avec lui. Il trouvait qu'il était impératif qu'elle apprît son système de documentation. Vu le sentiment d'inutilité qu'elle avait éprouvé quand il avait été inconscient, il souhaitait qu'elle fût plus impliquée.

Gwen commençait également à comprendre le gaélique et demandait à ce qu'il lût et lui parlât uniquement dans sa langue natale. Elle semblait toujours se plonger pleinement dans chaque tâche et là-dessus, elle n'était pas différente. Elle la maîtrisa très vite. La fierté de Greylen ne fit que s'accroître.

Les jours où ils avaient le temps, il l'emmenait dans leur chambre avant le souper. Parfois, ils restaient assis devant le feu, d'autres fois, il la portait dans le lit pour une sieste. Peu importe où ils étaient, il ne manquait jamais de la déshabiller avant d'écumer avec possession son corps. Son ventre était désormais arrondi et il souriait quand elle plaisantait en disant qu'elle avait désormais des seins, *des vrais seins*. En revanche, elle était si sensible qu'il ne pouvait guère faire plus que les effleurer.

Elle s'endormait toujours un court instant, parfois dans ses bras, alors que lui restait habillé. S'il sentait qu'elle n'était pas trop fatiguée, il lui faisait l'amour avant, puis il souriait d'une pure satisfaction très masculine tandis qu'elle succombait instantanément au sommeil.

Il appréciait vraiment ces après-midi. En vérité, la douleur de l'absence de Gavin n'était tolérable qu'avec sa femme dans ses bras. La *vie* ne semblait tolérable qu'avec Gwen. Il n'était pas sûr de savoir comment il avait vécu sans elle avant.

Elle se levait toujours tôt et chaque matin, ils marchaient ensemble avant qu'il ne rejoignît ses hommes. Anna avait cousu un manteau léger pour elle avec de grandes manches, comme il avait déjà neigé plusieurs fois. Le vêtement, comme il l'avait demandé, lui permettait de réchauffer ses mains de l'air froid du matin. Et peu importait combien il argumentait pour qu'elle n'y allât pas, elle répondait toujours la même chose : elle avait abandonné la course pendant sa grossesse, mais elle refusait de ne pas marcher. Fermement.

Au début, il lui avait interdit toute forme d'exercice, mais les arguments de Gwen avaient mis aussitôt fin à ces désaccords. Elle lui avait expliqué qu'être en meilleure condition physique aiderait le travail et faciliterait l'accouchement. Bien sûr, sa peur qu'il lui arrive quelque chose en couches était si terrifiante qu'il s'assurait qu'elle ne manquât pas un seul jour. Quand elle était trop fatiguée pour marcher le matin, il l'emmenait après le souper.

Leurs après-midi, en revanche, n'étaient jamais troublés. Du moins, jusqu'à un après-midi froid en novembre où enfin, on répondit à leurs prières.

Gwen venait d'entrer dans son bureau quand des cris

résonnèrent dans la cour. Elle le suivit vers les portes d'entrée du donjon et quand il les ouvrit, Duncan montait les marches.

— Gavin est rentré, s'écria-t-il. Il a traversé nos frontières il y a des heures. Il sera là dans quelques minutes.

Greylen l'attrapa par les épaules.

— Lui as-tu parlé ? demanda-t-il, le cœur trépidant de joie.

— Non, il chevauche seul avec un air si sérieux qu'il ne m'a lancé qu'un hochement de tête et un grand geste majestueux de la main pour annoncer sa présence.

Greylen se tourna vers sa femme, son sourire reflétant sûrement la joie qu'il ressentait.

— Ma femme, si tu souhaites accueillir notre ami, va chercher ton manteau.

Elle était partie avant qu'il eût fini, mais revint en quelques minutes et se posta à côté de lui. Il l'attira contre lui, sachant que c'était lui qui tirait du réconfort d'elle. Bon Dieu, ses genoux devenaient faibles. Il la serra tandis que son homme franchissait l'enceinte du château. Son cœur tambourina quand Gavin s'arrêta avant de faire avancer de nouveau sa monture.

***

Gavin Montgomery de Lincolnshire arrêta sa monture aux portes de Seagrave. Il lui sembla qu'une éternité s'était écoulée depuis qu'il avait quitté cet endroit, les terres et la famille qui avaient été plus importantes pour lui que sa propre vie.

Chaque jour depuis son départ, il avait prié pour la vie de Greylen. Son soulagement en apprenant qu'il s'était bien remis était si grand qu'il s'était arrêté à la première église qu'il avait trouvée. Il avait allumé une bougie et était resté seul sur l'un des bancs en pleurant en silence.

Les deux premiers mois de son bannissement, il avait traqué Malcolm. Il avait perdu sa trace quand son frère s'était caché dans la forêt avant de trouver un passage vers une terre inconnue. Il ne pouvait pas rentrer à Seagrave et alla plutôt en Angleterre, où il resta chez la famille de sa mère.

Bien que rentrer à la maison eût été incroyable, ce n'était pas l'endroit qu'il voulait. S'accrochant à un espoir malvenu qu'un jour il retournerait à Seagrave et refusant de le faire en tant que MacFale, il demanda à son roi de le reconnaître comme un Montgomery, le nom de sa mère. Après avoir reçu l'approbation écrite de son roi, il avait trouvé un éclat de paix. Il n'était désormais plus souillé par un nom qui ne contenait que de l'amertume et de la tristesse. Cela dit, cette même lettre lui ordonnait de se rendre à Seagrave.

Gavin prit l'ordre au sérieux, sachant qu'il affronterait la mort de la main de la personne dont il aurait le plus aimé être le frère. Mais il allait au-delà de son destin avec noblesse et sans regret. Greylen lui avait offert des années dont il n'avait fait que rêver. Et, au vu de son trépas imminent, il avait décidé de transmettre ses terres et sa fortune à Isabelle. Si les choses avaient été différentes, elle aurait hérité de lui quoi qu'il arrive.

Il passa les trois semaines suivantes à documenter la transmission de ses biens matériels à Isabelle, durant sa traversée en bateau et la longue chevauchée vers *sa maison*.

En chemin, l'espoir s'était éveillé. Il avait entendu en route que des navires MacGreggor avaient été envoyés sur ses terres, que des hommes cherchaient le second d'un puissant laird des Highlands. Puis, en traversant le territoire vers Seagrave, il n'avait été accueilli que par des sourires et signes de tête et plusieurs fois, on lui avait dit que *MacGreggor sera enfin en paix, puisque Gavin le Brave est de retour.*

Gavin fit enfin avancer sa monture, les yeux sur Greylen et Gwen, qui attendaient son arrivée. Il s'arrêta une fois au centre de la cour et mit pied à terre avant de tendre les rênes à James.

— Monsieur, ça fait du bien de vous savoir de retour, le salua le maître d'écurie avec un hochement de tête.

Gavin ferma les yeux. *Était-ce possible ? Pouvait-il vraiment être le bienvenu ?*

Il regarda Greylen en avançant. Le voir vivant et bien portant était suffisant, si ceci devait être la fin. Ces pensées, cependant, furent vite remplacées par autre chose. Greylen ne montrait pas de signe de dégoût et Gwen lui souriait, serrant la main de son mari. Greylen se mit en marche lui aussi.

Son commandant s'approcha de lui comme il ne l'avait jamais fait. Il avait l'air peiné, mais pas en colère. Il semblait différent, plus âgé, mais pas à cause du gris dans ses cheveux. C'était cette maturité qui le faisait apparaître ainsi. Un changement en lui.

Bon Dieu, comme il lui avait manqué.

La vie semblait se répéter en ce jour froid de novembre. Cette fois, pourtant, ce furent les genoux de Gavin qui cédèrent et c'est lui qui tomba dans la cour. Lui qui supplierait pour son pardon. S'excuserait de ne pas avoir fait confiance à Greylen avec les secrets qui régnaient dans sa vie.

Quand Greylen se tint enfin devant lui, il l'étudia de son visage fatigué, de ses yeux brouillés. L'expression de son commandant était tranchante comme une lame, il avait été bête de ne pas se confier à lui. Greylen ferma les yeux et secoua la tête en posant une main sur la tête de Gavin. Quand il retira sa main et ouvrit ses yeux, il avait retrouvé son visage habituel et les mots qui suivirent le confirmèrent :

— Si tu me fais m'agenouiller sur le sol comme ma femme il y a si longtemps, tu vas devoir aller au lit avec moi aussi, mon ami.

Un sourire étira les lèvres de Gavin, qui leva la tête.

— Ce n'est pas moi qui recevrai.

— Alors nous avons un problème, dit Greylen en riant.

Il l'attrapa par les épaules, le releva et l'étreignit.

— Pourquoi es-tu parti, Gavin ? Pourquoi n'es-tu pas rentré avant ?

Gavin refusait de lâcher l'étreinte de Greylen, mais il écarta la tête juste assez pour le regarder dans les yeux.

— Je m'agenouillerai devant toi maintenant, Greylen, et te jurerai ma vie de nouveau.

— Non, Gavin. Tu n'as jamais été libéré de ton serment. Si je le dois, c'est moi qui m'agenouillerai devant toi.

Greylen le serra, la voix crispée tandis qu'il luttait pour se contrôler.

— Tu n'as jamais entendu mes mots, Gavin. Je n'ai pas eu la chance de te les dire. Tu les entendras maintenant.

Son commandant ne le quitta jamais des yeux et le secouait à chaque affirmation.

— C'est *moi*, qui suis ton frère. C'est *moi*, qui suis ta famille, Gavin, et il n'y a pas d'autres hommes que je veuille à côté de moi. Je te jure que c'étaient ces mots-là que Malcolm m'aurait entendu dire ce jour-là.

— Tu accepterais de me reprendre ?

— Je t'ai dit que tu n'as jamais été libéré de ton serment. Tu ne seras jamais libéré.

— Alors je souhaite la main de ta sœur, Greylen. Je l'épouserai ce soir.

— Tu peux avoir plus que sa main, dit Greylen en riant. Ma femme menace de construire un laboratoire – je ne sais pas ce que c'est – et de concocter une sorte d'*antidépresseur*. Encore une fois... Je ne sais pas de quoi elle parle, mais elle m'assure qu'elle va trouver quelque chose.

Ils avancèrent vers le donjon et Gwen vint à leur rencontre. Gavin ne put cacher sa joie de la voir. Ses cheveux volaient doucement au vent et les pans de son manteau étaient ouverts.

— Tu l'aurais vue ce jour-là, Greylen, dit-il en regardant Gwen. Elle était incroyable.

— Oïl, Gavin, elle est incroyable, confirma-t-il fièrement.

Gwen se jeta au cou de Gavin et s'écarta en pleurant éhontément. Gavin sourit et lui tint le visage avant de l'embrasser.

— Éloigne tes lèvres du visage de ma femme !

— Non, je l'embrasserai encore.

Et il le fit en riant et en repoussant Greylen.

— Ah, Gwen, tu m'as manqué.

— Toi aussi, tu m'as manqué, Gavin.

— Assez de tes jeux d'amour avec ma femme, exigea Greylen. Et toi, Gwendolyn, pour l'amour de Dieu, contiens-toi !

— Tu vas bien, Gwen ?

Il l'écarta légèrement et écarquilla les yeux en remarquant son ventre arrondi qu'il recouvrit aussitôt.

— C'est pour quand ?

— À la fin du printemps, affirma-t-elle en souriant. Tu seras le parrain de notre enfant, hein ?

— J'en serais honoré.

— Tu as assez caressé ma femme. Va chercher Isabelle, elle doit sûrement être à pleurer sur un banc derrière le donjon.

Gavin attira Gwen dans ses bras avant d'en faire de même avec Greylen. Puis, il courut vers le côté du donjon.

Il eut le souffle coupé quand il vit enfin Isabelle. Elle était assise sur un banc, dos à lui, à regarder la mer. Elle portait un manteau similaire à celui de Gwen, la capuche autour du cou, ses cheveux blonds tels une masse désordonnée à cause du vent.

Il se dressa derrière elle et l'appela. Elle ne dut pas croire que c'était lui, car elle glissa son visage dans ses mains et pleura. Il s'assit sur le banc, les jambes du côté opposé au sien.

— Isabelle ? répéta-t-il.

Il posa la main sur son épaule. Lentement, elle leva la tête, précautionneusement, comme si elle craignait de le faire disparaître.

— Gavin, oh, Gavin, s'écria-t-elle.

Elle enveloppa ses mains autour de son cou, tandis qu'il prenait dans les siennes ses joues mordues par le vent. Puis, il l'embrassa. Elle lui vola ses sens et il ne s'écarta que de longues minutes plus tard. Il essuya ses larmes et dut l'embrasser encore avant de pouvoir parler.

— On se marie ce soir, Isabelle. Dis-moi que tu acceptes, Bella.

— Je ne suis que tienne, Gavin. Je n'en accepterais aucun autre.

Gavin et Isabelle se marièrent ce soir-là, entourés par la famille, Anna et les hommes les plus proches de Greylen.

Puisqu'ils n'avaient que quelques heures pour se préparer, Gwen demanda à Isabelle si elle souhaitait emprunter sa robe de mariée. Isabelle accepta avec joie et Anna travailla le restant de la journée, apportant des modifications pour que la robe s'accommodât de la silhouette mince, mais plus plantureuse d'Isabelle. Gwen choisit une robe en velours bordeaux. Elle la moulait et révélait les contours de son ventre arrondi, ainsi que son décolleté. La grossesse, bien sûr, avait ses avantages. Les hommes étaient habillés comme au mariage de Greylen et Gwen. Chemises beiges, pantalons noirs et grandes bottes noires cirées. La chemise de Gavin était blanche cette fois, comme celle de Greylen à l'époque.

Greylen amena sa sœur à la cérémonie tenue par le Père Michael. Puisqu'ils avaient attendu très longtemps pour enfin être ensemble, Isabelle et Gavin étaient très sérieux lors de l'échange de leurs vœux. La cuisinière s'était surpassée pour le repas de cette soirée et tout le monde dîna ensemble dans le grand hall, assis autour de la table, à boire à la santé de l'heureux couple.

Des heures plus tard, les hommes de Greylen s'excusèrent, suivis par Lady Madelyn, puis Anna. Greylen observa Gwen et, après avoir remarqué les cernes sous ses yeux, il souhaita bonne nuit au jeune couple et la porta dans leur chambre. Laissés seuls, Gavin et Isabelle restèrent au coin du feu en s'embrassant pendant ce qui sembla être une éternité. Quand le donjon fut enfin silencieux et que les baisers ne suffirent plus, Gavin prit sa femme dans ses bras et la porta en haut.

Il fut très doux quand il lui fit l'amour pour la première fois. Il la serra contre elle une fois fini, savourant les bons soins tendres qu'elle lui prodiguait en passant ses doigts sur son torse avant qu'elle ne succombât au sommeil. Il s'accrocha fort à sa femme endormie pendant le reste de la nuit. Il regarda sa dague sur la table de chevet, dont la lame reflétait la lumière douce du feu.

Gavin le Brave était enfin de retour chez lui.

CHAPITRE 30

— Tu crois qu'ils sont fous, Gwendolyn ? demanda Isabelle, la tête légèrement penchée sur le côté.

Gwen ricana, serrant ses bras autour d'Isabelle pour leur tenir chaud à toutes les deux.

— Fous ? répéta-t-elle. Déments, ça semble encore mieux non ?

Isabelle pencha la tête de l'autre côté, réfléchissant aux mots de Gwen.

— Oïl, tu as raison. Dément est plus approprié.

C'était le matin de Noël et au lieu d'être assis devant un feu à profiter d'une plutôt bonne reproduction de lait de poule, elles étaient là, sur les marches du donjon à regarder les hommes jouer au football.

— C'est entièrement ta faute, tu sais, reprit Isabelle d'un ton doux, mais accusateur.

— Ma faute ? Pourquoi ?

— C'est toi qui leur as appris à jouer, lui rappela-t-elle.

Gwen soupira.

— Il m'avait dit de trouver quoi faire.

— Et tu l'as écouté ? demanda-t-elle en riant. Bon Dieu,

Gwendolyn, c'est une des choses les plus ridicules que tu aies faite.

— Ridicule ? Tu sais ce qui est ridicule, Isabelle ? corrigea-t-elle en s'écartant pour la regarder. *Toi,* qui portes ce collier follement onéreux que Gavin t'a offert.

— Il te plaît ? Il est très beau, fit Isabelle, rayonnante, en touchant le collier.

— Je te l'accorde. Mais tu es quand même ridicule.

— Toi aussi, tu as l'air ridicule. *Toi,* tu as deux médaillons autour de ton cou *et* l'écharpe que tu as faite pour Mère.

— Et alors ? demanda-t-elle sur la défensive.

Elle agrippa le médaillon que Greylen lui avait fait. Il était identique à celui qu'elle portait, qu'elle avait d'ailleurs sur elle actuellement, mais celui-ci avait à l'avant un dragon agrippant sa lady, qu'il tirait de l'eau. À l'arrière figuraient les mêmes inscriptions que sur son alliance. Elle avait voulu demander à Greylen ce que cela voulait dire, mais le bébé avait choisi ce moment précis pour donner un coup de pied pour la première fois. Elle avait passé les dix minutes suivantes couverte de mains enthousiastes, tandis que tout le monde s'approchait pour le sentir tour à tour.

— Et alors ? répéta Isabelle. *Et alors ?* C'est tout ce que tu peux faire ?

Gwen tendit les mains dans les manches d'Isabelle, pressant sa peau gelée contre le dessous de ses bras. Isabelle cria et lutta contre elle. Très vite, elles se retrouvèrent à s'envoyer des insultes bêtes et de la neige dans le dos. Elles étaient tellement plongées dans leurs singeries qu'elles ne remarquèrent pas que Greylen et Gavin étaient désormais devant les marches, les bras croisés, à les regarder les yeux plissés.

— Un problème ? demandèrent-ils en même temps.

Gwen et sa belle-sœur commencèrent à parler toutes les deux à la fois :

— *Ta* femme est insupportable, hoqueta Isabelle en riant.

— Et *ta* sœur est un gros bébé, lâcha Gwen en riant également.

Greylen et Gavin levèrent les yeux au ciel, les écoutant avec visiblement peu d'intérêt tandis qu'elle et Isabelle râlaient. Leurs insultes devinrent plus ridicules encore et chaque remarque cinglante était compensée par un câlin réchauffant.

— Peut-on retourner à notre jeu ? demanda Greylen avec impatience.

— Je t'avais dit que c'était ta faute, Gwendolyn, marmonna Isabelle. Il fallait que tu leur fasses des maillots de football, n'est-ce pas ?

— Si je me souviens bien, je t'ai fait quelque chose aussi, rappela Gwen en lui lançant un regard fier.

Isabelle rougit, se rappelant visiblement la chemise de nuit scandaleusement courte qu'elle lui avait cousue.

— Si j'avais su que tu étais enceinte, je l'aurais faite un peu plus large, lâcha Gwen en fronçant les sourcils.

Isabelle avait annoncé sa grossesse pendant l'ouverture des cadeaux, expliquant pourquoi elle avait fait des toutes petites bottes pour Gavin. Évidemment, ce dernier n'avait pas compris l'indice.

Greylen la regardait d'un air sombre, maintenant.

— La tienne a intérêt à être assez large, Gwendolyn, dit-il en parlant de la petite chemise de nuit qu'elle s'était faite pour elle-même. Je compte la voir sur toi ce soir.

— Oh, tu la verras, lui promit Gwen.

Cela réveilla le sourire sur le visage de son mari.

— Peut-on retourner à notre jeu, maintenant ? répéta Greylen.

Isabelle et Gwen les chassèrent de la main.

— Allez-y, confirma Gwen. On se contentera de mourir de froid en vous regardant jouer.

Leurs maris ne semblaient pas trop inquiets et, en fait, ils s'étaient tournés dès qu'ils avaient entendu les mots *allez-y*.

Gwen et Isabelle se câlinèrent pour se tenir chaud en regardant les hommes reprendre leur jeu. Par chance, il commença à neiger. Les hommes s'en fichaient visiblement, et étaient trempés et couverts de boue quand ils eurent fini. Leurs sourires compensaient tout et étaient la seule chose en plus de leurs yeux qui soient encore blancs.

Après un souper tôt dans le grand hall, Isabelle et Gavin les rejoignirent dans leur chambre. Ils jouèrent aux cartes près du feu et écoutèrent de la musique. C'était une habitude qu'ils avaient prise peu de temps après le mariage de Gavin et Isabelle et ils passaient désormais presque toutes leurs soirées ensemble.

Plus tard, Greylen aida Gwen à mettre la chemise de nuit noire qu'elle avait faite, étirant le tissu sur son ventre. Après avoir fait l'amour, Greylen l'allongea entre ses cuisses, dos à son torse. Il recouvrit son ventre de ses mains, demandant à son fils de donner un coup.

C'était devenu un rituel de nuit de s'allonger ensemble et sentir le bébé bouger. Au début, c'était une incroyable façon de mettre fin à leur journée, mais au fur et à mesure des mois, le bébé avait grandi et Gwen craignait ses mouvements.

— Je suis désolé, Gwen. Je sais que ça doit être terriblement désagréable.

— Terriblement désagréable ? Greylen, tu n'as pas idée.

Elle grogna quand le bébé se tourna, enfonçant ses pieds et ses coudes dans sa cage thoracique.

— Il a intérêt à sortir vite. Il est déjà énorme.

— Tu as dit qu'il faudrait encore quatre ou cinq semaines.

— Il n'y a pas moyen de savoir, Greylen. Certains bébés, sortent plus tôt, d'autres plus tard.

— Et s'il est trop gros ? demanda-t-il effrayé.

— Greylen, nous avons eu beaucoup de chance. On traversera ceci aussi.

— Gwendolyn, tu t'y connais plus là-dedans que n'importe lequel d'entre nous. Il faut que tu utilises ton savoir, insista-t-il en la serrant. Je ne veux pas te perdre.

— Oïl, au beau milieu de la douleur, je m'en rappellerai.

Elle rit.

— Je ne veux plus en parler, Greylen. Contente-toi de me faire l'amour. C'est la seule chose qui me fasse me sentir bien en ce moment.

— Ça, c'était un compliment à ton mari, non ? demanda-t-il sceptique.

— Oïl, c'était un compliment et tu le sais.

Faire l'amour avec son mari, ou plutôt que son mari lui fasse l'amour, était le meilleur moment de sa journée, même si c'était de plus en plus dur de trouver une position confortable.

Elle savait que Greylen ressentait la même chose et savourait l'intimité qu'ils continuaient de partager. Il adorait trouver des positions plus appropriées à sa condition actuelle. Il semblait toujours inquiet, pourtant, que son manque de contrôle, comme il disait, la blesse elle ou le bébé.

Gwen vit le malaise qui traversait le visage de Greylen.

— Oh, bon Dieu, Greylen. Cesse de t'inquiéter et fais plaisir à ta misérable femme.

Elle ne comprit pas pourquoi il semblait choqué par son emportement.

— Je suis désolée, Greylen, s'il te plaît, aide-moi. J'ai besoin de te sentir en moi, s'il te plaît.

— Tu sais que je te ferai l'amour, Gwen. Et tu peux compter sur plus que du simple plaisir. Je ne me contrôle pas quand il s'agit de toi.

Greylen s'allongea sur le flanc et l'attira à lui, posant la jambe de Gwen sur sa hanche. Il la calma par des baisers, par ses mains, puis la pénétra dans cette même position.

Gwen essaya de pousser contre lui, manquant de pleurer de frustration en voyant une autre position échouer. Elle se sentait grosse et maladroite, alors que tout ce qu'elle voulait, c'était se consumer.

Greylen, sentant l'exaspération de sa femme, remédia à son désarroi en la faisant rouler sous lui. Il la plaça à quatre pattes et céda à leurs désirs à tous les deux. Ses poussées vigoureuses s'enfoncèrent si profondément qu'ils poussèrent un cri de soulagement à peine une minute plus tard.

— Béni sois-tu, mon mari, déclara Gwen à bout de souffle.

Greylen s'allongea au-dessus d'elle et gloussa à son oreille, sa tête reposant sur l'oreiller à côté de la sienne. Il sentit leur fils se retourner alors qu'il tenait le ventre de Gwen entre eux.

— Je crains que ce soit une bénédiction partagée, Gwendolyn.

— Après cela, tu vas être élevé au rang de héros à vénérer, dit-elle avec adoration.

— Quand ai-je rejoint les rangs inférieurs ? demanda-t-il.

— Jamais, admit-elle en s'esclaffant. C'est juste que ça sonnait bien.

Ils restèrent ainsi jusqu'à ce que leurs respirations redevinssent normales. Gwen se fit soudain très sérieuse.

— Tu as toujours été mon héros, Greylen, même quand tu n'étais pas là.

— Je serai toujours ton héros, Gwen, à partir de maintenant et pour toujours.

Deux semaines plus tard, Greylen tint parole. Il revenait d'une chasse fructueuse avec ses hommes lorsque Ian vint les saluer à toute allure. Ils avaient à peine arrêté leurs montures que les mots de Ian faillirent arrêter son cœur.

— Gwendolyn t'appelle. L'heure est venue. Cela ne se passe pas bien, Greylen.

Son cœur se serra tandis qu'il éperonnait son étalon noir vers l'entrée du donjon, sautant de la bête avant qu'elle ne s'arrêtât complètement. Bien que Gwen semblât aller bien ce matin et qu'elle eût insisté pour qu'il rejoignît ses hommes, il se maudissait maintenant d'être parti. Les portes du donjon étaient déjà ouvertes, et il entendait la détresse de sa femme.

Il monta les escaliers à toute vitesse. Duncan faisait les cent pas devant leur chambre et plaça sa main sur le loquet quand Greylen le regarda pour avoir des réponses.

— Cela s'annonce mal, lui dit Duncan. Tout semblait aller bien jusqu'à la dernière heure, puis elle a demandé à ce que nous t'amenions le plus tôt possible. Lady Madelyn et Anna n'étaient pas d'accord avec les souhaits de ta femme, mais nous servons Lady Gwendolyn.

Duncan avait terminé sa déclaration par une demi-question et Greylen lui donna immédiatement la réponse :

— Oïl, c'est Lady Gwendolyn que vous servez.

Il eut le cœur serré en entrant dans leur chambre. Gwen était adossée aux oreillers, les yeux fermés, ses cheveux humides collés à son visage. Isabelle était assise à côté d'elle, à lui essuyer le front, et sa mère et Anna étaient assises entre ses jambes.

— Vous devez le tirer... s'il vous plaît, supplia Gwen, la voix fatiguée par l'épuisement. Cela fait trop longtemps.

Ses épaules se mirent à trembler et elle les implora à nouveau :

— J'ai besoin de Greylen, s'il vous plaît, s'il vous plaît, s'il vous plaît.

Greylen se précipita à ses côtés et posa sa main sur son visage en s'asseyant. Elle ouvrit les yeux.

— Greylen, aide-moi. Elles ne veulent pas m'écouter.

— Dis-moi ce qu'il faut faire, Gwen.

Ses mots étaient fermes, lui assurant qu'il ferait tout ce qui était en son pouvoir pour l'aider.

— Tu dois guider la tête du bébé vers l'extérieur. Tu dois tirer...

Elle enfonça ses doigts dans sa peau en saisissant ses poignets, et il lui fallut toutes ses capacités pour rester maître de la situation alors qu'il la voyait souffrir. Puis sa poigne se détendit et la douleur sembla s'atténuer.

Il entendit sa mère parler à voix basse à Anna :

— Rien, il n'a pas bougé.

Gwen se tourna à nouveau vers lui.

— Il ne vient pas, Greylen, je ne sais pas si le cordon est autour de son cou. Je... je n'y arrive pas. Il pourrait mourir, aide-nous... s'il te plaît, aide-nous.

Greylen lui serra les mains avant de se remettre debout. Il avait assisté et aidé avec d'innombrables mises bas au cours de sa vie. Mais jamais pour un enfant, en revanche. Les femmes s'occupaient toujours de ces tâches, mais quand Gwen l'appelait, il savait que c'était son aide qu'elle voulait. Déterminé à le faire, il se lava les mains dans une bassine d'eau fraîche. Puis il fixa sa mère et Anna avec un regard de pure indignation.

— ÉCARTEZ-VOUS !

Elles se levèrent instantanément, lui laissant de l'espace. Il s'assit sur le lit et posa une main sur le genou de Gwen. Elle essaya de toutes ses forces de dégager leur bébé. Isabelle lui tenait les épaules, la forçant à se redresser, tandis que sa mère et Anna suppliaient Gwen de pousser. Ses tentatives étaient vaines. Le bébé ne bougeait pas. Gwen se remit à pleurer.

— Je ne peux pas le faire, Greylen. Tire-le... tu dois le faire.

Il savait maintenant ce qu'elle lui demandait et la regarda une dernière fois, attendant sa confirmation. Lorsqu'elle acquiesça, il n'hésita pas. Il serait maudit s'il ne faisait pas tout ce qu'il pouvait pour l'aider, même ça. Il essaya d'être doux en passant ses doigts autour de la tête du bébé, mais le cri de sa femme soufflait le contraire. Elle reprit son souffle et hocha à nouveau la tête.

— Mets ton autre main sur mon ventre, et quand tu le sens se contracter, tire.

La contraction suivante survint à peine une minute plus tard. Il sentit la tension dont elle parlait. Sa paume cachait le bébé, mais il sentait sa petite tête entre ses doigts, son crâne doux recouvert de cheveux lisses. Il tira avec la plus grande précaution pendant que Gwen poussait, puis déplaça la main qui était sur son ventre pour attraper la tête du bébé.

Béni soit-elle, c'était toute l'aide dont elle avait besoin. La tête de son fils reposait dans la paume de sa main.

— Oh mon Dieu, Gwen.

Ce n'était même pas un murmure, et pour autant qu'il en sût, les mots n'étaient peut-être jamais sortis de ses lèvres. Mais lorsqu'il la regarda à nouveau, l'émerveillement se transforma en terreur. Sa peau était si pâle et elle était...

— Gwendolyn, noooon !

Ses yeux se révulsèrent et son corps se relâcha.

— GWENDOLYN !

Sa mère posa ses mains sur le ventre de Gwen et Anna passa un linge sur son visage. Isabelle pleurait maintenant, regardant avec impuissance un autre cri s'échapper de Greylen.

— Gwendolyn !

Les yeux de Gwen s'ouvrirent et sa mère lui donna des instructions :

— Greylen, tu dois guider les épaules du bébé.

Tenant toujours la tête du bébé dans la paume de sa main, il l'aida à dégager une épaule, puis l'autre. Il plaça sa main sous le dos du bébé et continua à tirer avec le plus grand soin. Ses épaules se crispèrent tandis qu'il serrait doucement ses doigts autour de son fils. Puis, il laissa retomber sa tête lorsque son fils se mit à pleurer.

— Gwen, nous avons un fils !

Il se tourna vers elle, des larmes coulant sur son visage. Il regardait avec étonnement le bébé entre ses mains et sa femme en pleurs.

— Mets le bébé sur la poitrine de Gwen pendant que nous nous occupons des suites de l'accouchement, lui dit sa mère.

Il lui lança un regard noir et serra le bébé contre lui.

— Pourquoi ne l'as-tu pas aidée ?

— Greylen, nous étions sur le point de le faire, je te le jure. Nous voulions seulement éviter de la faire souffrir davantage.

Greylen ne dit rien, toujours en colère que Gwen ait pu

souffrir plus que nécessaire, ou pire, qu'elle aurait pu mourir s'il n'était pas arrivé à temps.

Il déplaça son fils avec précaution, remarquant que Gwen tendait la main pour le prendre dans ses bras. Il le plaça dans ses mains et les recouvrit des siennes. Il ne le lâcha pas jusqu'à ce que leur bébé reposât sur la poitrine de Gwen.

Il s'assit à côté d'elle et repoussa les cheveux de son visage, puis se pencha pour l'embrasser. Ils pleurèrent à nouveau tous les deux, des larmes de joie et de soulagement.

— Merci, Greylen, murmura-t-elle lorsqu'il posa son front contre le sien.

— Ne me fais plus jamais peur comme ça.

Sa voix tremblait, démentant la colère qui se dégageait de ses paroles.

— Je t'aime aussi, dit-elle. Je suis si heureuse que tu sois venu, Greylen. Je ne sais pas ce que j'aurais fait sans toi.

Des larmes coulaient encore sur son visage et il les balaya d'un revers de main.

— Je serai toujours là, Gwen, toujours. J'ai cru t'avoir perdue.

— Je suis désolée, Greylen. Je suis si fatiguée. Tellement fatiguée.

Son corps se relâcha à nouveau et il s'empressa de tendre la main pour tenir le bébé contre la poitrine de sa femme.

— Gwen ? Gwen ?

Elle ouvrit lentement les yeux et posa sa main sur sa joue.

— Chut, c'est bon, Greylen. Coupe le cordon, chuchota-t-elle. Tu dois couper le cordon maintenant.

Greylen suivit les instructions de sa mère, puis tendit à nouveau la main vers le bébé.

— Je vais le laver et le ramener tout de suite, dit-il à Gwen qui acquiesça et ferma les yeux.

Isabelle l'aida à nettoyer son fils, dont les petits poings frappaient l'air avec colère.

— Maman l'aurait aidée, Greylen. Elle pensait ce qu'elle disait.

Greylen n'avait plus envie d'en parler et, maintenant, avec du recul, il était heureux que Gwen l'ait appelé.

— Isabelle, j'ai mis au monde mon propre fils, dit-il doucement, comme si c'était un secret qu'il partageait avec elle.

— Oïl, et tu l'as très bien fait, le complimenta avec admiration Isabelle.

Greylen refusait de lâcher son fils et le reprit.

— Donne-moi une minute, négocia Isabelle. Tu l'auras toute la nuit.

Isabelle l'enroula dans une couverture et le berça dans le creux de son bras. Elle le lui remit ensuite dans ses mains impatientes.

— Il est si beau, Greylen.

Quand il se retourna, sa mère et Anna finissaient avec Gwen. Les draps avaient été changés et son corps lavé. Elle semblait épuisée, mais elle lui fit signe de revenir. Il replaça le bébé sur sa poitrine et demanda un bain bien mérité.

— Laisse-moi me laver rapidement et je te rejoins.

Elle hocha la tête et mit ses mains dans le dos de leur fils. Il sourit avant de la quitter en entendant les petits bruits que lâchait son fils en dormant.

Greylen s'assit dans la baignoire dans la salle d'eau, la tête appuyée contre le rebord. Il était si consumé par l'idée d'aider Gwen et par l'écoute des instructions qu'il avait simplement suivi les ordres, sans se questionner si hésiter. Pourtant maintenant, le résultat de ses gestes était étourdissant. Non seulement il était présent pour la naissance de son premier enfant, mais il avait participé à sa mise au monde. *Il avait participé à la mise au monde de son propre fils.* Il commença à rire tandis que les mots tournaient en boucle dans sa tête. Il avait participé à la mise au monde de son propre fils.

Il attrapa sa robe de chambre, impatient à l'idée de retrouver sa famille dans leur lit. *Sa famille.* Gwendolyn et leur bébé. Il voulait crier du haut d'une montagne tant sa joie était grande.

Enfin, il s'allongea à côté d'elle, content de revoir de la couleur sur le visage de Gwen.

— Tu es bien à l'aise, mon aimée ?

— Non.

Elle rit en passant une main sur le visage de Greylen.

— Tiens le bébé le temps que je me redresse. Il faut le nourrir.

Greylen l'aida à s'asseoir plutôt, la laissant tenir le bébé pendant qu'il ajustait sa position. Il prit le bébé et l'allongea entre ses jambes.

— Ouvre la couverture, Greylen. Je veux le revoir.

— C'est ce que je fais, dit-il avec un sourire. Tu n'as pas eu la chance de vraiment le regarder.

Ils caressèrent son petit corps, comptèrent ses doigts et ses orteils. Ils rirent quand le bébé serra le doigt de Greylen. Ils finirent par le recouvrir et Greylen regarda avec émerveillement Gwen le nourrir pour la première fois. Puis, il l'aida à le changer et l'emmitoufler une nouvelle fois.

Il perdit le compte du nombre de fois où ils l'embrassèrent et où ils s'embrassèrent, le bébé allongé entre eux.

Un berceau se trouvait à côté de leur lit, mais ils ne le placèrent pas dedans. Anna dormait désormais dans la chambre à côté de la leur, qui servait de chambre d'enfant complète. Leur bébé ne la verrait pas avant des jours, peut-être même des semaines.

— Gwen ?

— Oïl, Greylen ?

— Tu veux le nommer Tristan, c'est ça ?

— On peut le nommer comme tu veux, Greylen. Il ne serait pas là sans toi.

— Tristan, alors. Tristan Allister MacGreggor.

— Tristan Allister MacGreggor, répéta-t-elle en regardant leur fils, voici ton papa.

Elle regarda ensuite Greylen et prit son visage dans sa main.

— Mon héros.

CHAPITRE 31

Tristan Allister MacGreggor fut baptisé un jour d'été chaud. Gwen baignait dans la joie qu'elle ressentait à voir Greylen, fièrement planté près d'elle et Gavin et Isabelle à côté d'eux, qui tenaient leur filleul.

Les semaines qui avaient suivi la naissance de Tristan avaient créé un lien entre Gwen et Greylen qui les étourdissait tous les deux. Depuis cette première nuit où Tristan était resté allongé entre eux, ils avaient désormais engendré un enfant ensemble – résultat du temps qui avait suivi l'accouchement et de tout ce qu'il s'était passé l'année précédente. Leur amour n'aurait pas pu être plus fort.

Tristan resta toutes leurs nuits dans leur chambre, dans le berceau à côté du lit. Greylen le prenait toujours pour le serrer contre lui avant de le confier à Gwen pour qu'elle le nourrisse. Son mari lui avait dit qu'il pensait ne pas en avoir d'autres par peur qu'elle ne survive pas à un nouvel accouchement, mais Gwen s'était contentée de rire, lui assurant que le prochain tomberait probablement tout seul. Il avait semblé horrifié par ses mots, mais avait fini par rire avec elle. Il ne la dupait pourtant pas et elle sentait qu'il pensait secrètement à laisser Tristan être enfant unique plutôt que de la revoir souffrir.

Avoir d'autres enfants n'effrayait pas du tout Gwen et d'ailleurs, sa force lui revenait vite. Lady Madelyn avait pris le relais sur la gestion du donjon et, à part nourrir son fils, Gwen n'avait pas vraiment de responsabilités. Anna gardait toujours sa chambre dans un ordre impeccable et il y avait tant de mains pour aider qu'elle était en fait plutôt reposée, même si elle se réveillait toutes les deux heures pour nourrir son fils exigeant.

Trois nuits après la naissance de Tristan, elle s'était réveillée seule. Elle avait regardé la pièce, plongée dans une faible lumière provenant du feu, mais Greylen et Tristan n'étaient nulle part.

Elle ne savait pas trop pourquoi elle était sortie du lit et s'était avancée vers la fenêtre, mais quelque chose l'avait attirée. La pleine lune brillait fort cette nuit-là, et elle l'avait vu aussitôt : son mari, debout au bord de la falaise. Ses cheveux noirs voguaient au vent et ses bras étaient étendus vers le ciel. Il brandissait son fils dans ses mains, comme pour le montrer aux dieux.

C'était un spectacle qu'elle n'oublierait jamais. Elle avait reculé quand il s'était tourné, laissant ce moment n'être rien qu'à lui. Il était rentré peu de temps après et avait placé Tristan dans son berceau avant de la rejoindre. Puis, il l'avait attirée dans ses bras pendant qu'elle feignait de dormir. Elle écouta ses murmures gaéliques, comprenant tout ce qu'il disait. Il remerciait les dieux pour elle et son fils et promettait de les aimer et de les protéger pour l'éternité.

Au fur et à mesure que les jours passaient, elle avait commencé à entreprendre de courtes marches et à rejoindre la famille aux repas dans le grand hall. Les après-midi, elle restait dans la bibliothèque ou assise dans le bureau si Greylen y travaillait.

L'un de ces après-midi, elle était assise à la fenêtre quand ses hommes lui présentèrent un cadeau. Ils s'étaient réunis autour de la table et tendaient à Greylen un paquet emballé. Il l'ouvrit et découvrit un maillot qu'ils avaient fait faire à une des domestiques. Elle apprit plus tard qu'Anna avait refusé de le faire.

C'était un maillot identique à celui qu'elle lui avait fait, mais quand il le retourna pour regarder le dos, il les fusilla du regard, furieux. Ses hommes riaient si fort qu'ils cognaient la table de leur main.

— Qu'est-ce qu'il y a, Greylen ? demanda-t-elle, étonnée de sa réaction.

Il se tourna pour qu'elle voie. Elle en pleura de rire.

— Tu trouves ça drôle ? demanda-t-il.

Mais il souriait lui aussi et se mit même à rire. Au dos du maillot, de grandes lettres blanches indiquaient non pas son nom mais *Sage-femme*.

— Ils marquent un point, mon mari. Maintenant, tu auras quelque chose à porter pour mon prochain accouchement.

— Non, grogna-t-il en s'étouffant. Gavin sera le suivant. Tu porteras ça pour aider à mettre au monde ton fils.

— Je te dois encore un combat pour avoir mis en place une telle tradition.

— Oïl, peut-être, mais Isabelle insiste pour que tu sois présent. J'attends avec impatience ce jour-là.

Gwen venait d'ordonner à Isabelle de rester strictement alitée. Au début de son troisième mois, Gwen leur avait informé qu'Isabelle attendait des jumeaux. C'était facile à dire, même sans son stéthoscope pour confirmer les deux rythmes cardiaques. Isabelle avait été submergée par les nausées et la fatigue, et sa grossesse s'était vue *très* rapidement. Après l'accouchement de Gwen, Isabelle était terrifiée, mais Gwen lui avait assuré que tout irait bien. Elle avait aussi proposé l'aide de Gavin. Il n'avait pas eu d'autre choix que d'accepter.

Les choses redevinrent quelque peu normales. Greylen et ses hommes remplissaient leurs devoirs d'été avec enthousiasme et Gwen reprit le sport. Greylen courait avec elle tôt le matin une fois le bébé nourri. Et maintenant que Tristan dormait dans la chambre d'enfant avec Anna, ils le laissaient à ses bons soins pendant l'heure où ils étaient partis.

Ils étaient tellement occupés par ce nouveau bébé que leurs anniversaires et leur un an de mariage étaient passés sans grande pompe. Mais Greylen avait bel et bien commémoré les deux évènements. D'abord, leurs anniversaires. La nuit où il l'avait tirée de l'eau un an auparavant.

Il l'avait ramenée sur la côte et puisqu'ils n'avaient qu'une heure, car Tristan n'avait que quelques semaines, Greylen avait fait tout préparer. À leur arrivée, un feu brûlait et il l'avait placée entre ses jambes, fêtant ce moment seuls tous les deux. Puis, il l'avait de nouveau surprise, retirant son iPhone et ses écouteurs de son sac.

— Je te propose une nouvelle tradition, ma femme, commença-t-il en la serrant fort.

— Je dois chanter ? taquina-t-elle en levant les yeux.

— Que Dieu t'en garde, fit-il en riant. Quoique, quand nous sommes ivres, ce n'est pas si mal.

— Continue, mon mari. Quelle est cette nouvelle tradition ?

— Puisque c'est mon idée, je serai le premier. Mais je me disais que chaque année, nous pourrions chacun notre tour choisir une chanson sur laquelle danser.

— Je suis impressionnée, s'exclama Gwen.

— Tais-toi, Gwendolyn, lâcha-t-il en riant. Rejoins ton mari.

Il se leva, ne la laissant qu'une minute le temps d'appuyer sur des boutons. Puis il la prit dans ses bras, la fit tourner autour du feu en murmurant les paroles de *I'll Be* d'Edwin McCain.

Pour leur anniversaire de mariage, il la surprit avec un dîner spécial dans le grand hall, en présence de sa famille et de ses hommes. Tristan se joignit à eux, passant de mains en mains, tandis qu'ils profitaient de la soirée ensemble. Gwen but même un peu de vin pour la première fois depuis des mois. Mais elle finit tellement éméchée que Greylen dut la porter à l'étage, la taquinant pendant qu'elle gloussait dans ses bras.

Ce soir-là, ils firent l'amour pour la première fois depuis la naissance de Tristan. Cela n'aurait pas pu être une façon plus appropriée de célébrer leur anniversaire, mais lorsque Greylen la pénétra pour la première fois, elle poussa un cri de douleur. Il se retira instantanément et la serra fort dans ses bras.

— Je suis désolé, ma chérie.

— S'il te plaît, n'arrête pas.

— Je ne te ferai pas souffrir, Gwen.

— Ce n'est que cette première fois, promit-elle. Fais-moi l'amour, Greylen.

Il la pénétra à nouveau, lentement cette fois, et dut sentir qu'elle grimaçait. Il resta immobile sur elle, les bras autour de sa tête, en la regardant. Elle vit qu'il voulait s'arrêter et prit son visage entre ses mains. Puis elle lui murmura des mots qui lui permettaient de comprendre.

C'étaient les mots qu'il lui avait toujours murmurés, les mots inscrits sur son alliance et son médaillon. Elle les comprenait maintenant et les lui rendait. Le regard qu'il lui lança était indescriptible et elle le chérirait le restant de sa vie.

Il répondit dans un murmure :

— *Tha thusa gu bràth mo ghràdh.*

Tu es pour toujours mon amour.

Son mari lui fit l'amour si tendrement cette nuit-là, la vénérant avec son corps comme il ne l'avait jamais fait avant.

***

Isabelle donna naissance à deux bébés en bonne santé avant la fin de l'été. L'accouchement fut long, mais elle s'en sortit aisément. Gavin était bel et bien présent et Greylen insista pour qu'il porte le maillot. Il céda à contrecœur, même si ce fut Gwen qui sortit ses fils. Gavin était assis à côté d'Isabelle, l'aidant pendant le travail, souhaitant manifestement être ailleurs qu'aux côtés de sa femme. La douleur qu'elle ressentait était trop forte pour qu'il puisse la supporter. Greylen savait exactement ce qu'il ressentait.

Gwen avait exigé de Gavin qu'il tienne le premier bébé, ce qu'il fit, l'observant avec admiration pendant que le deuxième sortait. Il coupa leurs cordons comme Gwen le lui avait demandé, pleurant comme un bébé sous les railleries de Greylen. Gavin le maudissait d'avoir eu raison. Mais à la fin, il admit qu'il était heureux d'avoir été là.

Leurs neveux, Ethan et Collin, occupaient leur mère. En fait, ils occupaient tout le monde. Trois bébés accaparaient désormais les femmes pendant la journée et les hommes aidaient volontiers, quand ils le pouvaient.

Greylen commença à éloigner sa femme en début d'après-midi pour lui apprendre à monter à cheval. Il était si fier de ses compétences qu'il lui offrit une jument, et encore plus fier lorsqu'elle insista pour s'occuper elle-même de l'animal. Ils montaient ensemble l'après-midi, et lorsqu'il ne pouvait pas l'accompagner, elle était autorisée à monter seule, même si l'un de ses hommes la suivait toujours de loin.

À mesure que les tétées de Tristan diminuaient, Gwen commença à faire de la boxe avec Gavin. Greylen s'y mit lui-même et incorpora ce sport dans les routines de ses hommes. C'étaient les paroles de Gwen sur les marathons qui l'intriguaient le plus et ses taquineries constantes sur le fait que son endurance à elle l'emportait sur la sienne.

Il l'observa assise sur les marches un matin, les yeux plissés alors que ses hommes levaient des drapeaux sur le chemin avant de partir avec d'autres drapeaux attachés à leurs montures. Greylen la rejoignit, prit Tristan dans ses bras et lui embrassa le ventre.

— Greylen ?

— Oïl, ma femme.

Il savait exactement ce qu'elle avait en tête.

— Qu'est-ce qu'ils font ?

Il soupira et leva les yeux au ciel.

— Ils lèvent des drapeaux, mon aimée, répondit-il comme si elle ne pouvait pas comprendre.

— Je sais qu'ils lèvent des drapeaux, siffla-t-elle. Pourquoi ?

— J'ai proposé une course.

Il sourit et lança Tristan dans les airs.

— Je viens de le nourrir, s'écria-t-elle. Il va vomir partout.

— Mais non, ça ira.

Gwen soupira ; elle savait que Tristan adorait qu'il fît cela.

— Parle-moi de cette course, mon mari.

— Ce n'est rien, vraiment, plaisanta-t-il.

— Tu mens.

Elle rit en lui tapotant le bras.

— Très bien... s'il faut vraiment que tu saches...

Il ne termina pas sa phrase.

— Dis-moi !

Il rejeta sa tête en arrière et rit. Tristan rit lui aussi.

— Je pensais organiser l'un de tes marathons. Si tu es une *bonne épouse*, et je l'entends dans un sens large, je te laisserai peut-être nous rejoindre.

— Tu me laisseras *peut-être* vous rejoindre, répéta-t-elle en se levant, les mains sur les hanches. Je rejoindrai ta putain de course. Même des chevaux sauvages ne m'arrêteraient pas.

— Tristan, ta maman parle encore comme dans son pauvre passé.

— Il se trouve que c'est un très bon mot. Garde-le dans ta pauvre mémoire.

Leur badinage fut interrompu par l'arrivée de cavaliers. Greylen confia Tristan à Gwen et se dirigea vers la cour pour les accueillir. Ils étaient escortés par Duncan et Ian. Greylen prit une missive dans la main tendue d'un des hommes et la lut. Il échangea ensuite quelques mots avec les hommes tandis que Gavin entrait dans la cour à cheval. Gavin mit pied à terre et Greylen lui rapporta la nouvelle. Ils revinrent vers elle et dès qu'ils furent devant elle, elle demanda :

— Qu'y a-t-il, Greylen ?

— Malcolm a été capturé. Notre roi attend ma présence pour que justice soit faite.

Elle sembla d'abord soulagée qu'il ait été capturé, puis elle dut comprendre ce qu'il avait également dit. Elle avait l'air terrifiée.

— Je dois partir, Gwen. J'embarquerai demain matin. Cela ne devrait prendre que quelques jours, lui assura-t-il en lui prenant la main. Une semaine tout au plus.

Sa femme acquiesça, mais serra Tristan plus étroitement. Il les attira tous deux dans ses bras.

— Gavin et moi avons des choses à faire, lui dit-il. Veux-tu que je t'accompagne à l'étage ?

— Non, murmura-t-elle. Je vais voir si la cuisinière a besoin d'aide avant le dîner.

Lui et ses hommes se rendirent dans son bureau. Il y avait beaucoup à faire avant son départ. Comme à leur habitude, ils s'installèrent autour de la table, se levant chaque fois qu'ils recevaient un ordre. Greylen allait et venait entre la table et les cartes qui couvraient le mur, marquant l'emplacement de ses navires avec des épingles colorées. Certains étaient actuellement dans leur port, mais pour d'autres, il se fiait aux dernières informations sur leur position.

Greylen savait que Gwen s'occupait l'esprit dans la cuisine cet après-midi-là.

Plus tard, il sentit sa présence et lorsqu'il jeta un coup d'œil à la porte, il la trouva sur le seuil. Il sourit et s'apprêta à lui faire signe d'entrer, mais elle lui rendit son sourire et s'éloigna rapidement.

Ce soir-là, ils dînèrent ensemble dans le grand hall. Greylen savait que sa femme faisait de son mieux pour faire bonne figure, mais elle était manifestement bouleversée. Il essayerait d'apaiser ses craintes plus tard, en lui assurant qu'ils pourraient enfin vivre en paix. Elle n'aurait plus besoin de garde et la menace d'un retour de Malcolm serait enfin écartée.

Ils firent l'amour au coin du feu, puis dans leur lit. Il alla chercher Tristan dans la chambre d'enfant pour que Gwen puisse le nourrir.

Après l'avoir ramené à Anna, il prit Gwen dans ses bras et la serra contre son torse.

— J'aimerais que tu viennes avec moi, Gwen, dit-il.

Elle se retourna.

— Tu m'emmènerais ? demanda-t-elle.

— C'est ce que je viens de dire, fit-il sèchement remarquer, tout en souriant et en la serrant plus fort dans ses bras.

Elle secoua la tête.

— Non, le simple fait de savoir que tu accepterais de m'emmener me fait me sentir mieux.

— Pourquoi, mon aimée ?

— Si tu penses que je serai en sécurité, alors je sais que tu le seras aussi.

— Comment se fait-il, ma femme, que ce soit toujours pour moi que tu t'inquiètes ?

— Je sais que tu me protégeras, Greylen, tu l'as toujours fait. Tu ne m'as jamais laissé tomber, pas une seule fois. Il est normal que j'en fasse de même.

Ses pensées étaient si tendres qu'il n'osa pas se moquer d'elle. Mais elle lui avait déjà sauvé la vie et il n'allait pas minimiser son offre de protection.

— Gwen, tu peux te déplacer plus librement maintenant, mais tu dois toujours laisser un de mes hommes savoir où tu vas. Tu comprends ?

— Oïl, mon mari, je comprends. Mais je peux encore courir de plus longues distances, n'est-ce pas ? Tu as toujours l'intention d'organiser le marathon ?

— Oïl, dans quatre semaines. Nous avons déjà fait deux des longues courses dont tu as parlé. Il n'en faut que deux de plus, n'est-ce pas ?

— Oïl, je demanderai à l'un des hommes de me suivre quand je ferai le parcours, promis.

— Garde le dernier pour moi, murmura-t-il en l'embrassant. C'est amusant de te pousser à aller plus vite.

— Tu es malade dans ta tête, mon mari. Ne crois pas une

seconde que je ne sais pas que tu le fais exprès. Mais tu n'as fait que me rendre plus rapide, Greylen. En fait, je vais te botter le cul.

Cette fois, il rit de sa vantardise.

— Je t'aime, Gwen.

— Je t'aime aussi, Greylen.

CHAPITRE 32

Greylen et Gavin embarquèrent tôt le lendemain matin. Ils ne laissent derrière eux que Kevin et Hugh.

Les jours qui suivirent, Greylen manqua terriblement à Gwen, mais elle s'occupa et, heureusement, le temps passa vite. Elle allait courir un peu le matin et passait ses journées avec Isabelle et les enfants. C'était agréable d'avoir un peu de temps seul avec sa belle-sœur, et elles en profitaient pleinement. Tous les soirs, elles prenaient des repas délicieux dans sa chambre, suivis de discussions entre filles au coin du feu.

Le quatrième matin après le départ de Greylen, Gwen se réveilla plus tôt que d'habitude et décida que ce serait le matin idéal pour courir plus longtemps. Elle nourrit Tristan juste avant de partir, sachant qu'elle avait au moins quatre ou cinq heures devant elle avant qu'il n'ait à nouveau besoin d'elle. Il venait juste de commencer à manger des aliments solides – des flocons d'avoine et des fruits en purée – et Anna lui donnait son petit déjeuner dans le grand hall avec Lady Madelyn.

La mère de Greylen adorait passer du temps avec son petit-fils et l'observer jusqu'à sa sieste en fin de matinée. Gwen laissait à Lady Madelyn ce temps seule avec lui, ne la dérangeant jamais, sauf si elle sentait qu'elle allait éclater si elle ne nourrissait pas

Tristan ou, comme c'était souvent le cas, si son fils devenait si difficile que Lady Madelyn n'avait d'autre choix que d'aller la chercher.

Lorsqu'elle quitta le donjon, Alex montait la garde. Il avait été promu et s'entraînait maintenant pour devenir un des hommes du cercle d'élite de son mari. Il avait assuré sa garde à de nombreuses reprises et le sérieux avec lequel il s'acquittait de ses tâches lui avait valu le surnom de Capitaine.

Ce n'est pas que ce terme ne s'applique pas à d'autres personnes dans les rangs de Greylen, mais Gwen l'utilisait affectueusement avec Alex. Il était d'une beauté robuste, prompt à sourire et encore plus rapide à lancer un regard noir. Et pour elle, cela signifiait qu'il était accepté. Greylen semblait avoir un penchant pour s'entourer de maniaques du contrôle. Alex n'était pas différent.

— Bonjour, capitaine, le salua-t-elle en se plaçant à côté de lui.

— Bonjour, Lady Gwendolyn, répondit-il. Vous partez pour votre course matinale ?

— Oïl, je vais probablement faire un circuit long, lui dit-elle. Je ne reviendrai pas avant un certain temps.

— Très bien. Kevin est à cheval juste après le lac, dit-il en indiquant sa direction, comme si elle ne savait pas où il se trouvait. Assurez-vous de l'en informer avant de poursuivre votre route.

— À vos ordres, capitaine.

Elle salua et entendit son ricanement tandis qu'elle descendait les marches.

Gwen sourit en commençant sa course. C'était une matinée parfaite. L'air était frais et vivifiant, et le soleil était juste assez haut pour lui réchauffer le visage. Elle commença à penser à ce qu'elle et Isabelle pourraient manger pour le dîner, essayant de se rappeler ce qu'elle avait vu dans le garde-manger et le cellier. Elle avait passé les deux derniers jours dans la cuisine avec la cuisinière à étudier des listes d'aliments et de recettes appropriés pour

Tristan. C'était la première fois que la cuisinière lui lançait le fameux regard. Celui qui la disait folle. Gwen avait senti qu'elle se comportait en bonne maman poule et elle s'était respectueusement retirée.

Elle avait enfin trouvé le menu parfait quand elle se rendit compte qu'elle avait dépassé le lac – largement. Elle ne put se résoudre à faire demi-tour et espéra pendant l'heure qui suivit que personne ne comprendrait qu'elle n'avait pas de garde. Tant que Tristan ne faisait pas de problème et que Kevin restait loin d'Alex, ils n'en sauraient rien. Et s'ils l'apprenaient – que Dieu lui vienne en aide –, elle serait dans de beaux draps. Et pas juste avec Greylen. Ils la tueraient tous.

Elle resta près de la forêt, cherchant de temps en temps le ruisseau qui se trouvait à quelques mètres. Lorsqu'elle eut terminé, elle se dirigea une dernière fois vers l'eau. Elle se sentait vraiment bien. Il n'y avait rien de mieux que l'euphorie du coureur. Ses joues étaient brûlantes, ses jambes étaient comme du caoutchouc et elle devait mettre ses mains sur sa tête pour reprendre son souffle. Elle était toujours agenouillée au-dessus du ruisseau lorsque des cavaliers s'approchèrent.

Elle continua à boire, tout en réfléchissant à bout de souffle au fait qu'elle devrait tout avouer à Greylen.

C'est alors qu'elle entendit un rire qui la glaça jusqu'à l'os.

Alex était en haut des marches lorsque Lady Madelyn sortit avec Tristan sur la hanche. Le pauvre garçon était en pleine crise, et Alex tendit instantanément la main pour lui tapoter le dos.

— Bonjour, Lady Madelyn, dit-il en essayant de se faire entendre par-dessus les cris de Tristan.

Il grimaça devant le cri du garçon avant de pouvoir continuer.

— Quel est le problème de notre bébé ? demanda-t-il avec inquiétude.

— Alex, Lady Gwendolyn est-elle rentrée ?

Sa main se figea sur le dos du bébé.

— Rentrée ? Elle n'est pas revenue avec Kevin ?

— Non, Kevin est dans...

Alex avait déjà disparu.

———

— Monsieur, s'écria Alex en entrant dans le bureau.

— Oïl, Alex, dit Kevin en levant les yeux. Qu'est-ce qui te tracasse ?

— J'avais la garde du matin devant les portes. J'ai été remplacé pendant une heure pour l'entraînement avec Hugh et je suis revenu à l'instant.

— Où veux-tu en venir ? demanda Kevin.

— Lady Gwendolyn est partie tôt ce matin. Elle a reçu l'ordre de vous informer de son désir d'aller loin avant de quitter le lac.

— Je ne lui ai jamais parlé, s'écria Kevin en se levant de sa chaise. Tu es sûr qu'elle n'est pas revenue ?

— Tristan aurait dû être nourri il y a une heure, Kevin, expliqua Lady Madelyn, qui était arrivée derrière Alex.

— Alex, rassemble les hommes. Nous la retrouverons, Lady Madelyn, assura-t-il en se plaçant à ses côtés. Elle s'est probablement perdue ou s'est légèrement blessée.

Les deux hommes savaient qu'elle serait revenue dans les deux cas.

— Trouve ma fille, Kevin, ordonna-t-elle. Ramène-la à la maison.

— Oïl, ma lady.

Alex quitta le donjon en courant, avertissant James qu'il devait préparer les chevaux. Puis il partit pour les champs d'entraînement à la recherche de Hugh. Il se sentait personnellement responsable, car il avait été le dernier à parler à Lady Gwendolyn. Son sourire et son salut lui revinrent à l'esprit, quand elle lui avait assuré qu'elle parlerait à Kevin.

Quinze équipes s'élancèrent dans différentes directions et

cinquante hommes restèrent derrière. Quarante se placèrent devant les portes closes du donjon et dix à l'intérieur.

Kevin, Hugh et Alex chevauchaient seuls, prenant le chemin que leur maîtresse avait sûrement emprunté ce matin-là.

— Mère, que diable se passe-t-il ? demanda Isabelle en entrant dans la chambre des enfants. Je ne l'ai jamais entendu pleurer ainsi.

— Gwen n'est pas rentrée de sa course, et les hommes viennent de partir à sa recherche.

Isabelle se dirigea vers sa mère en se frottant les yeux. Elle était épuisée, trop fatiguée pour manifester l'inquiétude qu'elle ressentait.

— Quand a-t-il été nourri pour la dernière fois ? demanda-t-elle en tendant la main à son neveu.

— Anna pense que c'était avant l'aube. Gwen est partie plus tôt que d'habitude selon Alex.

— Chut, chut, chut, tout va bien, Tristan. Maman sera bientôt là. Chut, chut, chut.

C'était inutile, il faisait une grosse crise.

— Eh bien, une bouche de plus à nourrir, soupira Isabelle. Viens-là mon chéri, on va te faire dormir en un rien de temps.

— On pourrait trouver une nourricière, Isabelle.

— Je suis l'incarnation même d'une nourricière, déclara-t-elle exaspérée. Je pourrais probablement nourrir tous les bébés de nos terres s'il le fallait.

— Je viendrai le chercher pour que tu puises te reposer.

— S'il te plaît, donne-moi des nouvelles de Gwen, Mère, dès que tu apprends quelque chose.

— Bien sûr, Isabelle.

En milieu d'après-midi, les pires craintes d'Alex, de Kevin et de Hugh se confirmèrent. Leur maîtresse avait été enlevée et par la force, d'après les preuves qu'ils avaient trouvées. Ses médaillons pendaient d'un tronc d'arbre et du sang frais maculait le bord du ruisseau où elle avait manifestement été encerclée et jetée à terre.

Ils comptèrent cinq séries de traces et suivirent leur chemin. Elle avait essayé de les semer. Des broussailles arrachées révélaient les signes de sa lutte alors qu'elle tentait de gagner un terrain découvert, mais à des mètres de là.

Ils tombèrent sur le rocher où elle avait perdu son combat. Il était couvert de sang et de mèches de cheveux. Son alliance était exposée au sommet.

Kevin ordonna à Alex et Hugh de rentrer. Les équipes de recherche devaient se retrouver au crépuscule et suivre la piste après s'être regroupées. Alex, cependant, refusa de partir.

— Je ne partirai pas. Je suis directement responsable d'elle.

— Alex, tu as été relevé de tes fonctions, lui rappela Kevin. Si tu avais été là tout le temps et que tu m'avais vu revenir seul, qu'aurais-tu fait ?

— J'aurais demandé où se trouvait Lady Gwendolyn, monsieur.

— Exactement. Tu lui as ordonné de me chercher, n'est-ce pas ?

— Oïl, monsieur.

— Va avec Hugh, Alex. Suis ses instructions.

— Non, monsieur, se rebella Alex.

— Viens alors, finit par céder Kevin. Je ne perdrai pas plus de temps.

— Nous n'aurons que quelques heures de retard, leur assura Hugh en se retournant vers le château.

Gwen reprit connaissance dans l'obscurité la plus totale. Elle gisait sur un sol humide et souillé, perdue et souffrante.

Malheureusement, sa confusion ne dura pas longtemps. Son corps tout entier se mit à trembler quand elle revit chaque seconde pendant laquelle ils l'avaient poursuivie. Chaque coup porté par Malcolm, d'abord avec ses poings, puis avec sa botte après qu'elle fut projetée au sol.

Elle avait essayé de les semer. Elle avait même essayé de les combattre. En fin de compte, elle avait été impuissante. Ils s'étaient même moqués d'elle. Des larmes fraîches coulèrent de ses yeux et elle chercha ses médaillons. Elle hoqueta en constatant qu'ils n'étaient pas là. Puis elle hurla. Son alliance n'était plus là non plus.

Elle frissonna en se rappelant les railleries de Malcolm. Elle ne doutait pas qu'il irait jusqu'au bout. Ils allaient la tuer. Et quand Greylen viendrait récupérer ce qui restait d'elle, ils le tueraient aussi.

Si cela ne suffisait pas à lui donner envie de mourir sur-le-champ, elle devait vivre en sachant la raison de cette situation. Vivre avec cela pour le temps qu'il lui restait. C'était entièrement de sa faute.

Elle les avait laissés l'emmener, et maintenant elle avait mis ses hommes en danger. Tout cela parce qu'elle voulait courir... tout cela parce qu'elle n'avait pas cherché son garde. Comment avait-elle pu être aussi stupide ?

Les ordres sont donnés pour une raison, ma femme.

Pourquoi n'avait-elle pas écouté ? Si seulement elle avait fait demi-tour.

Son désespoir dura des heures. Puis elle sentit sa dague contre sa hanche, et avec elle, une minuscule étincelle d'espoir. Elle sut ce qu'elle devait faire et s'y résolut.

Elle essuya ses larmes et rampa sur la surface humide. Elle devait se trouver dans les cachots sous le donjon de Malcolm, dans une cellule qui ne faisait pas plus de trois mètres de large et de profondeur. D'épais barreaux en bois se trouvaient devant elle, sécurisés par un grand cadenas en métal.

Un étrange calme la submergea. Le même qu'elle avait

ressenti quand elle avait remarqué son arme. Ce n'était pas suffisant pour gagner sa liberté, mais ce n'était plus important. Elle commença à marmonner en écartant les cheveux collés sur le côté de son visage.

Elle avait une profonde entaille sur le haut de son front et une sur sa joue, un cadeau de la bague de Malcolm quand il l'avait frappée. Elle n'avait pas d'os brisés, mais son corps était enflé et meurtri par ses coups de pied.

Après son examen clinique, elle serra le tissu de la chemise de Greylen, celle qu'il avait portée au dîner la veille de son départ. Son odeur lui donna du courage.

Et elle attendit.

Pour tuer Malcolm elle-même.

CHAPITRE 33

Greylen et Gavin furent immédiatement autorisés à entrer dans le château de Stirling. Ils se rendirent à cheval jusqu'à la cour intérieure, où ils mirent pied à terre et furent rapidement débarrassés de leurs montures. Il leur fallut un certain temps avant d'atteindre les marches, car ils étaient salués par des hommes qu'ils n'avaient pas vus depuis des mois, voire des années pour certains d'entre eux.

Une fois à l'intérieur, ils furent conduits dans une salle privée où ils attendirent leur roi. Celui-ci entra peu après, flanqué de gardes, et ils furent chaleureusement embrassés par l'homme qu'ils avaient vaillamment servi au fil des ans.

Ils dégustèrent du brandy et discutèrent d'abord de sujets personnels : le mariage de Greylen et la naissance de son fils, ainsi que celui de Gavin et la naissance de ses fils. La joie du roi pour eux ne pouvait être plus évidente, et il les félicita et leur donna sa bénédiction. Il les informa qu'il était déjà au courant, car la nouvelle que les deux célibataires les plus recherchés s'étaient mariés avait rapidement fait le tour du pays.

Se tournant vers ses gardes, il appela le prisonnier. Cela ne prit que quelques minutes, car ils connaissaient la raison de la présence du laird MacGreggor et l'avaient d'ailleurs déjà fait venir.

Greylen et Gavin se levèrent lorsque la porte s'ouvrit. Ils se retournèrent à l'unisson pour condamner Malcolm et chercher à mettre rapidement fin à ses jours. Il était tenu par les épaules, la tête baissée. Il était sale et ses vêtements étaient déchirés. Ses cheveux étaient tout aussi crasseux et du sang coagulait par plaques aux endroits où il avait été battu.

Greylen s'approcha de lui et lui souleva la tête par le menton. Il fixa les traits déformés, si semblables à ceux de Gavin et de Malcolm, mais les yeux qui imploraient la pitié ne contenaient aucune malice.

Pire, ils étaient marron.

— Qui êtes-vous ? demanda Greylen.

— James MacIntyre, monsieur, dit faiblement l'homme.

— Comment êtes-vous arrivé ici, James ?

— J'ai été rattrapé par un groupe d'hommes et je me suis retrouvé dans une cellule, accusé de crimes que je n'avais pas commis.

— Ces hommes qui vous ont rattrapé, que savez-vous d'eux ?

— C'était un groupe de cinq, et ils ont remarqué ma ressemblance avec leur chef. Ils ont parlé de leur plan pendant qu'ils me battaient. C'est la dernière chose dont je me souvienne.

Leur roi prit rapidement la parole, se levant de sa chaise pour se placer à côté de Greylen.

— Il a été amené ici par quatre hommes la semaine dernière. Ils ont déclaré qu'il s'agissait de Malcolm, et je les ai crus, Greylen. Il ressemble en effet à votre homme, ajouta-t-il pour se justifier, en regardant Gavin.

— Qu'est-ce qu'on leur a dit à propos de la prime sur sa tête ? demanda Greylen, espérant que leur plan était de les attendre, lui et Gavin.

— Je les ai informés que vous seriez prévenus, répondit rapidement leur souverain. Et que lorsque vous arriveriez, ils pourraient récupérer leur butin.

— James, et leur plan ? Vous en souvenez-vous ?

— Des bribes, répondit l'homme en secouant la tête. Mais ça n'avait aucun sens.

— Parlez-en, même si c'est insignifiant.

— Ils parlaient de chiffres, commença James. Les jours qu'il faudrait au *bâtard* pour atteindre... pour atteindre Stirling.

Il hésita.

— Puis ils ont parlé d'une femme.

— Quelle femme ? s'écria Greylen.

Il prit l'homme par les épaules et le secoua, le visage déformé par la rage. James n'hésita plus.

— Je ne veux pas vous manquer de respect, monsieur. Ses mots exacts... étaient... la chienne de MacG...

Greylen et Gavin étaient partis avant qu'il ne terminât. Ils quittèrent le château à toute allure et se rendirent directement aux écuries. Leurs montures gagnèrent rapidement du terrain, et leur rythme effréné les mena à une vitesse record jusqu'à l'embarcadère.

La plupart des membres de l'équipage du navire avaient eu la journée pour explorer le port et dépenser leur argent. Et ce serait là qu'ils resteraient.

Greylen et Gavin coururent sur la planche, chacun criant des ordres au capitaine et aux quelques hommes encore à bord. Duncan et Connell s'élancèrent vers l'ancre, travaillant en parfaite symétrie pour la tirer hors de l'eau. Greylen et Gavin s'attaquèrent au grand mât, grimpant dans les airs pour détacher la voile. Ils attrapèrent les cordes, sautèrent en même temps et la voile blanche s'éveilla en claquant tandis qu'ils descendaient sur le pont inférieur. Greylen prit les commandes de son navire, lançant des ordres en naviguant vers le large.

Il était leur capitaine à présent.

Il les ramènerait chez eux.

Bien que le vent leur fût favorable, leur équipage était si réduit qu'ils travaillèrent sans relâche pendant les deux jours que dura le voyage jusqu'à Seagrave. Tout le long, ils échangèrent à peine un mot. Tous. Il n'y avait rien à dire. Leur seul besoin maintenant était d'arriver avant que Malcolm ne mît son plan à exécution.

Greylen et Gavin se tenaient à la proue, les jambes écartées, les bras croisés sur leurs torses nus, lorsqu'ils entrèrent dans la crique de Seagrave.

Leurs épées étaient rangées dans leurs fourreaux, mais ils se tenaient prêts, sans qu'ils sachent pour quoi.

— Ils ne sont que cinq, Greylen, dit Gavin, comme s'il essayait d'apporter un minimum de réconfort.

— Oïl, répondit Greylen en se tournant vers lui. Et elle est seule.

— Elle sait qu'elle doit rester sur ses gardes, lui assura Gavin.

— J'ai relâché sa garde, Gavin. Elle n'avait qu'à les informer de ses déplacements.

Greylen ne dit rien d'autre. Un seul homme suivrait sa femme. Contre cinq, s'ils avaient réussi à franchir la frontière, il n'aurait que peu de chances.

Leurs pires craintes se confirmèrent lorsqu'ils jetèrent l'ancre. Leurs hommes s'engageaient déjà dans les sentiers étroits, les montures sans cavalier derrière eux.

Malcolm était de retour.

Sans perdre de temps à descendre le doris, Greylen et Gavin enlevèrent leurs bottes et grimpèrent sur la rambarde. Dagues en main, épées dans le dos, ils se jetèrent à l'eau.

Ian, Connell et Duncan les suivirent quelques secondes plus tard.

Ils atteignirent le rivage quelques minutes plus tard, où Hugh attendait au bord de l'eau.

Greylen se dressa devant son homme, le fixant d'un regard qui exigeait des réponses.

Hugh commença immédiatement :

— Ses médaillons ont été retrouvés attachés à un arbre à l'aide d'un poignard. Il y a eu une lutte, Greylen. Nous avons trouvé du sang et des mèches de ses cheveux, ainsi que son alliance.

Il lui tendit les objets.

Greylen saisit les affaires de sa femme, le cœur battant la chamade en attendant que Hugh reprît la parole.

— Kevin et Alex ont suivi leur piste vers le sud. Je venais juste de rassembler les hommes quand j'ai vu le navire. Les hommes attendent dans la cour.

— Qui avait sa garde ? demanda Greylen en serrant les dents.

— Elle a informé Alex qu'elle irait courir loin et elle devait aller chercher Kevin avant de quitter la région du lac.

Hugh marqua une pause.

— Il ne l'a jamais vue, Greylen. Alex a été remplacé pendant un temps et ignorait qu'elle n'était pas revenue jusqu'à ce que Lady Madelyn la cherche pour nourrir Tristan.

— Quand est-elle partie ?

— Peu après l'aube.

— Combien. De. Temps. Hugh ? répéta Greylen en prononçant chaque mot entre ses dents.

— Sept heures, Greylen. Ils l'ont depuis au moins sept heures.

— Dispersez les hommes. Nous chevaucherons seuls.

***

Greylen franchit en trombe les portes de sa chambre, n'accordant qu'une seconde d'attention au vide ambiant. Il attrapa ses bottes, les remit rapidement en place avant de glisser sa dague à l'intérieur. Il fouilla dans son armoire et en sortit un pot scellé sur l'étagère. Il l'ouvrit et étala la peinture bleue sur son front, ses joues et plus encore sur sa poitrine.

Il quitta sa chambre au moment où Gavin quittait la sienne. L'image de Gavin était son reflet exact, car il avait lui aussi choisi la peinture de guerre. Isabelle tenait Tristan dans ses bras et le rejoignit sur le palier. Son fils se mit à pleurer en tendant les bras. Greylen le prit immédiatement, étouffant ses pleurs en le serrant contre lui. Il passa un peu de peinture sur le front et les joues de son fils.

— Tu as une nourricière, Isabelle ? demanda-t-il.

— Personne d'autre que moi ne nourrira ton fils, répliqua-t-elle.

Elle semblait le mettre au défi de la contredire.

Greylen acquiesça et lui remit Tristan. Puis Gavin et lui prirent l'escalier. Leurs hommes les attendaient en bas des marches. Quelques secondes plus tard, ils s'élançaient dans la nuit.

Il fallut quatre heures pour atteindre la frontière et deux de plus pour apercevoir le donjon des MacFale. Kevin attendait devant les portes, torse nu, sa chemise serrée dans la main. Dans ses yeux se lisait un regard que Greylen n'avait jamais vu auparavant.

— Alex a été enlevé, dit Kevin immédiatement.

Cela mettait fin à toutes les questions que Greylen aurait pu se poser.

— Il s'est proposé en échange de sa maîtresse. Je n'ai aucune idée de l'endroit où il se trouve à l'intérieur, rapporta Kevin en secouant la tête. On m'a dit que si je franchissais les portes avant votre arrivée, ils la tueraient.

Pour la première fois depuis qu'il avait commencé à exposer les faits tels qu'il les connaissait, Kevin hésita. Pire, il baissa les yeux avant de croiser à nouveau le regard de Greylen.

— Greylen, elle est...

— Elle est quoi, Kevin ? demanda Greylen.

— Elle est dans la cour.

Comme s'il était incapable de faire part de son état à son laird, il baissa de nouveau les yeux. Mais il tendit sa chemise à Gavin avant qu'il ne le dépassât.

Greylen se dirigea vers les portes avec Gavin. Ils les franchirent d'un pas ferme, sans qu'aucun son ne s'échappât de leurs lèvres, sans qu'aucune émotion n'apparût sur leurs visages, alors que la pleine lune révélait l'état que Kevin ne pouvait lui-même divulguer.

La dégradation de sa femme ! *Sa femme !*

Elle avait été attachée à un poteau par des cordes aux chevilles et aux poignets. Elle avait également été déshabillée et son corps était couvert de taches sombres qu'il savait, même à une telle distance, être des ecchymoses. Son visage était entaillé et saignait, et son corps tremblait beaucoup – pas à cause de l'air frais de la nuit.

Il n'avait jamais ressenti autant de rage de toute sa vie.

Il traversa la cour, les yeux rivés sur sa femme. Il entendit ses hommes franchir les portes et vit celles du donjon s'ouvrir. Mais il ne jeta pas un coup d'œil dans cette direction. Rien ne pouvait l'arrêter dans sa marche vers Gwen.

Il s'arrêta devant elle et retira sa dague en contemplant ses yeux vides. L'un d'eux était si gonflé qu'il était presque complètement fermé. Elle tressaillit lorsqu'il tendit la main pour la toucher. Elle ne savait pas que c'était lui. Il murmura en gaélique des mots qu'elle savait ne pouvoir venir que de lui. Il l'observa essayer d'enfin le regarder. Il prit sa dague et passa la lame sur son propre front, attendant que le sang recouvrît son visage. Il lui montra d'abord qu'elle n'était pas différente de lui. Elle sembla comprendre, car une larme glissa de l'œil indemne.

Il se rapprocha d'elle, collant son corps au sien. Elle tressaillit de douleur, mais ne fit aucun bruit. Il savait que cela devait être atroce, mais il ne s'arrêta pas avant d'être complètement pressé contre elle. Il passa la main derrière elle pour couper les cordes qui retenaient ses mains, tandis que Gavin tranchait celles à ses chevilles. Son poids tomba immédiatement vers l'avant, mais le corps de Greylen la maintint debout. Il ne la laisserait pas basculer devant Malcolm.

Greylen l'entraîna avec lui en reculant d'un pas. Gavin se plaça derrière elle et lui glissa la chemise par-dessus la tête. Puis il entoura sa taille de ses bras, ses coudes soutenant ses hanches tandis que ses avant-bras gardaient son buste droit contre son torse. Cela permit à Greylen de rendre à sa femme un peu plus de dignité. Il attacha ses médaillons autour de son cou, puis attrapa sa main gauche et la porta doucement à sa bouche. Il glissa ses doigts blessés dans sa bouche et les mouilla pour pouvoir lui rendre sa bague. Elle ne fit aucun geste, aucun son, lorsqu'il lui glissa l'anneau au doigt. Son silence était plus effrayant que n'importe quelle crise d'hystérie.

Dieu en était témoin, il se serait réjoui de la voir faire preuve d'émotion.

Il l'attira contre lui et se tourna vers le donjon de MacFale, tandis que Gavin se plaçait de l'autre côté pour la soutenir. Il savait que ses hommes auraient facilement pu pénétrer dans le donjon, et que la lutte qui avait eu lieu devait être terminée. Si leur fureur était ne serait-ce qu'à moitié aussi forte que la sienne, la tâche n'avait dû prendre que quelques secondes. Malcolm serait le seul homme restant lorsqu'ils auraient terminé. Comme à point nommé, ses hommes franchirent les portes d'entrée du donjon, traînant Malcolm entre eux.

Greylen attendit que Duncan et Ian amenassent Malcolm devant eux. Ils le jetèrent au sol. Gwen se mit à trembler de façon incontrôlée tandis que Malcolm la fixait d'un air narquois.

En même temps, Greylen et Gavin lui donnèrent un coup de pied au visage. Ils marquèrent une pause, le temps qu'il se redressât.

— Regarde-la, Malcolm. Regarde-la ! s'écria Greylen.

Au lieu de cela, Malcolm se détourna. Ils posèrent Gwen, puis saisirent Malcolm et le soulevèrent. Greylen lui agrippa l'arrière de la tête, le forçant à regarder sa femme.

— Tu mourras pour ce que tu lui as fait. Et ton âme pourrira en enfer... POUR L'ÉTERNITÉ !

Greylen le jeta de nouveau à terre, mais à quelques mètres de Gwen, qui continuait à regarder fixement droit devant elle. Elle était assise à l'endroit où ils l'avaient placée et n'avait pas bougé.

Greylen et Gavin s'agenouillèrent de part et d'autre de Malcolm et Duncan et Ian lui tinrent les bras et les jambes. Leurs dagues encore en main après avoir libéré Gwen, ils tranchèrent en diagonale leurs paumes. Puis ils joignirent leurs mains au-dessus du corps allongé de Malcolm.

Cette mise à mort serait la leur à tous les deux.

Greylen passa la main dans son dos et dégaina son épée, plaçant sa pointe sur le cœur de Malcolm. Puis Gavin et lui couvrirent la poignée ensemble et levèrent la lame.

Greylen sentit une main se poser sur son épaule au moment où Gavin levait les yeux. Greylen tourna la tête, l'inclinant pour regarder Gwen. Il avait l'intention de justifier ses actes. Malcolm devait mourir, elle s'en rendait sûrement compte. Les mots, cependant, se bloquèrent dans sa gorge.

Sa femme se tenait calmement à ses côtés. Ses doigts, d'abord hésitants, effleurèrent son front et ses joues, puis s'enfoncèrent profondément dans sa peau. Avec la même attention, elle passa ses doigts sur son propre visage, se couvrant de la peinture qu'elle lui avait délibérément prise. Elle ne dit pas un mot, mais ses prochains gestes indiquèrent clairement ses intentions. Sa femme étendit ses bras, plaçant ses mains ensanglantées et blessées devant eux, les paumes vers le haut.

En silence, elle demandait à participer à cette mise à mort.

Greylen et Gavin saisirent leurs dagues. Greylen la vit et la sentit pousser contre chacune de leurs lames. Ils tranchèrent en diagonale d'un bout à l'autre sa paume, comme ils l'avaient fait sur eux-mêmes. Puis ils placèrent les mains de la jeune femme sur la garde et les couvrirent de leurs propres mains.

Ils ne regardèrent pas Malcolm lorsqu'ils levèrent la lame, mais seulement les mains jointes au centre. Trois paires de mains réunies il y avait si longtemps, quand ils se trouvaient devant le Père Michael. Ce soir, ces mêmes mains s'unissaient à nouveau. Par vengeance.

Greylen et Gavin abattirent l'épée avec une telle force qu'elle s'enfonça profondément dans le sol, sous le corps de Malcolm. Ils ne le regardèrent plus une seule fois.

Avec le plus grand soin, Greylen dégagea les mains de sa femme de la poignée de l'épée. Puis il berça son corps brisé. Il ne regarda aucun de ses hommes lorsqu'il sortit avec elle de la cour. Il ne regardait que devant lui. C'était tout ce qu'il pouvait faire.

Il ne regarderait que devant lui.

Alex et le vieux MacFale furent retrouvés salement amochés dans les cachots sous le donjon. Gavin ordonna aux hommes de poursuivre leur route pour que leurs blessures fussent soignées. Greylen, quant à lui, revint lentement. Il était aussi silencieux que Gwen. Gavin aussi gardait le silence en les suivant tout au long du voyage.

Greylen se tourna vers le lac avant de franchir les portes de Seagrave. Il serra Gwen dans ses bras en entrant dans l'eau et la tint à la surface pendant que Gavin lavait la saleté et le sang de son corps et de ses cheveux. Elle fixait le ciel, silencieuse.

Gavin partit pour aller chercher une chemise propre et ils la lui passèrent prudemment au-dessus de la tête quand Greylen sortit de l'eau. La chemise trempée qu'il lui avait mise des heures auparavant resta sur le rivage, un rappel douloureux qu'aucun d'eux ne put toucher.

Le soleil commençait à peine à se lever lorsqu'ils arrivèrent à l'escalier. Greylen jeta un coup d'œil à Gavin, qui lui rendit un regard d'une tristesse si profonde qu'il lui était difficile de parler.

— Je vais faire venir Lady Madelyn, dit Gavin d'une voix rauque.

Greylen ne pouvait pas parler, il se contenta de hocher la tête en guise de réponse et serra Gwen plus étroitement. Gavin revint quelques instants plus tard.

— Il n'y a personne, lui assura Gavin en tenant la porte.

Il suivit ensuite Greylen dans l'escalier qui menait à sa chambre.

Greylen s'assit sur la chaise devant la cheminée et attendit sa mère. Elle ne devait pas être loin, car elle apparut juste au moment où il s'installait. Elle plaça une tasse aux lèvres de Gwen, qui but sans se faire prier. Gwen s'assit sans broncher sur ses genoux pendant que sa mère recousait la plaie à son front. Sa mère commença à chercher d'autres blessures, mais Greylen se contenta de secouer la tête, l'informant silencieusement qu'il n'y en avait aucune à recoudre.

Elle partit aussi discrètement qu'elle était arrivée, effleurant de la main l'épaule de Gavin lorsqu'elle passa devant lui, posté dans le couloir.

Entendant enfin le loquet s'enclencher, seul avec sa femme, Greylen céda et lâcha des rugissements d'agonie remplis de désespoir. Il était tellement perdu dans son chagrin qu'il découvrit plus tard la bataille qui se déroulait à l'extérieur de sa chambre.

Celle de Gavin, qui se frappait la tête contre la porte de Greylen à chaque fois qu'un cri s'échappait des lèvres de son commandant. Celle d'Isabelle qui, agenouillée aux côtés de son mari, le suppliait d'arrêter.

Il apprendra que cela avait duré si longtemps qu'Isabelle s'était finalement effondrée aux pieds de Gavin, réveillée en sursaut des heures plus tard lorsque Duncan l'avait soulevée dans ses bras. On lui dirait que le dernier souvenir de sa sœur, lorsqu'elle fut emmenée, fut la vue de son mari en sentinelle à la porte de son frère. Une porte désormais maculée du sang de Gavin.

Greylen ne savait pas combien de temps il était resté sur cette chaise avec Gwen dans ses bras, mais la défaite qui l'avait envahi ce matin-là était quelque chose qu'il n'avait jamais connu auparavant. Il n'avait aucune idée de ce qu'il s'était passé pendant les heures où ils l'avaient retenue captive, mais il savait qu'elle avait été battue et était tellement traumatisée qu'elle ne pouvait toujours pas parler.

Il la déposa enfin sur leur lit et se glissa à côté d'elle, la serrant dans ses bras. Elle dormait profondément à cause de la potion que sa mère lui avait donnée, mais pas paisiblement. Elle tremblait et criait, prise dans des cauchemars dont il ne parvenait pas à l'arracher.

Quelques heures plus tard, il appela Gavin. Il devait

découvrir ce qu'il s'était passé pendant qu'elle avait été détenue. Sa mère avait déjà donné à Gwen plus de potion pour soulager sa douleur, mais ce n'était pas son corps qui faisait mal. Son esprit était brisé. Il essaya de trouver un endroit où il pourrait poser ses lèvres, juste un petit endroit où il pourrait la réconforter.

Il s'éloigna finalement du lit, regardant avec agonie Gwen se mettre en boule. Le mouvement devait lui causer une douleur atroce, mais elle n'émit aucun son. Sa mère prit immédiatement sa place, fredonnant doucement en passant ses doigts dans les cheveux de sa femme. Il s'habilla rapidement et quitta la chambre.

Il se rendit d'abord dans la chambre d'enfants. Anna était occupée avec Isabelle et les bébés, et il lui demanda de continuer à garder Tristan. Gwen n'était pas en état d'accueillir son fils, et il ne pouvait pas faire subir à Tristan une contrariété supplémentaire.

Lorsqu'il entra dans son bureau, Guy MacFale et Alex l'attendaient déjà. En les voyant, il regretta de ne pas être venu les voir. Ils avaient l'air aussi mal en point que sa femme. Ses hommes étaient également présents. Ils allaient tous apprendre ce qu'il s'était passé et vivre avec les détails au fur et à mesure qu'ils seraient révélés.

Greylen prit un verre de brandy avant de se tourner vers Guy.

— Gwen n'a rien dit. Êtes-vous au courant de ce qu'il s'est passé ?

Guy ferma les yeux, secouant la tête comme si des images se bousculaient dans son esprit.

— Malcolm et ses hommes sont revenus il y a quatre jours. J'ai été enfermé dans ma chambre et je n'étais pas au courant de leurs plans, mais j'en ai appris des bribes par les serviteurs qui m'apportaient mes plateaux. Ils m'ont dit que les hommes complotaient pour s'emparer de votre femme et qu'ils surveillaient vos patrouilles. Ils avaient entendu parler d'une course et des longues sorties que faisait votre femme. Ils étaient dégoûtés que vos hommes se vantent de son endurance et attendaient chaque jour qu'elle s'éloigne du donjon. Ils savaient déjà qu'elle n'avait qu'un seul garde avec elle.

— L'as-tu vue lorsqu'elle était à l'intérieur du donjon ? demanda Greylen.

— Oïl, mais plusieurs heures après son arrivée. Votre homme était déjà présent à ce moment-là.

Greylen se tourna vers Alex et attendit le reste. Il était couvert de petites blessures, suffisamment profondes pour avoir été recousues, et sa main droite était recouverte de bandages si épais qu'il était impossible de discerner les dégâts en dessous. Alex le regarda droit dans les yeux et lui raconta les évènements tels qu'ils s'étaient déroulés.

— J'ai chevauché jusqu'aux portes, seul. Kevin a essayé de m'arrêter, mais j'étais le dernier à l'avoir vue, le dernier à avoir eu sa garde.

— Tu n'avais pas sa garde, Alex, corrigea Greylen. Le donjon était à ta charge.

— Oïl, mais si je n'avais pas été remplacé, j'aurais su plus tôt qu'elle n'était pas protégée.

— Lui as-tu dit de chercher un garde avant de s'éloigner ?

Il répétait sûrement des mots qu'Alex avait déjà entendus un nombre incalculable de fois.

— Oïl.

Il resta silencieux un moment, puis sourit doucement.

— Elle m'a salué, monsieur. *À vos ordres, capitaine*, c'est ça qu'elle a dit exactement.

Ils sourirent tous, comme s'ils imaginaient leur maîtresse en train de le faire. Alex continua et les sourires se dissipèrent :

— J'ai donné à Kevin un coup à l'arrière de la tête et je me suis dirigé vers les portes.

— Que pensais-tu accomplir seul ? demanda Greylen, tout en sachant qu'il aurait fait de même.

— Si j'avais pu l'atteindre et la libérer d'une manière ou d'une autre, ça aurait été l'idéal. Mais en étant au moins à l'intérieur, j'espérais la protéger et évaluer l'attitude des hommes qui la détenaient. Je me suis offert en échange et j'ai été rapidement désarmé avant qu'ils ne m'emmènent dans le grand hall. Malcolm ne m'a rien dit, mais il a donné l'ordre à deux de ses hommes de la faire monter.

— Dans quel état était-elle ?

— Elle avait déjà été battue, mais elle n'avait pas l'œil tuméfié comme j'ai entendu. Ses mains étaient couvertes de terre et de sang, comme si elle avait creusé pour essayer de se libérer. Elle se tenait fièrement devant eux, monsieur. Elle n'a *jamais* détourné les yeux de Malcolm. Ensuite, il a proposé une sorte de jeu... et il a ri en expliquant les règles.

Greylen attendit qu'il continuât, perdant le contrôle en voyant un tremblement parcourir son homme.

— Un jeu, Alex ?

— Il m'a amené devant elle et Malcolm a exigé à ce qu'elle regarde pendant qu'ils me tuaient à petit feu. Il lui a dit que si elle souhaitait faire preuve de miséricorde à un moment, il arrêterait le jeu. La miséricorde impliquerait qu'elle se donne volontairement à lui.

Sachant que le corps en vie d'Alex parlait de lui-même, Greylen déglutit la bile qui remontait dans sa gorge.

— Je lui ai dit de ne jamais céder, s'écria Alex. Je n'ai pas fait un bruit, pas pour une seule blessure et mes yeux n'ont jamais quitté les siens. Je jure que je ne lui ai montré que de la force.

Alex se leva de sa chaise, clairement aussi ébranlé qu'au moment T. Il secoua la tête, passa sauvagement la main dans ses cheveux avant de se rasseoir enfin et de reprendre :

— Ensuite, ils ont commencé à déboîter les doigts de ma main droite, l'un après l'autre. Le son de mes os qui craquent l'a fait céder. Mais je l'ai suppliée de ne rien en faire. Je ne l'ai pas revue. Ils m'ont battu jusqu'à ce que je sois inconscient et ils l'ont menée ailleurs.

— Il ne l'a pas prise, Greylen, ajouta Guy. Elle a repoussé ses tentatives. Je n'avais jamais vu ça avant. On aurait dit que c'était son plan de l'isoler, car elle avait toujours une carte dans sa manche, si on peut dire.

— Comment le savez-vous ?

— Je me suis échappé de ma chambre avec l'aide d'un des domestiques. Je savais que seul, je n'étais pas de taille face à Malcolm et ses hommes, mais j'ai vu ce qu'il se passait depuis les escaliers. J'ai attendu dans sa chambre quand j'ai entendu votre femme crier *ça suffit* avec tant de force que je n'avais jamais entendu autant de courage. J'ai attendu derrière les rideaux, ma propre dague prête à le tuer pour ses atrocités. Dans mon état affaibli, pourtant, je devais être sûr de choisir le bon moment. Elle était dans un état terrible, déjà battue et sale de l'humidité des cellules en bas. Il s'est moqué d'elle un moment, disant des choses que personne ne peut répéter, en essayant de la briser avec ses mots et les entailles de son poignard. Il y a eu une lutte et elle a commencé à se défendre, si faiblement qu'il a rapidement pris le dessus. C'est là que j'ai agi, et elle aussi.

Guy marqua une pause, but de l'eau, car il avait à peine repris son souffle depuis qu'il avait commencé.

— Elle avait une dague elle aussi et elle l'a sortie. Elle a essayé de s'attaquer à sa gorge, mais il l'a bloquée avant que sa lame ne l'atteigne. Il était si furieux qu'il ne m'a pas vu et il l'a frappée à l'œil et elle a perdu conscience. Je ne sais pas où j'ai trouvé la force, mais je l'ai retiré de ta femme. Si je n'avais pas été là, il l'aurait prise même dans son état inconscient. J'ai été facilement désarmé, mais, même sévèrement battu, je lui avais infligé assez de blessures pour qu'il ne soit plus en état de lui faire du mal. J'ai été emmené hors de la pièce et il a ordonné qu'elle soit déshabillée et attachée au poteau dehors. Quant à moi, je me suis retrouvé dans le donjon à côté de votre homme, jusqu'à ce que vous arriviez et nous libériez.

La pièce devint silencieuse avec la fin des évènements et Greylen tourna sa chaise pour faire face au mur.

— Laissez-moi.

Greylen attendit que les portes se fermassent derrière eux.

Dès qu'il entendit le loquet se remettre en place, il se mit à détruire tout ce qu'il voyait, pendant une heure. Il but la moitié de la bouteille de brandy avant d'être assez calme pour quitter son sanctuaire, mais quand il le fit, Gavin attendait.

— Isabelle tient le coup ? demanda Greylen.

— Oïl, mais elle veut voir Gwen.

— Et ma femme ?

— Toujours sous le choc.

— Je vais m'asseoir avec elle près du feu, Gavin. Attends qu'on soit installés, puis retire le miroir de la salle d'eau.

CHAPITRE 34

Impuissant, Greylen regarda sa femme rester dans un état de langueur. Elle n'avait pas dit un mot et continuait de regarder dans le vide devant elle. Bien qu'elle prît les potions que sa mère plaçait à ses lèvres, elle ne quittait jamais le lit. Pire, elle se roulait toujours en boule quand il devait la quitter.

Sa mère resta avec elle les quelques fois où il fut appelé et quand il passait du temps dans la chambre d'enfant avec Tristan. Malheureusement, quand il était avec sa femme, il se découvrait aussi silencieux avec elle que l'inverse. En vérité, il ne savait pas quoi dire et lui proposait du réconfort de la seule façon qu'il connût : il la prenait dans ses bras, priant pour un signe de vie, une réaction quelle qu'elle soit, des larmes ou de la fureur.

Le troisième matin après son retour à la maison, il l'habilla quand ils se réveillèrent. Espérant que de l'air frais lui ferait du bien, il l'emmena voir le lever du soleil. Il lui tint la main pour se rendre aux écuries et remarqua qu'étrangement, Gwen se positionnait un pas derrière lui, et jamais directement à ses côtés. Elle ne fit pas un bruit quand il la souleva sur sa monture, ni pendant leur chevauchée sur le chemin étroit. Elle resta assise entre ses jambes sans bouger tandis qu'ils regardaient l'eau.

Sans se hâter pour rentrer, il s'allongea, l'emportant avec lui.

Elle s'endormit peu de temps plus tard, blottie contre lui. Il avait dormi par intermittence ces dernières nuits, à écouter ses pleurs et maintenant que le soleil les réchauffait, il céda à l'épuisement. Le cri de Gavin le réveilla et l'inquiétude et la terreur le traversèrent.

Gwen n'était plus à côté de lui et il courut, sachant quel était le seul endroit où elle pourrait être – l'eau. Elle luttait pour avancer dans les vagues, le poids de la robe qu'il avait choisie la tirant vers le bas. Il l'appela encore et encore et plongea dans les vagues pour nager comme il l'avait fait une fois auparavant. Elle n'émit aucun son quand il enroula ses bras autour de ses épaules et ne lui résista pas quand il la tira sur son torse pour nager jusqu'au rivage.

Une fois allongés sur le sable, à reprendre son souffle, elle le regarda enfin pour la première fois depuis qu'il l'avait ramenée. Mais ses yeux n'étaient remplis que de vide.

Sa colère l'emporta.

— Tu me quitterais ? Tu quitterais ton fils ?

Elle se contenta de le fixer du regard, l'air plus perdue que jamais.

— Pourquoi, Gwen ? *Pourquoi ?*

Elle rompit le masque enfin, pleine de colère et de désespoir.

— *Je ne sais pas.* Je ne sais pas. Je ne veux plus ressentir cette douleur.

Elle mit son visage entre ses mains et commença à pleurer. Il n'accepterait pas cela et attrapa ses mains, les écartant.

— Parle-moi. Je suis là. Depuis le début, Gwen. C'est *toi* qui n'es pas là.

— Je ne me souviens pas, Greylen ! hurla-t-elle. Je ne me rappelle pas ce qu'il m'a fait. Je n'ai pas été chercher Kevin. C'est *moi* qui suis à blâmer pour tout ce qu'il s'est passé.

— Gwen, ils étaient cinq. Ils vous auraient pris tous les deux et ils auraient sûrement tué Kevin s'il avait été avec toi.

— J'ai cédé, Greylen. Je ne pouvais pas les laisser torturer Alex.

— Gwen, tu n'as jamais traversé quelque chose comme ça. Comment peux-tu t'en vouloir pour un tel sacrifice ?

— Comment peux-tu me pardonner pour ce que j'ai fait ? Ce qu'ils... m'ont fait. *Comment ?*

Il fallait qu'elle vît la réalité.

— Tu as une si basse opinion de moi, pour penser que je t'écarterais ou te fuirais ? Tu les as combattus, Gwen. Tu as agi sans peur, peu importe ce que tu ressentais. Tu as agi en chef. Tu as épargné la vie de ton homme au mépris de la tienne. Tu as tenté de tuer ton ennemi toi-même.

— Comment le sais-tu ? Il n'y avait que Malcolm et moi dans cette pièce et j'ai bel et bien essayé de le tuer, mais il m'a arrêtée. Je ne sais pas ce qu'il a fait d'autre.

— Il n'a rien fait, Gwen. Le père de Gavin l'a arrêté, et c'est lui qui m'a raconté ta lutte avec Malcolm. Comme Alex m'a parlé de ton comportement quand ils l'ont torturé sous tes yeux.

Elle garda le silence un moment avant de reprendre la parole, ses mots à peine un murmure :

— Il n'a rien fait ?

Greylen savait ce qu'elle demandait et savait qu'elle avait besoin de le réentendre.

— Non, il n'a rien fait. Et s'il l'avait fait, ça n'aurait pas eu d'importance pour moi. Tu es à moi, Gwen. Rien ne pourrait te déshonorer à mes yeux, *surtout pas* un évènement que tu ne contrôles pas.

— Mais tu ne m'as pas parlé – tu ne m'as pas amené mon fils non plus. Pas même un murmure quand tu me tenais dans tes bras.

— Ah Gwen, soupira-t-il en secouant la tête, plein de regrets. Je ne savais pas quoi dire. Comment aurais-je pu promettre de t'aimer et de te protéger après ce qu'il s'est passé ? Tu as souffert pendant des heures sans ma protection. C'est *moi* qui ai échoué à mon devoir envers toi.

— Tu n'as jamais échoué avec moi, Greylen. Tu m'as sauvée.

— Est-ce si terrible que tu ne puisses pas vivre avec ?

— La mer m'a juste appelée, Greylen. Ou c'est moi qui l'ai appelée. Je ne sais pas. Mais ensuite, tu étais là. Tu as toujours été là.

Il l'attira dans ses bras et tous les non-dits furent enfin abolis. Ils s'allongèrent longuement sur une plage, épuisés après leur discussion.

Greylen ramena Gwen dans leur chambre et il la laissa quelques minutes pour demander à Anna d'apporter un plateau. Quand il revint, leur chambre était vide, mais les portes de la salle d'eau étaient ouvertes. Il ne lui avait pas parlé du miroir et elle avait pris tant de potions et avait été si étourdie ces derniers jours qu'elle n'avait pas remarqué son absence quand on l'emmenait dans la pièce.

Elle était devant la commode, les mains posées sur le mur vide. Il retira sa chemise et s'avança vers elle. Puis, il la prit dans ses bras par-derrière, ses pieds nus encadrant les siens.

— C'est à ce point-là ?

— Tu guériras, mon aimée, murmura-t-il dans son oreille.

— Pas étonnant que tu ne m'aies pas amené Tristan.

— Ah, Gwen. Tu es plus belle que tous ceux que je connais, même maintenant.

— Non, Greylen, le contredit-elle. Je suis faible. Ils m'ont maîtrisée si facilement. Et je suis hideuse, comme il l'a dit.

Il ne pouvait qu'imaginer ce que Malcolm lui avait dit. Guy avait dit ne pas pouvoir répéter ces mots et maintenant, elle y croyait.

— Tu n'es rien de tout ça, Gwen. Tu n'as jamais été faible et que tu puisses croire être hideuse... ce ne sont que des mots qu'il t'a balancés.

Elle porta ses mains à son visage et suivit les points et la peau enflée à son œil. Puis, elle baissa la tête, défaite.

Greylen la fit tourner et lui releva le menton.

— Tu es belle, Gwen. Dis-le.

—Je...

Elle secoua la tête et éloigna son menton de sa main. Il la

souleva sur la commode et se plaça entre ses jambes, reprenant son menton.

— Tu es belle, Gwen. Dis-le.

Ce n'était qu'un murmure, mais enfin elle répéta les mots qu'il lui avait demandés.

— Je suis belle, Greylen.

— Oïl, ma femme.

Il l'embrassa doucement.

— Je ne le pense pas, Greylen. Ce ne sont que des mots vides de sens. Et je suis aussi vide d'avoir besoin de les entendre... aussi creuse.

S'il le pouvait, Greylen tuerait Malcolm encore une fois pour ce qu'il lui avait fait. Elle était brisée et défaite et même s'il ne voulait pas lui faire mal, il avait besoin de lui montrer combien il l'aimait.

Il enroula les jambes de Gwen autour de sa taille et la porta jusqu'à leur lit, les y allongeant tous les deux sans la lâcher. Il l'embrassa tout le temps qu'elle resta allongée sous lui. Il couvrit de ses lèvres chaque partie de son visage, chaque égratignure et ecchymose, et but chaque larme silencieuse qui s'échappait de ses yeux.

Ce ne fut qu'après qu'elle se fut endormie dans le cercle de ses bras qu'il se rendit compte que chaque mot qu'ils avaient prononcé depuis qu'il avait entendu sa voix pour la première fois ce matin-là était en gaélique. Même dans sa colère et son désespoir, elle n'avait parlé que sa langue. Et bien qu'il aurait dû s'en réjouir, quelque chose dans ce changement chez elle le troublait.

Tristan fut amené dans leur chambre ce soir-là, heureux d'être à nouveau avec sa mère. Il fallut quelques jours difficiles avant que le corps de Gwen ne puisse répondre à ses besoins, mais

Greylen savait qu'elle était reconnaissante que leur fils ne se tournât plus que vers elle.

Gwen restait la plupart du temps dans leur chambre et ne sortait que lorsqu'il venait l'escorter aux repas ou au bureau pour être avec lui. La première fois qu'elle s'assit avec lui pendant qu'il consultait ses registres, il sentit que quelque chose la dérangeait, mais elle ne dit rien. Il dut lui demander pour qu'elle en parlât. Elle expliqua alors tranquillement, les yeux baissés, que le bureau lui semblait différent et que de nombreux objets qu'elle avait toujours admirés avaient disparu.

Il lui annonça qu'il avait commandé de nouveaux meubles ainsi que des cartes plus actuelles que celles qu'il avait. Les autres bibelots et livres, qu'elle avait discrètement remarqués, n'étaient plus là, il avait prétendu les avoir rangés jusqu'à l'arrivée des nouvelles affaires.

Si elle avait regardé de plus près, elle aurait vu que son bureau était à peine maintenu par des piques, et que les quelques volumes de cuir qui garnissaient les étagères étaient vides de pages. Il avait détruit tout le reste, y compris les cartes qu'il avait arrachées aux murs. Quant aux bibelots qui ornaient les étagères et les tables, il les avait brisés.

Mais elle n'y regarda pas de plus près. Elle n'avait rien regardé de près. Elle se contentait de faire les choses machinalement.

Au fil des semaines, Greylen fut de plus en plus troublé par le comportement de sa femme. Bien qu'elle se réveillât tôt tous les jours, elle n'essayait pas de reprendre son programme de sport. Et même si elle prenait grand soin de Tristan, c'était elle qui s'accrochait à lui, plutôt que lui à elle.

Chaque fois qu'il l'amenait dans le grand hall, ou n'importe où d'ailleurs, il devait toujours la récupérer une fois qu'il commençait à partir. Il devait s'approcher d'elle et poser sa main sur son épaule, et lorsqu'elle comprenait enfin qu'il était là, il devait alors lui prendre la main et la conduire hors de la pièce.

Elle ne parlait que le gaélique, et pire encore, seulement si on s'adressait à elle en premier. Elle avait au moins cessé de sursauter aux sons forts et n'était plus que rarement perdue dans ses cauchemars lorsqu'ils dormaient. Mais sa soumission et sa complaisance le tuaient. Ce n'était que la nuit, lorsqu'ils faisaient l'amour, qu'il entrevoyait la Gwen qui lui manquait tant. Il n'y avait qu'à ces moments-là qu'elle ressemblait, même si c'était à peine, à la femme qu'il avait connue.

Il ne pouvait lui en vouloir pour son comportement. Elle avait traversé tellement d'épreuves et pas uniquement les heures où Malcolm et ses hommes l'avaient retenue captive. L'année avait été remplie de nombreuses bénédictions, ainsi que d'horribles tragédies. Il devait faire quelque chose et il savait que la réponse reposait là, il ne savait juste pas ce qu'il cherchait. Il venait de laisser Gwen avec sa sœur dans la bibliothèque quand il appela sa mère et Gavin pour qu'ils le retrouvent dans le bureau. Les meubles étaient enfin arrivés et il s'assit derrière son nouveau bureau, Gavin et sa mère face à lui.

— Je veux retrouver ma femme, déclara-t-il en les regardant.

Gavin était complètement d'accord avec lui : Gwen n'était pas la même et elle lui manquait aussi. Sa mère, en revanche, ne voyait pas les choses de la même façon.

— Greylen. Gwendolyn va bien. Qu'y a-t-il ? Elle est l'exemple parfait d'une épouse.

— Elle va bien ? Tu crois qu'elle va *bien* ?

Il était choqué qu'elle puisse dire une telle chose.

— Je ne veux pas de l'épouse parfaite, Mère. Je veux *ma* femme. *Ma Gwendolyn.*

— Elle est là, Greylen, l'apaisa Lady Madelyn. Pourquoi la trouves-tu si différente ?

Greylen la regarda comme si elle était devenue folle. Comment pouvait-elle ne pas le voir ? Pour prouver ses dires, il appela sa femme.

— Gwendolyn.

Elle arriva en quelques secondes. Tristan était sur sa hanche quand elle se présenta sur le seuil.

— Ma femme ? demanda-t-il comme elle regardait le sol.

— Oïl, mon mari ?

Il serra les poings, car elle ne leva pas la tête pour s'adresser à lui. Déterminé, il poursuivit :

— Tu sembles fatiguée aujourd'hui. Peut-être que tu devrais faire une sieste avant le souper.

— Oïl, Greylen, concéda-t-elle facilement.

Elle commença à se tourner, mais il l'arrêta. Il voulait une plus grande preuve de ses affirmations.

— Ma femme ?

— Oïl ?

— Tes habits avec lesquels tu cours. Je voudrais que tu t'en sépares.

— Très bien, accepta-t-elle aussitôt. Je demanderai à Anna de les retirer quand je monterai.

Gavin n'était pas aussi choqué que Lady Madelyn, qui comprit enfin que Gwen était bien plus mal qu'elle ne le pensait. La honte se lisait sur son visage.

— Greylen ? demanda timidement Gwen.

— Oïl, Gwen ?

Regarde-moi, bon sang !

— Tristan n'est pas prêt pour une sieste. Devrais-je le laisser à Anna ?

Elle venait le trouver pour chaque décision à prendre, maintenant.

— Non, Gwen, laisse-le-moi.

Elle avança jusqu'au canapé et attrapa la couverture qui était sur le côté. Elle la posa sous le bureau de Greylen et installa Tristan dessus. C'était l'un des endroits préférés de son fils et Greylen conservait un panier de petits jouets qu'il pouvait prendre ou mordiller sous le bureau. Elle en plaça quelques-uns autour de leur fils et sortit en silence de la pièce.

Greylen passa son bras sur le bureau et chaque nouvel objet tomba au sol. Tristan rit ; il adorait les bruits forts que son père faisait toujours, mais Gwen revint dans la pièce et le fixa du regard.

— Greylen ?

— Juste un gros insecte, mon cœur. Tout ira bien, mon aimée. Je te le promets – je réparerai tout.

Quand il fut sûr qu'elle était repartie, Greylen prit son fils. Il regarda Gavin et sa mère, en quête d'aide.

Lady Madelyn expliqua très vite la situation :

— Elle a perdu sa vitalité d'esprit, mon fils.

Les yeux de Greylen se posèrent sur elle aussitôt. Pourquoi n'y avait-il pas songé plus tôt ? C'était en effet sa vitalité, qu'il avait fait vœu de protéger, qu'elle avait perdue. Et maintenant, il se rappelait les mots de sa femme sur ce qui lui avait toujours fait se sentir vivante et il regarda Gavin.

— Le marathon est remis sur pied, Gavin. Lève les drapeaux tout de suite. Dans une semaine, on court.

— Tu crois qu'elle viendra ? Elle n'en a pas eu le moindre désir depuis son retour, Greylen. C'est sa course qui l'a laissée si vulnérable.

— Je commencerai à la préparer ce soir. Prions pour qu'elle morde à l'hameçon.

Cela se passait mieux que ce qu'il avait imaginé. Ce soir-là, il était assis avec Gwen en haut des marches, à regarder les drapeaux être remis en place. Pour la première fois, elle s'adressa à lui sans qu'on lui parlât en premier.

— Je croyais que tu avais annulé le marathon.

— Oïl, mais Alex est assez guéri et puisque tu ne sembles plus avoir ni la force ni l'endurance, je ne vois pas de raison de retarder davantage. Les hommes étaient déçus qu'elle soit annulée. Et pour être honnête, je préférerais que tu regardes et m'acclames quand je franchirai la ligne de victoire. Comme ma femme le devrait.

Il lui serra le genou et bien qu'elle semblât accepter, il remarqua le tressaillement dans ses yeux. Cela ne dura qu'une seconde, mais en vantant sa victoire et insultant son manque de compétence, il l'avait fait ressortir.

Il l'épia ce soir-là à observer les vêtements qu'Anna devait encore retirer sur ses ordres. Elle prit un des bandeaux pour sa poitrine et un pantalon de la pile et les cacha dans ses robes. Il se tourna pour qu'elle ne vît pas son sourire.

Le jour suivant, il l'observa lutter contre elle-même. Elle fixait du regard les vêtements qu'elle avait cachés et les prit même plusieurs fois, mais au final, elle les rerangea à chaque fois. C'était un début, mais il ne restait que six jours et il devait l'aider à avancer. La partie suivante de son plan commencerait avant leur repas du milieu de journée.

— Gwendolyn, appela Isabelle en entrant dans la chambre.

— Oïl, Isabelle. Je suis dans la salle d'eau, entre.

Isabelle resta sur le seuil, à regarder Gwen donner son bain à Tristan. Elle était trempée à force qu'il l'éclabousse et Isabelle lui tendit une serviette et prit son neveu quand Gwen le lui donna.

— Voudrais-tu m'aider avec quelque chose, Gwen ? demanda Isabelle en séchant Tristan.

— Ce que tu veux, Isabelle. De quoi as-tu besoin ?

Isabelle était surprise que son frère ait autant raison. Gwen n'avait pas le moindre problème à aider une femme. C'étaient maintenant les hommes qu'elle craignait. Greylen lui avait expliqué que si sa femme pouvait augmenter sa propre confiance en elle, gagner un minimum de contrôle, cela l'aiderait.

— M'apprendrais-tu à faire tes relevés de buste ?

Gwen la regarda avec surprise.

— J'imagine, mais pourquoi tu ne demandes pas à Gavin ou même Greylen ? Ils peuvent te montrer.

— Je ne suis qu'une femme, expliqua Isabelle avec un haussement d'épaules. Ils ne s'embêteraient pas à ça. Et puis, ils me diraient que c'est ridicule.

— Ridicule ? Le sport n'est pas ridicule, Isabelle. C'est une des choses les plus importantes que tu puisses faire pour toi.

Isabelle eut envie de rire. Les mots de Gwen lui ressemblaient vraiment, sans qu'elle s'en rendît compte.

— Tu veux bien ? S'il te plaît ?

— Oïl, accepta-t-elle en souriant. Je dois juste me changer et toi aussi. Va prendre une chemise et reviens. Je t'attendrai.

Depuis le couloir, Isabelle vit Gwendolyn aller dans son armoire et en sortir son bandeau et son pantalon. Elle sembla hésiter un instant sur ce qu'elle devrait faire. Puis, elle se changea et mit Tristan dans son berceau, avant de le reprendre aussitôt. Gwendolyn leva le bébé haut dans les airs, avant de le descendre doucement. Elle le refit encore et encore.

Isabelle se tourna vers Greylen, qui attendait sur le palier et elle lui adressa le plus grand des sourires. Il en fut à l'évidence ravi et indiqua de ses mains qu'elle devait retourner dans sa chambre et réveiller encore plus sa femme.

Isabelle s'allongea devant le feu comme Gwendolyn lui avait demandé. Puis, sa belle-sœur lui montra toutes les façons de travailler les muscles du ventre. Isabelle avait envie de tuer son frère. *Bon Dieu, comme ces exercices étaient douloureux.* Surtout avec quelqu'un comme Gwen, qui semblait apprécier le sport et – douce mère de Dieu – la *brûlure*, comme elle l'appelait. Elle brûlerait tout le château si elle devait un jour refaire ça. Une heure plus tard, elle partit enfin, à peine capable de retourner dans sa chambre. Elle ferma la porte et se laissa couler sur le sol alors que Greylen et Gavin attendaient qu'elle parlât.

Sa voix était rauque quand elle déclara :

— Je n'aime pas le sport.

Elle gémit, pas du tout honteuse de son comportement lamentable. Puis, elle sourit.

— Mais, mon frère, ta femme, si. Une fois lancée, je te jure qu'elle ne pouvait pas s'arrêter. Je n'avais jamais rien fait de tout ça et elle ne me laissait pas m'arrêter. Tu as la moindre idée de tous les exercices de gainage qu'il existe ? Beaucoup trop ! Et quand je ne pouvais plus rien faire, il a fallu qu'elle me montre comment faire des squats et des fentes. Je ne vais pas pouvoir marcher avant une semaine.

Greylen ramassa sa sœur et la fit tourner dans les airs.

— Merci, Isabelle.

Il la reposa par terre et se tourna vers Gavin.

— Tu sais quoi faire ?

Au hochement de tête de Gavin, il quitta la pièce.

<hr>

Cette nuit-là, quand Greylen s'allongea au lit avec Gwen, elle se blottit contre lui. Se *blottit*. Elle ne se contenta pas de rester allongée dans ses bras tandis qu'il la serrait, elle se blottit contre lui et il l'entendit soupirer. C'était quelque chose que sa femme avait fait très souvent, mais pas depuis qu'elle avait été capturée. Il sentit ses yeux s'embrumer et dut la tourner pour ne pas qu'elle le remarquât. Il enveloppa son corps et dormit comme il ne l'avait pas fait depuis des semaines.

Le matin suivant, il se leva tôt et mit en place son plan. Il rampa hors de leur lit et s'assit aussi près que possible du feu. Il y resta jusqu'à ne plus en pouvoir. Il retourna dans le lit et attira Gwen contre lui. Elle s'agita aussitôt en sentant sa chaleur, se tourna et couvrit son front de sa main, pendant qu'il feignait de dormir.

— Greylen, tu es si chaud, murmura-t-elle.

Elle remplaça sa main par ses lèvres et pressa sa joue contre la sienne. Elle répéta ses mots, par deux fois.

Bon Dieu, combien de fois allait-elle le toucher pour déterminer qu'il était chaud ?

Elle sortit du lit et revint quelques secondes plus tard. Elle s'assit à côté de lui et plaça un linge mouillé sur son front. Quand elle passa ses doigts dans ses cheveux, il ouvrit lentement les yeux.

Elle le regarda avec inquiétude.

— Greylen, tu es brûlant. Quelque chose ne va pas ?

— Tout…, commença-t-il faiblement.

Il se rendit compte qu'il était allé trop loin, car elle écarquilla les yeux de peur.

— Tout va bien, corrigea-t-il rapidement. Je me sens juste un peu fatigué.

Mieux – vraiment mieux. Elle reprit le contrôle.

— Bon, on ne va pas prendre de risques, s'enquit-elle en secouant la tête. Tu resteras au lit aujourd'hui, mon mari.

Dès qu'elle prononça ces mots, la peur traversa son visage, comme si elle venait de comprendre qu'elle lui avait donné un ordre. Elle le regarda avec méfiance.

— D'accord ?

— Oïl, Gwen, répondit-il en lui prenant la main. Je resterai alité. C'est toi qui sais ce qui est le mieux, mon aimée.

Elle sourit et s'occupa de son bien-être le restant de la journée. Elle écrivit des choses sur une liste pour que la cuisinière lui prépare une soupe et ne partit que pour aller dans la chambre d'enfant nourrir Tristan. Et chaque fois qu'elle franchissait les portes, il sautait du lit pour aller se réchauffer de nouveau.

À la moitié de la journée, Gwen demanda un bain et le lava avant de le faire retourner au lit. Ses ordres aux domestiques, d'abord méfiants, vinrent plus facilement au fur et à mesure des heures. Enfin, Gavin entra dans l'après-midi.

— Gwen, j'ai besoin de ton aide. Tu es la seule qui puisses le faire.

— Gavin, Greylen ne va pas bien, répliqua-t-elle avec un geste vers le lit. Peut-être que quelqu'un d'autre pourrait t'aider.

— Non. Les hommes sont occupés à s'entraîner. J'ai commencé une nouvelle routine de boxe, mais je ne trouve pas le bon enchaînement.

— Vas-y, Gwen, l'encouragea Greylen. Je ne quitterai pas le lit.

— Greylen, tu es malade. Je ne vais pas...

— Cela m'aiderait à me sentir mieux, insista-t-il avec un petit sourire.

— Très bien, céda-t-elle en soupirant. Mais je ne pars pas.

Greylen vit le regard noir qu'elle lança à Gavin. Sa femme était préoccupée, il s'en était assuré. Il savait que c'était la seule raison pour laquelle elle avait accepté.

Greylen observa Gwen rejoindre Gavin prêt du feu. Son second lui expliqua qu'il voulait d'abord lui montrer la routine qu'il avait mise en place et ajouta qu'il espérait qu'elle l'améliorerait. Gwen regarda Greylen et il hocha la tête en guise d'encouragement. Sa femme se tourna alors vers Gavin et le salua.

Gavin commença lentement et bien que Gwen encaissât tous ses coups, il fallut de longues minutes avant que Greylen la vît s'animer d'un éclat combatif. À ce premier éclat, Gavin donna tout ce qu'il avait, ne lui laissant pas d'autre choix que de se défendre. Greylen l'encouragea d'un signe de tête, souriant en continuant silencieusement à ordonner à Gavin de pousser Gwen encore plus. Elle avait le souffle court quand l'enchaînement se termina et but un verre d'eau avec de reprendre.

Quand elle se leva devant Gavin de nouveau, son visage était rouge et elle plissait les yeux de colère. Non, pas de colère, de fureur. Elle indiqua d'un signe de tête à Gavin de recevoir ses coups, et ils se saluèrent de nouveau avant qu'elle ne commençât. Mais ce combat-là n'était pas défensif de son côté, comme le dernier. Elle était l'agresseur, maintenant. De toute sa vie, il n'avait jamais vu une femme aussi enragée.

Greylen observa prudemment sa femme. Il ne souriait plus. Elle frappa Gavin avec tout ce qu'elle avait, déversant sa colère et se laissant enfin aller. Cela le tuait de la voir ainsi. Il voulait juste la prendre dans ses bras, la protéger de toute la douleur qu'elle avait endurée. Il savait pourtant combien ceci l'aidait. Quand elle s'arrêta enfin, elle se détourna, sans regarder aucun d'entre eux. Elle se dirigea droit vers la salle d'eau. Elle avait tout relâché comme elle ne l'avait jamais fait avant.

Greylen indiqua de la tête à Gavin de quitter la pièce. Puis, il se leva et alla voir sa femme. Elle faisait exactement ce qu'il avait fait : elle détruisait tout ce qui passait sous sa main. Tout en criant et pleurant. Il ne l'arrêta pas. Il resta sur le seuil, à attendre qu'elle ait épuisé toute sa force. Il la prit dans ses bras quand elle se laissa choir sur le sol. Ensuite, il resta assis avec elle dans la chaise qui se trouvait dans l'alcôve, à lui frotter le dos en embrassant le haut de sa tête.

— Je suis désolée, chuchota-t-elle.

— Tu n'as pas à t'excuser, Gwen.

— J'ai créé un tel bazar, Greylen.

— On rangera, mon aimée.

— Non, ce n'est pas pour ce bazar-là que je m'excuse. Je me suis cachée... de moi-même et de toi. C'est pour *ça* que je suis désolée.

C'étaient les mots qu'il souhaitait entendre. Il espérait seulement que les prochains jours, elle trouverait la force d'enfin vaincre la bataille qu'elle livrait.

Et elle devait le faire elle-même, il le savait bien.

CHAPITRE 35

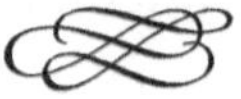

Gwen entendit le coup de canon indiquant le début de la course. Elle était debout devant la fenêtre et attendit d'être sûre que tout le monde ait quitté la cour, puis elle descendit lentement les escaliers. Isabelle était la seule qui savait qu'elle y allait et elle lui avait proposé de surveiller Tristan toute la matinée. Gwen savait qu'il lui faudrait des heures pour terminer le parcours que son mari avait organisé, mais elle avait besoin de cette course.

Elle avait besoin de franchir cette ligne.

C'était l'étincelle d'espoir qui l'avait consumée ces trois derniers jours et ce serait un accomplissement que personne ne lui arracherait. Un accomplissement qu'elle devait mener à bien. Et quand elle le ferait, elle tournerait enfin la page.

Elle ne se cacherait plus de son mari ou de sa famille. Elle leur dirait quand les images ou sensations de ce que Malcolm lui avait fait étaient trop fortes. Greylen l'avait déjà poussée à lui raconter tout ce dont elle se souvenait, quand elle avait détruit leur salle d'eau après s'être entraînée avec Gavin. Et il lui avait fait raconter plus d'une fois. Il lui avait pris chaque coup, chaque coup de pied, chaque insulte vile qu'elle lui avait décrite. Chaque moment de peur et désespoir. Elle savait que ça le tuait de l'entendre, pourtant il avait insisté. Et elle savait aussi qu'il l'avait fait parce qu'il essayait de l'aider. C'était qui il était.

Personne n'était là quand elle traversa le vestibule. En fait, c'était étonnamment calme. Elle prit le loquet des portes et sourit en pensant aux étapes déjà franchies. Personne ne l'avait vue prendre son short dans le nouveau coffre au pied de son lit. Personne n'avait vu ses larmes quand elle avait vu qu'il était placé sur tout le reste, avec ses chaussures de course. Greylen avait dû le mettre là avant que tout se produise, quand il avait proposé cette course pour la première fois. À l'époque, elle avait prévu de courir avec lui.

Maintenant, elle le suivrait, même s'il n'en saurait jamais rien.

Elle prit une grande inspiration et ouvrit les portes.

Oh mon Dieu.

Son mari était debout après les marches, ses hommes à ses côtés. Ils étaient huit maintenant, en comptant Alex, et ils sourirent tous en la regardant.

Huit des plus incroyables sourires dirigés vers elle.

Greylen s'avança et posa un pied sur la dernière marche avant de tendre la main.

— C'est ton marathon, ma femme. Nous n'y serions pas allés sans toi.

Gwen resta sans voix. Ils savaient qu'elle viendrait et ils l'avaient attendue. Les autres hommes avaient déjà quitté la cour, alors il n'y avait plus qu'elle et ses hommes. Le cercle d'élite, dont elle faisait partie.

Elle tendit la main pour prendre celle de Greylen et se plaça à côté de lui. Il se pencha pour lui murmurer à l'oreille :

— Tu aurais au moins pu mettre un haut au-dessus de ton bandeau, ma femme.

Elle sourit, se mordit la lèvre et il l'embrassa avant de tapoter ses fesses pour l'encourager.

— Choisis ton rythme, ma femme. Ce trajet sera fait ensemble.

Et elle commença, aussi simplement que ça. Ils coururent vers les portes, vers la ligne qui symbolisait sa liberté. Une liberté que son mari avait planifiée pour elle, elle le comprenait désormais.

C'était un beau jour de septembre et les hommes enlevèrent leur chemise en quelques minutes. Tous les enfants avaient pris place le long du chemin et tendaient de l'eau aux coureurs sur leur passage. À la moitié de la course, Gwen sourit à Greylen en l'interpellant le souffle court :

— Nous sommes riches, mon mari, non ?

— Oïl, ma femme, au-delà de tes rêves les plus fous.

Puis, il rit de ce son riche qu'elle n'avait pas entendu depuis des semaines quand il comprit quelle était son intention. Elle lança le verre haut dans le ciel et le laissa se briser au sol.

Cela devint une habitude le restant de leur course. Au lieu de faire rouler doucement la poterie au sol, comme ils le faisaient avant, ils la jetaient par-dessus leur tête, imitant le zèle de Gwen.

— Passez devant moi. Vous méritez de finir à votre propre rythme. C'est la meilleure sensation au monde.

Greylen indiqua à ses hommes de courir devant et chacun se hâta pour battre les autres. Greylen, lui, resta à ses côtés. Son regard montrait la fierté qu'il ressentait à son égard. Ils continuèrent seuls la dernière heure et le rythme de Gwen s'intensifia quand la dernière colline apparut. Une fois en haut, elle s'arrêta net.

Tous les hommes qui avaient commencé au son du canon ce matin étaient alignés sur la dernière ligne droite avant l'arrivée. Gavin, Duncan, Connell, Ian, Kevin, Hugh et Alex étaient face à eux, à cinquante pas de la ligne qui n'avait pas encore été franchie. Gwen secoua la tête, les larmes coulant de ses yeux. *Ils l'attendaient.*

Greylen la sortit de sa torpeur en lui embrassant la main avant de la tirer en avant. Ils dépassèrent la ligne d'hommes et atteignirent les sept qui l'attendaient. Greylen s'arrêta à côté de Gavin.

— Elle est à toi, ma femme, déclara-t-il en indiquant le ruban. Prends-la.

Gwen commença à s'avancer, mais après quelques pas, elle se retourna. Ce serait une victoire pour eux tous. Il le fallait.

— Je n'irai pas seule. C'est une victoire pour nous tous.

— C'est un ordre, ma femme ?

— Oïl, ça l'est. *Maintenant, bougez-vous !*

Ils sourirent tous et la rejoignirent, s'assurant que son corps déchire le ruban en premier. Greylen la souleva quand ils franchirent la ligne d'arrivée, haut dans le ciel pendant que ses hommes acclamaient sa victoire. Puis, il la reposa doucement, la faisant glisser sur son corps jusqu'à croiser son regard.

Elle lui prit le visage, souriant malgré ses larmes.

— J'ai gagné, Greylen. J'ai gagné !

— Nous sommes des MacGreggor, Gwen. On gagne toujours.

ÉPILOGUE

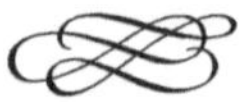

Greylen était assis en haut d'un amas de roches naturel, à observer les festivités en contrebas. C'était leur troisième anniversaire de rencontre, leurs anniversaires également et chaque année, ils célébraient tout ça de la même façon. La plage s'embrasait de feux de camp et le soleil se couchait au loin. Sa famille et ses hommes étaient tous présents et partageaient la joie de cette nuit ensemble. Il était également content que son ami d'enfance, Callum O'Roarke, ait pu venir, même si ce n'était pas pour cette raison qu'il était là. Il avait perdu sa femme l'hiver d'avant et vivait désormais à Seagrave.

Greylen commençait toujours ces nuits-là seul, à observer du même perchoir la fête. Sa mère aidait Anna à mettre en place les tables qu'ils avaient descendues un peu plus tôt pour un véritable festin. Ses hommes bavardaient et buvaient près du feu en choisissant une musique. En vérité, ils se disputaient sûrement à ce propos et ne la lanceraient pas avant qu'il les ait rejoints. C'était la première nuit qu'ils utilisaient l'iPhone et l'enceinte de Gwen depuis le début de l'année, et sûrement la dernière. Mais il entendrait ces notes et ces paroles dans sa tête toute sa vie.

Gavin et Isabelle descendaient le long du chemin avec leurs enfants. Les jumeaux avaient maintenant un frère, Guy, nommé comme leur grand-père. Gavin avait fait la paix avec son père avant sa mort et vivait maintenant sur la terre qui était sienne de droit. Il avait fait démanteler le donjon entier et était désormais en train de le reconstruire.

C'était la terre des Montgomery désormais et Gavin était le laird de son propre petit clan. Isabelle et lui venaient à Seagrave toutes les quelques semaines et y restaient pendant des jours. Les enfants jouaient ensemble, puis dormaient dans la chambre d'enfants avec Anna pendant que les quatre adultes reprenaient leur habitude des soupers tard dans la nuit, dans la cuisine. Ou, si sa femme préférait, ils dînaient formellement dans le grand hall.

Gwen parlait toujours de ces soirées ensemble comme des *soirées double dates* et ils les appréciaient beaucoup. Ils jouaient aux cartes ou aux échecs et si les femmes n'étaient pas enceintes ou en train d'allaiter, ils se rendaient parfois ivres. Ils se chantaient des chansons, dansaient ou écoutaient de la musique, riant si fort de leurs propres singeries qu'Anna n'avait pas d'autre choix que de venir leur dire de réduire le bruit. Ils ne faisaient que rire plus fort.

Et puis, il y avait Gwen.

Sa femme.

Il était toujours si épris d'elle. De sa beauté et de son esprit. De la vie qu'ils avaient créée ensemble. Elle avait tant changé au fil des ans, et pourtant elle n'avait pas changé du tout. Son esprit était aussi vif que toujours et il appréciait les défis et badinages qui faisaient partie intrinsèque de leurs journées. Mais elle s'était adaptée à ses façons également.

Elle ne parlait que gaélique désormais, même si elle incorporait ses remarques excentriques à son langage à lui. Elle avait élevé leur fils comme lui avait été élevé : avec amour et compassion. Et elle ne remettait jamais en question l'entraînement hâtif de leur fils. Elle avait cependant levé les yeux au ciel avec beaucoup d'exagération quand il lui avait présenté sa propre épée. Le premier anniversaire de Tristan semblait un moment approprié. Pourquoi son fils ne porterait-il pas des peintures de guerre en apprenant à marcher et tenir l'arme qu'il lui avait faite ?

Peut-être était-elle vraiment folle après tout.

Gwen marchait au bord de l'eau maintenant, habillée d'une robe vert émeraude qui faisait ressortir la couleur de ses yeux. La robe moulait son ventre arrondi, puisqu'elle attendait leur deuxième enfant. Elle tenait le bout de sa robe de chaque côté, ainsi que la main de Tristan. Le pantalon en lin taupe de son fils était retroussé jusqu'aux genoux. Il s'esclaffait, sans l'ombre d'un doute à cause de quelque chose d'outrageusement bête que sa femme avait dit. Il resta plongé dans ses pensées un moment, sans remarquer que son fils s'approchait de lui. Il sentit sa minuscule main sur sa joue avant de se tourner vers lui.

— Papa, l'appela-t-il de la voix la plus douce qu'il ait entendue.

Greylen sourit et le prit dans ses bras. Tristan posa ses mains sur son visage et frotta la barbe qui assombrissait ses traits.

— Oïl, mon fils ?

— Danse avec maman.

— Que je danse avec ta maman ? répéta-t-il.

Tristan adorait les voir danser, même s'il gloussait toujours en se couvrant les yeux avant de regarder à travers ses minuscules mains.

— Oïl, Papa. Viens danser avec maman.

— Des chevaux sauvages ne pourraient m'empêcher de danser avec ta maman.

Il porta son fils jusqu'au feu où ses cousins attendaient. En fait, tout le monde attendait et il se tourna vers Gwen. Elle lui offrit un beau sourire et il la prit dans ses bras, la serrant fort tandis que la musique commençait.

La chanson était celle sur laquelle Gwen avait choisi de danser le soir de leur deuxième anniversaire, perpétuant la tradition qu'ils avaient débutée l'année d'avant : danser pour commémorer leur union. Elle l'appelait la chanson de leur mariage. *These Are the Moments* par quelqu'un appelé Edwin

MacCain. Les paroles n'auraient pas pu être plus parfaites et ils se les chuchotèrent l'un à l'autre pendant qu'il la faisait tourner autour du feu.

En vérité, tout était parfait. La pleine lune projetait une lumière sur toute la côte et Greylen plongea son regard dans les beaux yeux verts de sa femme, murmurant des mots qui étaient seulement à eux.

— Tu es pour toujours mon aimée, Gwendolyn.

— Et toi le mien, Greylen.

Il avait atteint le moment où le temps ne finit pas...
Pris dans un rêve que les dieux lui avaient envoyé...
L'âme de son cœur...
Les yeux de sa femme...
Qui toujours serait sienne... pour l'éternité.

LE PRIX

Extrait du deuxième tome de la saga

Présent

Maggie Sinclair fixa du regard les yeux luisants de la plus vieille créature en vie qu'elle ait vue. Cherchant le moindre soupçon de danger ou d'alerte – quelque chose qui lui assurerait qu'elle était authentique. La femme, le sosie de la vieille sorcière ayant donné à la princesse la pomme empoisonnée, tordit son long doigt tortueux vers elle pour lui faire signe d'approcher. Un frisson parcourut la colonne vertébrale de Maggie et la pièce plongea dans un silence irréel. Une brume grise s'élevait des vieilles lattes abîmées du plancher et atteignait la hauteur de la table, où elle s'arrêtait et s'estompait autour d'elles.

C'était effrayant et, sans aucun doute, de nature mystique. Pour la énième fois depuis qu'elle avait franchi la porte de cette femme, Maggie se demanda dans quoi elle avait bien pu se fourrer.

Une tonne de rumeurs courait sur la vieille sorcière. *Cette* vieille sorcière. Des rumeurs sur des prédictions qu'elle aurait faites et qui se seraient réalisées. Sur leur précision. Maggie n'avait jamais été bien sûre de croire aux voyantes et aux médiums, mais elle n'avait jamais été aussi désespérée non plus.

Elle était toujours parvenue à trouver des preuves fiables pour la faire pencher d'un côté comme de l'autre à différents moments de sa vie. Maggie était entraînée pour réfléchir et suivre les preuves. Toutes les preuves. En revanche, elle était aussi entraînée à suivre son instinct. Non qu'elle ait eu le besoin, ou même le désir, de s'intéresser aux sciences occultes par le passé. Ce n'était donc pas quelque chose auquel elle avait beaucoup songé. Maintenant, pourtant, c'était différent.

Plus tôt ce jour-là, quand Céleste, celle qui aurait dû être sa belle-sœur, avait suggéré qu'elle vienne ici, elle n'avait pas cillé. Elle avait hoché fermement la tête et pris les mains de Céleste, se surprenant devant sa soudaine foi dans les capacités de cette sorcière. Bien sûr qu'elle voulait entrer en contact avec Derek. Elle voulait plus que ça. Elle voulait le retrouver.

Point à la ligne.

Deux minutes plus tard, elle sortait une provision d'argent de son coffre et traînait Céleste vers la porte.

Quand elles s'étaient garées devant un cottage vieillot avec un chemin en pierres, Maggie avait senti son estomac plonger. Vu l'expression sur le visage de Céleste, celle-ci avait ressenti la même chose.

Main dans la main, elles avaient marché sur le chemin recouvert de mousse et avaient grimpé les marches en bois qui grinçaient. La porte s'était ouverte avant qu'elles ne posent un pied sur le porche, les faisant toutes deux sursauter.

Une femme voûtée se trouvait dans l'entrée sombre, un linceul autour de la tête et sur ses épaules recouvrant son cou et la plupart de ses traits. D'un geste, elle les avait fait entrer.

De peur de perdre son courage si elle jetait un coup d'œil à Céleste, Maggie s'était avancée avant de pouvoir réfléchir à ce qu'elle faisait.

Désormais, elle était assise face à cette femme mystique qui vivait sur le Chemin de la pomme sauvage – une ironie que Maggie percevait bien. La pomme sauvage. Le fruit poison qu'on donne à la princesse. Une sorcière.

En une nanoseconde, Maggie se mit à croire.

Elle jeta un regard à sa droite, vers Céleste, assise dans un coin. Trop tard pour faire demi-tour maintenant. Malgré son air nerveux, Céleste hocha vivement la tête. Traduction : *J'ai peur aussi, mais allons-y.* C'était tout l'encouragement dont elle avait besoin. Maggie se pencha, posa son regard sur la femme aux yeux luisants et inclina la tête en signe d'assentiment.

— Il y a un prix pour ce que tu cherches, mon enfant, dit la vieille sorcière d'un ton sérieux.

Maggie avait déjà décidé que tant qu'elle n'avait pas une revisite du petit ami abusif et effrayant de Nicole Kidman dans *Les Ensorceleuses*, revenu d'entre les morts, elle était partante. Elle savait que ce n'était pas raisonnable, mais le deuil fait accepter toutes sortes de choses déraisonnables. Maggie le savait, maintenant.

— Je m'en fiche, dit-elle en mesurant ses mots.

Elle plissa les yeux, déterminée. Elle voulait retrouver l'amour de sa vie.

Le visage ridé de la vieille femme se tordit. Maggie ne sut dire si c'était d'excitation ou de satisfaction. Quelque chose de menaçant dans ses yeux incandescents la fit frissonner encore et déglutir. *Arrête. Ne fais pas ton bébé.*

Inquiète à l'idée que la femme change d'avis, Maggie sortit les photos de Derek de la poche avant de sa chemise en flanelle – une de Derek – et la posa à plat sur la table en bois.

La photo était l'une de ses préférées, prises à un match de baseball du quartier. Derek était l'image même de la santé et de l'athlétisme, sans compter ses cheveux ébouriffés par le vent et l'éclat joueur dans ses yeux bleu foncé. Ne voulant pas la froisser ou la tacher plus qu'elle ne l'était déjà, Maggie étendit les doigts sur le bois et fit glisser la photo en avant jusqu'à ce qu'elle soit placée entre elles. Puis, elle approcha le paquet de billets de la femme. Céleste n'était pas sûre de ses tarifs. Ce n'était pas comme s'il y avait un forfait « ramenez mon petit ami décédé à la vie ». Maggie avait donc rapporté un paquet des économies de son coffre.

Derek était tout ce qu'elle avait. Il était son roc depuis le premier jour où ils s'étaient rencontrés au lycée, il y a presque dix ans. Le garçon qui jouait au foot en espérant décrocher une bourse était devenu son tout. Dès l'instant où il s'était assis face à elle au CDI où elle proposait du tutorat, une connexion immédiate les avait réunis. Il était devenu son protecteur depuis ce jour-là. Et peu après, Céleste et elle étaient devenues aussi proches que des sœurs. Peut-être plus proches encore. Ils avaient instantanément formé une famille. Pas juste comme des adolescents. Leur lien était de ceux qui durent. Qui restent en vie et demeurent malgré l'université et la vie adulte. Comme s'ils étaient destinés à se rencontrer et être ensemble.

Maggie ferait tout, *tout*, pour le récupérer. Ce dernier mois avait été le pire de sa vie.

La vieille femme plissa les yeux et passa en revue du doigt les billets avec attention.

Quand Maggie lança un nouveau regard à Céleste, elle la vit frissonner. Comme si le regard de la vieille sorcière avait une conséquence physique sur elle. Céleste écarquilla les yeux à l'attention de Maggie, l'air de dire *on devrait peut-être filer d'ici*. Mais Maggie ne bougerait pas. Elle soutint le regard de Céleste, le menton levé avec détermination. Céleste hocha la tête, d'abord à Maggie, puis à la sorcière.

Là-dessus, la vieille femme saisit la photo de Derek et la glissa sous le col de sa robe, contre sa poitrine. Pendant un instant, Maggie ressentit une vague de panique et faillit tendre la main et exiger de récupérer la photo, terrifiée à l'idée de ne jamais la revoir. À la place, elle inspira profondément, se rappelant que c'était ainsi qu'il fallait procéder. Puis, elle regarda la femme clopiner sur ses vieilles jambes vers un buffet, où elle prit maladroitement un petit coffre.

Une fois l'objet rapporté à la table, elle le dépoussiéra de ses mains et souleva le couvercle. Elle commença à marmonner pour elle-même tout en tripotant le contenu. Enfin, les yeux de la sorcière se portèrent sur ceux de Maggie et elle sortit un livre relié en cuir ancien. Elle passa ses mains sur la couverture avec respect avant de l'ouvrir et de tourner précautionneusement les feuilles épaisses de parchemin. Elle s'arrêta, traça une ligne du doigt en haut de la page avant de lire à voix haute :

— Dans le plus grand clan des Highlands, il est né, croassa-t-elle.

Sa voix était encore assez puissante. Maggie écoutait, captivée.

— D'une autre... non... non... pas ça.

Puis, aussi abruptement qu'elle avait commencé à lire, la vieille sorcière s'arrêta et mit le livre de côté. Maggie était surprise et perdue, mais se dit que si la magie existait, bien sûr, elle serait imprévisible.

Elle s'apprêtait à demander ce qu'il s'était passé quand la vieille femme marmonna :

— Médecin, détective et ...

Maggie resta bouche bée sous le choc, devant ce qu'elle croyait être le début d'une de ces blagues stupides *un prêtre, un pasteur et un rabbin*. La sorcière s'arrêta et lui lança un regard tranchant. Là-dessus, Maggie comprit avec un sursaut, *attendez*, qu'*elle* était la blague. Maggie était détective dans une des plus grandes agences des forces de l'ordre du pays. Elle s'était cassé le cul pour en arriver là, avec des bourses partielles à l'université et dans les écoles spécialisées. Tout ce dur labeur avait payé. À moins que la sorcière ne parle de Derek, qui était – avait été, se corrigeat-elle – détective également. Mais qui était le médecin ? Maggie était perdue. Cherchait-elle du sens là où il n'y en avait pas ? Elle n'en savait rien.

Elle se pencha en avant pour voir la sorcière farfouiller encore dans le coffre, retirant cette fois toute une collection de babioles. Il y avait de grandes pierres, des sortes de joyaux, de différentes formes et couleurs. La femme prit le temps d'en inspecter plusieurs avant qu'un semble lui convenir. Elle écarquilla les yeux et se hérissa visiblement en touchant une belle pierre bleue, hoquetant avant de lever les yeux vers Maggie. Lentement, elle tendit la main vers la sienne. Maggie fut surprise de la découvrir chaude, surtout que sa propre main à elle était glacée jusqu'au sang. Mais la main de la femme irradiait de chaleur.

Vraiment.

— Rappelle-toi, mon enfant, c'est toi qui as demandé.

Sans laisser à Maggie le temps de réagir, elle tourna sa main et plaça le joyau qu'elle avait sorti du coffre dans sa paume. Le grand saphir était chaud au toucher – étrange, pour une pierre. Pendant une seconde, il rayonna, comme les yeux de la femme.

— Maintenant, pars, dit-elle.

Elle referma les doigts de Maggie autour du joyau, se leva et prit l'argent.

— Le temps fera le reste.

— Attendez ! l'appela Maggie en serrant la pierre tandis que la femme repartait vers l'arrière de la maison. Qu'est-ce que je suis censée faire avec ça ?

La vieille femme se retourna vers elle.

— Garde-la avec toi.

Mes livres vous attendent sur votre site de vente en ligne, chez votre libraire ou dans votre bibliothèque préférés.

À PROPOS DE L'AUTEURE

Kim Sakwa est l'auteure de multiples romances best-sellers, comme *La Prophétie, Le Prix, La Parole, La Promesse, Jamais un adieu, Jamais trop tard* et *Jamais dire jamais*. Quand elle n'écrit pas, elle aime écouter les playlists qu'elle crée pour ses romans. C'est une romantique inconditionnelle, accro aux "et ils vécurent heureux et eurent beaucoup d'enfants".

AUTRES TITRES DE KIM SAKWA

Les Lairds des Highlands

La Prophétie

Le Prix

La Parole

La Promesse

Le Trophée: À paraître (date à déterminer)

Les frères Montgomery

Jamais un adieu

Jamais trop tard

Jamais dire jamais: À paraître (date à déterminer)

www.ingramcontent.com/pod-product-compliance
Lightning Source LLC
Chambersburg PA
CBHW031156310726
48969CB00001B/108